本书为国家社科基金重大项目
"中国新诗传播接受文献集成、研究及数据库建设（1917-1949）"（16ZDA186）的阶段性成果

本书受到武汉大学文学院"双一流"学科建设经费资助

中国新诗传播接受文献研究丛书

主 编 方长安

胡适、胡怀琛
诗学比较研究

A COMPARATIVE STUDY OF
THE POETICS OF HU SHIH AND HU HUAICHEN

余蔷薇 著

社会科学文献出版社
SOCIAL SCIENCES ACADEMIC PRESS (CHINA)

"中国新诗传播接受文献研究丛书"总序

方长安

  一百年来，关于新诗发生、个体诗人风格、创作思潮、新诗流派、中外诗歌关系、诗学理论等方面的研究，成就卓著；但是，关于新诗传播接受现象与问题的探索，则成果很少。其实，新诗的传播接受与新诗创作几乎是同时发生并同步发展的，最早的新诗刊发在《新青年》《新潮》《晨报副刊》等报刊上，接受读者的阅读批评；《创造周刊》《新月》《现代》《七月》《诗创造》《中国新诗》《诗刊》《文艺报》《人民日报》等刊发了大量的新诗广告、通讯、读者来信、新诗批评等，传播新诗理念，参与新诗发展建构；1920年代初，新诗作品就结集出版，诸如《尝试集》《女神》《新诗集》《新诗年选（一九一九年）》等，向陌生大众展示新诗成就，引导他们阅读新诗，培育新诗读者，激励更多的人参与新诗创作；1920年代中期开始，出版了大量的文学史著作，诸如《国语文学史》《白话文学史》《中国新文学的源流》《中国新文学史稿》《中国现代文学三十年》等，在中国文学史、中国新文学史框架里叙述、定位新诗，赋予新诗历史合法性，为新诗的继续发展提供历史依据。

  但是，长期以来，学者们的新诗传播接受研究意识不强，传播接受文献搜集整理与出版滞后，新诗研究基本上局限于创作领域，少有从读者传播接受维度论说新诗创作的。关于新诗情感空间、审美形式生成的研究，几乎未考虑读者阅读反馈所起的作用；对新诗创作发展史的研究，未能考虑读者传播接受所起的推动或者阻碍作用；报刊等媒介如何作用于新诗的历史进程，报刊特点如何作用于新诗审美品格的生成，大众传媒与诗人抒情风格形成的关系等，几乎都未能在新诗历史叙述、规律总结中体现出来。

本套丛书对中国新诗传播接受现象进行了系统而深入的研究，特色鲜明。首先，该丛书以中国新诗传播接受文献为研究对象，重视原始材料的系统性发掘与科学运用。何为中国新诗传播接受文献？简言之，一百年来以新诗为"言说"对象的具有传播接受属性的文献，就是我们所谓的中国新诗传播接受文献，"传播接受"是文献的基本属性。这里的"传播接受"是并列关系语词，包含"传播"和"接受"两重语义，就是说只有进入传播通道并经过主体接受的关于中国新诗的文献，才是我们所谓的中国新诗传播接受文献。例如，胡适的《尝试集》1920年正式出版，之后不断再版，不断被人批评，这表明它一直被读者阅读传播与接受，属于我们所谓的新诗传播接受文献。百年来的新诗通讯、新诗广告、新诗动态、新诗创作谈、读者来信、新诗批评、新诗论文、新诗别集、新诗总集、新诗序跋、文学史著作中的新诗章节、新诗研究论著、新诗教材等，都属于中国新诗传播接受文献。本丛书属于国家社科基金重大项目"中国新诗传播接受文献整理、研究及数据库建设"的主要成果，所以特别重视文献资料的发掘、整理，努力使研究建立在系统的原始文献基础上，尽可能地做到"竭泽而渔"，以史实说话，以统计数据说话，理论概括、总结建立在数据事实基础之上，以此质疑既有的某些公论，提出了一些新的观点，一定程度上深化了对新诗历史的认识。

其次，本丛书研究新诗的传播接受现象，力求从不同层面梳理、考订新诗传播接受历史，揭示新诗传播接受规律，阐述新诗传播接受史内在的话语特征；但是具体研究中始终关注新诗创作发展问题，关注新诗内部情感发生问题，关注新诗审美形式生成问题。即是说，新诗传播接受研究与新诗创作研究构成平行关系，它们是新诗研究两大并列体系，从各自不同的维度推进了对百年新诗历史的认识；但同时，新诗传播接受研究又与新诗创作研究之间构成交流对话关系，从读者传播接受维度思考新诗创作发展问题，传播接受研究与新诗创作研究二者相互融通，外部研究与内部研究之间你中有我、我中有你，互动生成。这是对历史的尊重，不仅拓展了新诗研究空间，而且完善了新诗研究体系。

再次，本丛书先期出版的著作属于"中国新诗传播接受文献整理、研究及数据库建设"的前期成果，因为项目工程量大，任务繁重，研究战线拉得比较长，所以丛书采取成熟一本，出版一本的方式，整套丛书10余本，出版时间前后相距约5年。丛书作者均是博士学位获得者，其中绝大多数著作是在博士学位论文或博士后出站报告基础上修改而成，都有自己思考的问题域、研究主旨以及相应的研究思路和研究方法。即是说，每部著作的基本研究方法是以史实材料为依据，在史实的基础上进行理论概括，追求史论结合的效果；但在遵循总的研究思路、方法的前提下，每一本又自成体系，均有自己的问题意识和研究目的，形成了各自的特色和风格。有的以史料整理为重，资料性是第一位的，例如《中国新诗传播接受文献目录索引（上、下）》；有的偏于史论，例如《新诗传播接受与经典化史论》《现代时期出版的文学史著作中的"新诗"叙述研究》《1949~1956年出版的新文学史著作之"新诗"叙述研究》；有的偏于诗学建构研究，例如《胡适、胡怀琛诗学比较研究》《现代读者批评与"颓废"诗学建构》等。它们同中有异，各有特色，不同的声音之间形成一种良好的学术对话关系。

中国新诗传播接受是百年新诗史上一个重要现象，但迄今为止，学界关注不够，研究成果少，期待这套丛书的出版，一定程度地改变目前这种研究状况，从传播接受维度推进对百年新诗的认识，提升新诗研究的整体水平。

2018年11月15日

目 录

引 言 ………………………………………………………………… 1

第一章 语言：新诗起点的一致性 ……………………………… 8
 第一节 语言资源："白话"与"文言" ……………………… 9
  一 "白话"的合法性与"文言"的生命力 ………………… 9
  二 新"汉语"体系的想象性建构 ………………………… 13
 第二节 白话的美学追求：明白易懂 ……………………… 16
  一 "白话"的审美标准 …………………………………… 16
  二 "白话"美学观的民间资源 …………………………… 20
 第三节 发现小传统：打油诗与禽言诗 …………………… 21
  一 胡适的打油诗尝试 …………………………………… 22
  二 胡怀琛的禽言诗尝试 ………………………………… 28
  三 小传统与"白话"资源 ………………………………… 34

第二章 诗体：进化论与融合论 ………………………………… 39
 第一节 破旧与立新：从古诗体的破格律化到译诗 ……… 39
  一 词曲体的破格律化尝试 ……………………………… 40
  二 古诗体的破格律化尝试 ……………………………… 46
  三 白话新体的成立 ……………………………………… 50
  四 《关不住了！》与西化路径的确立 …………………… 53
 第二节 传承与拓新：俗白与古雅的多元诗体杂陈 ……… 56
  一 俗言杂陈的诗体尝试 ………………………………… 57

二　古雅译诗的诗体尝试 …………………………………… 63
　　三　《胡怀琛诗歌丛稿》的补充 …………………………… 71

第三章　音节：自然之美与音乐之美 …………………………… 83
　第一节　汉语诗性：围绕《尝试集》的批评与讨论 ………… 85
　　一　诗歌是否应该修改和能否修改的问题 ………………… 89
　　二　对"音节上的美感"的不同理解 ……………………… 91
　　三　对新诗中现代汉语规范问题的思考 …………………… 97
　　四　对新诗性质的不同思考 ………………………………… 99
　第二节　中西血脉："新"与"美"的矛盾 ………………… 103
　　一　胡适的态度：双声叠韵的自然美 ……………………… 103
　　二　读者的态度：新诗诗美的规范性诉求 ………………… 105
　　三　胡怀琛的"新派诗"与音乐性 ………………………… 110

第四章　形成：西化论与本位说 ………………………………… 115
　第一节　西化论：从传统蜕变到西化完成 …………………… 115
　　一　胡适建构的新诗现代体系 ……………………………… 115
　　二　早期的译诗训练与入选诗集的增删 …………………… 117
　　三　译诗与"新诗的成立" ………………………………… 121
　　四　胡适的译诗与白话思维的形成 ………………………… 125
　第二节　本位说：在中国文学传统中建设 …………………… 131
　　一　"小诗"的中国血统 …………………………………… 132
　　二　新旧诗转换与中国文学本位思想 ……………………… 139

第五章　命运：回归与延续 ……………………………………… 146
　第一节　传统新释：《尝试后集》与西化之后返归传统 …… 146
　　一　《尝试后集》的总貌与"胡适之体" ………………… 146
　　二　《尝试后集》的词体小令风格 ………………………… 150
　　三　《尝试后集》对"西化"诗作的舍弃 ………………… 159
　　四　《尝试后集》对传统汉语诗性的新态度 ……………… 161

第二节 "中体西用"的延续：传统诗体的现代汉语转化 …………… 164
  一 胡怀琛诗学主张的命运 ……………………………………… 164
  二 中国文学本位与"中体西用" ……………………………… 166
  三 传统诗体的现代汉语转化 …………………………………… 173

结　语 …………………………………………………………………… 179

附 一 胡适、胡怀琛诗学论著年表简编 ……………………………… 194
附 二
  胡适诗学的接受历史考察
   ——以新旧之争为中心 ………………………………………… 236
  胡适诗学的接受历史考察
   ——以中西之争为中心 ………………………………………… 249
  胡适诗学的接受史考察
   ——以懂与不懂之争为中心 …………………………………… 259

参考文献 ………………………………………………………………… 274

后　记 …………………………………………………………………… 290

引　言

　　百年新诗发展进程中，新诗出现了种种问题，诸如新诗合法性遭受的质疑，新诗的中西之争，新诗语言的文白之战，新诗形式在自由与格律之间的摇摆，新诗的散文化倾向，旧体诗能否入史……对于这些在不同历史文化语境纠结不息、备受关注却无法解决的困惑，学者一般都会回溯到新诗创立之初，反思、批评、检讨胡适所创立的新诗路向以及他所构建的诗学观念。但在关注胡适们响亮的高音时，研究者往往忽略了历史深处被压抑下去的坚持中体西用的低音。从古典文言诗歌向现代白话诗歌的转型蕴含无限复杂性与可能性，但它们大多随着新文化的胜利以及此后主流文学史对新诗生成与发展过程的简化叙述，而被扫落到边缘地带。新诗的历史只是在主流"新诗"的框架内选取自己的材料并赋予其意义的历史，那些框架之外的声音则被压抑或忽略。然而，这并不意味着它们不曾存在，从某种意义上可以说，正是它们使得历史的层次更加丰富。这些不同的层次相互角力，无论是新的、旧的，抑或半新不旧的，在各种力量的竞合与纠缠中，新诗才得以生成。本书试图在早已被过度关注的胡适之外，寻找、发掘出另一个探索现代诗学的重要人物——胡怀琛，将两者的诗学进行对比研究，以期拓展我们审视现代诗学探索问题的诸种困惑与问题的视野。

　　1920年代出现的研究新诗的单篇论文并不多，除了胡适的《谈新诗》等诗论颇具规模，其他很少有完整、成熟的体系；而胡怀琛此期就陆续出版了多部新诗论著。胡适以第一部新诗集《尝试集》而荣膺新诗首创之功；胡怀琛创作的《大江集》是继《尝试集》之后问世的第二部个人白话诗集，具有不容忽视的史料价值，但目前尚无认真的解读。新诗发生之初的这一代诗人及批评家，在现代诗学探索中作出了各种努力和尝试，使新诗衍生出种种可能性；但在历史的后视镜中，新诗走了如今这一条路，而不是当初的种种，其中关涉的因素有哪些？其他可能性何以消失？它们是否具有存在的价值？……解答这些问题，可以更好地梳理汉语诗学之现代建构所沉淀的历史经验，以及这些历史经验为汉语诗歌的现实发展带来的新的可能性。因此，本书选择对胡适与胡怀琛的诗学进行比较研究。

迄今为止，学界尚无人将胡适与胡怀琛二人的诗歌创作、诗学批评与诗学理论进行完整而系统的对比研究。

其主要原因之一是目前学界对胡怀琛的研究比较薄弱。近年来，也有一些学者开始关注胡怀琛，出现了一些介绍和研究胡怀琛的论文，涉及胡怀琛的新诗批评、修辞学研究、小说文体研究、寓言研究、新文学教育以及其与柳亚子、南社、商务印书馆之关系等诸多方面。总体而言，研究涉面广而表皮化。最早关注胡怀琛的一篇论文是陈福康的《胡怀琛论译诗》（《中国翻译》，1991），只是译学视角的一般介绍性文章；21世纪以后，始有一些学者从简单介绍转而进入学理层面的研究。这些研究主要立足于两个方面：一是在论述新诗生成或经典化问题时，将胡怀琛"改诗"及其"新派诗"理论作为反面例证，秉承胡适所谓"守旧的批评家"的评价，在新旧之争的格局里进行讨论。比较重要的如姜涛的《"为胡适改诗"与新诗发生的内在张力——胡怀琛对〈尝试集〉的批评研究》[《北京大学学报》（哲学社会科学版），2003]，以胡怀琛为胡适"改诗"事件为切入点，还原新诗发生期新旧诗坛碰撞的复杂格局，论述其"改诗"背后对诗歌之"新"的发明权的争夺及"音节"问题所呈现出来的新诗发生期的基本困境，具有一定的启发意义。二是立足于重新发掘胡怀琛的文学史价值与意义，如周兴陆的《胡怀琛的"新派诗"理论》（《汉语言文学研究》，2013），简单梳理出胡怀琛诗集与诗论著述编年情况，对其新诗理论略有论述；卢永和先后发表关于胡怀琛的论文九篇，所涉面包括胡怀琛的诗学、修辞学、与南社的关系等方面，试图对胡怀琛的学术研究进行一个多面的评价，但缺乏文本细读和问题深究的兴趣，显得零散、平面而缺乏系统性建构。大多数文章未超出"生平简介—著述介绍—价值意义"的浅表性结构模式。

　　胡怀琛作为曾经风云一时的文学批评家、创作家，对其予以重评的呼声已然出现，尤其是近年来南社研究渐入佳境；但作为南社的重要分子，有关胡怀琛的研究始终还处于一个有待发展的阶段。与南社相关的博士论文（河北大学2010年贺莹的《南社文学活动与新文学发生研究》、浙江大学2012年潘建伟的《对立与互通——新旧诗坛关系之研究》）虽然也为胡怀琛安排了一定篇幅的文字，后者更是设立了专节，但也只是简要而平面地介绍其生平著述状况。胡怀琛始终被南社的整体性研究及其他重点个案研究所覆盖和遮蔽，处于一个相对沉黯、寂静的角落，这对于一个存目一百余种的早期文学创作者、批评家而言，不能不说是一个遗憾。

　　其主要原因之二是大陆学术界一方面对胡适存在过度阐释现象，另一方面却又忽视、遮蔽了许多问题。比如胡适一生的新诗创作二百余首，研究者通常只关注《尝试集》，而忽略了其《去国集》《尝试后集》，以及其他散落的诗作。当这些诗作全部呈现以还原胡适整体诗貌的时候，由《尝试集》所刻意凸显的新诗进化史迹会变得模糊起来，尤其是《尝试后集》所凸显的汉语诗美气质，更是颠覆了我们对"尝试者"形象的刻板印象。作为新的时间起点，《尝试集》的面貌是通过胡适编选、修剪出来的，其编选、修剪的眼界、原则、逻辑、理念等，是如何既讲述新诗的起源故事，又确立新诗的"合法"依据，还规定了新诗的基本走向的？《尝试后集》的编选，又与《尝试集》形成一种什么样的关联？而对这些问题的关注必然会带出胡怀琛的诗歌创作与诗论等相关的知识域，形成思考的新触点、新支架和新证词，令思想驰往更为开阔的地带。

　　基于此，本书的研究意义体现在：

　　第一，通过对比研究胡适与胡怀琛的新诗创作、批评及诗学理论，挖掘出历史转折处新诗发展的其他路径。第二，重访胡适、胡怀琛的诗歌活动及其新诗创作、理论与批评之关系，考察胡怀琛所代表的诗学力量如何与胡适等主流进行角逐并最终消失于历史的路径，更加完整、清晰地揭示新诗合法性确立的历史过程，更好地理解中国新诗艺术的一些重要理念和行走路向的来龙去脉。第三，重新审视、客观评价胡怀琛在新旧诗转型期间对新诗所作的贡献及其文学史价值，拓展文学史视野，更好地理解百年现代诗学在现代汉语阶段的诗学建构中一些贯穿性的主题、问题及其症结，以期为当下新诗创作与批评提供参照与启示。

综之，对比、梳理与探究胡适与胡怀琛诗学之异同，有利于从这一特殊视角对百年新诗发展之走向西化与回归传统的螺旋运动考镜源流，从而更好地梳理汉语诗学之现代建构的历史经验与新的可能性，这不仅对于新诗研究具有非常重要的意义，还能由发掘以胡怀琛为代表的诗学探索流脉而推及更深广的面相，有可能在被遮蔽的问题中，展示历史的多元性与开放性。

本书立足于胡适与胡怀琛的诗学比较，通过对比考察二者诗学内涵的关联，从中辨析新诗确立的价值逻辑与日后新诗发展中起支配作用的诗艺观念、问题模式甚至标准、惯例之关系，在新的语境里重新发掘以胡怀琛为代表的诗学流脉，并通过分析其与胡适诗学探索之理念、创作的差异与交集，探究胡怀琛被埋没与遮蔽的原因，并进一步思考二者背后殊途同归的根源，以此寻绎百年汉语诗学的现代建构之中/西向度的局限性与可能性。本书内容主要着眼于以下六点：第一，胡适的诗学探索，除了《谈新诗》等论文，主要通过对《去国集》《尝试集》的编选及其在自序、再版自序、四版自序中所作的自我阐释来进行，它通过这种编选及相关工作为新诗发展路向确立了合法性依据。这个依据就是以进化论为基石建构旧/新、中/西、传统/现代的二元对立，并确立了以"新""西""现代"三位一体互证价值的逻辑，这样一种互证逻辑构成新诗的合法性依据，而且决定了百年新诗发展的主流走向。第二，胡怀琛通过大量新诗批评、理论著作，如《白话文谈及白话诗谈》（上海广益书局，1921）、《新文学浅说》（上海泰东图书局，1922）、《尝试集批评与讨论》（泰东书局，1923）、《新诗概说》（商务印书馆，1923）、《诗学讨论集》（上海晓星书局，1924）、《小诗研究》（商务印书馆，1924）、《中国民歌研究》（商务印书馆，1925）、《中国文学辨正》（商务印书馆，1927）等，阐发了其"中国文学本位"的现代诗学主张，并辅以《大江集》《江村集》《胡怀琛诗歌丛稿》等诗集，以佐证与践行其诗学探索路径，而此路径与胡适所代表的主流新诗价值逻辑大相径庭，却在全球化的历史视野里，与胡适代表的主流新诗价值逻辑构成了必要的对话性。第三，1920年代，胡怀琛《尝试集批评与讨论》引发的诗学论争，作为对新诗发展路向的另一种可能性的思考与探索，当年看似被误判为新旧之争而被忽略，实则体现了新诗创立之初以音节为核心的"新"与"美"的冲突，这种冲突彰显出胡怀琛所追求的传承传统的汉语诗性建构之路——"传统诗体的现代汉语转化"（以白话，或者说以现代汉语的语言属性，来解放进而转化诞生于文言属性的传统诗体）。第四，《尝试后集》在诗体形式上以化用词曲小令为主，改变了《尝试集》所确立的白话自由体新诗的价值逻辑。将《去国集》《尝试集》《尝试后集》作为一个整体来考察，在这种整体观照中，胡适尝试新诗所选择的路向，虽然有力倡西化的一面，但他创作的主线则始终纠缠着传统，或借助西化诗体挣脱传统，或立足于新诗语言而归化传统诗体，这与1920年代胡怀琛重视新诗与传统的血脉关联的诗学构想形成了某种时空上的呼应。第五，从晚清黄遵宪等的"诗界革命"，到"五四"时期胡适的"放脚"白话诗、胡怀琛的"新派诗"，再到新中国毛泽东的新诗道路论，以及郭小川的"新辞赋体"，直至今天一些人所倡导和实践的、借助古典诗词资源重铸汉语诗性魅力的活动，均可谓是传统诗体的现代汉语转化这条路径上一脉相承的节点。第六，胡适的整体诗学探索既建构了立足于西化的新诗现代性体系，也质疑了这种体系，而这种质疑，正与胡怀琛的诗学探索产生了某种意义上的殊途同归（至少有交集）的效果。后来新诗发展的走向西化与回归传统两极之间徘徊、左右摇摆，也可以说是在胡适与胡怀琛所倡两种诗学探索路径之间的徘徊与摇摆。

本书的具体体例安排为：

第一章从语言探索方面比较胡适、胡怀琛在诗学理论上的相通与相异。二胡均承认"白话"为诗的合法性与"文言"诗语的生命力；在诗歌风格取向上也都弃雅趋俗，以明白、易懂为美学核心。因为这样的一种白话理念，他们不约而同选择在文化资源中寻找"小传统"来进行以白话入诗的试验，胡适进行了打油诗的尝试，胡怀琛进行了禽言诗的尝试。这种起点上的共识何以走向新诗的两种不同路向，是本书的一个要点。

第二章从诗体探索方面比较《尝试集》与《大江集》的分歧。胡适自述其以词曲体的破格律化尝试与古诗体的破格律化尝试为起点，最终在

《关不住了!》这首西诗中找到了白话新诗成立的依据,并确立了中国新诗西化的路径;而胡怀琛在诗体上坚持的是"融合论",它的诗作体式显示出杂陈感,既有通俗易懂的白话诗,也有古雅精致的白话诗,尤其通过尝试译诗来传承汉语的诗性之美,再由对《胡怀琛诗歌丛稿》中各种类型诗作的编排,彰显出其通过"体式"的传承与拓新,坚持语意浅白、典雅精致、富含诗性、能唱能诵的本土性汉语诗学理想。

第三章从自然音节方面比较胡适、胡怀琛关于《尝试集》的论争中所体现出来的诗学观。胡怀琛的《尝试集批评与讨论》中看似琐碎的音节论争,似乎没有多少诗学价值,但认真梳理其论争焦点,具体发掘胡怀琛的诗学主张及创作,会发现二胡的分歧正在于"新"与"美"的冲突。胡适要挣脱传统,为中国诗歌建立一种新的价值逻辑,这种价值逻辑,建构了旧/新、中/西、传统/现代的对立,并以"新""西""现代"三位一体互证价值的逻辑开启新诗的历史纪元。它使"新诗"成其为"新"而产生了与旧诗本质的不同,并获得了优于旧诗的价值。而胡怀琛是想在"唯西是新"之外探索新诗的可能性,即在传承传统的基础上创造新诗,使新诗葆有汉语几千年来积淀的诗性魅力。

第四章比较胡适、胡怀琛诗学观念的形成过程和不同本质。胡适的诗学理念可以归纳为"西化论",他的探索起于传统,在传统中寻求蜕变,最终在西化中完成。他以《关不住了!》作为"'新诗'成立的纪元",表达新诗对西洋"印欧语系"质素的横向移植,使新诗从根本上划出了传统与西方的界限。而胡怀琛的诗学理念则可归纳为"本位论",他明确喊出"中国文学本位"的口号,试图在新诗中建立千年汉语传承下来的诗性魅力,其诗学本质立足于传统,重视新诗与传统的血脉关联。"西化论"与"本位论"形成了截然相反的诗学主张。

第五章比较胡适、胡怀琛诗学探索的不同命运。胡适借助西化建构了中国新诗的起点,并影响了百年新诗的发展流脉;但其晚年编选《尝试后集》,纠偏了早先的新诗取向,其源于中国传统词曲体的"胡适之体",侧重于开掘汉语诗歌的传统诗体资源,是在新的历史语境中对传统的重审与新释。这种路径与当年的胡怀琛所倡导的新诗路向在汉语诗性上产生了交集,只是这时的胡适已然不再是主流诗人,但其"尝试者"的文学史形象已经先入为主地扎根于既有的新诗史，由《尝试后集》所形成的对于《尝试集》建构的新诗现代性的质疑以及对传统的新释，只成为一种被新诗主潮忽略的个人诗学。胡怀琛终其一生以传统为依托，试图建构新诗的汉语诗性，但最终并未能成为汉语诗美的守灵人，而成为历史尘滓中的守旧批评家，长期不入主流新诗研究者和文学史家的法眼。

结语部分通过梳理胡怀琛生前的经历、时人对胡怀琛的评价、胡怀琛死后的纪念性文字以及文学史著对胡怀琛的叙述，总结其被忽视的事实，强调在新的语境里重新发现和厘清传统诗体的现代汉语转化这条诗学脉络的必要性。

第一章　语言：新诗起点的一致性

早期白话诗人的诗学探索首先是语言问题。白话能否入诗，曾引来以胡适为中心的留美朋友圈的大量批评与讨论；文白之争也曾在国内热闹沸腾。胡适与胡怀琛在诗歌语言上所秉持的态度，决定了其诗歌创作中的体式、音节等诸多问题，并凝定成其各自诗学理论的核心内容。

胡适围绕他的白话诗实验及其成果《尝试集》发表的一系列言论：《谈新诗》（1919）、《〈尝试集〉自序》（1919）、《〈尝试集〉再版自序》（1920）、《〈尝试集〉四版自序》（1922）等，构成其白话诗学的主要文献。通常认为，胡适的白话诗学是百年中国新诗发展的理论起点。在这个起点上，胡适为文学史呈现的是一种"有什么话，说什么话；话怎样说，就怎样说"的"诗体的大解放"的新诗文体学。他以内容明白清楚、用字自然平实、节奏自然和谐、诗体自由无拘来想象新诗的理想模样。

《尝试集》出版一年后，胡怀琛的《大江集》问世，并冠以"模范的白话诗"之名——这个历史事件，在今天看来，早已湮没无声。"模范的白话诗"这种命名，显然意味着作者试与胡适的"尝试"及其所宣称的"'新诗'成立的纪元"一比高下。站在今天回望历史，如果说胡适编选《尝试集》有着为一个时代"立碑"的宏远志向，这种志向是通过其反复自我言说、自我回顾、自我塑造而彰显出来的，那么，胡怀琛想要为新诗树立白话典范的野心，则是从《大江集》的副标题中显赫地标榜出来的。胡怀琛为何在《尝试集》已广为普及时，在新文化派集中的场域里，响当当地甩出这么一本"重磅炸弹"式的诗集来刺激人眼球——当然，在我们所熟知的知识结构中，这本诗集在当时显然没有带来任何影响，新文化派也应该是以蔑视乃至无视的态度对之。然而，站在今天反思过去，我们似乎应该重新认识这本"模范的白话诗集"何以被著者称为"模范"，又何以堂而皇之地在不被新派认可的状况下称为"白话诗集"。

至少我们可以这样认为，当是时也，试图与胡适的"尝试"并肩的，还有其他不同的"白话诗"的"模范"形态。在白话新诗的坚定拥护者胡怀琛那里，以白话入诗显然不仅仅是"新文化阵营"的手段。

第一节 语言资源："白话"与"文言"

一 "白话"的合法性与"文言"的生命力

胡适以白话作诗，是为了造就"文学的国语"而创造"国语的文学"所必须发起的攻坚战。在胡适看来，造就"国语的文学"的语言资源不外乎这样几个方面：古白话、今日用的白话、欧化语、文言的补充。[①] 这些语言资源里，文言看似并未被完全排斥，只是作为一种补充，来造就新的国语。但是，从权力场域来看，文言由传统的中心位移到了边缘，而原本处于边缘的白话位移到了中心，这貌似不大的变革却颠覆了几千年文言本位的传统。那么接下来问题在哪里呢？我们知道，散文的文体特性比较注重日常本色，诗歌比较注重非日常态的修饰。从这个角度来说，白话与文言的区别之一在于：白话较之于文言更具有日常本色特质，似乎是天然的散文语言，而不适合于作诗。这就意味着，胡适要以"白话作诗"取代"文言作诗"的正宗地位，首先遇到的必然是"白话"的合法性以及"文言"的生命力的问题；而旧诗渊源深厚的审美成规、惯例又必然导致新旧文体学范式的冲突。《尝试集》出版以前，胡适就是在与论敌的多次论争中才逐渐形成其基本的"白话"诗学观的。他倡导"作诗如作文"，以俗话、俗语入诗，清除旧诗根基，从某种意义上切断了语言的纵的继承，力图打破整个古典诗歌体系。

胡适在留美朋友圈中关于以"白话作诗"的大讨论，以及后来所发

---

① 参见胡适《中国新文学大系·建设理论集·导言》，上海良友图书印刷公司，1935。

表的关于白话的诸种主张，只能说是一种倡导，其实并不能代表当时中国社会的普遍现象。胡怀琛在胡适之后，提出了一套甚至比胡适更为全面的建设新文学的方案。首先，胡怀琛意识到对文字与语言概念进行界定与分类的重要性。他归纳"语言"为普通语言、高等语言、特别语言、古语、方言五类，"文字"为普通文字、高等文字、特别文字、古文、方文五类。姑且不论其划分是否科学，从这种划分可以看到，他与胡适最大的区别是：古语也好，方言也罢，胡怀琛规避了白话与文言的轻重地位问题，而在用另外一套标准来看待语言文字问题。当然，胡氏并不是没有看到古文势必灭亡的命运，对于将来的趋势，胡氏指出：第一，古语、古文不合时势，必将完全废弃（当时有一部分已废弃，还有一部分没废去）。第二，方言、方文将渐渐统一。统一之后，方言、方文的名词，便可废去。第三，科学日精，世事日繁，特别的言语、文字将会增多。第四，人所受教育的程度，一时不能相齐，所说普通语言文字和高等语言文字的界限，也不能泯灭。① 这个论述不可谓不具有一定的远见卓识，它涉及方言与普通话的统一问题、口语与书面语的问题，以及随着时代变化而出现的新兴词汇问题。他明确指出其著书旨在让人"能彻底明白文言和白话的关系"，但在系统而具体的论述中，他其实并未专门或者明确地厘清文言与白话的关系，二者实际上交错地隐含在其整体论述之中。比如，他辨析："中国今日以前，所有的文字，十分难读，有四个原因：（一）是高等文字，（二）多半是古文，（三）间或有特别文字，（四）间或有方文。"他给出的改良方法是："（一）废古语，古文，（二）不用方语，方文，（三）划清普通和高等和特别的界限，（四）规定普通的模范语言文字。（高等的由各人自己变化，决无一定的格式）。"② 在规范汉语这一点上，胡怀琛比胡适走得更远。胡适要证明以白话作诗的合法性，其最终目的是实现"中国的文艺复兴"的伟业；胡怀琛却只是专在汉语问题上作深入思考。在胡怀琛的"新文学建设的根本计划"中，他承认"旧文学总算已破败了"，但"新文学还没有建设"。他认为这种建设，第一步需要

---

① 胡怀琛：《白话文谈及白话诗谈》，上海广益书局，1921，第4~7页。
② 胡怀琛：《白话文谈及白话诗谈》，上海广益书局，1921，第7页。

"组织机关"对文字制定统一的规定,譬如"的"与"底"的统一。第二步需要将文学分为两大部——古文和今文:"原有的文字为古文,用一种规定的白话文为今文。"第三步为出两部字典,分别为古文字典与今文字典。古文字典暂用原有的字典,不必再编;今文字典,便是在原有的字里选出两千字(此数是假定的),此外,将通行字删去,不认作今文。凡遇一字两解或数解的情况,只取常用的,至多以三个为止(假定的),其他的通通不认作今文,此外再加入若干字(便是以前字典里所没有的),共编成一部字典。第四步分今文为两类——用文和美文。第五步依次编相应的文法。第六步编辑教科书,按照今文字典里的字及用文、美文的方法,编一套各科的中小学教科书。第七步实行,无论学生作文、商人写信和报纸公文等,用字都要照今文字典,措辞都要照新编的方法(除了专门文学不算)。第八步,清理古书。将今日以前所有的书籍,清理一番;编一目录,供大家查考,认为没价值的不必编入。第九步翻译古书。将有价值的古书,次第翻成今文,如周秦诸子,只要译他大意,不能按一句一字照译。除此九步依次执行外,胡怀琛还强调相辅助的步骤:注音字母和符号的规定与应用。[①] 看来,在胡怀琛对新文学的建设中,统一的汉语(普通话)乃为根本,而且其"汉语"是以今文字为主,包含古代常用的汉字,虽然他删除了大量不实用的古字,但仍然有所保留,且保留的是常用古汉字(如三个以上意思的取其常用意义);对于用今文字翻译古文,其用意也在用今文普及传统文学,使传统文学以现代的方式仍为人所用。在胡氏这里,虽也赞成用白话作文,但并未完全排斥文言的内容,而是强调转化、兼收并蓄,创建新的"汉语文"体系。

当然,胡适与胡怀琛的不同之处是,胡适作为白话诗文运动的倡导者,早在1915年夏到1916年秋,当他还在与其留美朋友梅光迪、任鸿隽发生论辩时,就已然谈到了白话能否入诗的问题,而胡怀琛对白话的系统阐释已是五年之后。1915~1916年的胡适已经主张用白话做一切文学的工具,而梅光迪认为"小说词曲可用白话,诗文则不可",任鸿隽也认为

---

① 胡怀琛:《新文学建设的根本计划》,《白话文谈及白话诗谈》,上海广益书局,1921,第8~13页。

"白话自有白话的用处（如作小说、演说等），然不能用之于诗"。① 当胡适提出"诗国革命何自始？要须作诗如作文"时，梅光迪用"诗之文字"与"文之文字"的区别予以反驳。他认为用"俗语白话"入文，"似觉新奇而美，实则无永久价值"，因为这种日常口语"未经美术家锻炼"，缺乏凝练、精致的美感，而"徒诿诸愚夫愚妇无美术观念者之口"，"鄙俚乃不可言"。② 在梅氏看来，文言是诗性语言，白话是日常语言，非诗性语言不能诗性化，不能用于诗歌创作。而胡适坚持"诗味在骨子里，在质不在文"③，他相信清晰与透明的白话同样能创造诗意。这场论争的结果促成了胡适的白话诗实验。显然，能够与辩友达成一致的是：白话作为一种工具，在小说这种文体中得到运用已然有一段不短的历史，但它扩展到新的文学体裁——诗歌中，则是一个颇具新意与争议的问题。一个已经建立的语言体系扩张其体裁范围是一个重要的现象，虽然这种现象还不足以"革命"到产生一个"大写日期"的程度。④ 但胡适力图通过建构新诗，完全去掉其"古典"性质，运用白话创作适应现代生活的诗歌，其目的在于产生"革命"的效果，"破"重于"建"。胡怀琛给出一整套新文学建设方案时，已是1921年，这时的"文学革命"已经轰轰烈烈地发生了，《尝试集》已正式出版，白话作为现代汉语的主体，取代文言的正宗地位，已成为不言而喻、不证自明的事实。此时，对于胡适及其新文化派而言，所面临的问题是在白话诗中有没有文言的位置，亦即白话诗语言的资源问题。其实，胡适最初是想将文言也作为一种诗学资源的。《新青年》1917年第3卷第4号上发表了胡适的四首白话词，随后在1918年与钱玄同的通信中，他曾表示自己最初不愿杂入文言，后忽然改变宗旨，不避文言；并且认为词近于自然诗体，主张"各随其好"。胡适的这种暧昧态度表明他并不想对文言"赶尽杀绝"，并不愿在白话与文言之间形成完全彻底的"断裂"，他力图在白话语言系统中仍然保存文言中充满活力的

---

① 胡适：《逼上梁山》，《胡适全集》第18卷，安徽教育出版社，2003，第120页。
② 胡适：《逼上梁山》，《胡适全集》第18卷，安徽教育出版社，2003，第116页。
③ 胡适：《尝试集·自序》，《胡适全集》第1卷，安徽教育出版社，2003，第184页。
④ 此说出于宇文所安《过去的终结：民国初年对文学史的重写》，《他山的石头记——宇文所安自选集》，田晓菲译，江苏人民出版社，2003，第306~335页。

部分。但钱玄同当时决然反对填词似的诗歌，强调"今后当以白话诗为正体"。① 在新文学强大的权力场域中，钱玄同二元对立的思维坚定了胡适摒弃文言的决心，于是他决然放弃文言，在追述自己以白话作诗历程时，认定了一个"主义"，即"充分采用白话的字，白话的文法，和白话的自然的音节"②。"诗体的大解放"主张也由此而来。

尽管如此，新诗能否用文言仍然有所争议。朱经农认为"文言文不宜全行抹杀"，他并不反对白话，但认为"要兼收而不偏废"。③ 任鸿隽提出"诗心"问题，认为"用白话可做好诗，文言也可做好诗，重要的是'诗心'"。④ 学衡派的吴芳吉认为："非用白话不能说出的，应该就用白话；非用文言不能说出的，也应该就用文言；甚至非用英文不能做出的，应该就做英文。总之，所谓白话、文言、律诗、自由诗等，不过是传达情意之一种方法，并不是诗的程度。美的程度，只为一处。至于方法，则不必拘于一格。"⑤ 这种主张新诗中可以掺入文言以提升诗性的观点，在胡怀琛的诗学主张里得到了更为不证自明的回应。

二 新"汉语"体系的想象性建构

1920 年代初胡怀琛在对新诗的构建中，首先也是对旧诗进行批判。在《白话文谈及白话诗谈》等著作中，他多次谈及为什么要破坏旧诗，大致说来三点原因：第一，为时势所逼近，不得不变。诗人所处的环境都已变迁了，他作的诗，怎能不变？如要不变，便违背发表自己感情的本旨，就不是真诗。第二，诗被作坏了，自然不能支持。就中国文学史而论，这个已成了定例。"迨胡适之新体诗出，乃如摧枯拉朽，片刻便倒了。胡适之所处的地位好，这是机会问题。他有具体的改造办法，这是我钦佩他，旁人所做不到的。"第三，凡事穷则变，也是一定的道理。

---

① 《论小说及白话韵文·胡适致玄同，附钱玄同复信》，《新青年》1918 年第 4 卷第 1 号。
② 胡适：《尝试集·自序》，《胡适文集》第 3 卷，人民文学出版社，1998。
③ 《新文学问题之讨论·朱经农致适之，附胡适复信》，《新青年》1918 年第 5 卷第 2 号。
④ 《任鸿隽致胡适，附胡适回信》，《新青年》1918 年第 5 卷第 2 号。
⑤ 吴芳吉：《谈诗人》，贺远明等选编《吴芳吉集》，巴蜀书社，1994，第 422 页。

譬如四言变五言、古诗变近体、诗变词、词变曲，都合着穷则变这一句话。① 这里的"时势"之"变"，固然有时代氛围的变迁，也自然包含文化语境的变化，比如旧诗灭亡、白话诗普及的必然趋势。值得提出的是，第三点"穷则变"中的具体论述，如古诗变近体、诗变词、词变曲等，显然与胡适的论断在表面上有一致之处。胡适说："文学革命，在吾国史上非创见也。即以韵文而论：《三百篇》变而为骚，一大革命也。又变为五言，七言，古诗，二大革命也。赋之变为无韵之骈文，三大革命也。古诗之变为律诗，四大革命也。诗之变为词，五大革命也。词之变为曲，为剧本，六大革命也。何独于吾所持文学革命论而疑之？"② 这里对于"变"的合法性的论述，看起来是来自对中国诗歌流变进行的梳理，但这种流变的动力何在？胡适没有说，因为对于他而言，在西方进化论传播至中国的时代，这是不言而喻的。而胡怀琛所谓的"穷则变"的核心思想，则来源于《周易》之"易，穷则变，变则通，通则久"③。这种变化是周而复始的，而非线性进化的。也就是说，在胡怀琛看来，当世的生活变了，旧的文学已经无法适应新生的社会，唯有改变才能适应现代生活。这是一种"变化—变化—变化"的循环往复、生生不息的"易"。

其次，在胡怀琛的诸多论著里，很难找到其专门关于以白话与文言入诗问题的论述，这给我们的表象是，似乎胡怀琛并未关注以白话入诗与文言的生命力问题。但事实上，我们从胡怀琛对于新的"汉语"体系的想象性建构中可以看到，胡怀琛并未关闭以文言入诗的大门，相应地，在他的诗学著作中，他似乎理所当然地将白话与文言放置于一个平台，整体性地看待中国诗歌的发展以及新诗建构问题。他从精神与形式两个方面界定"诗"的概念，强调"诗言志，歌永言，声依永，律和声"，将诗歌理解为"有音节能唱叹的文字"。④ 他特别看重音节与唱叹的功能。胡适在论述诗歌情感时，也非常肯定"情动于中而形诸言。言之不足，故嗟叹之。

---

① 胡怀琛：《我对于她字的意见》，《白话文谈及白话诗谈》，广益书局，1921，第18页。
② 胡适：《胡适留学日记》（下），安徽教育出版社，1999，第284页。
③ 《周易·系辞》（下），徐渊、张新旭译注《易经》，黄山文化书院，1992，第381页。
④ 胡怀琛：《新诗概说》，商务印书馆，1923，第4页。

嗟叹之不足，故咏歌之。咏歌之不足，不知手之舞之，足之蹈之也"[1] 这样的传统观点，特别强调诗歌要表达"情感"，阐发"情感者，文学之灵魂。文学而无情感，如人之无魂，木偶而已，行尸走肉而已"；并补充："今人所谓'美感'者，亦情感之一也。"(《文学改良刍议》之一，"须言之有物")这一点上二胡观点很一致。在诗歌的组织上，胡怀琛强调"内容是意"，"外表是声和色"。其所谓"声"包括"调"和"韵"两种："调是平、上、去、入，四声的配置；喉、齿、牙、唇、舌各音的调和。韵是句尾的押韵。"单有了韵没有调，声音必不和谐；单有了调没有韵，声音和谐不和谐，也是一个问题。所以，二者相辅相成，互为依存。[2] 在这一点上，胡适并未纠缠于韵调之说，因为其目的正是挣脱传统，为了避免落入传统的窠臼，胡适阐发了更"新"的观点，比如他提出用"内部的组织"来取代字句层面包括靠节奏、音调和押韵的整齐律一来营建诗歌音乐美的方式。虽然胡怀琛在是否押韵的问题上也比较宽容，秉持可押也可不押的态度，然而他却特别在意音调和节奏，这势必促使其将重心放到诗歌的音乐性上，反而未专门考虑白话与文言在诗性上的区别。因为在他的新诗学建构中，诗歌的语言是一种全新的"汉语"体系，没有文白之分，这意味着这个体系的庞大与包容，使得文言诗语的生命力不成其为一个问题，诗性本身既包括偏于日常性的白话，也自然涵纳偏于诗性的文言。在胡适的新诗学理论中，文言的生命力就成了一个问题，因为新文学要将"白话"这个工具扩展到小说之外的其他文体，尤其是诗歌这种讲求诗性的文体，以此完成"白话"取代"文言"的任务。这种二元对立的思维，预示着文言必须被消除；而如果完全祛除文言，那么如何营造诗歌的诗性？在从古代诗歌向现代诗歌嬗变的过程中，胡适提出用白话的音节流转来取代传统文言诗性的音韵来创造音乐美，这实际上是一种"西化"的肇始，也是其与胡怀琛产生差异的根本点。

其实，我们回过头来阅读胡怀琛的诗学论著，发现对新生事物特别敏感的胡怀琛也曾对"无韵诗"进行过研究。他还指出，无韵诗的作法需

---

[1] 《尚书·尧典》，徐奇堂译注《尚书》，广州出版社，2001，第12～13页。
[2] 胡怀琛：《无韵诗的研究》，《白话文谈及白话诗谈》，广益书局，1921，第1页。

遵循四点：第一，无韵诗可以偶然作，但并不须专门作这一种诗。第二，要极自然。第三，要有调。第四，宜乎作短诗，不能作长诗。[①] 胡怀琛自己的创作实践也充分遵循了这种标准，后文有详细论述，此处不必赘述。强调"自然"与"调"，与胡适强调新诗的"自然"与"音节"之美，近乎一致。胡怀琛对于新诗的想象里，似乎一直未刻意谈论文言是否可以入诗的问题，其着眼点乃中国诗歌的整体发展。即便是新近的"新体诗"也只是拥有几千年历史的中国诗歌在新时代的新表现，似乎并未与传统诗歌有一个彻底的了断。更不必说文言诗语的生命力问题，因为在他那些明白浅俗的歌谣体新诗之外，还有更多古雅的新诗尝试，其中使用了大量的具有诗性的文言语汇，这在后文的创作实践论中会有更全面的阐述。

第二节　白话的美学追求：明白易懂

在"白话入诗"这个问题上，二胡虽有差异，但大致来说也有更多的相通之处，那么，接下来需要思考的是二胡所谓"白"的具体所指，以及由白话入诗而来的诗歌美学问题。

一　"白话"的审美标准

二胡所理解的"白话"都古已有之，具有一个悠远的传统。不同的是，胡怀琛并未将它从中国诗歌传统中分离出来，作为文言传统的对立，他只是将这个传统视为整个中国诗歌千年传统中的一条源远流长的脉络，并不因它而否定另一个文言传统。比如，他认为文言诗中有好诗，白话诗中也有坏诗；旧诗里他就很推崇作诗老妪能解的白香山，新诗里他就认为有些诗由于音节不自然而解放得太过分了。也可以这样说，其持之以恒的衡量标准乃为诗性。他眼中的"新诗"与"旧诗"只是时间上的差别。他从精神与形式两个方面来整体性定义中国诗歌：精神上以情为主、智为辅、意为辅，形式上以声为主、词为辅。民国以后出现了新诗，新诗既

[①] 胡怀琛：《无韵诗的研究》，《白话文谈及白话诗谈》，广益书局，1921，第11页。

出，以前的诗，都名为旧诗。① 所以，在胡怀琛那里，中国诗歌是一个整体，新诗相对于旧诗，只是时间问题。尽管如此，胡怀琛还是敏锐地觉察出了新旧诗的一些差别。比如，他认为新诗可以扫除旧诗的种种流弊："由特别阶级的解放到普通社会的""由雕饰的解放到自然的""由死文学的解放到活文学的"②。但他也补充了新诗同样可能存在的流弊："然我以为活文学的注解，不专是指现代的文学，也兼指自己的文学；在诗里便是有自己的感情。倘然没自己的感情，硬学胡适之、沈玄庐……便是死文学。"③

与胡怀琛不同的是，胡适势必要梳理出一个独有的、未受重视的，而实质上根深蒂固且意义远远大于文言传统的白话传统，这种二元对立的思维，与胡怀琛将白话传统视为中国诗歌整体传统中的一个流脉相比，是大相径庭的。胡适曰"然以今世历史进化的眼光观之，则白话文学之为中国文学之正宗，又为将来文学必用之利器，可断言也。（此'断言'乃自作者言之，赞成此说者今日未必甚多也。）以此之故，吾主张今日作文作诗，宜采用俗语俗字。与其用三千年前之死字（如'于铄国会，遵晦时休'之类），不如用二十世纪之活字。与其作不能行远不能普及之秦汉六朝文字，不如作家喻户晓之《水浒》、《西游》文字也"。（《文学改良刍议》之八，"不避俗语俗字"）按胡适所说，他最初倡导之"白话"与《水浒》《西游》之"俗语"并没有什么差别。其所谓诗中之"俗语俗字"，与古白话的界限模糊不清，与后来的"白话"相比，还是比较模糊和缺乏规范的。1917 年 11 月 20 日，胡氏在《白话解》中，这样解释"白话"的"白"：

> 白话的"白"，是戏台上的"说白"的白，是俗语"土白"的白。故白话即是俗语。
>
> 白话的"白"，是"清白"的白，是"明白"的白。白话但须要"明白如话"，不妨夹几个文言字眼。

---

① 胡怀琛：《诗与诗人》，《大江集》附录，崇文书局，1921，第 11 页。
② 胡怀琛：《诗与诗人》，《大江集》附录，崇文书局，1921，第 14 页。
③ 胡怀琛：《诗与诗人》，《大江集》附录，崇文书局，1921，第 17~18 页。

> 白话的"白"是"黑白"的白。白话便是干干净净没有堆砌涂饰的话，也不妨夹入几个明白易晓的文言字眼。①

在十年后回顾新文学运动时，胡适仍然强调：

> 《红楼梦》、《儿女英雄传》的北京话固然是好白话，《儒林外史》和《老残游记》的中部官话也是好白话。甚至于《海上花列传》的用官话叙述，用苏州话对白，我们也承认是很好的白话文学。甚至于欧化的白话，只要有艺术的经营，我们都承认是正当的白话文学。这二十年的白话文学运动的进展，把"国语"变丰富了，变新鲜了，扩大了，加浓了，更深刻了。②

相对于十年前将"俗"几乎等同于"白"，此时的胡适，在白话经历了十年的发展后，已开始用宽容、宽泛和标准的"国语"概念来取代"白话"这个说法。但在诗歌的创作与评论中，我们可以看到，由于"俗"的根深蒂固的影响，胡适由此而形成的白话诗学观中，弃繁趋简、弃雅趋俗、明白易懂成为其本质内核。

胡适在评论新诗时，一向持"读来爽口听来爽耳"的口语化节奏标准③，他认为白话"既可读，又听得懂"，"今日所需，乃是一种可读，可听，可歌，可讲，可记的言语"，使"诵之村姬妇孺皆可懂"。④ 所以，用白话入诗，"有什么话，说什么话；话怎么说，就怎么说"，包孕着其要求诗歌明白易懂的取向。1920 年，在《什么是文学》一文中，胡适强调了"明白清楚"对文学的重要性。1922 年，胡适在《评新诗集》中说，论诗的尝试有三个阶段："浅入而浅出者为下，深入而深出者胜之，深入而浅出者为上。"⑤ 他认为康白情的好诗"读来爽口，听来爽耳"；而俞平

---

① 胡适：《答钱玄同书》，《胡适文存》第 1 卷，上海书店出版社，1989，第 54～55 页。
② 胡适：《中国新文学运动小史》，《胡适文集》（1），北京大学出版社，1998，第 132 页。
③ 胡适：《评新诗集》，《胡适全集》第 2 卷，安徽教育出版社，2003，第 806 页。
④ 胡适：《逼上梁山》，《胡适全集》第 18 卷，安徽教育出版社，2003，第 113、114 页。
⑤ 胡适：《评新诗集》，《胡适全集》第 2 卷，安徽教育出版社，2003，第 821 页。

伯所谓有"平民风格"的诗,"差不多没有一首容易懂得的"。① 在《北京的平民文学》里,他高度评价民间歌谣,批评白话诗人"宁可学那不容易读又不容易懂的生硬文句,却不屑研究那自然流利的民歌风格"②。1924年,胡适在《胡思永的遗诗·序》中详细提出关于"明白清楚"的"胡适之派"的主张。可见,"明白易懂"是胡适白话的诗歌观念中极为重要的审美标准。

这种审美标准,与胡怀琛趣味一致,但在胡怀琛这里,它只是新诗多种可能性中的一种,即使是极重要的一种,也不应因此而封杀其他可能性。所以,胡怀琛批评胡适过于独断,抹杀了新诗的其他可能性:"胡适之的新体诗,我也承认他是各派诗里头一派。若说有了他的一种诗,旁人的诗都不算诗,这句话我不赞成。""因为他虽有他的好处,旁人也有旁人的好处。"③ 这里,胡怀琛的眼光是包容的、容纳多元的。早期新诗在形成与发展的过程中,应该并且实际上也确实存在着多种可能性,胡适及其新文化阵营在权力场域中拥有雄厚的文化资本,在新诗构建中掌握了话语权,从而形成了以《尝试集》为中心的所谓"尝试派"。而反观与胡适同时代的胡怀琛之言论,一方面,在新文学的建设方面,胡怀琛曾明确指出新文学的精神:"第一在老老实实说话;不说一句空话,不说一句粉饰妆点的话。第二在明明白白,人人都懂。第三在先有了意思,然后做文;不是先要做文章,然后四处搜罗意思。"④ 这是以白话为文而产生的明白易懂的审美原则。另一方面,对于以白话入诗,胡怀琛认为:现在的新体诗,要普及一般社会,所以要人人做得到,人人看得懂。他进一步论述,这话须分两层说:"一层是人人看得懂;一层是人人做得到。人人看得懂,是我所极端赞成的,便是要我们做的诗,叫人家易读易懂,我便是本着这个条件而行;但是人人看得懂里头,仍旧有一个好字;倘然只顾了人人能懂,却不管好不好,这诗就可以不必做。'若说到实用,只须文已够了,何必要诗。且诗的实用,便是比文更能感动人;倘然不好,便不能感

---

① 胡适:《评新诗集》,《胡适全集》第2卷,安徽教育出版社,2003,第806、807页。
② 胡适:《北京的平民文学》,《胡适全集》第2卷,安徽教育出版社,2003,第833页。
③ 胡怀琛:《新派诗话》,《白话文谈及白话诗谈》,广益书局,1921,第33页。
④ 胡怀琛:《白话文谈及白话诗谈》,广益书局,1921,第14页。

人；不能感人，便失了诗的效力；人说是实用，我说这正是不能实用。'"① 可见，胡怀琛在明白易懂的基础上，还注入更深的一层——诗美原则。其所谓"好"，是在明白易懂基础上保持汉语诗性之美。这正显示出早期以白话入诗所带来的诗性缺失的困扰。

当胡适将诗歌从传统高雅文学的顶峰降到通俗明白、"老妪能解"，强调与平民百姓的沟通与交流时，这一方面正是"五四"时期文化启蒙主义在诗歌观念上的反映；但另一方面，现代汉语势必从初期的"白话"向着更为精致的文人书面语发展，新诗的语言美学也必然开启新的探索路向，胡适基于新文化运动初期的"白话"而建立的白话诗"明白易懂"的语言美学，在能否成为超历史的普遍性诗学上会带来一定的疑问。白话较之于文言，一方面易于交流，使人人能懂；而另一方面则可能因为缺乏诗性而产生"诗"与"非诗"的矛盾。这一点在后来新诗的发展史中，不断引起各种争议。

二 "白话"美学观的民间资源

二胡较为一致的弃雅趋俗、明白易懂的诗学观，不仅来自"白话"本身所具有的俗白特点，而且在于二者对建构白话新诗所择取的传统资源的一致性。1931 年，胡适在北大国文系作演讲时，指出中国文学的来源中，最重要的是"民间文学"，认为新文学的来路也将是"民间文学"②。他对当时大规模的搜集民间歌谣、故事的举动很是赞同，认为它有益于新文学的开拓，并非"浅鲜"。他曾经提出在歌谣的基础上，"根据在人民的真感情之上，一种新的'民族的诗'也许能产生出来"③。他还提出"中国新诗的范本，有两个来源：一个是外国的文学，一个就是我们自己的民间歌唱。二十年来的新诗运动，似乎是太偏重了前者而太忽略了后者"④。最后，他提到一首明末流行于民间的革命歌谣时说："真不能不诚

---

① 胡怀琛：《新派诗话》，《白话文谈及白话诗谈》，广益书局，1921，第 34 页。
② 胡适：《中国文学过去与来路》，《胡适全集》第 12 卷，安徽教育出版社，2003，第 221 页。
③ 胡适：《北京的平民文学》，《胡适全集》第 2 卷，安徽教育出版社，2003，第 833 页。
④ 胡适：《〈歌谣〉复刊词》，《胡适全集》第 12 卷，安徽教育出版社，2003，第 329 页。

心佩服三百年前的'普罗文学'的技术的高明！现在高喊'大众语'的新诗人若想做出这样有力的革命诗，必须投在民众歌谣的学堂里，细心静气的研究民歌作者怎样用漂亮朴素的语言来发表他们的革命情绪！"① 由于政治立场与文化背景的不同，胡适与"大众化"诗歌运动并没有历史交集。但从胡适的诗学主张可以看到，胡适对早期诗歌平民化的要求在1930年代语境中仍然有所坚持，对民间白话资源的重视更是借"大众化"诗歌而极力张扬。

胡怀琛之所谓"白话诗"，其"白话"的资源来于民间："古时候抄写的工具不发达，印刷更谈不到，要紧的语言，全要记忆在脑子里，然而语言甚冗繁，记忆起来，很不容易，不得不用口念熟了，帮助记忆。要能够念熟而便于记忆，那就不得不编成整齐而有韵的诗歌式了。谣谚就是这样。"② 在胡怀琛的思想中，诗歌从根源上就来自民间易记的传统，以俗字、俗语入诗自会成为必然。所以，胡怀琛认为"诗的自身，便是和白话接近"，而且这白话是"里巷歌谣的本来面目"。③ 胡怀琛在1930年代有专著《中国民歌研究》问世，这是其从1920年代初期开始就对白话新诗进行思考的结晶。与胡适从西化转向民间的变化或者说对新诗资源持中西双重性态度不同的是，胡怀琛一以贯之地强调白话新诗的民间传统。他认为，民歌即"流传在平民口上""歌咏平民的生活"④；而一切诗皆发源于民歌，因为它们都有着"真情流露""纯任自然，不假修饰"⑤的特点，且均以白话入诗，形成的是明白易懂的美学风格。

第三节　发现小传统：打油诗与禽言诗

以白话入诗在二胡诗学理论中具有相通与相异两种表现，这在二者的实践中也有所体现。如果说相对于"文言"这个大传统，二胡不约而同

---

① 胡适：《〈歌谣〉复刊词》，《胡适全集》第12卷，安徽教育出版社，2003，第331页。
② 胡怀琛：《中国民歌研究》，商务印书馆，1935，第5页。
③ 胡怀琛：《文学短论》，梁溪图书局，1926，第22页。
④ 胡怀琛：《中国民歌研究》，商务印书馆，1935，第6页。
⑤ 胡怀琛：《中国民歌研究》，商务印书馆，1935，第121页。

肯定了"白话"这个小传统，那么在"明白"的美学风格背后，二胡的具体实践又在白话这个大传统中寻找到了俗文学这个"小传统"。

一 胡适的打油诗尝试

在胡适的种种尝试中，打油诗曾是其构建理想新诗的一条路向；在胡怀琛的种种尝试中，禽言诗曾是其构建理想新诗的一条路向。打油诗与禽言诗有相似之处，它们都属于俗文学的小传统，是旧有诗体，语言俗白，活脱自然，富于口语化，充满意趣。基于以白话入诗的原则，二胡在构建理想新诗时，都选择了弃雅趋俗、明白易懂的美学原则，然而在具体选诗时，两者却表现出不同的眼光。从尝试到成集，写诗的实践与选诗的结果，均体现出二胡一致诗学趣味追求下的不同新诗探索之路。那么，打油诗与禽言诗可以说是二胡在尝试新诗中曾经偶然出现过的某种交集。

在胡适的"尝试"[①]期间，胡适曾集中创作打油诗，时间集中在1916年8月至12月四个月，尤其是10月底至11月上旬间：10月23日作《打油诗一束》4首，11月1日作《打油诗又一束》4首，11月3日至4日作《打油诗》2首，11月7日又作《纽约杂诗（续）》。

在《尝试集》初版自序中，胡适回顾美洲的笔墨官司，提及长达百余行的《答梅觐庄——白话诗》（1916年7月22日），称其为"白话游戏诗"，"一半是朋友游戏，一半是有意试做白话诗"。此诗模拟梅光迪与胡适的语气，描述二人进行文白争论的过程，其对话与神情描摹得惟妙惟肖。无论是描摹两人论争的场面，还是讨论具体的诗学问题，都用通俗明白的方言、口语，不讲平仄与对仗，通俗粗浅，生动风趣，幽默诙谐，以至于梅光迪称其如儿时所听的"莲花落"。"莲花落"是一种地方戏，也称"瞎子戏"，是明清时期盲人乞讨唱的民间曲艺，内容多为劝世扬善惩恶，使用方言说唱，通俗易懂，生动风趣。这种地方曲艺与打油诗一样，是不为正统文人重视的。任叔永与梅光迪均认为胡适的试验完全失败，皆

[①] 还原《尝试集》初版代序《尝试篇》的时间，以《孔丘》（1916年7月29日）为起诗，以《晨星篇》为结诗，那么，在这个"尝试"期间，胡适共创作诗歌136首，入选《尝试集》共73首，余下的诗作中，打油诗有14首。

因其语言俚俗，非"高美芳洁之文学"。在梅、任二氏眼中，白话缺乏诗性，以白话作诗必然尽失诗意。但胡适坚持不再作文言诗词，那么，以白话入诗将如何着手尝试呢？这时，他选择了打油诗这种诗体。

在"白话游戏诗"之后，胡适尝试创作了一系列幽默诙谐的打油诗。如《打油诗寄元任》，这是送给患阑尾炎的赵元任的："闻道先生病了，叫我吓了一跳。'阿彭底赛梯期'，这事有点不妙！依我仔细看来，这病该怪胡达。你和他两口儿，可算得亲热杀：同学同住同事，今又同到哈佛。同时'西葛吗鳃'，同时'斐贝卡拔'。前年胡达破肚，今年'先生'该割。莫怪胡适无礼，嘴里夹七带八。要'先生'开口笑，病中快活快活。更望病早早好，阿弥陀佛菩萨！"[1] 未再像《答梅觐庄——白话诗》中那样讨论诗国革命之事，或者是对白话诗文之争的思想与情绪加以表达，胡适干脆直接取名为"打油诗"。从语风上看，口语色彩强烈，不避俗语、俗字，更尝试将外语音译词运用到打油诗里。再如8月22日所作《打油诗戏柬经农杏佛》："老朱寄一诗，自称'仿适之'。老杨寄一诗，自称'白话诗'。请问朱与杨，什么叫白话？货色不道地，招牌莫乱挂。"由此诗可见，在当时留美朋友圈中，分行创作打油诗的不止于胡适一人。但朋友多为嘲讽与戏谑之作，对白话作诗仍然持否定与怀疑态度，只有胡适是带着新诗理想坚持创作。

其中，《答胡明复》一诗颇有尝试特点：

咦

希奇！

胡格哩，

勿要我做诗！

这话不须提

我做诗快得希，

从来不用三小时。

---

[1] 胡适：《胡适留学日记》（下），安徽教育出版社，1999年，第386～387页。本章所引胡适诗歌均出自此书，故不再一一标注。

提起笔何用费心思?
笔尖儿嗤嗤嗤嗤地飞,
也不管宝塔诗有几层儿!

　　这首诗作是胡适回复胡明复时所作的宝塔诗。宝塔诗是杂体诗的一种,原称"一七体诗",从一字至七字诗,从一字句到七字句,首句为一字,一韵到底。第一字,也是第一句,既是题目,又规定韵脚,规定全诗描写的对象和范围。胡明复10月23日寄打油诗二首给胡适,前一首为:"纽约城里,有个胡适,白话连篇,成倽样式!"第二首是"宝塔诗":

痴!
适之!
勿读书,
香烟一支!
单做白话诗!
说时快,做时迟,
一做就是三小时!

　　二胡都以吴语方言语汇入诗,不可不谓之一种尝试。胡明复前首诗中的"倽"为吴语的"什么"之意,后首诗中的"书"在吴语中读如"诗"。胡适诗中的"格哩"在吴语中"称人之姓而系以'格哩'两字,犹北人言'李家的''张家的'","勿要"在吴语中两字合读成一音(fiao),"犹北京人言'别'"。① 比较两首宝塔诗,可见胡适的诗更有尝试与突破特征。胡明复的宝塔诗严守"一七体",第一个字"痴"既是诗题,又是整首诗的韵脚,在此方面,胡适以语气词开篇,并没有严格遵守押韵规范。

　　《再答陈女士》是胡适回复陈衡哲的诗,陈诗为:"所谓'先生'者,'密斯忒'云也。不称你'先生',又称你什么?不过若照了,名从主人

---

① 胡适:《胡适留学日记》(下),安徽教育出版社,1999,第418~419页。

理，我亦不应该，勉强'先生'你。但我亦不该，就呼你大名。'还请寄信人，下次寄信时，申明'要何称。"该诗乃是对此前胡适所作《寄陈衡哲女士》的回复："你若'先生'我，我也'先生'你。不如两免了，省得多少事。"胡适又回诗："先生好辩才，驳我使我有口不能开。仔细想起来，呼牛呼马，阿猫阿狗，有何分别哉？我戏言，本不该。'下次写信'。请你不用再疑猜：随你称什么，我一一答应响如雷，决不敢再驳回。"可见，发端于留美朋友圈内的打油诗，曾在一定程度上被认同，并且陆续在胡适及其朋友手中有过涂鸦。但这种创作只限于朋友之间的酬唱，除胡适外，其他人并未通过认可打油诗来认可白话诗的合法性。

这从胡适另一首打油诗《寄叔永、觐庄》后的附言可以看出。这首诗为："居然梅觐庄，要气死胡适。譬如小宝玉，想打碎顽石。未免不自量，惹祝不可测。不如早罢休，迟了悔不及。"后附言曰："觐庄得此诗，答曰：'读之甚喜，谢谢。'吾读之大笑不可仰。盖吾本欲用'鸡蛋壳'，后乃改用'小宝玉'。若用'鸡蛋壳'，觐庄定不喜，亦必不吾谢矣。"①"小宝玉"与"鸡蛋壳"二词的区别在于书面语与口语、诗性化的文言与大众化的口语、雅与俗之间的分歧。梅、任二人反对用白话作诗，正在于他们强调诗之文字与文之文字的区别，打油诗的粗浅与直白虽合于胡适以白话作诗的构想，但仍然因不合"诗之文字"而得不到朋友的认可。胡适与朱经农的通信中曾经讨论过打油诗与白话诗的问题，朱经农在8月2日的信中曾说：

> 弟意白话诗无甚可取。吾兄所作"孔丘诗"乃极古雅之作，非白话也。古诗本不事雕斫。六朝以后，始重修饰字句。今人中李义山獭祭家之毒，弟亦其一，现当力改。兄之诗谓之返古则可，谓之白话则不可。盖白话诗即打油诗。吾友阳君有"不为功名不要钱"之句，弟至今笑之。②

---

① 胡适：《胡适留学日记》（下），安徽教育出版社，1999，第417页。
② 胡适：《答朱经农来书》，《胡适留学日记》（下），安徽教育出版社，1999，第387页。

胡适8月4日回复道：

> 足下谓吾诗"谓之返古则可，谓之白话则不可"。实则适极反对返古之说，宁受"打油"之号，不欲居"返古"之名也。古诗不事雕斫，固也，然不可谓不事雕斫者皆是古诗。正如古人有穴居野处者，然岂可谓今之穴居野处者皆古之人乎？今人稍明进化之迹，岂可不知古无可返之理？今吾人亦当自造新文明耳，何必返古？……①

从时间来看，朱氏所指"白话诗"当为《答梅觐庄——白话诗》一诗。朱氏认为白话诗不重视修饰，不讲格律，与六朝之前的古诗相似，讥之为"返古"，并且得出"白话诗即打油诗"之结论。而胡适宁受"打油"之号，也不愿背负"返古"之名，实则因受进化论影响而强调创新。胡适"八事"主张的提出，缘起于白话诗的尝试，而在这种尝试中，胡适首肯打油诗。"八事"主张提出后，胡适更创作了大量打油诗，似有佐证"八事"之意。

在此信件往来17天之后，胡适在8月21日的日记中提出文学革命的八个条件：

> 新文学之要点，约有八事：
> （1）不用典。
> （2）不用陈套语。
> （3）不讲对仗。
> （4）不避俗字俗语。（不嫌以白话作诗词）
> （5）须讲求文法。
> ——以上为形式的方面。
> （6）不作无病之呻吟。
> （7）不摹仿古人。

---

① 胡适：《答朱经农来书》，《胡适留学日记》（下），安徽教育出版社，1999，第387~388页。

（8）须言之有物。

——以上为精神（内容）的方面。①

胡适还指出："能有这八事的五六，便与'死文学'不同，正不必全用白话。"② "八事"主张提出之前，在与朋友讨论白话诗与打油诗区别时，胡适乃有维护打油诗之意；而当这"八事"主张提出之后，至12月20日，其间共创作诗歌29首，其中打油诗就有13首，几占一半。朱经农致信胡适以打油诗之名批判白话诗当天，胡适还创作有《打油诗寄元任》。而写下这"八事"的第二日，胡适作《打油诗戏柬经农、杏佛》一诗，"老朱寄一诗，自称'仿适之'。老杨寄一诗，自称'白话诗'"。胡适所指乃杨杏佛所作送任叔永的诗句"疮痍满河山，逸乐亦酸楚"与"畏友兼良师，照我暗室烛。三年异邦亲，此乐不可复"。杨氏认为这些诗句"皆好"，并自跋云："此铨之白话诗也。"朱经农和此诗，并寄给任叔永及胡适，有"片鸿金锁绾两翼，不飞不鸣气沈郁"之句，并自跋云："无律无韵，直类白话，盖欲仿尊格，画虎不成也。"而胡适在诗中反问二君"请问朱与杨，什么叫白话？"杨、朱二人的诗句中满目山河空望远的酸楚，或是征鸿寄远的悲凉，在情感态度上与主张乐观进取的胡适不相合，在形式上，意象落入传统窠臼，无甚创新，语言仍然是诗性的书面文言，虽然没有严格押韵，但如"楚""师""烛""复""翼""郁"等词皆押尾韵，实在与胡适所认可的自然清浅的白话诗相去甚远，所以胡适讥讽他们"货色不地道"，叫他们"招牌莫乱挂"。胡适在10月23日作《打油诗一束》时，在日记中记道："打油诗何足记乎？曰：以记友朋之乐，一也。以写吾辈性情之轻率一方面，二也。人生那能日日作庄语？其日日作庄语者，非大奸，则至愚耳。"③ 从白话语言观上来看，打油诗实在符合"八事"所提出的"不用典""不用陈套语""不讲对仗""不避俗字俗语""讲求文法"这些形式上的要求；而此处所记打油诗的功能，又实为胡适从诗歌的功能上为打油诗寻找到的合法依据。胡适还曾在此期

---

① 胡适：《胡适留学日记》（下），安徽教育出版社，1999，第391～392页。
② 胡适：《胡适留学日记》（下），安徽教育出版社，1999，第392页。
③ 胡适：《胡适留学日记》（下），安徽教育出版社，1999，第417页。

12月21日的日记中专作《"打油诗"解》，为唐人张打油的《雪诗》作注："故谓诗之俚俗者曰'打油诗'。"① 可见其对打油诗的重视。

由上述论析可以看到，"八事"的缘起、对其遵循与密集地创作打油诗之间，不能说没有紧密关联。我们不难依此判断，在胡适曾经的构想中，从属于俗文化小传统的打油诗，其语言活脱自然，富于口语色彩，充满意趣，用白话打油诗来取代传统文言诗的正宗地位，以此构建理想的新诗，从而实现其白话试验的目的，曾是其所尝试的一条路向。我们还可以用胡适的《白话文学史》来印证其从打油诗起步尝试创作新诗的想法。胡适在《白话文学史》中追溯唐初的白话诗来源时曾指出，除了民歌之外，"第二个来源是打油诗"。他对打油诗的界定是："文人用诙谐的口吻互相嘲戏的诗。"② 胡适之所以青睐打油诗，是因为"嘲戏总是脱口而出，最自然，最没有做作的；故嘲戏的诗都是极自然的白话诗"③。其所欣赏的王梵志与寒山、拾得，都是"走嘲戏的路出来的，都是从打油诗出来的"④。论及杜甫时，胡适特别欣赏其诗"往往有'打油诗'的趣味"，说"这句话不是诽谤他，正是指出他的特别风格"⑤。胡适认为打油诗虽然"往往没有多大的文学价值"，"却有训练作白话诗的大功用"，⑥ "凡从游戏的打油诗入手，只要有内容，只要有意境与见解，自然会做出第一流的哲理诗的"⑦。可见，胡适发现了小传统，从打油诗入手尝试创作白话新诗，与其白话语言观是一脉相承的。

二 胡怀琛的禽言诗尝试

与胡适一样，胡怀琛也发现了俗文化的小传统。胡适尝试打油诗，胡怀琛则尝试禽言诗。"禽言"本为鸟类啼叫，据说，宋代诗人曾丰曾写过一首《禽言》，后成为诗体名：以禽鸟为题，将鸟名隐入诗句，象声取

---

① 胡适：《胡适留学日记》（下），安徽教育出版社，1999，第439页。
② 胡适：《白话文学史》，岳麓书社，1986，第217页。
③ 胡适：《白话文学史》，岳麓书社，1986，第218页。
④ 胡适：《白话文学史》，岳麓书社，1986，第223页。
⑤ 胡适：《白话文学史》，岳麓书社，1986，第319页。
⑥ 胡适：《白话文学史》，岳麓书社，1986，第218页。
⑦ 胡适：《白话文学史》，岳麓书社，1986，第223页。

义，以抒情写态。宋代梅尧臣有《禽言》诗四首，苏轼有《五禽言》诗五首，晚清黄遵宪也有《五禽言》诗。胡怀琛称"新禽言诗"，自然是有别于"旧"，意在强调虽采其诗体，但非摹仿古人。

先看苏轼的《五禽言》，其"并叙"中称：

> 梅圣俞尝作《四禽言》。余谪黄州，寓居定惠院，绕舍皆茂林修竹，荒池蒲苇。春夏之交，鸣鸟百族，土人多以其声之似者名之，遂用圣俞体作《五禽言》。①

苏轼指出用梅尧臣的"体"作诗，虽未名言何体，但此体显然非传统诗歌惯用的体式，其诗为：

> 南山昨夜雨，西溪不可渡。溪边布谷儿，劝我脱破裤。不辞脱裤溪水寒，水中照见催租瘢。

苏轼在诗中自注道："土人谓布谷为脱破裤"，虽为戏写布谷鸟，但诗中"溪水寒""催租瘢"显然隐射官府对百姓的剥削。此诗语言颇显俗白，体式上四句五言加上两句七言，两两相对，在传统格律的基础上有一定的突破。

胡怀琛也有《脱却破裤》：

> 脱却破裤！拿上当铺；一家米粮，希望这条裤。怎奈当铺主人，摇头不顾。②

虽为"禽言"，却与"脱破裤"的布谷鸟没有什么关系，实为表现诗人的贫困生活，颇有打油诗意趣。体式上来看，完全打破了古诗体式，几

---

① 《苏轼文集编年笺注·诗词附》第 11 卷，李之亮笺注，巴蜀书社，2011，第 213 页。以下苏轼诗同此。
② 胡怀琛：《胡怀琛诗歌丛稿》，商务印书馆，1926，第 104 页。本书所引胡怀琛诗歌均出自此书，故不再一一标注。

乎全用白话。

苏轼另一首《姑恶》：

> 姑恶姑恶，姑不恶，妾命薄。君不见，东海孝妇死作三年干，不如广汉庞姑去却还。

苏氏在诗中自注："姑恶，水鸟也。俗云妇以姑虐死，故其声云。""姑恶"本是一种野鸟，其名源自它的叫声，《本草纲目》中记载："今之苦鸟，大如鸠，黑色。以四月鸣，其鸣曰苦苦。又名姑恶，人多恶之，俗以为妇被其姑苦死所化。""姑恶"后来成为中国古代诗词、小说描写婆媳关系时常常出现的母题。姑指婆婆，姑恶就是描写婆婆嫌弃、虐待媳妇甚至令"出"儿媳，最后遭受报应或痛悔前非。"东海孝妇死作三年干"出自《列女传》，"广汉庞姑"出自二十四孝之《涌泉跃鲤》。苏氏用这些典故显然是为媳妇鸣不平，认为媳妇之冤死是因姑凶恶所致。一般认为东坡此处以鸟入诗，引事自比，慨叹命运不公但又无可奈何之意。

胡怀琛也有《姑恶》：

> 姑恶姑恶！几时才得解放，脱离束缚？姑也是人，妇也是人，姑见了妇，为何要恶？试看他，小家庭，自由自在，何等快乐！

与苏氏不同的是，胡氏未用典故，也未表现出对"妾"薄命的同情，或对"姑"凶恶的谴责，而是站在中间立场，劝解姑不应该凶恶，媳妇小家庭自由自在如此快乐，为何还要对其凶恶？在传统"姑恶"诗中加入了自己的思考，具有了一些现代意涵。

如果说苏轼所处年代甚远，对比二者，胡怀琛对"禽言诗"所作之突破尚不足以表现1920年代新诗发生场域中的"新"；那么，试对比黄遵宪与胡怀琛"禽言诗"之不同。

黄遵宪的《五禽言》分别为《不如归去》（杜鹃）、《姑恶》、《泥滑滑》（竹鸡）、《阿婆饼焦》（褐色鸟）、《行不得也哥哥》（鹧鸪）。黄遵宪晚年提出要创制一种"斟酌于弹词粤讴之间"的"杂歌谣"体，创作了

《幼稚园上学歌》《五禽言》等这类形式自由的歌谣杂诗，虽然内容显得浅薄，但作为一种尝试，实质上也体现出旧体诗向白话诗过渡的痕迹。胡怀琛的《新禽言诗》由《割麦插禾》《得过且过》《姑恶》《行不得也哥哥》《不如归去》《提壶庐》六首组成。二人有两首题目相同，下文将对其加以对比。

黄遵宪的《不如归去》①：

不如归去！不如归去！博劳无父鹦无母，生小零丁长艰苦。毛羽虽成不自主，归去归去，归何处？不如归去！

此处"博劳无父"化用伯劳"伯奇劳乎"的典故，为了保证和后一句"生小零丁长艰苦"对仗工整，"博劳无父"后面加上"鹦无母"；再如"零丁"叠韵词的运用，"母""苦""主"的押韵，这些都是典型的旧体诗词的写法。但与传统诗词相比，诗人运用民谣打破了旧诗诗体，虽然句中有整齐的对句，但整首诗综合运用了四言、七言、三言句式，也是对传统诗词的一种有意识的突破。

再看胡怀琛的《不如归去》：

不如归去！耕田种树。自耕自食，无忧无虑。只要努力保汝国，莫使欲归不得！

如果说黄遵宪虽然试图打破旧体诗格律，综合运用各言句式，但总体上仍然两句对仗，如四言对四言，重复"不如归去"，七言对七言，表达孤苦无依、无处可归的苦楚；那么，胡怀琛此首虽以四言为主，仍有对句，但"耕田种树""自耕自食""无忧无虑"皆为白话，也少有押韵，表达的是自食其力、保卫国土的意愿，情感上不再有传统诗词常见的"杜鹃啼血"的悲苦，更多的是自得其乐、保卫祖国的乐观情绪。

黄遵宪的《行不得也哥哥》：

---

① 以下黄遵宪诗均引自陈铮编《黄遵宪全集》（上），中华书局，2005。

> 行不得也哥哥！行不得也哥哥！黑云盖野天无河，枝摇树撼风雨多，骨肉满眼各自他。三年病损瘦得骨，还欲将身入网罗。一身网罗不敢惜，巢倾卵覆将奈何？行不得也哥哥！

基本上与《不如归去》类似，开始两句以六言重复，中间七句七言，节奏为三句、两句、两句，可以看出诗人还是有意在句式上打破古典诗词的束缚，但情感内容上依旧表现为传统的行路艰难、离别惆怅之感。

再看胡怀琛的《行不得也哥哥》：

> 行不得也哥哥！哥哥说：叫我做甚么？我们要互助，你莫倚赖我。你如倚赖我，我倚赖那个？

比黄氏有所突破的是，胡氏在句中采用拟人的对话的形式。"哥哥说：叫我做甚么"，不仅更显俗白，也增加了一些反讽意味。"我们/要/互助"与"你/莫/倚赖/我"虽均为五言，但句子的停顿完全打破了旧体诗的规律。结尾"你如倚赖我，我倚赖那个"，连用几个"倚赖"，也属旧体诗的禁忌。诗歌整体上是对传统"行不得也哥哥"所表达的行路艰难、离别惆怅之情的否定与反讽，颇具现代意识。

黄遵宪有《阿婆饼焦》：

> 阿婆饼焦！阿婆饼焦！阿婆年少时，羹汤能手调，今日阿婆昏且骄。汝辈不解事，阿婆手自操。大妇来，口詨詨；小妇来，声嚣嚣：都道阿婆本领高。豆萁然尽煎太急，炙手手热惊啼号。阿婆饼焦！

胡怀琛的《大江集》再版时加入的《续新禽言诗三首》中，也有类似题材的诗——《婆饼焦》：

> 婆饼焦！媳妇唤婆婆来瞧。婆骂媳妇，媳妇心焦。我吃惯牛肉与面包，山东大饼不会烤！

两诗都具有民间歌谣的幽默与风趣。黄诗有"讥讽那拉氏的昏骄"之说①；胡诗显然未有隐射，单纯表现了婆媳之间发生的趣事，媳妇"吃惯牛肉与面包"，不会烤"山东大饼"而导致饼焦，风趣地表现出西式媳妇与传统婆婆的矛盾，具有喜剧色彩，也折射出当时新文学在传统文化场域中的尴尬境地。

胡怀琛除了作"新禽言诗"外，还自创了"虫言诗"。在《虫言诗》系列的序中，诗人云：

> 我前几天，曾做了几首新禽言诗。近来夜凉人静的时候，常听见唧唧的虫声，鸣个不住。因想起秋虫春鸟，各鸣其时；鸟既有禽言诗，虫也应该有虫言诗。我因此便做了这几首。

其中包括《促织》《知了》《叫哥哥》。比如《知了》：

> 知了知了！实在可笑！传说有言：知易行难，言多不如言少。王阳明曰：知而不行，不是真知道。孙中山曰：行易知难，不行怎说知了？如何论大家，只管开口乱叫！

不仅语言俗白，在思想内容上因虫而论人生，还引入了古时王阳明与近世孙中山不同时代的言论，讨论知行问题。另一首《叫哥哥》：

> 叫哥哥！叫哥哥！哥哥说我亲爱，嫂嫂嫌我话多；爷爷说我不是，妈妈又说我不错。一团闲气，到底争些甚么？大家庭制度，不如一拳打破！

通过"哥哥"这个称呼带来的家庭成员的不同反应，来表达反对封建制度的愿望，符合"五四"反封建的时代主题。

---

① 如黄钧、黄清泉主编《中国文学史·元明清时期》，华中师范大学出版社，1989，第372页；黄升任：《黄遵宪评传》，南京大学出版社，2006，第558页。

综之，胡怀琛的《新禽言诗》《虫言诗》系列语言俗白，句式上杂用三言、四言、五言、六言，句数不等，具有乡野民谣的味道。与胡适最初尝试打油诗类似，胡怀琛一度在歌谣体中借鉴"新诗"资源，并大胆尝试前人诗作体式，其《新禽言诗》之"新"，显然已初步打破了传统诗词格律的束缚，无论其诗深浅如何，至少在体式上作出了新的尝试。

三 小传统与"白话"资源

胡适的打油诗与胡怀琛的禽言诗都属于俗文学的小传统，在以白话入诗的原则上有相似之处。他们的尝试意在肯定以"白话"为诗的合法性，不排斥文言诗语的生命力，以弃雅趋俗、明白易懂为美学核心，各自尝试构建理想的新诗模样。然而，打油诗并未在《尝试集》中出现哪怕一首，禽言诗在《大江集》中也只是蜻蜓点水，没有成为诗集的主体力量。二者利用小传统中的文化资源而进行的尝试，在最后编选诗集时产生了分歧。

首先来看，为什么他们不约而同地发现了俗文化的小传统，选择打油诗、禽言诗这些古已有之的诗体来建构新诗？胡适的白话诗尝试，在他最初的想法中，就是尝试用白话作诗，这在当时的胡适看来，似乎只是一个比较简单的语言的替换问题。在与留美朋友的各种讨论中，我们已然看到：打油诗虽曾风靡并不断出新作，但留美朋友尤其是任叔永、朱经农与梅光迪等论敌，始终否定白话诗的试验。在他们看来，白话诗即打油诗，缺乏"古雅"的诗髓（朱经农之所以肯定"孔丘诗"，也是因其古雅之特质）；而在胡适眼中，打油诗语言俗白，生动风趣，不用典、不用陈套语、不讲对仗、不僻俗字俗语、讲求文法、未作无病呻吟、不摹仿古人、言之有物，无论是形式还是内容，都与其主张的八事相通。至少在其大量创作打油诗的那段时间，胡适将其作为心中理想的新诗形态而与论敌进行论战。另外，胡适作为"五四"新文化运动的先驱者，身上有着那一代文人共有的鲜明印记：他们在传统文化的熏陶下成长，虽然接受了新式教育，到海外留学，但骨子里仍残留着根深蒂固的传统血脉。胡适出身于商人家庭，商人本性偏俗，留美期间学的又是农科专业，讲求务实。特殊的文化背景使得其不像其他书香子弟那样，纯以雅正为文学趣味，其性格中有着更多的反叛主流的因子，自然更有可能天然地倾向于打油诗这类非主流趣味。而同在美国留学的梅光迪、任叔永等人,出身于书香世家①,他们身上更多地保留着传统文人的主流文化情怀。

  胡怀琛的白话诗尝试始终遵循其对"诗性"的理解。他肯定"新体诗"的白话特征,并强调其"能偏及于各种社会;非若旧体诗为特别阶级之文学"的这种普及性特点。②但他非常反感"新体诗"繁冗、参差不齐、无音节的弊端。在新诗诗体方面,胡怀琛主张"自然",认为不管是古诗、律诗,旧体、新体,自由诗、无韵诗,都要打破,"但有一件要紧的事,便是要能唱,不能唱不算诗"③,也就是说,无论是什么体,只要依循自然、能唱之原则,就能成新诗。这是一个非常抽象、宽泛同时又难以实施的准则。他自己主张的"新派诗",首先得符合"诗"的五个特质:诗为最古之文学;诗为最简之文字;诗为最整齐之文字;诗为有音节之文字;诗为最能感人之文字。④ 对于"新"与"旧"的理解,胡怀琛没有作那么界限分明的划分,他认为新体诗与旧体诗比较起来,新体诗具有"纯用白话""能普及一般社会"这两个特点。但他也指出:"然旧体诗之中亦正不少白话诗","旧体白话诗,亦几乎人人能解;然其结构之整齐,声调之悠扬,比新体诗为优",尤其是"中国文字,天然简洁明净。故虽闾巷歌谣,亦自成节奏,可咏可歌"。所以,在胡怀琛的新诗尝试中,白话、自然、音节是其关注重点。选择什么样的体式,应该遵循其新派诗的体例要求:以五言、七言为正体,亦作杂言;但以自然为主;绝对废除律诗。⑤ 在这样一种新诗体的模糊标准中,旧式禽言诗语言俗白,体式不拘一格,内容影射现实,情感音节均自然朴素,被胡怀琛选来尝试新体诗亦不足为怪了。

  然而,打油诗与禽言诗均为旧体诗,这种小传统古已有之,其存在已有千年历史。比如关于打油诗,明代杨慎就曾记载:

---

① 梅光迪出生于安徽宣城,梅氏在宣城是望族,宋代文学家梅圣俞、清初数学家梅文鼎等都是梅氏远祖,学术相传,是梅氏家风。任叔永生于重庆垫江,为晚清末科秀才。
② 胡怀琛:《新派诗说》,《大江集》附录,崇文书局,1921,第31页。
③ 胡怀琛:《诗与诗人》,《大江集》附录,崇文书局,1921,第19页。
④ 胡怀琛:《新派诗说》,《大江集》附录,崇文书局,1921,第25~28页。
⑤ 胡怀琛:《新派诗说》,《大江集》附录,崇文书局,1921,第45页。

覆窠、俳体、打油、钉铰

《太平广记》有仙人伊周昌，号伊风子，有《题茶陵县》诗云："茶陵一道好长街，两边栽柳不栽槐。不闻更漏鼓，只听锤芒织草鞋。"时谓之"覆窠体"——江南呼浅俗之词曰"覆窠"，犹今云"打油"也。杜公谓之"俳谐体"。唐人有张打油作《雪》诗云："江上一笼统，井上黑窟窿。黄狗身上白，白狗身上肿。"《北梦琐言》有胡钉铰诗。①

浅俗的打油诗，属于俗文学之类。其语言是古白话的口语，俚俗晓畅，风趣诙谐，形式多为五言、七言或齐言句式，四句体或八句体，有时字数或句数都可以有所增减，不受格律限制；内容上写景、抒情、讽喻时事，寓庄于谐。历来，打油诗就有着反叛正统的思想倾向，打油诗的"油"是一种幽默与嘲谑的味道，玩世不恭，犀利刻薄，与传统文言诗歌温柔敦厚的诗教伦常、浮绮富丽的辞藻相抗衡，表现诗人反抗正统、追求个性自由的心态。因此，打油诗虽称"诗"，却很少被人当成诗看，因其"油"味而被正统文人认为难登大雅之堂，历代诗选、诗论或者诗史之类的雅书，均很少提到打油诗。胡适撰写《白话文学史》，意在为白话的正宗地位寻找历史依据，通过挖掘民间白话资源，对抗与颠覆文言的正统地位，在这样的情况下，打油诗才成为其寻找民间文学、肯定白话文学合法性的重要资源。

禽言诗起源于宋代，是一种将鸟鸣或鸟名隐入诗句中，通过象声取义，借以抒情写态的诗体，能展现民间传说、俗语、风土人情与历史传统；与诗之正体相比，仍属杂体，是在正式诗体结构中，杂入其他体裁规范所形成的诗体。正式诗体包括那些声律和谐、字数统一、平仄规范的诗歌，而杂体包括三言、五言、七言。禽言诗以禽言起兴，模拟鸟叫，好用俗语，内容上多有讽谏功能。钱钟书在《宋诗选注·周紫芝》中提到："在中国古代文学作品里，'禽言'跟'鸟言'有点分别。'鸟言'这个名词见于《周礼》的《秋官司寇》上篇，想像鸟儿叫声就是在说它们鸟

---

① 《杨慎诗话校笺》，四川人民出版社，1990，第299页。

类的方言土话。像《诗经》里《豳风》中的《鸱鸮》，和皇侃《论语集解义疏》卷三所引《论释》里的'雀鸣喈喈唶唶'，不论是别有寄托，或者全出附会，都是翻译'鸟言'而成的诗歌。'禽言'是宋之问《陆浑山庄》和《谒禹庙》两首诗里所谓：'山鸟自呼名'，'禽言常自呼'，也是梅尧臣《和欧阳永叔〈啼鸟〉》诗所谓：'满壑呼啸谁识名，但依音响得其字'，想像鸟儿叫声是在说我们人类的方言土语。同样的鸟叫，各地方的人因自然环境和生活情况的不同而听成各种不同的说话，有的是'击谷'，有的是'布谷'，有的是'脱却破裤'，有的是'一百八个'，有的是'催王做活'等等（参看扬雄《方言》卷八，陈造《江湖长翁文集》卷七《布谷吟》，姚椿《通艺阁诗续录》卷五《采茶播谷谣》）。"①

将"打油诗"视为"白话诗"的重要资源，并不意味着二者可以对等。胡适明白，打油诗的语言虽然浅近、俚俗，在对偶与平仄上打破了格律束缚，但其作为旧诗体之一种，对于语言变革的意义，或者说对实现让白话完全取代文言的正宗地位这个大任务来说，是无效的。这种旧诗体对于新诗体的创建没有任何贡献，不能称为"新"的"尝试"。1916 年 12 月 20 日，胡适创作《打油诗答叔永》："人人都做打油诗，这个功须让'榨机'。欲把定庵诗奉报：'但开风气不为师'。"任叔永的原诗为："文章革命标题大，白话工夫试验精。一集打油诗百首，'先生'合受'榨机'名。"当天日记中，胡适在任诗前记下："昨得叔永一片，言欲以一诗题吾白话之集。"可见，胡适朋友圈内虽盛行互赠打油诗，但其朋友并不认可胡适的白话诗，任氏甚至以"一集打油诗百首"来题胡适的白话诗集。但胡适却认为既然朱、任、杨、陈皆作打油诗，那这个功劳也应该让给胡适的"榨机"，其宗旨是只求开创风气而不求为人师。不过，这个"但开风气"究竟是否成立，其后胡适似另有所思考。第二天，胡适在日记中记下《"打油诗"解》，对"打油诗"以"诗之俚俗者"进行界定，强调其语言的俚俗，也就是语言的白话化。自此至《尝试集》成集，胡适几不曾再作打油诗；并且，《尝试集》里未收录一首打油诗。胡适敏锐地意识到：新诗应该具备一种"新"质，而这个"新"绝不应从古已有

---

① 钱钟书：《宋诗选注》，生活·读书·新知三联书店，2001，第 251~253 页。

之的打油诗中而来。

　　对于胡怀琛来说，《大江集》只是想树立"模范的白话诗"典范，而非像胡适那样心怀创造新诗起源神话的宏愿。禽言诗这种尝试只是其诸多尝试中的一条路向。它的语言之俗白浅显来自民间，亦扩散至民间，便于歌唱，易于普及，所以，1921年《大江集》初版中有"新禽言诗"5首，自创"虫言诗"3首，1923年再版时另加入"续新禽言诗"3首。可见，胡适在尝试打油诗后，出于对新诗体建构的"创新"意识，在编选诗集时有意放弃了来源于小传统的打油诗；而胡怀琛在《大江集》的编选中，更多的是呈现白话诗体尝试全貌，对于小传统已有的诗体，他并不排斥，而是吸纳，即在延续传统中进行创新的尝试。其实，直到20世纪行将结束的时候，历史才向我们显示——这种包容具有更为宽厚的现代意识与纵深的知识视野。

第二章　诗体：进化论与融合论

新诗不同于旧诗的根本之处，不仅在于语言的白话。晚清黄遵宪就已高喊出"我手写我口"，倡导和实践以白话入诗，但黄遵宪所谓的"新体诗"，仍然与新诗有着质的区别，其中一个核心问题就是诗体。黄诗所谓"旧瓶装新酒"，正是指其装载白话的诗歌体式仍然是旧的，所以难以产生本质区别于旧体的新诗。现代诗学除了白话理论问题外，另一个重要的元素就是新诗体。

在早期对白话新诗所作的各种尝试中，二胡在以白话入诗方面看起来具有高度一致性，这不单表现在其各自的诗学理论著作中对白话以及民间小传统资源的肯定与强调，更体现在各自的创作实践中均用了大量俗白话创作新诗。但这只是起点上的一致性，即都在中国诗歌传统的白话资源及其相关诗学原则上起步，但起步之后的走向却是不同的。这种不同，在最初看来，只是胡怀琛在对待传统的态度上及在新诗的探索路向上，更显包容而已。所以，我们在上一章中，看到了他们一些大同小异的地方，但这大同方面的小异，在当初的历史场域，无论是二人的文化背景、文化身份以及所处文化阵营，还是所秉持的新文学观念，都最终决定了二者在白话新诗方面的选择从以白话入诗的合谋到诗体试验的分歧，从而走向了新诗探索的异路。

第一节　破旧与立新：从古诗体的破格律化到译诗

在最终放弃了打油诗的尝试后，胡适开始创作白话旧体诗。胡适曾在给钱玄同的信（1917年11月20日）中追忆："吾于去年（五年）夏秋初作白话诗之时，实力屏文言，不杂一字。如《朋友》、《他》、《尝试篇》之类皆是。其后忽变易宗旨，以为文言中有许多字尽可输入白话诗中。故今年所作诗词，往往不避文言。"胡适在起步之时，就已经创作出语言自然、趋于白话的打油诗，然而，之后却又转而在诗中输入文言，并且摒弃打油诗体，转向词与绝句的创作，这似有倒退之嫌——实则不然。打油诗古已有之，是一种成熟的旧诗诗体，虽然与胡适的"八事"原则相通，但胡适的这些打油诗创作却在对新诗体的创建上毫无建树，而且这种"放脚"也是古人放的，并不是他自己放的，所以无甚创新之意。在朋友的批评下，他对新诗体的建构意识逐渐明晰起来。胡适所说"力屏文言""不杂一字"的"白话诗"，正是对前文所论述的"打油诗"的尝试。在这一阶段，胡适尝试的重点在语言的"白话化"，在于"用的字"和"用的文法"。而当他的新诗体意识渐渐明晰起来之后，则开始重视"句子的长短"与"音节"问题。但胡适并非一开始就打破了旧诗词的齐言格式，自创出长短不齐之散文句式，而是在传统中寻找资源，采用词曲体与古诗体的破格律化方式来进行尝试。当在这些传统诗体上的破格律化尝试都无法让其找到最理想的诗体模式时，胡适最终选取了西化的《关不住了！》作为新诗成立的纪元，由此，《尝试集》完成了从旧向新、小脚放大的进化过程，最终被彪炳为第一部白话新诗集。

一 词曲体的破格律化尝试

胡适在1917年1月13日曾作《诗词一束》，内含四首词，如《沁园春·过年》："江上老胡，邀了老卢，下山过年。碰着些朋友，大家商议，醉琼楼上，去过残年。忽然来了，湖南老聂，拉到他家去过年。他那里，有家肴市酿，吃到明年。　　何须吃到明年。有朋友谈到便过年。想人生万事，过年最易，年年如此，何但今年。踏月江边，胡卢归去，没到家时又一年。且先向，贤主人夫妇，恭贺新年。"[①] 上片叙写在友人家过年的情景，下片谈及人生，从题材上实已突破伤春悲秋的陈套。《沁园春·新

---

① 文章所引胡适诗歌均出自胡明编《胡适诗存》，人民文学出版社，1989。

年》:"早起开门,送走病魔,迎入新年。你来得真好,相思已久,自从去国,直到今年。更有些人,在天那角,欢喜今年第七年。何须问,到明年此日,谁与过年。　　回头请问新年。那能使今年胜去年。说少做些诗,少写些信,少说些话,可以长年。莫乱思谁,但专爱我,定到明年更少年。多谢你,且暂开诗戒,先贺新年。"上片叙写去国七年迎新年的情景,想起天涯那边,亲朋也正欢喜迎新春;下片与新年对话,思考如何才能使今年比去年更好,语气活泼轻松,没有去国天涯飘零之感,而显幽默诙谐之趣。胡适在后记中云:"曩见蒋竹山作《声声慢》以'声'字为韵,盖创体也。自此以来,以吾所知,似无用此体者。病中戏作两词,用二十五个'年'字,此亦一'尝试'也。"① 两首词语言非常白话,诗意中还有着打油诗的诙谐之趣。两首词作均以"沁园春"词调作尝试,词调相同,时间相近,内容相似。两首贺新年之作,胡适自谓用"二十五个'年'字为韵"进行"创体",也当属其"尝试"。再如《沁园春·二十五岁生日自寿》:"弃我去者,二十五年,不可重来。看江明雪霁,吾当寿我,且须高咏,不用衔杯。种种从前,都成今我,莫更思量更莫哀。从今后,要怎么收获,先那么栽。　　忽然异想天开,似天上诸仙采药回。有丹能却老,鞭能缩地,芝能点石,触处金堆。我笑诸仙,诸仙笑我。敬谢诸仙我不才,葫芦里,也有些微物,试与君猜。"诗序云:"五年十二月十七日,是我二十五岁的生日。独坐江楼,回想这几年思想的变迁,又念不久即当归去,因作此词,并非自寿,只可算是一种自誓。"总结过去的人生经验,"要怎么收获,先那么栽",自誓未来可与"诸仙"相比拼,怪诞调侃的语气中充满乐观情怀。与前两首比起来,此词语言不如前者那么口语化,但诗意更浓,表达的情感较合于"五四"时期的乐观进取精神;体式上对"沁园春"进行了创新,原词调上下两片中间由一领格字提起两组对句,而"看江明雪霁,吾当寿我,且须高咏,不用衔杯"和"有丹能却老,鞭能缩地,芝能点石,触处金堆"都未遵守原词的规则。另一首《采桑子慢·江上雪》:"正嫌江上山低小,多谢天工,教银雾重重,收向空濛雪海中。　　江楼此夜知何梦?不梦

---

① 胡适:《胡适留学日记》(下),安徽教育出版社,1999,第447页。

骑虹，也不梦屠龙，梦化尘寰作玉宫。"上片描绘江上雪景，下片乃梦中幻觉，内容上无甚新意。附言云："此吾自造调，以其最近于《采桑子》，故名。"这里的尝试，主要是指为打破原词牌句式，在上下片第三句分别加上一个衬字，即"教"和"也"。但用语上仍然显得文言化，其中"天工""银雾""雪海""玉宫"等词，均为传统文言诗词常用之语，难怪钱玄同在同年 7 月 2 日的信中指出胡适的"白话诗""犹未能脱尽文言窠臼"时，专门指出："先生近作之白话词《采桑子》，鄙意亦嫌太文。"[①] 打定主意作诗词"不避文言"的胡适，最终将语言过于白话的两首《沁园春》和过于文言化的《采桑子慢》，都排除在了《尝试集》之外。

　　胡适以白话入词，用词体进行白话诗的尝试，一方面是因为词最早起于民间，经历了由民间流行转到文人创作，终于在中国文学史上独立成为一体，与诗并行发展的过程，这个过程本身也体现了民间对抗主流的色彩。另一方面，词体语言俗白，长短参差的散文句法最近于自然。胡适在 1920 年代所编的《词选》序言中，特别欣赏苏轼、辛弃疾等"诗人的词"，认为他们"都是有天才的诗人；他们不管能歌不能歌，也不管协律不协律；他们只是用词体作新诗"[②]。在胡适的观念里，词是最近于自然的诗体，胡适深受进化论的影响而强调创新，在不可逆转的"线性"时间观念之下，他用进化论考察中国文学史而得出韵文史的六大革命，"诗之变为词，五大革命也"，认为词是诗的进化。"五七言成为正宗诗体以后，最大的解放莫如从诗变为词。五七言诗是不合语言之自然的，因为我们说话决不能句句是五字或七字。诗变为词，只是从整齐的句法变为比较自然的参差句。"胡适认为作为"长短句"的词体，"其长处正在长短互用，稍近语言之自然耳"，"决非五言七言之诗所能及也"，词与诗之别，"乃在一近语言之自然而一不近语言之自然也"。可见，胡适亲近词体，是因"长短无定之韵文"语气自然，且"调多体多"，"可以自由选择"。所以，胡适特别指出："今日作'诗'（广义言之），似宜注重此种长短无

---

① 钱玄同：《尝试集·序》，《胡适全集》第 10 卷，安徽教育出版社，2003，第 11 页。
② 胡适：《词选·序》，《小说月报》1927 年第 1 期。

定之体。然亦不必排斥固有之诗、词、曲诸体。要各随所好,各相题而择体,可矣。"胡适将诗歌发展演变的历史,看作诗歌语言趋于白话的过程,词是在诗的格律基础上进行"放脚",元曲则完全口语化,从此意义上来看,词是对古诗的"放脚",而曲是古诗"放脚"的终点,则古典诗的"放脚"在元曲那里就完成了,胡适要在此起点上进行新的"放脚"尝试,只有采用词曲体的破格律化方式来进行白话诗的试验。词曲体的白话化,虽然与古典诗词联系在一起,但在其基础上有所解放,这比"难登大雅之堂"的打油诗更为朋友们所看重。所以,胡适认定:新诗的资源不是在打油诗中"油"来"油"去,而是在词曲体中逐渐得到解放。更重要的是,词曲体既有进化的"历史",又是中国旧诗体进化所达到的终点,因此,在终点上前进,就是开创历史。这就完全不像打油诗,虽然存在上千年,却没有时间的进化史,它的这种状况,导致即使往下走也看不到前方存在新历史的曙光。于是胡适苦心积虑,在词曲体上进行了破格律化或者说"放脚"的尝试。

《尝试集》第一编中词体的破格律化尝试,主要体现在语言的白话化,打破词体的庄重之风,注入诙谐幽默的调侃之气,在个别句式上进行改造;题材上尝试以时事、科学知识入词,打破旧词陈套。这一编中的四首词,分别为"虞美人""沁园春""生查子""百字令"四个词调。《虞美人·戏朱经农》谓:"先生几日魂颠倒,他的书来了!虽然纸短却情长,带上两三白字又何妨? 可怜一对痴儿女,不惯分离苦;别来还没几多时,早已书来细问几时归!"调皮的挖苦,善意的戏谑,同时也透露几分羡慕之情,与打油诗情旨相近。《沁园春·新俄万岁》以时事入词,抒写大题材、大感慨,上片记叙俄京大学生革命事迹,下片借十万囚徒获得赦免,赞颂自由与革命。"拍手高歌,新俄万岁,狂态君休笑老胡",白话化的语言中仍然残留着"打油"气。《百字令·六年七月三夜,太平洋舟中,见月,有怀。》云:"几天风雾,险些儿把月圆时辜负。待得他来,又还被如许浮云遮住!多谢天风,吹开明月,万顷银波怒!孤舟载月,海天冲浪西去! 念我多少故人,如今都在明月飞来处。别后相思如此月,绕遍地球无数!几颗疏星,长天空阔,有湿衣凉露。低头自语:'吾乡真在何许?'"这是归国途中所作,叙写月下怀人之情,"绕遍地球无数"乃科普常识，将之与相思之意联系起来，喻相思之多及相思之无穷无尽、无法了结，言平常之事、浅近之理来表达深远之思、抽象之理。

《尝试集》第二编中的三首词均为同一词调"如梦令"，分别是："他把门儿深掩。不肯出来相见。难道不关情，怕是因情生怨。休怨。休怨。他日凭君发遣。""几次曾看小像。几次传书来往。见见又何妨，休做女孩儿相。凝想。凝想。想是这般模样。""天上风吹云破，/月照我们两个。/问你去年时，/为甚闭门深躲？/'谁躲？谁躲？/那是去年的我！'"表现夫妻二人从生分到情浓的过程，描摹外在行为和内在心理的变化，语言通俗，颇富调侃情趣。前两首作于1917年8月，本为"尝试"前期（第一编时期）之作，与此期前几首词无甚差别；后一首作于1918年8月，为"尝试"后期之作（第二编以后）。胡适将之放入第二编之中，旨在刻意呈现进化的特点。细看三首词作，前两首全是按传统词作格式，不分行，只在片与片之间空格，而后一首分行排列为：

　　天上风吹云破，
　　月照我们两个。
　　问你去年时，
　　为甚闭门深躲？
　　"谁躲？谁躲？
　　那是去年的我！"

这表明胡适有意识地将词体改造成自由体诗歌。旧作新作并列，除形式上的对比有差异之外，内容上也呈现出很大的变化，诗中女主人公从闺门深躲到大胆俏皮地回答今非昔比，表现出大家闺秀刚刚冲破封建枷锁获得爱情自由后的喜悦心情，显然比前两首更具有反抗礼教和个性解放的色彩。

词曲的破格律化尝试，一方面包括直接对某一个词牌进行"放脚"，另一方面还包括采用某个词牌的节奏或综合几个词牌进行"放脚"。《小诗》："也想不相思，可免相思苦。几次细思量，情愿相思苦！"用"生查子"词调，在句中尝试双声叠韵的词语，第二句第二字"免"与第四句第二字"愿"押韵，第三句四字都是"齐齿音"，产生"咬紧牙齿忍痛"之感，增强诗歌感染力，这番尝试还引来胡怀琛的改诗事件及诸人关于韵的讨论。胡适论述自己第二编里的诗"最初爱用词曲的音节"，其所举之例为《鸽子》、《新婚杂诗》（二）（五）、《四月二十五夜》、《奔丧到家》、《送叔永回四川》等，实际上，这些都曾对词曲的节奏进行改良。《鸽子》的最后一句"忽地里，翻身映日，白羽衬青天，十分鲜丽！"及《四月二十五夜》的最后一句"怕明朝，云密遮天，风狂打屋，何处能寻你！"均为"'三字逗加四字逗加五字逗'的扩张"①。胡适自己曾说，《送叔永回四川》的第二段"你还记得，我们暂别又相逢，正是赫贞旦春好？/记得江楼同远眺，云影渡江来，惊起江头鸥鸟？/记得江边石上，同坐看潮回，浪声遮断人笑？/记得那回同访友，日冷风横，林里陪他听松啸！""这四长句用的是四种词调里的句法"②。《十二月一日奔丧到家》的前半首，是"半阕添字的《沁园春》"。再比如《新婚杂诗》（二）：

回首｜｜｜十四年前，——二字下领四字③

初春冷雨，

中村箫鼓，

有个人来看女婿。

匆匆别后｜｜便｜｜轻将｜爱女｜相许。——一字逗

只恨我｜｜｜十年作家，归来迟暮，——三字下领两个四字句④

---

① 康林：《尝试集的艺术史价值》，《文学评论》1990 年第 4 期。
② 胡适：《谈新诗》，姜义华编《胡适学术文集》，中华书局，1993，第 391 页。
③ 如张耒《风流子·木叶亭皋下》中"空恨碧云离合，青鸟浮沉"；史达祖《寿楼春·载春衫寻芳》中"最恨湘云人散，楚兰魂伤"；张孝祥《雨中花慢》中"认得兰皋琼佩，水馆冰绡"。
④ 如苏轼《雨中花慢·邃院重帘何处》中"谁信道，些儿恩爱，无限凄凉"；吴文英《高阳台修竹凝妆》中"自消凝，能几花前，顿老相如"，"莫重来，吹尽香绵，泪满平芜"；王沂孙《高阳台·和周草窗寄越中诸友韵》中"但凄然，满树幽香，满地横斜"，"更消他，几度东风，几度飞花"。

到如今，待||双双|登堂|拜母，——一字逗①

　　只剩得||荒草新坟，斜阳凄楚！——三字下领两个四字句

　　最伤心，不堪重听，灯前人诉，阿母临终语！——"三字逗加四字逗加五字逗"的扩张②

　　这首诗并非直接对某个词体进行破格律化尝试，也没有综合几个词牌进行"放脚"，但其平仄、押韵都带有很深的词体烙印，其散文化的句式、节奏是从慢词句式转换而来的。

二　古诗体的破格律化尝试

　　除了对词曲进行破格律化的尝试之外，胡适还在古诗中作了"放脚"的尝试。可以说，这走的是中国古代文学常有的以复古来创新的道路。《尝试集》第一编中除了5首白话词外，其余18首③均为齐言或者杂言旧诗体。第一编的写景诗包括《中秋》（1916年9月11日）、《江上》（1916年11月1日）、《十二月五夜月》（1916年12月6日）、《寒江》（1917年1月25日）、《景不徙篇》（1917年3月6日）④5首。如果说《中秋》一诗打破了七言绝句的平仄规律，但句末"多""过""河"尚押韵，那么，《江上》（原名《写景一首》）只有首句符合绝句的平仄规律，而句尾则均未押韵，语言清浅明白，自然流畅，有着旧诗"放脚"的特点。诗歌写出雨脚渡江而来，山头冲雾而出，雨过云雾尽散，天色晴

---

① 一字逗是词体句式的显著特点，一般指五字句，上一下四，把五字句分解为第一个字单独念，后四个字连起来念，这样，第一个字就是一字逗，而且必须用去声字领格。如周邦彦《忆旧游·记愁横浅黛》中"记愁横浅黛，泪洗红铅，门掩秋宵"，"渐暗竹敲凉，疏萤照晓，两地魂销"等句。胡适《沁园春·誓诗》中"任花开也好，花飞也好，月圆固好，日落何悲"，"要前空千古，下开百世，收他臭腐，还我神奇"等句。

② 如李清照《满庭芳·小阁藏春》中"难言处，良窗淡月，疏影尚风流"；秦观《满庭芳·山抹微云》中"伤情处，高城望断，灯火已黄昏"；胡适《满庭芳》中"频相见，微风晚日，指点过湖堤"。

③ 这18首分别为《尝试篇》、《孔丘》、《蝴蝶》、《赠朱经农》、《他——思祖国也》、《中秋》、《江上》、《黄克强先生哀辞》、《十二月五夜》、《病中得冬秀书》、《论诗杂记》（3首）、《寒江》、《"赫贞旦"答叔永》、《景不徙篇》、《朋友篇——寄怡荪、经农》、《文学篇——别叔永、杏佛、觐庄》。

④ 其中，《十二月五夜月》《景不徙篇》均由三首五言四句古风合成。

朗，独自登江楼观赏落日，风光绮丽，令人喜悦——鲜明生动的自然景象显出诗人的闲情逸致，颇富诗意。《中秋》还是按古诗的方式排列，没有分行，而《江上》则分行，且按照西方诗歌采用起头高低一格错落排列：

　　雨脚渡江来，
　　　　山头冲雾出。
　　雨过雾亦收，
　　　　江楼看落日。

《寒江》一诗也如此：

　　江上还飞雪，
　　　　遥山雾未开。
　　浮冰三百亩，
　　　　载雪下江来。

该诗完全按照"仄起式"句式，遵循"仄仄平平仄，平平仄仄平。平平平仄仄，仄仄仄平平"体例。"开"与"来"两字押韵。从诗歌编排上看，《江上》在《寒江》之前，时间上一先一后，但论哪首诗更能破除旧诗格律，自然《江上》略胜于《寒江》。难怪四版删诗时，胡适因"印象太深"而力排众议，保留了《江上》而将《寒江》删去，大约正是因《寒江》与《中秋》相比，在诗歌格律上与绝句更加相近，而显现不出"尝试"的进化色彩，将之删去，则其观念更加鲜明。

《十二月五夜月》与《景不徙篇》分别是由三首五言古诗联章而成，每一章中间空一行。《十二月五夜月》（原名《月诗》）："明月照我床，卧看不肯睡。窗上青藤影，随风舞娟媚。／我但爱明月，更不想什么。月可使人愁，定不能愁我。／月冷寒江静，心头百念消。欲眠君照我，无梦到明朝！"抒写月光下的景色和心境，表现寻常生活的闲趣，未见古诗词中常见的望月怀乡的伤感。诗人被照在床上的月光所吸引，卧看窗边青藤影随风舞动，姿态娇媚可爱，不禁生发爱月之情，想到自古望月生悲，自己却没有丝毫哀愁,在清冷的月光下,寒江寂静,诗人的心也随之安宁,一觉无梦睡到明朝。胡适在作此诗当天的日记中记道:"数月以来,叔永有《月诗》四章,词一首,杏佛有《寻月诗》《月诉词》,皆抒意言情之作。其词皆有愁思,故吾诗云云。"① 亦可见此诗能体现胡适"不摹仿古人""不作无病之呻吟"的主张。《景不徙篇》(又名《艳歌三章》):"飞鸟过江来,投影在江水。鸟逝水长流,此影何曾徙。/风过镜平湖,湖面生轻绉。湖更镜平时,此绉终如旧。/为他起一念,十年终不改。有召即重来,若忘而实在。"该诗表达了对先秦哲学思想的理解:飞鸟渡江而来,投影在江上;江水流动了,飞鸟之影却未曾动。风过平湖,湖面生起轻绉;湖面恢复平静,轻绉却依然如旧。但诗人也并不完全为阐明哲思,还抒发了对于"他"之不改之念,即对祖国的深情。此诗印证了胡适"须言之有物"的主张,体现了说理的思想性,也表达了爱国之情。

值得注意的是,胡适创作《景不徙篇》之后有一首《绝句》(1917年5月17日):"五月东风著意寒,青枫叶小当花看。几日暖风和暖雨,催将春气到江干。"十二天之后(5月29日),胡适将之改为:"五月西风特地寒,高枫叶细当花看。忽然一夜催花雨,春气明朝满树间。"并记云:"美洲之春风皆西风也。作东风者,习而不察耳。"② "东风"改作"西风"之理,正如胡适在提出"八不主义"之"务去滥调套语"时,质问"荧荧夜灯如豆"一句时,言"此词在美国所作,其夜灯决不'荧荧如豆',其居室尤无'柱'可绕也",胡适坚持创作要言之有物,不作无病之呻吟,主张以写实为重,以自己耳目所亲见、亲闻、亲历之事物,自己铸词造句来形容描写,以"不失真"而"达其状物写意之目的"。"著意"改作"特地",语言更加口语化。"青枫叶小"虽符合初春之境,然"高枫叶细"中的"细"与首句第三字"西"、第六字"地",第三句第三字"一"、末字"雨",尾句第二字"气"分别押韵,此乃胡适在句中作双声叠韵尝试之例。"几日暖风和暖雨"改作"忽然一夜催花雨",与前句将高枫之细叶"当花看"相呼应,且语言更加自然流畅。"催将春

---

① 胡适:《胡适留学日记》,安徽教育出版社,1999,第438页。
② 胡适:《胡适留学日记》,安徽教育出版社,1999,第511页。

气到江干"改作"春气明朝满树间","江干"属古文言词语,"将"作助词用在动词"催"之后,是古文言的文法,改后的句子更加口语化,清浅明白,自然流畅。

　　《尝试集》中还有古歌行体的破格律尝试。古歌行体保留叙事特点,可以将记人、记言、议论、抒怀融为一体,内容充实而生动,语言一般比较通俗流畅,文辞比较铺展。其形式比较自由,篇幅可短可长,句式比较灵活,可以杂言,在格律、音韵方面一定程度地冲破了格律诗的束缚,声律、韵脚都比较自由,平仄不拘,可以换韵。选择这种在格律与音韵上本身就作了一定程度"放脚"尝试的诗体,再注入白话,恰恰是胡适在"尝试"前期所致力而行的。如《赠朱经农》缅怀朋友之谊,记述少年不长进的时光以及海外留学的转变,末尾回忆与朋友在一起时的闲暇与快乐,流露出满足与留恋之情:"更喜你我都少年,'辟克匿克'来江边,赫贞旦水平可怜,树下石上好作筵,黄油面包颇新鲜,家乡茶叶不费钱,吃饱喝胀活神仙,唱个'蝴蝶儿上天'!"句末都有押韵,读起来似有打油诗的腔调,语言俗白,语风轻松。叙写赫贞旦江边的美丽景色及闲散生活的《"赫贞旦"答叔永》也是如此,如"何如我闲散,开窗面江岸,清茶胜似酒,面包充早饭。老任倘能来,和你分一半。更可同作诗,重咏'赫贞旦'"。诗句的语言富于口语化特点。《朋友篇》与《文学篇》是1917年6月1日胡适将归国时所作,回顾去国生涯,叙写朋友之谊以及与朋友的笔墨官司,表达坚持文学理想的志向:"前年任与梅,联盟成劲敌。与我论文学,经岁犹未歇。吾敌虽未降,吾志乃更决。暂不与君辩,且著尝试集。/回首四年来,积诗可百首。做诗的兴味,大半靠朋友:佳句共欣赏,论难见忠厚。如今远别去,此乐难再有。"诗句读起来清浅晓畅,句末仍有押韵,但非一韵到底,节与节有换韵,一节内也有押不同的韵脚。将白话口语放入五言、七言句式中,必然会由于"言"的限制而作必要的省略,如果我们将诗句补充完整,则完全成为现代散文句式,如前文所举《赠朱经农》的诗句:"更喜(欢)你(和)我都(是)少年(的时候),(我们一同)'辟克匿克'来(到)江边,赫贞旦(的)水平(静)(多么)可怜(爱),树下(的)石头(上)(正)好(用)作筵(席),黄油(和)面包颇(为)新鲜,家乡(的)茶叶不(花)费钱

49

（财），吃饱喝胀（像）（个）活神仙，（再）唱个'蝴蝶儿上天'！"要将现代汉语装入古体七言句式中，与其常见的"二二三式"的语音节奏模式和平共处，则不得不将现代汉语中的双音节词，如诗句中的"喜欢""平静""筵席""花费""钱财"等简化为单音节词，将大量用于组合多音节词的虚词包括介词、副词、助词等进行缩略。再如《黄克强先生哀辞》是杂言歌行体，交替使用四言、七言等不同形式的古诗节奏：

当年｜曾见｜将军｜之家书，　　——四顿，三个两音节组
　　　　　　　　　　　　　　　　　加三音节组煞尾

字迹｜娟逸｜似大苏。　　　　　——三顿，两个两音节组
　　　　　　　　　　　　　　　　　加三音节组煞尾

书中｜之言｜竟何如？　　　　　——三顿，两个两音节组
　　　　　　　　　　　　　　　　　加三音节组煞尾

"一欧｜爱儿，努力｜杀贼"：——　——两顿，两音节组

八个｜大字，　　　　　　　　　——两顿，两音节组

读之｜使人｜慷慨｜奋发｜而爱国。——五顿，四个两音节组
　　　　　　　　　　　　　　　　　加三音节组煞尾

呜呼｜将军，何可｜多得！　　　——两顿，两音节组

古体诗如歌行体本身就是对绝句、律诗这类近体诗一定程度地"放脚"，胡适在此基础上纳入白话口语，打破了原句式的格律，再次进行了"放脚"。

三　白话新体的成立

胡适以时间为基点编选《尝试集》，以1917年9月到北京以前的诗为第一集，以后的诗为第二集。从第一集到第二集的转变在《百字令》和《一念》二首。前者为词体的破格律化"放脚"尝试，后者为长短句式不齐的白话诗。胡适自己也说："我在美洲做的《尝试集》，实在不过是能勉强实行了《文学改良刍议》里面的八个条件；实在不过是一些刷洗过的旧诗！这些诗的大缺点就是仍旧用五言七言的句法。句法太整齐了，就不合语言

的自然，不能不有截长补短的毛病，不能不时时牺牲白话的字和白话的文法，来牵就五七言的句法。"所以，胡适才明确地意识到"诗体的大解放"，"非做长短不一的白话诗不可"。胡适将其以白话作诗的实地试验阐释为："做五言诗，做七言诗，做严格的词，做极不整齐的长短句；做有韵诗，做无韵诗，做种种音节上的试验"①，从"很接近旧诗的诗变到很自由的新诗"，这个变化过程正是胡适编选《尝试集》所着意展现的。

前文已经具体讨论了胡适在第一编中主要通过对五言、七言古诗和词曲体的破格律化方式来进行放脚的尝试，第二编的诗作已经全然是长短不齐的白话诗。但其中也包含有两个阶段：在《关不住了!》之前，从《一念》到《十二月一日奔丧到家》，虽句式已经长短不齐，但多还是保留着古诗词的味道；从译诗《关不住了!》之后，《尝试集》才真正走向了诗体解放而成的新的诗体。

第二编中的诗作，虽然其句式已经长短不齐，但很多诗作读起来仍然是靠旧体诗词的味道来体现诗质。胡适自己说"虽然打破了五言七言的整齐句法，虽然改成长短不整齐的句子，但是初做的几首，如《一念》、《鸽子》、《新婚杂诗》、《四月二十五夜》，都还脱不了词曲的气味与声调"，"就是七年十二月的《奔丧到家》诗的前半首，还只是半阕添字的《沁园春》词"。所以，胡适将这个时期称作"自由变化的词调时期"。因此，这个时期所作长短不齐的诗，虽然从形式上看不再是古诗词的"放脚"，但也还只能称为"杂言"，其骨子里仍然是传统的诗词味道。又如《送叔永回四川》这首诗，胡适在再版序中曾指出其结尾三句乃由词体变换而来，尽管在《谈新诗》中，胡适以其有"这回久别再相逢，便又送你归去，未免太匆匆!/多亏得天意多留你两日，使我做得诗成相送。/万一这首诗赶得上远行人，/多替我说声'老任珍重珍重!'"的诗句，认为"这一段便是纯粹新体诗"，但与前一节所用由几种词体转化而来的诗句杂凑在一起，显得新旧杂糅，最终未消除旧词意味。再如《人力车夫》，虽然句式长短不齐，但读其诗简直就是古乐府的现代翻版。细读其中诗句，发现这种"散文化"的节奏实际上掺和着大量的古诗"齐言"节奏：

---

① 胡适：《尝试集·自序》，亚东图书馆，1920，第38~39页。

  "车子！｜车子！"车来｜如飞。

  客看｜车夫，忽然心中酸悲。

  客问｜车夫，"你今年几岁？拉车拉了多少时？"

  车夫｜答客："今年｜十六，拉过三年车了，你老别多疑。"

  客告｜车夫，"你年纪太小，我不坐你车，我坐｜你车，我心｜惨凄。"

  车夫｜告客，"我半日没有生意，我又寒又饥。

  你老的好心肠，饱不了我的饿肚皮，

  我年纪小拉车，警察还不管，你老又是谁？"……

  全诗共二十四个诗行，用四言古诗节奏的一共有十句，其他虽是散文句式，但由于句末又有"飞""悲""谁"，"时""疑""凄""饥""皮"两组交替押韵，使整首诗读起来回荡的仍然是古乐府的旋律与节奏。第二编前期颇令胡适满意的是《老鸦》和译诗《老洛伯》。前者可视为胡适心灵的自画像，通过描写不被人喜欢的乌鸦来刻画自己不识时务、与众不同却坚持自我个性的精神，虽"天寒可紧，无枝可栖"这样的诗句"完全是两句古文"，"不能凑起来算作一行新诗"；除了第七行的"飞"字，其余七行都有协韵①，但按胡适对新诗规范性的想象，此诗是其"抽象的题目用具体的写法"的典范之例。后者是译诗，借一村妇语气表现下层女子的生活情感。

  从此二诗开始，到《关不住了！》以及《一颗星儿》《威权》《一颗遭劫的星》等，《尝试集》第二编已经开始出现现代汉语诗歌的雏形，后来增订四版中的诗作，则是其延伸。在新发现的《尝试集》第二编自序中，胡适专门提到此编与第一编最大的不同之处全在"诗体更自由了"，这种诗体的自由，胡适也称其为"诗体的释放"，即在其他论著中所言"诗体的大解放"。他指出诗体有四个部分：一是"用的字"，二是"用的文法"，三是"句子的长短"，四是"音节"（音节包括"韵"与"音调"等）。第一编只做到了第一、二两层的一部分，胡适反省其不能不夹用文

---

① 朱湘：《朱湘作品集》第一卷，河南大学出版社，2004，第166页。

言的字与文言的文法，正是因为没有做到第三步的"释放"，所以他认识到："要做到第一第二两层，非从第三层下手不可。"所以，第二编中的诗差不多全是长短不齐的句子，这就是其所追求的"诗体大释放"，只有达到这种释放，诗体才会更自由，达意表情才可能更加曲折如意。① 将一切束缚自由的枷锁打破，有什么话说什么话，使诗的形式与白话的文法、自然的音节达成很好的统一，才能结出尝试的胜利果实。

四 《关不住了!》与西化路径的确立

仔细阅读《尝试集》初版、再版及四版的序言，我们可以看到胡适建构新诗的"历史"痕迹。初版强调"实验的精神"，从作五言诗、七言诗，作严格的词到作极不整齐的长短句，从有韵到无韵，胡适的目的在于看"白话是不是可以做好诗"的问题。再版则强调"历史的兴趣"及"音节上的试验"，并且对于"新"与"旧"的区别更加明显，指出从"自由变化的词调时期"之后，其诗"方才渐渐做到'新诗'的地位"，并认定《关不住了!》为其"'新诗'成立的纪元"。胡适还指出《威权》《乐观》《上山》《周岁》《一颗遭劫的星》，"都极自由，极自然"，称得上其"'新诗'进化的最高一步"。事实上，《尝试集》中《关不住了!》之后的诗作，也确实皆为这种诗歌形态的一种延伸。这样，胡适尝试用白话作诗的新旧转变的历史痕迹变得如此清晰，这条清晰的痕迹就是——从传统诗体的现代尝试走向了西化的路径。由《尝试集》的编选以及胡适再三自我阐释所建构的新诗"进化"过程中，《关不住了!》这首译诗，可谓最为关键的环节。

《关不住了!》译于1919年2月26日，是翻译美国女诗人Sara Teasdale的 *Over the Roofs*。这首诗的翻译之所以被胡适誉为"'新诗'成立的纪元"，最重要的乃是其对诗体与现代汉语的有效结合。此前，胡适孜孜于白话诗的放脚尝试，但这些尝试都囿于传统诗体而无法使"反文言的'白话化'与反诗歌的'散文化'"获得彻底的统一，直到胡适意识到"若要做真正的白话诗，若要充分采用白话的字，白话的文法，和白话的自然音节，非做

---

① 胡适：《尝试集·第二编·自序》，《现代中文学刊》2011年第6期。

长短不一的白话诗不可。这种主张，可叫做'诗体的大解放'。诗体的大解放就是把从前一切束缚自由的枷锁镣铐，一切打破：有什么话，说什么话，话怎么说，就怎么说"①。此时，胡适才建立起明晰的新诗体意识，也就是说，只有现代诗体才能容纳现代白话口语，在传统诗体里试验现代白话，只能将以双音节为主的白话进行"缩略"后装入旧诗体，无法从本质上产生真正意义上的"新诗"。新诗体如何建立，实关涉如何在新诗中建立现代汉语的文法秩序问题。现代汉语与古代汉语是两种完全不同的语言体系，传统诗体的格律规范最适合模糊而具诗性的文言语汇；而要打破传统，建立新诗体，则必然得在新诗中建立起适合现代汉语的文法规范。

《关不住了!》最大限度地保留了原诗的语法特征，尤其是其语法关系：

关不住了！	OVER THE ROOFS
我说"我把心收起，	I said, "I have shut my heart,
像人家把门关了，	As one shuts an open door,
叫爱情生生的饿死，	That Love may starve therein
也许不再和我为难了。"	And trouble me no more".
但是屋顶上吹来，	But over the roofs there came
一阵阵五月的湿风，	The wet new wind of May,
更有那街心的琴调	And a tune blew up from the curb
一阵阵的吹到房中。	Where the street-pianos play.
一层里都是太阳光，	My room was white with the sun
这时候爱情有点醉了，	And Love cried out in me,
他说，"我是关不住的，	"I am strong, I will break your heart
我要把你的心打碎了！"	Unless you set me free."

对照英文原诗，我们可以看到，连 "as" "that" "no more" "but" "and" 这样的词，也分别转换成相应的汉语白话词 "像" "叫" "不再"

---

① 胡适：《尝试集·自序》，《胡适文集》第3卷，人民文学出版社，1998，第127页。

"但是""更",这些指示语句之间的逻辑关联的介词、连词,在中国旧诗词中是没有的。传统诗歌讲求藻饰、含蓄、模糊的诗意美,而英语文法讲求精准性,这决定了英文诗中会带有这些指示语句关系的词语,胡适将这种文法关系移植过来,就是要将那种精准的逻辑、理性的精神注入现代汉语诗歌中。胡适尝试新诗就是倡导白话取代文言,只有建立起全新的、不同于古汉语的现代汉语,才可能攻破诗歌这个最大的难关。现代汉语与古代汉语文法最大的不同,就在于虚词的增加,如量词越来越丰富,介词、语气词基本上被完全更换,代词系统明显简化,词类活用现象显著减少,句子的连带成分增多,结构更加复杂等,这些都决定了现代汉语的表意更为准确与精密。这种准确与精密,可以说就是从胡适译诗的转变开始的。为了追求句子的完整性,加入系词(如句中的"一层里都是太阳光"中的"是"由"was"翻译而来,"我是关不住的"中的"是"由"am"翻译而来)、动词、冠词、物主代词(如"我要把你的心打碎了"中的"你的"),还有动词的时态、语态(如"我要把你的心打碎了"这句用的是将来时态"will"),名词的数、格(如将"the"翻译成"一阵阵")等。英语语法中为求格律,也会将句子倒装,如"But over the roofs there came/The wet new wind of May"这一句,其正常的散文句法应该为"The wet new wind of May came over the roofs"(五月的湿风从屋顶上吹来);但该诗押"ABAB"韵,为使"came"与"curb"、"may"与"play"分别押韵,所以原诗采用了倒装的句式。尽管如此,其各个成分之间的语法关系仍然是非常清晰而一目了然的。译诗也遵从"ABAB"韵,如第二节中"来"与"调"、"风"与"中"分别押韵,又如"关了"与"难了"、"醉了"与"碎了",隔句末字重复中又略有变化。译诗还按照原诗格式排列,四节一行,每两行高低一格来区别不同韵脚。这样,散文化的句法真正主宰了整首诗,而不再是过去的尝试中,为了迁就传统诗体而不得不将散文化的语汇进行"缩略"。通过翻译《关不住了!》,胡适找到了承载现代汉语的新诗体,这种体式不再如传统诗体以固定音组与音顿来严格控制字数、平仄与押韵,从而形成固定的旋律,以至诗歌的语义节奏只从属于语音结构;在这首译诗中,音节"顺着诗意的自然曲折,自然轻重,自然高下",语义节奏成为全诗音组的构成、划分及组合、搭配的主宰,从而真正实现了胡适所向往的"自然的音节"。

总而言之，胡适在对各种传统诗体进行"放脚"的尝试之后，最终在译诗中找到了新诗的理想形态，这个新诗的理想形态强调的是"新"，即完全挣脱旧传统的大解放，让白话诗从骨子里斩断与传统的血脉联系，从此确立了西化的发展路径。

第二节　传承与拓新：俗白与古雅的多元诗体杂陈

与胡适从"放脚"到西化的尝试路线不同，胡怀琛在诗体探索上秉持融合论。其诗集既有杂陈的俗言体，又有古雅的译诗体，还有《胡怀琛诗歌丛刊》中各式各样诗体的丰富呈现。

《大江集》出版于1921年3月，比《尝试集》晚整整一年。《尝试集》单行本由上海亚东图书馆出版，初版于1920年3月，共收诗74首，第一编23首，第二编29首，译诗3首，附《去国集》22首（含译诗2首），前附钱玄同的序言及胡适的自序。虽曰序言，实则乃阐释白话诗的重要理论。《大江集》共收诗33题计50首，其中译诗11首，前附胡怀琛的自序及出资人陈东阜的序，后附胡怀琛的《诗与诗人》《新派诗说》《诗学研究》三篇代表性诗论。所收诗作依次为：《长江黄河》《采茶词四首》《饲蚕诗四首》《自由钟》《老树》《明月》《送春诗》《流水》《落花》《世界》《为女生题画》《津浦火车中作》《哀青岛》《送友人往天平山看红叶》《海鸥》《秋叶》《冬日青菜》《菜花》《春游杂诗》《新禽言诗》《虫言诗》《明月照积雪》《鸠》及译诗《燕子》《百年歌》《爱情》《花子》《倩影》《短歌》《晚秋》《赠妻》《倘然》《荒坟》。

如此看来，《大江集》的编排倒是与《尝试集》颇为相似，胡怀琛在自序中就直言不讳地指出：

>　　我做的旧诗，因为太多，不能照《去国集》的办法，附载在新诗集后面。我这本书出版，我也没多大希望，不过算是我研究诗学的

一种成绩罢了。①

可见，胡怀琛在《大江集》的编排上就是蓄意模仿《尝试集》；而他在《大江集》题名前还强调"模范的白话诗"，表明其对诗学的另一种"成绩"，从而故意与《尝试集》达成鲜明不同的对比。这种叫板，难怪在出版后便遭受模仿之嫌的批评。吴江散人在评论《大江集》时，语气和方式与胡先骕《评〈尝试集〉》如出一辙："《大江集》中之创造品，共为二十二题，四十三章（或首）② 而二十字一章（或首）者，已占去二十三首。其余皆无笔力为雄厚之作，何可进出诗集乎。全集共计一百〇六页，附录汗漫无稽之论文占去六十四页，序与目录又占去十二页，所译短诗十一首及英法原文又占去二十页，创作品乃只占十页而已。即是创作品之篇幅不及全集篇幅十分之一。而可诵之诗不及全创作品二十分之一。"③ 吴江散人其人现今已无可考证，但胡怀琛向来非常重视其作品的读者反应，所以哪怕是如此严苛的批评，胡氏仍然非常慎重地编入其《诗学讨论集》中。且不论时人多么轻蔑与无视其创作，我们以今日之眼光客观看待其诗作，会意外地发现历史之外的新面相。

一　俗言杂陈的诗体尝试

《大江集》诗作数量不多，除前文所述之禽言诗，还有颇具儿歌、民谣风格的诗作，其他大多是五言诗体。胡怀琛以五言为基础，进行了多种尝试，或注入俗语，或加入杂言，使得《大江集》雅俗两种风格兼具，与《尝试集》风格迥异。

《大江集》成名诗为其首篇《长江黄河》：

> 长江长；黄河黄。滔滔汩汩；浩浩荡荡。来自昆仑山；流入太平洋。灌溉十余省，物产何丰穰。浸润四千载，文化吐光芒。长江长！黄河黄！我祖国我故乡！

---

① 胡怀琛：《大江集自序》，《模范的白话诗：大江集》，国家图书馆，1921。
② 此统计有误。
③ 吴江散人：《评大江集》，《诗学讨论集》，中山图书公司，1971，第106页。

此诗可与胡适的《蝴蝶》相比来看：

> 两个黄蝴蝶，双双飞上天。
> 不知为什么，一个忽飞还。
> 剩下那一个，孤单怪可怜。
> 也无心上天，天上太孤单。

首先，从诗行排列上来看，胡适显然吸收了西方诗歌的排行特点，每两句分行，起头高低一格错落排列，但尽管如此，仍可看出五言的整齐句式；《长江黄河》则虽继承文言诗歌不分行的传统，但句式由三言、四言、五言、六言混合而成，并且采用了新式标点符号。其次，从语言上看，《蝴蝶》采用白话，但由于五言整齐句式的限制，加之一、三行和二、四行分别押 ian 和 ang 韵，读起来仍觉有旧诗意味，确有胡适本人所说"未脱旧诗词气息"的"放大了的小脚"之感；《长江黄河》的语言更显俗白，凝练简洁，长短不一，朗朗上口，具有歌谣的趣味。最后，从内容上来看，《蝴蝶》虽具旧诗意味，但表达的情感却是现代人的孤独寂寞；《长江黄河》歌颂祖国河山，表达爱国之情，这种情感古已有之，但其用流畅的歌谣形式来表达，则更易于大众传诵。所以，从文白的角度来看，《蝴蝶》与《长江黄河》不相上下，某种程度上来说，《长江黄河》更显俗白；然而《蝴蝶》的可贵在于传达了现代人的情感，这一点非《长江黄河》可比。

《大江集》中也有描写蝴蝶的诗作，如《菜花》：

> 菜花菜花开，蝴蝶蝴蝶飞。菜花开过了，蝴蝶还没知！

句式上与胡适的蝴蝶诗类似，但情感表现上，此诗更显含蓄、朦胧：或是隐射人与人之间的隔膜，或是表达某种未知的怅惘，或是曲终人散的悲凉，总之，耐人寻味，在情感意蕴的表达上没有胡适的《蝴蝶》如此明显和现代，更具有传统诗歌幽深含蕴之美。

从诗体上看，《大江集》中与《蝴蝶》类似的还有《采茶词》四首及

《饲蚕词》四首,两组诗风格完全一致,分别由若干首四句五言诗组成,完整地表现了采茶女的辛勤劳作与悲惨命运,如"日出采桑去;日暮采桑归。渐见桑叶老,不觉蚕儿肥。/今日蚕一眠;明日蚕二眠。蚕眠人不眠,辛苦有谁怜?……"这些五言诗描述底层劳苦大众的生活,但冠以"词"之名,说明胡怀琛并未将之理解为旧体的五言诗,"词"乃其所谓的"歌词"。胡怀琛坚持新诗必须继承古典诗歌"可唱""可诵"之传统,所以在他的眼中,这整齐的五言"词"能唱能诵,乃其理想的新诗模样。

除这类歌谣体外,其他诗歌大多为五言古风体。如讴歌自由的《自由钟》,表达人生哲理的《老树》《明月》《世界》,表达爱国之情的《哀青岛》,展现离愁别绪的《送春诗》《流水》《海鸥》《秋叶》等。其中,《送友人往天平山看红叶》为:

送君天平去,去去看红叶。不能同车行,我心独忧悒。倘能摧赠我,一筐为我拾。

虽然在语词上颇多白话,也有意避开用韵,尤其"去去看"这种重复的动词连用的口语化句式,在传统诗词里少见,但总体上,五言的整齐句式以及类似汉末《古诗十九首》的意味,使该诗仍显典雅。同样为红叶诗,胡适的《三溪路上大雪里一个红叶》则明显不同:

我行山雪中,抬头忽见你!
我不知何故,心里很欢喜;
踏雪摘下来,夹在小书里;
还想做首诗,写我欢喜的道理。
不料此理很难写,抽出笔来还搁起。

首先是句式的排列作了新的尝试,与胡怀琛按旧诗习惯不分排行不同,胡适的红叶诗,每两句一行,形式上有了"新"的特征。前三行是整齐的五言,第五行是整齐的七言句式,第四行故意破除统一句式,本可以作"还想做首诗,书欢喜之理",诗人却用白话"写我欢喜的道理",

人称代词"我"、虚词"的"、双音节词"道理"的运用,均打破了文言语词的典雅,增加了诗歌的白话化特征。

同样写红叶,二胡都在诗体上进行了努力和尝试,试图打破传统诗词的某些规范,创作出理想的新诗体式。不同的是,胡怀琛始终坚持传统诗性之美,在俗白能唱易懂之外,想要在有所突破的诗体中保持汉语的诗性之美;胡适却是努力以白话为核心,挣扎与逃脱传统诗体的束缚,寻求真正不同于旧诗的"新"体,哪怕这种脱离与寻求以丢弃汉语诗性之美为代价。

其实,比较来看,《大江集》与《尝试集》在诗体上还是有诸多相似之处。比如胡怀琛的《海鸥》:

白鸥忽飞来,白鸥忽飞去。海阔与天空,故乡在何处?

这首诗表达游子的思乡之情,抒写此种情怀的诗作古已有之,但胡氏显然有意尝试白话化的表达方式。"白鸥忽飞来,白鸥忽飞去"非常接近白话语体,"海阔与天空"中"与"这个虚词既成为丢弃押韵的整齐五言的衬字,又很好地将语体虚词运用到诗作中,"故乡在何处"点出情感凝聚点,鸥鸟飞来飞去,偌大的宇宙,故乡缥缈,纷飞的海鸥撩起了诗人的思乡之情。整首诗语言俗白清畅,淡然中透出一种深邃的情怀。

试看胡适的《江上》:

雨脚渡江来,
　山头冲雾出。
雨过雾亦收,
　江楼看落日。

此诗前文略有论述,诗人在此有意分行,且按照西方诗歌采用起头高低一格错落排列。鲜明、生动的自然景象融入诗人的悠然之心:山头江边雨雾蒙蒙,风雨过后,天色放晴,诗人登高望日,一片闲情逸致。西式的排行,内里却仍是传统的情怀。

再看另一首《寒江》:

江上还飞雪，
　　遥山雾未开。
浮冰三百亩，
　　载雪下江来。

如前文所述，该诗完全按照"仄起式"句式，格律为"仄仄平平仄，平平仄仄平。平平平仄仄，仄仄仄平平"。"开"与"来"两字押韵，非常符合旧体格式。

两诗均选自《尝试集》第一编。我们可以看到，同样是整齐的五言四句诗，胡适在诗的体式上作出新的尝试，但内里其实没有新鲜的东西，反而像《寒江》还非常古雅，形式上完全留有古风痕迹。从语言的俗白特点来看，胡怀琛的《海鸥》虽非特别优秀，但与《江上》《寒江》比起来，其实更接近语体诗的特点。

《大江集》中有表现人生哲理的诗作，如《世界》：

人数无量多；地球一粟大。哀乐各不同，一人一世界。

"一人一世界"化用佛语"一花一世界，一叶一菩提"，本为表达"静"的境界。前三句表现世界的特点，人数无穷多，地球在宇宙中却只如同粟米一样渺小，但因为人的喜怒哀乐各不相同，所以"一人一世界"，每个人都有生存的权利，都有自己的个性空间，都有属于自己的世界，也许它和地球一样渺小，但因为它属于个人，是唯一的，所以在自己的世界里，它又是如此浩大。大与小的对比、多与少的对比，表现出现代人的某种情绪与生存哲理。

再看其诗《秋叶》：

树叶儿，经秋霜。一半青；一半黄。树无知，人自伤！

这首诗乃三言三行整齐句式，三言诗仍可归于旧体，但此诗语言简洁俗白，内容情感虽未出古典诗歌的伤秋范围，但"树无知，人自伤"一句,体现物我对立关系,与传统诗歌通过物来表达内心情感,或者融主观情感于物象的方法相比,这种通过客体树的没有感观与知觉,来凸显"我"的感知觉,"我"的自伤悲,同样能够让人领悟到与传统不即不离也能达到与以"我思故我在"为哲学基石的现代性气息相通的感受。

如果说《秋叶》用三言体表达了人到中年的悲凉体悟,那么《流水》《落花》二诗,同样是传统诗歌惯于抒写的对象,诗人尝试对五言作出一些改变,比如《流水》:

> 门前水,直通江。我心随水去,迢迢到他方。他方有故人,道路远且长。不能长相见,但愿无相忘。

这首诗有词的色彩,诗人融开头两个三言句式于五言诗中,有意打破五言的整齐感,通过"江""方""长""忘"的押韵,形成音乐感。

类似的还有《落花》:

> 落花飞,飞满天。花开有人爱;花落无人怜。花开又花落,一年复一年。此是第几番?问花花无言!

与《流水》的句式与押韵完全类似。这两首诗均体现出胡怀琛将词调与诗句相融以形成音乐感的一种尝试。

除了利用古典诗歌常见的题材进行新的体式尝试外,胡怀琛还对古有的题画诗进行尝试。比如《为女生题画》一诗:

> 帆饱知风健;云开漏日明。骚人无限意,寄托在沧溟。

这首诗一反常态,并不俗白,反而有几分雅致的古意。"帆饱知风健"与苏轼"风来震泽帆初饱,雨入松江水渐肥"[1] 有几分相似,苏诗中

---

[1] 《次韵沈长官三首》(其三),冯应榴辑注《苏轼诗集合注》,上海古籍出版社,2001,第543页。

"风饱"与"水肥"皆俗语。① 又几乎与朱元璋"帆饱已知风力劲"② 这个七言句式极为相似，帆船的风帆正鼓足，可以感觉风的强大力量，"饱""健"二字既俗白又富于诗意。这种传承，似是胡怀琛有意为之。第二句与唐寅《山水图》中的"晚云明漏日"颇神似。唐寅敏锐捕捉自然美的能力是众所皆知的，傍晚时分的夕阳从云缝中漏出丝丝光束，映染山湖，有一种整体色彩感。而胡诗"云开漏日明"也很好地表现出自然之美，山水湖光，蓝天白云，层层泅染，偶尔的阳光从云缝间挤漏出来，映衬得山水更加明亮。后两句表达了忧愁失意之文人雅士内心的无限意绪，寄情于茫茫沧溟，似有身世之感。二、四两句押平声韵，保留了传统诗歌绝句的某些特点。

由此可见，与胡适挣脱传统而建构新诗的路向不同，胡怀琛走的是利用传统建构新诗的路。前者重在从"新"字上创作汉语白话之诗，后者重在从"美"字上创作汉语白话之诗。因此，《大江集》里并没有《尝试集》如此明显的"小脚放大"的痕迹，也不刻意以"进化"的原则进行编选，而是秉持一种诗体融合论，以诗美为原则进行混编。他们两个人的译诗，更鲜明地凸显了这两条路径之间的较量。

二 古雅译诗的诗体尝试

综观《大江集》的整体创作，33题中就有11首译诗，占了三分之一，可见，胡怀琛在尝试白话诗体时，西洋诗也是其重要资源。但特别不同的是，相对于《大江集》的代表作《长江黄河》类的歌谣体或禽言类白话诗，其中的译诗却是异常的精致、古雅。如果说对于前一类诗作，胡怀琛尽可能运用俗白的口语，植入各种体式对五言进行改换；那么后一类诗作中，胡怀琛则尽可能运用精致的书面语，抒写含蓄古雅的诗意。这与胡适在西洋诗里宣布"'新诗'成立的纪元"完全相反，我们可以从中一窥胡怀琛诗学理念的根本。这11首译诗分别为：《鸠》《燕子》《百年歌》《爱情》《花子》《倩影》《短歌》《晚秋》《赠妻》《倘然》《荒坟》。其

---

① 魏庆之：《诗人玉屑》（卷六引），商务印书馆，1938，第134页。
② 朱元璋：《沧浪翁泛海》，胡士萼点校《明太祖集》，黄山书社，1991，第446页。

中，《荒坟》《爱情》两诗分别由胡适在《尝试集》所收录的《墓门行》与《关不住了!》原英语诗翻译而来。

《荒坟》与《去国集》中的《墓门行》原为同一首译诗：

>Such quiet has come to them,
>>The Springs and Autumns pass,
>Nor do they know if it be snow
>>or daisies in the grass.

>All day the birches bend to hear
>>The rivers undertone;
>Acorss the hush a fluting thrush
>>Sings evensong alone.

>But down their dream there drifts no sound,
>>The winds may sob and stir.
>On the still breast of peace they rest—
>>And they are glad of her.
>>>By Arthur Ketchum

胡怀琛译为《荒坟》：

>荒坟何寂寞！春秋自来去。不知有芳菲，那管风雪暮！垂杨长俯首，终日听溪声。清歌破寂寥，好鸟空自鸣。一任悲风号，墓中人无语；应是长眠客，爱此安乐土。

胡适译为《墓门行》，收入在《去国集》中[①]：

[①] 引自胡适《尝试集》，亚东图书馆，1920，第33页。

伊人寂寂而长眠兮，
　　任春与秋之代谢。
野花繁其弗赏兮，
　　亦何知冰深而雪下？

水潺湲兮，
　　长杨垂首而听之。
鸟声喧兮。
　　好音谁其应之？

风鸣咽而怒飞兮，
陈死人安所知兮？
和平之神，
穆以慈兮。
长眠之人，
　　于斯永依兮。

　　胡怀琛特别在诗作后面附上胡适的序及原译，以示对比，充分表明其并不满意胡适的翻译。《墓门行》乃《去国集》中的诗作，是胡适展示如何从所谓"死文学"起步的作品，该诗用骚体所译，句式参差，错落有致，且分行排列，吸收了西诗排行特点，每节第一句与下三句形成高低一格格式。骚体比齐言古风在句式上更显自由，这也算是胡适有意的一种尝试。他用骚体翻译《乐观主义》时，就曾专门论述过用骚体翻译说理诗能使辞旨畅达，可谓"辟一译界新殖民地"。胡怀琛用五言古风所译之诗，其目的并不在于诗体上的尝试，或者企图开辟译界的"新殖民地"，他的旨意全在于从诗美上一比高低。事实上，两相对比，无论是从意象的选用、意境的营造，还是音节、语感，在同样都利用古体资源的情况下，胡怀琛的译作确实显得更加凄婉、哀切，很好地展现了汉语诗性之美。这首译作发表在《时事新报·学灯》1920年8月的"诗学讨论号"上，后曾入选《初级中学国语文读本》教材中的"新体诗"单元，同时入选的还有胡怀琛的另一首诗《明月》,以及胡适的《鸽子》《奔丧到家》、沈尹默的《人力车夫》、刘复的《学徒苦》、周无的《过印度洋》。① 可见,在汉语诗美上,这首诗在当时是得到一定认可的,尤为重要的是,该诗当时是作为"新体诗"被读者接受的。

另一首《晚秋》为:

黄叶衰无力,摇落委荒土;一遇秋风来,犹作不平语。寒塘静如睡,旅燕掠水飞。山童无一事,拾取枯枝归。

此译诗后附有作者的序:"按这首是法国 A. de Lamartine 著的,我不懂法文;是我弟子朱瘦桐把他逐字的译出来,我再把他做成诗。朱君的法文很好,想译得不至差误。第六句初译作'燕子掠水飞',然原文的意思是'行踪无定的燕子,他的尾梢擦过池塘里睡眠着的水飞去。'译文一个'掠'字虽能表出'尾梢擦过'的意思;但'行踪无定'的意思没有译出,后来改作'旅燕掠水飞',比较的更真确了。"② 如按胡适《关不住了!》中的翻译原则,显然胡怀琛的那段白话译文"行踪无定的燕子,他的尾梢擦过池塘里睡眠着的水飞去"倒是非常符合其诗体标准,打破了旧体的限制,有什么话说什么话,话怎么说就怎么说(对照英文翻译)。我们几乎可以认为胡怀琛在这里完全可以走胡适通过《关不住了!》的翻译而确立的"'新诗'成立的纪元"的路子,然而,胡怀琛并未如此。他并不满意纯粹欧化的翻译,这一段"按"显然是为了呈现其炼字的过程:"旅燕掠水飞"确实将飞来飞去、行踪无定的燕子尾梢轻轻擦过水面而去的情形表达得更加形象、生动、简练而富有诗意,"旅"与"掠"用字尤佳。胡怀琛的"炼字"典雅,诗意凸显。值得一提的是,其所炼之字乃近现代白话。胡怀琛实为想对传统诗体进行现代汉语的转化,用现代汉语代替古代文言凝练诗意。总而言之,胡怀琛并未像胡适那样为脱离传统而借鉴西方,而是借翻译西洋诗来保持汉语诗歌经由历史传承而来的诗性。

---

① 振铺:《初级中学国语文读本序例及目录》,《时事新报·学灯》1923 年 10 月 12 日。
② 胡怀琛:《胡怀琛诗歌丛稿》,商务印书馆,1926,第 114~115 页。

尤为重要的是《爱情》这首译诗：

摄心如闭门，防彼情来袭。春风不解事，又送琴声入。春晖淡荡中，爱情为我说：不让我自由，便使汝心裂。

它与胡适的《关不住了！》实为同一首：

我说"我把心收起，
　像人家把门关了，
叫爱情生生的饿死，
　也许不再和我为难了。"

但是屋顶上吹来，
　一阵阵五月的湿风，
更有那街心琴调
　一阵阵的吹到房中。

一层里都是太阳光，
　这时候爱情有点醉了，
他说，"我是关不住的，
　我要把你的心打碎了！"

如果说胡怀琛将《墓门行》原译放在《荒坟》后面，以示鲜明对比，那么，对于这首影响甚大的"'新诗'成立的纪元"之作，胡怀琛则没有公然叫板。收入《大江集》中的《爱情》一诗显得不那么起眼，并未像《荒坟》一样将胡适的原译附在其后。究其原因，《大江集》初版时间为1921年3月，这时《尝试集》已经再版，其畅销之况可以想见得到，加之胡适是新文化运动的领军人物，追随者众多，通过胡适对新诗的反复自我阐释、新文化阵营的运作与推广，西化的"新诗"似乎已渐入人心，《关不住了！》必然已得到广泛认可，胡怀琛此时显然有些心虚。但是，他的重译，本身也代表了对《关不住了!》一诗在诗学路向上的否定。对比两诗，胡适用西诗体，正式宣告摆脱传统、开创新纪元，其翻译确实为新诗带来了真正不同于传统诗词的新质。此诗不仅诗体上自由无拘，而且呈现出白话的自然音节，确实不能否认它的成功之处。但是胡怀琛之重译，想必仍然是其诗学观念及对新诗的想象使得其对《关不住了!》在诗美上不能认同。在胡怀琛看来，这种以西方为参照建立的新诗，在汉诗传统的标准下，不能不说是对汉语诗美的一种丢失，因此胡怀琛不会将它理解为创新，其重译就显得合情合理了。他的翻译仍然用齐言古风形式，相对于《关不住了!》确实显得"旧"了。

胡怀琛在诗末有一段按：

原文 Wind of May 作五月风，或薰风。今以西国五月适当中国旧历三月，仍为春日，故译作春风。不让我自由的我字，是爱情自称。

我们看原诗：

OVER THE ROOFS

I said, "I have shut my heart,
　　As one shuts an open door,
That Love may starve therein
　　And trouble me no more".

But over the roofs there came
　　The wet new wind of May,
And a tune blew up from the curb
　　Where the street-pianos play.

My room was white with the sun
　　And Love cried out in me,

"I am strong, I will break your heart

　　Unless you set me free."

　　对比原诗，胡适的译诗内容最大限度地遵从了原诗，几乎为直译，而胡怀琛多为意译。从题目上看，《关不住了!》与《爱情》两者都一定程度地偏离了原题"在屋顶上"，二胡均将诗旨呈现在题目上。胡适译为"关不住了"，强调的是"set me free"，很符合"五四"时期狂飙突进、追求自由爱情的时代主潮；相比而言，胡怀琛译为"爱情"则显得平淡、含蓄，强调的是"love"，如"按"之所说"爱情自称"，乃将"love"拟人化。在这一点上，胡适对原诗的理解似与原诗更为接近一些。这种不同，首先应该缘于二者的文化背景的不同。胡适早年在上海中国公学就读期间，就开始在竞业学会的白话刊物《竞业旬报》上发表译诗；在留学欧美期间，除创作译诗外，还尝试将自己所作律诗、《诗经》中的名作译成英文，在英语世界中的翻译练习促使其能精准地把握 Over the Roofs 的原意。从胡怀琛不多的生平材料可以看到，胡怀琛并未受过系统的英语教育，其与英语的接触当与其曾任教基督教教会大学——沪江大学，任职于京奉铁路编译局，相继受聘于中国公学、持志大学及正风学院等，以及在商务印书馆等报馆供职、著文的经历相关。其次，不同的译风还源自二胡的新诗尝试理念的不同。胡适旨在脱离传统，打破具有含蕴模糊诗意美的文言，横移英语语法中与汉语完全相反的元素来铸就白话句法，用增加的虚词、复杂的结构使得现代汉语的表意更加精准，这势必在完整横移西诗句式的同时，以完全失去文言固有的诗性为代价；胡怀琛旨在传承传统，他并不是要创造多么"新"的新诗，而是要创造在他看来多么"美"的新诗，对传统的不离不弃、对五言的格外衷情使得他在译诗中保留了更多传统汉语的诗性之美。

　　全诗共三节。第一节"I said, 'I have shut my heart, /As one shuts an open door, / That Love may starve therein/And trouble me no more'"，此节主要表达"我"声称关闭爱的大门，因为这样就不会再有烦恼。胡适译为："我说'我把心收起，/像人家把门关了，/叫爱情生生的饿死，/也许不再和我为难了.'"胡怀琛译为："摄心如闭门，防彼情来袭."从白话角度来看，二胡虽都可以称为白话，但胡适显然为白话口语，胡怀琛则为白话书面语。从白话句法角度来看，胡适将虚词运用得非常精准，胡怀琛则仍为文言句式，将四句字数不等的口语压缩成为两句五言书面语，简洁凝练，含蓄典雅。从表达意蕴上看，"防彼情来袭"更能表现出害怕爱情突然来袭的心情。第二节"But over the roofs there came/The wet new wind of May, /And a tune blew up from the curb/Where the street-pianos play."此节主要描写诗人关闭了爱的大门之后的感受，虽然外表一片平静，但其实内心躁动不安。胡适译为："但是屋顶上吹来，/一阵阵五月的湿风，/更有那街心琴调/一阵阵的吹到房中。""但是"与"更"两个虚词相对，各自引出两个诗句；两个"一阵阵"相对，使句式相对整齐，形成一种自然的诗意感。胡怀琛译为："春风不解事，又送琴声入。"相对而言显得较为平淡，虽然在按语中强调为何将五月的风译为"春风"，但"不解事"显然与原意相差较远。不过，此处意译却能隐约表现出内心的那种躁动，因了外界的春风与琴声，更加显得难以平静。第三节"My room was white with the sun/And Love cried out in me, /'I am strong, I will break your heart/Unless you set me free.'"此节表达诗人内心久被压抑之后的抗争，胡适译为"一层里都是太阳光，/这时候爱情有点醉了，/他说，'我是关不住的，/我要把你的心打碎了！'"与原诗表达压抑之下冲开一切束缚、寻找自由爱情的主旨相近，胡适照样用"我说""他说"此种句式还原原诗的叙述，完全打破了传统句式的语法模式，但"我是关不住的"以及"爱情有点醉了"实为胡适所创造。胡怀琛译为："春晖淡荡中，爱情为我说：不让我自由，便使汝心裂。"将房间里洒满阳光置换为"春晖淡荡"，显得更有诗意。值得一提的是"Love cried out in me"一句，本意为爱情使我的心叫了出来，胡适加入了自己的创造，"爱情有点醉了"，说出"我是关不住的"及"我要把你的心打碎"，意指打碎压抑的心，让爱情迸发出来。胡怀琛前两节将原诗四句皆缩译为两句，此节却特别译为四句，除第一句与原诗相去甚远外，后三句"爱情为我说：不让我自由，便使汝心裂"，虽囿于整齐的五言句式，不像胡适译诗那样白话口语化，但表达的力度却比较到位。"break your heart"意为打碎你的心，胡适翻译非常准确，胡怀琛用了一个"裂"字，字面意思上"裂"没有"碎"准确，"裂"为破开之意，"碎"为完整的东西破坏成零块；

但从意蕴上来看,"我是关不住的,/我要把你的心打碎了!"与"不让我自由,便使汝心裂"相比,前者感情的爆发力并不够强劲,后者表达更为坚定,平静的语气中仿佛有一种冲破一切力量以获取自由的撕心裂肺的呐喊澎湃于心中。在这里,"不让我自由"反而是直译了"Unless you set me free"。看来,胡怀琛的翻译是有所策略的,他并非不能直译原诗,而是为了坚持用五言整齐句式,用含蓄、蕴藉的美感来表达原诗的感情。二胡的翻译各有特色,二者翻译理念完全不同:胡适借译此诗打破传统文言诗体,看重西诗中虚词及句法的运用;胡怀琛借译此诗并未像胡适那样带着强烈的"创新"意识,而旨在追求汉语的诗性之美。

胡适在译诗中找到了"新诗"之"新",从而宣告"'新诗'成立的纪元",这源自西洋诗体虚词、句法等元素的横移,这种完全不同于传统的"新"确实打破了传统诗歌根深蒂固的结构模式,从而使白话诗成为真正意义上的"新"诗。然而,这种横移西洋诗的策略却极大程度地牺牲了汉语诗歌本身固有的美感,我们在对比《关不住了!》与《爱情》两首不同风格的译诗会强烈地感受到:《爱情》虽然不够"新",却有足够的"美",传统的古雅,精致的内涵,含蕴的诗意,节制的美感,这些都使得汉语在"新"中呈现得相对到位。所以,胡怀琛对译诗的处理策略完全不同于胡适,他没有在译诗中横移"新"的元素,切断与传统的联系,而是要在呈现西诗内涵的同时,有意传承传统的汉语诗性之美。

三 《胡怀琛诗歌丛稿》的补充

《大江集》作为继《尝试集》之后出版的第二部白话诗集,在诗歌史上应该具有不容忽视的史料价值,这不仅表现为《大江集》本身的诗体尝试与《尝试集》的相通与抗衡,代表着与《尝试集》同时存在的新诗发展不同的路向,还表现为《大江集》问世之后胡怀琛的再版与再编。再版时加入的数首诗歌,重编时成为其结集而成的《胡怀琛诗歌丛稿》的组成部分,这些都为研究胡怀琛诗体探索问题提供了不可多得的材料。

《大江集》再版时加入的诗作分别为《游苏州留园》《见园丁剪树写示江苏二师学生》《题张雪蕉为萧蜕公所画山水画幅》《寄吴芳吉长沙》《借衣作客》《借米煮饭》《蜉蝣学仙》《焦螟演戏》《灯蛾扑火》《药无定

方》《盲人问路》《续禽言诗三首》(《婆饼焦》《脱却破袴》《稽古》)。这12题14首诗歌的加入,其意义不同于胡适再版加入的诗歌。胡适再版时加入第二编的6首诗歌,分别为《示威?》《纪梦》《蔚蓝的天上》《许怡荪》《外交》《一笑》。这6首诗作于1920年3月《尝试集》初版发行至1920年9月《尝试集》再版发行之间的半年时间内。虽然也只是按时间编排在初版第二编最末一首《一颗遭劫的星》后,但这6首诗作延续的是《尝试集》所最终确立的西化路向。其中,《许怡荪》《一笑》二诗被胡适专门写进再版自序,并认定为自己所承认的14篇"白话新诗"成员。[①] 可见,《尝试集》的再版更加巩固了《尝试集》所最终确立的西化路向。《大江集》再版所增诗作,如《续禽言诗三首》乃胡怀琛最初的白话诗尝试,其他有记游诗、赠答诗、题画诗,各种题材皆有,体式上也几乎延续初版杂陈、融合的尝试风格。比如《游苏州留园》:

朝从上海来,暮返上海去;匆匆游园,欲留留不住。

本为其常见之五言诗体,但第三句有意打破五言,试图不再完全沿用五言诗体,似有一些白话新体的意味。

另一首《见园丁剪树写示江苏二师学生》:

养树去繁枝,立言去浮词。悟得此中理,园丁是我师。

胡怀琛于1919年6月至1920年10月期间在江苏第二师范、神州女学、上海专科师范任教并专门讲授白话诗文方面的国语课,之后,也一直辗转于各大高校授课,任教期间曾作过许多诗送给学生,其中既有旧体也有新体,有的是与学生郊游或远游之作,有的是借诗教给学生某些人生感悟与哲理。此诗正是借园丁剪树入诗以教化学生。园丁培养树木要定期修剪繁枝,这就像说话要去掉一些华丽、浮夸的词句,倘若懂得了这个道理,园丁也可以做我们的老师。胡氏通过这首诗显示出师者风范;不过,

---

① 胡适:《再版自序》,《胡适全集》第10卷,安徽教育出版社,2003,第42页。

在诗体的尝试上，仍一如既往地采用他比较钟爱的五言句式。

与胡适编选《尝试集》带有明显的讲述新诗起源与进化故事的意图不同，胡怀琛在《大江集》中有着更多的诗人情怀。胡适编选《尝试集》时，刻意构建了一个小脚不断放大、从旧诗词里痛苦挣脱与蜕化而最终在西洋诗中找到方向的新诗进化过程。这意味着其对诗作的选取有着明显的表现诗体进化的痕迹，这样的标准是以牺牲其个人兴趣作为代价的，可以说，《尝试集》更多的是树立了一个时代的风向标，而非表达胡适个人的声音。而胡怀琛在这一点上很不相同。其诗作如《借衣作客》《借米煮饭》《蜉蝣学仙》《焦螟演戏》《灯蛾扑火》等都有着很强烈的个体情怀。

《借衣作客》这首诗表现了诗人贫寒的现状："借衣作客，格外修饰；忘却背后，短了一尺。"《借米煮饭》同样表现了这种清贫生活："借米煮饭，分与乞儿；同病相怜，他人不知。"我们知道，胡怀琛不仅辗转于各个高校教授国语课程，且在商务印书馆和各类报馆供事，其著书勤奋无比，但家境一直贫寒。这个自称"当了衣服买诗集"、二十多年来"在诗里讨生活"的诗人，其背后有多少不被人认可甚至不断遭遇新文化派冷嘲与无视的情节！而诗人仅在此两首诗中用一种调侃的语气写出其现实生活的清贫，联系诗人自身的经历，自能感受到某种辛酸与无奈。《蜉蝣学仙》《焦螟演戏》《灯蛾扑火》则在调侃与讽刺中表达渺小的个体在无穷浩大宇宙中的无知与无奈。《蜉蝣学仙》谓："蜉蝣学仙，益寿延年；能从今日，活到明天。"《焦螟演戏》云："蚊子眼里，新开戏园；焦螟演戏，看客三千。"《灯蛾扑火》道："灯蛾扑火，光明误了；我早知有太阳，决不大错特错！"外在的调侃与讽刺并不能掩盖其内在的某种对于宇宙人生的无奈与感慨。在蜉蝣的世界里，即使学会了仙术，它所得到的益寿延年，也只不过从今日到明朝；焦螟的自娱自乐，衬托了诗人的孤独；灯蛾的悔恨，自是带有嘲弄之意，细读之下，会有人生苍凉之感。这三首诗作虽状写外物，却明显表达了诗人内在的感受。体式上虽用胡氏一贯的五言四句，但语言特别浅易，似将五言的句式与儿歌、民谣的风格相糅合。尤其《灯蛾扑火》末两句，并未囿于五言的约束，采用纯粹口语化的白话，显得特别俗白。

《大江集》再版所加入的诗作，与初版相比，变化不大，只是时间上的补充。其整体呈现出来的是胡怀琛以五言为基础所进行的现代汉语转化的尝试。

胡怀琛重编《大江集》时，已是1926年。这时，他将重编的《大江集》去掉前言、后序，将纯粹的诗作编入《胡怀琛诗歌丛稿》（以下简称《丛稿》）。《丛稿》所收诗作甚多，包括《秋雪诗》106首、《旅行杂诗》3首、《四时杂诗》7首、《新年杂诗》1首、《天衣集》7首、《神蛇集》6首、《燕游诗草选译》9首、《秋雪词》9首、《新道情》11首、《重编大江集》56题76首、《春怨词》35首、《诗意》90首、《放歌》5首、《今乐府》6首，各式各样，完全体现了诗体的融合。其中，《大江集》初版在1921年，收录作于1919至1920年之间的新诗，初版时题为《模范的白话诗：大江集》（国家图书馆印行）；1923年再版时（四马路崇文书局印行）删去了题名中的"模范的白话诗"，增加了《游苏州留园》《见园丁剪树写示江苏二师学生》等14首；1926年出版《丛稿》（商务印书馆印行）时对《大江集》进行重编，删去了最为古雅的一首诗作——《为女生题画》，删去了译诗《荒坟》后面的一段文字，增加了译诗《迎春曲》《拜伦哀希腊诗》，将再版时增加的14首诗移到译诗前面。从结集单行到编入《丛稿》，虽然变化不大，但其细微的调整处仍隐现其诗学观念的演变。

还是先从《大江集》初版来看，初版有胡怀琛的自序及出资人陈东阜的序。陈东阜的序在今天读来颇令人震撼。开篇如此写道：

> 近来中国的文学，大有衰落不振的现象：旧文学既只有表面上的空架子，新文学又没有"起而代之"的能力，因此新旧文学，都没有真实的价值了。[①]

将新旧文学各打五十大板，这种现象在新文学成立之初，应该是非常普遍的现象。这种观念常常来自对新学有向往的旧文化阵营，他们不是保守的旧文化派，而是对旧文学持批判态度，渴望新文化有所建树。陈东阜作为文化出版商，固然是新旧兼顾之人。他所看到的现象显然又是客观的。因为在1921年新文学尤其是新诗草创期，在很多文学史著的叙述中，流行的新诗都是"尝试派"或未脱旧诗之嫌的半新不旧的"放脚体"，陈

[①] 陈东阜：《大江集序》，胡怀琛《模范的白话诗：大江集》，国家图书馆，1921。

氏在此时提出如何规范新诗的问题，也不是没有道理。他分别从"体""相""用"三个方面论述了诗歌所应具备的"真""善""美"的品质，认为旧诗"不顾体和用，所以只有'吟风啸月，刻翠雕红'的玩意儿"，而新诗"不顾体与相，所以率直肤浅，毫没一些真实的骨力和优美的精神"。新诗之"率直肤浅"，缺乏"真实的骨力"或"优美的精神"是否因为"体与相"，这个结论姑且不论；陈氏指出的新诗弊端却确乎实际存在着。接下来，陈氏如此论述胡怀琛：

> 怀琛先生，是旧文学的专家，也是新文学的钜子，是第一流的文豪，也是第一流的诗家。近来看见新旧文学家的弊端，所谓"各有所蔽"，就发一个极伟大的志愿，要创造出一种新派诗来，救新旧两方面的偏蔽。不多几时，居然做成这么一本书。其中的诗，既没有旧诗空疏和繁缛的毛病，又不像新诗率直浅陋，看了教人发笑。这真是文学界里的创作了。[①]

从批判旧诗的陈腐，到批判新诗的肤浅，陈氏终是为了引出对《大江集》及其作者的褒扬。在时人来看，胡怀琛固非"旧文学的专家"，更非"新文学的钜子"，在"文豪""诗家"里也未见得有立身之地，但陈氏作为出资人，一方面自然是欣赏其诗作才华；另一方面，也不无重振诗坛的伟愿。而所谓的"新派诗"，是否真能"救新旧两方面的偏弊"呢？

三年后，即 1923 年 8 月，《大江集》再版时，胡怀琛将初版时的副标题"模范的白话新诗"一题删去，并谦逊地表示：

> 我这书初版的时候，所有已出版的新诗集，只有《尝试集》一部；现在隔了两年多，继续而出的已有很多部，我承认各有各的特色；但是我也希望他人不要说我的诗全无是处。我希望以后再有许多不同体裁的诗集出版，以饱我的眼福。[②]

[①] 陈东阜：《大江集序》，胡怀琛《模范的白话诗：大江集》，国家图书馆，1921。
[②] 胡怀琛：《大江集再版自序》，《大江集》，崇文书局，1923。

胡适、胡怀琛诗学比较研究

　　胡环琛似乎已经感觉到《大江集》已被扑面而来的更"新"的新诗集所湮灭，因为1921年至1923年间确实涌现了不少的诗集：《女神》（1921年8月）、《雪朝》（1922年6月）、《新诗年选》（1922年8月）、《真结》（1922年10月）、《草儿》（1922年3月）、《星空》（1923年10月）、《流云》（1923年12月）。但他仍然想从"各有各的特色"上为自己的诗作寻找立足的依据，想为新诗开创汉语诗美的别一路向而与传统不离不弃。

图1　《大江集》初版

图2　《大江集》再版

　　这种不离不弃并非没有战友，在上述众所周知的诸种著名诗集中，有一本今天来看所知甚少或者未引起学者注意的诗集，即朱采真的《真结》。这是一本新旧诗合集，在当时的新诗话语场域，新诗人编一本新旧诗合集，显然不合时宜。朱氏在自序中这样说：

　　　　《真结》里面旧诗倒也不少，我不是依次旁人特地把新旧诗印在一起,也不是自信力不强,对于新旧诗模棱两可;我却是舍不得我从前所做的旧诗呵!任凭他人说我迷恋骸骨;说我信仰新诗的道念不坚罢。

所呕出的心肝是我自己的心肝;所喷射的鲜血是我自己的鲜血。我自己不爱惜,谁来爱惜?幸而有机会,我就把五年前所做的旧诗连同最近新的作品一并发刊了。

这寂寞孤零的我并没有党同伐异的好朋友来相标榜;为我作序,替我捧场,只索很简单的写几句慰藉这踽踽凉凉的生活。(十一年,双十节后一日,灯下)①

我们无从考证当年胡怀琛与朱采真是否有交集,但能够肯定的是,他们代表着一批追求新文学而又对传统不离不弃的人。他们并不是对新旧诗"模棱两可",并不是"迷恋骸骨",只是他们在追"新"的同时,不愿对千年积淀下来的汉语诗性之美轻言放弃。朱采真是将新诗、旧诗并列合集,这是为新诗、旧诗能够并存而立言;而胡怀琛竟是在新旧诗转换中,追寻一种传承传统的新诗,也就是说,追求在新诗中传承千年汉语的诗性之美。这种尝试要比朱采真简单地将新旧诗合集的方法艰难许多。

由于这些诗集的陆续出版,胡怀琛已然意识到自己想要通过《大江集》为新诗树立白话典范理想的告终;并且在时代思潮的裹挟之下,胡怀琛在重编《大江集》时,已明显表现出为当时流行的进化论思想,尤其是胡适新诗理念所影响。比如,删去最为古雅的诗作《为女生题画》;删去译诗《荒坟》后面所附胡适同译诗《墓门行》的序言,只作简略说明;增加译诗《迎春曲》《拜伦哀希腊诗》,将再版时增加的14首诗移到译诗前面。无论是删去过于古雅的诗作,还是避开与胡适的正面交锋,抑或将译诗排在最后,都可以看出胡怀琛的的确确在向胡适所倡之主流白话新诗靠拢。

然而,胡怀琛的删诗或者重编,在有意识向主流白话新诗靠拢的同时,始终未放弃自己所追求的新诗理念,他坚持新诗的理想模式应该是在

---

① 朱采真:《自序》,《真结》,浙江书局,1922。

传承传统基础上的现代转化。这表现在重编《大江集》时收入的诗作《拜伦哀希腊诗》上,诗前有序:

> 摆伦《哀希腊诗》,前已有三种译本:一马君武,二苏曼殊,三胡适之。三本各有长短,未可一例论也。民国十二年,余复取原文重译一过,而与前三本均有不同。短长得失,余亦未敢知,读者与原文对照,自当知之。余于原文一字一句,皆斟酌再三,力求不失原意;译成之后,又历易稿,自民国十二年六月,至十三年一月,凡七阅月而始脱稿。读者于此,亦可知译事之不易矣。

选用一首已经有好几种译本的英诗来翻译,且之前的每位译者无不是大家,这无疑是一种挑战。重译本身也意味着译者对过去译本之不满,或者想借重译表明新的翻译立场。早在 1914 年,胡适翻译了《哀希腊歌》,并入选《去国集》,他在日记中曾说:"裴伦(Byron)之《哀希腊歌》,吾国译者,吾所知已有数人:最初为梁任公,所译见《新中国未来记》;马君武次之,见《新文学》;去年吾友张奚若来美,携有苏曼殊之译本,故得尽读之。"① 胡适还逐一评论:"兹三本者,梁译仅全诗十六章之二;君武所译多讹误,有全章尽失原意者;曼殊所译,似大谬之处尚少。而两家于诗中故实似皆不甚晓,故词旨幽晦,读者不能了然。"② 胡适认为自己的翻译"自视较胜马苏两家译本",并指明"一以吾所用体较恣肆自如,一以吾于原文神情不敢稍失,每委曲以达之。至于原意,更不待言矣。能读原文者,自能知吾言非自矜妄为大言也"。③ 这里,胡适对译诗的观念已经非常明确,内容上要求严守原意,形式上要求以自如的"体"。然而,由于这种"体",虽如胡适所说"较恣肆自如",但仍然无法真正打破本土的语言常规而全然保留原诗的异域性特征。最终,这首诗只能作为"死文学"的代表被收入《去国集》。胡怀琛则显然要谦和许多,他自知各有短长,因此只是强调自家与前三本均有不同,表明自己反

---

① 胡适:《胡适留学日记》(上),安徽教育出版社,1999,第 145 页。
② 胡适:《胡适留学日记》(上),安徽教育出版社,1999,第 145 页。
③ 胡适:《胡适留学日记》(上),安徽教育出版社,1999,第 153 页。

复修改的认真态度。只需稍作对比，就可知二胡的翻译并无本质的不同。比如开篇前四句：

| The isles of Greece, the isles of Greece!
　Where burning Sappho loved and sung,
Where grew the arts of war and peace,
　Where Delos rose, and Phoebus sprung! | 嗟汝希腊之群岛兮，实文教武术之所肇始。诗媛沙浮尝咏歌于斯兮，亦羲和素娥之故里。 | 美哉希腊岛！诗人之故乡。武功与文治，二者皆所长。羲和与望舒，天神诞比邦。 |

很明显，尽管二胡都强调严守原意，但事实上都与原意相去甚远。我们对照查良铮的现代译本：

　　希腊群岛呵，美丽的希腊群岛！
　　火热的萨弗在这里唱过恋歌；
　　在这里，战争与和平的艺术并兴，
　　狄洛斯崛起，阿波罗跃出海面！

查氏的译本是最接近原诗的，因此二胡采取的仍然都是"归化"的翻译。胡适起首用文言助词"嗟"表达感叹，是古诗里的常见方式，第二、三、四句所涉及的 Sappho、Delos、Phoebus 有关句子，则全部"归化"为中国常用典故。胡适自己也在诗后注明："沙浮古代女诗人"，"Delos 即 Artemis，月之神；Phoebus 即 Apollo，日神也；吾以羲和、素娥译之，借用吾所固有之神话也"。[①] 将日神阿波罗、月神狄洛斯分别替换为中国传统神话中类似的神话人物太阳神羲和和月神嫦娥，这无疑是为了适合本土读者的语言和文化习惯。同样的策略也明显在胡怀琛译作里出现。首先，与胡适尝试用古骚体翻译类似，胡怀琛一如既往地使用五言句

---

① 胡适：《胡适留学日记》（上），安徽教育出版社，1999，第146页。

式；其次，胡适将原诗二、三句颠倒过来翻译，胡怀琛则保留原诗顺序，但胡适将第二句搬到第三句，明确翻译了女诗人沙媛咏歌的情景，而胡怀琛虽按原诗顺序，却是笼统地翻译为"诗人之故乡"；最后，胡怀琛所用典故与胡适类似，均将西方神话人物替换为中国传统神话人物：日神阿波罗均译为驾驭日车的神羲和，月神狄洛斯一个翻译成嫦娥，另一个翻译为月驾车之神望舒。

胡诗译节中果有如其所说内容遵从原意且感情奔放自如的，如第五节："往烈兮难追；/故国兮，汝魂何之？/侠子之歌，久消歇兮/，英雄之血，难再热兮，/古诗人兮，高且洁兮；/琴荒瑟老，臣精竭兮。"胡适颇以此章自得，"以为有变征之声"，特别指出第二句原文"非用骚体不能达其呼故国而问之之神情也"。① 读此，我们颇有发愤以抒情、慷慨而悲昂之感。整首诗以六字句为主，兼有八字或八字以上的诗句，"兮"字的反复使用，增强了诗句的语气，使节奏起伏变化，声律更加参差跌宕。胡怀琛用五言句式的翻译其实与原诗形式颇为相近。原诗十六节，每节六句，前四句高低错落排开，每两句隔行押韵，后两句则整齐排列且押尾韵。胡怀琛将每节六句拆分成两个五言句式，形成整齐的押韵。如同样的第五节翻译为："何处是遗黎？何处是故城？壮士悲歌歇，海滨何凄清！七弦入神妙，凤昔有令名；而今胡荒废，拨指不成声。"与胡适翻译的慷慨悲昂之风略不同的是，胡怀琛的翻译更多一层深重的悲凉感，这与其五言句式的运用是不无关联的。

从诗体的革新上来讲，此时的胡适还未形成白话文学观念，只是朦胧地意识到要追求诗体的自如、畅达，因此仍然运用文言并袭用古体。当他用进化的眼光来讲述新诗起源故事时，就自然而然将此首用古骚体翻译的诗作收入了《去国集》，以作为"死文学"的代表之一。而胡怀琛直到1926年的翻译，仍然坚持着他自己一贯的诗风。虽然他将这首诗排在"重编大江集"的最末，将再版时增加的14首诗移到译诗前面并删去了过于古雅的诗作，但我们完全看不到《尝试集》那种人为的"小脚放大"的诗体进化过程，看不到如胡适之所倡新诗那样使得诗歌如何一步步从旧

---

① 胡适：《胡适留学日记》（上），安徽教育出版社，1999，第149页。

到新的蜕变过程，看不到如胡适那样在新诗体里纠结、挣扎与发现的过程，我们也看不到像《关不住了!》那样代表新诗成立纪元的译作。

然而，有趣的是，《胡怀琛诗歌丛稿》的编排却颇有意味。《丛稿》里收录的诗集分别为《秋雪诗》《旅行杂诗》《四时杂诗》《新年杂诗》《天衣集》《神蛇集》《燕游诗草选译》《秋雪词》《新道情》《重编大江集》《春怨词》《诗意》《放歌》《今乐府》。《秋雪诗》以五言、七言为主，内容上有写景、答赠、送别、忆友、集句等，应为1919年前的诗作。《旅行杂诗》乃1919年至1922年期间，其在上海南洋女子师范、湖州旅沪女学、浙江第二师范、上海艺术师范等校任教时，与教员、学员、友人旅行时所作。《四时杂诗》与《新年杂诗》均为七言，以四季、新年为创作对象。《天衣集》乃学古人集诗为诗、集词为词的风尚而集文为诗，主要集句对象为《史记》《庄子》等书。《神蛇集》以古诗形式改写中外神话故事。《燕游诗草选译》乃1924年以古诗形式译之江大学教授 C. P. Parkman 所作之《燕游诗草》。《秋雪词》为九首不同词调的词作。《新道情》是模仿郑板桥《道情》所作，三言、七言相杂，与郑板桥一样，在内容上表达了渴望回归田园的感情，在诗体和语言上，都已比较符合其白话诗体的理想。《重编大江集》不用赘述。《春怨词》开始分行创作诗歌，与早期新诗的体式走向一致，诗体上虽为"词"，实则比词体更加解放，熔白话与诗意于一炉。《诗意》收录其所作小诗，似受冰心小诗体影响。《放歌》虽只有5首诗作，但这5首与早期自由体新诗非常相似，尤其受到郭沫若《天狗》的影响。《今乐府》乃6首歌词，附上能唱之谱曲，尤富韵味。虽然所收诗作甚多，从这种编排能隐约看到一种进化的痕迹：从最古雅的诗体到杂言，到词体，到小诗体，到自由体。然而，与胡适有意呈现进化痕迹并最终在西洋诗中成立新诗纪元相比的根本不同是——胡怀琛并没有将自由体作为新诗成立的纪元。胡怀琛最后收录的是六首歌词称为《今乐府》，"今"即今天、当下、当代，"今"并不无"新"的意味。

在胡怀琛那里，从1921年初版《大江集》并称之为"模范的白话新诗"，到1926年编选《胡怀琛诗歌丛稿》，我们可以看到在这五年间，他确实受到了当时新文化思潮的影响，在《丛稿》中流露出趋新的取向，显现了"进化"的痕迹，诗体从五言到彻底解放，这些都有意无意受到胡适及新文化阵营的影响。然而，最终，从编选来看，胡怀琛是以"今""乐府"收场，且此所谓"乐府"也非古代之"乐府"，而是一种语言为白话、典雅精致、富含诗性、能唱能诵的诗体，这样就形成了一种进化之后回环的融合。这种诗体的融合，说明胡怀琛在新的时代对于"体式"方面的传承与拓新，白话诗的可能性与"汉语诗性"的充分释放之间进行协调与平衡。虽从"现代性"的眼光来看，胡怀琛并未能从根本上走出旧诗格局，从传统中创造出立得住的"新诗"，但这种在矛盾中对汉语诗美本位的坚守，在若干年后的今天来看，不得不令我们反思。

第三章　音节：自然之美与音乐之美

二胡以白话入诗,在探索诗体时,无论是从"放脚"到西化,还是杂陈的融合,"新诗"要成立,都必须面临一个重要的诗学问题——音节。诗歌的诗性所在很大部分就取决于其音乐性,这也是"新诗"成立之后讨论最多的问题。针对《尝试集》中的音节,曾发生过不小的论战。论战之后,胡适与胡怀琛对音节的思考都有了更深一层的理解,从而形成了各自不同的、更为成熟的诗学主张。

《尝试集》作为新文学第一部个人新诗专集,一经出版,行销非比寻常,1920年9月再版,1922年10月增订四版,据胡适在四版自序中称,两年内销售量达一万册。1923年12月六版,1927年10月九版,1935年十五版,1940年至十六版,印次之多,影响之大,在现代新诗史上着实罕见。正是由于《尝试集》出版与行销的风风火火,其批评之声也与之俱来。

最先对《尝试集》展开攻击的就是胡怀琛。他于1920年先后在《神州日报》和《时事新报·学灯》上发表了《读〈尝试集〉》及《〈尝试集〉正谬》,对《尝试集》中诗作的具体字词进行修改和批评,引起一场论争。这场论争历时半年之久,参与之人众多。最后,胡怀琛将论争文章编纂成集——《尝试集批评与讨论》。这本诗学论争集当属现代新诗史上伴随第一部新诗集而生的第一部诗学争论专集,其意义当然不可小觑。只是从争论之初至今,该集一直未受重视。当时,胡适只是将胡怀琛视为"不收学费的改诗先生"付之一笑,予以漠视。后来,在《新文学大系·文学论争集》的"白话诗及其反响"里,收录了反对新文学的学衡派胡先骕的《评〈尝试集〉》,而对并不那么反对新文学,相反,还曾再三提倡"新派诗"的胡怀琛的论争,却未曾给予一席之地。此后,这场笔墨官司一直沉埋在历史深处,学界少有人关注。稍有提及的多散见于钩沉旧闻的文章①,2001年始有《给胡适改诗的笔墨官司》② 一文重提旧事,介绍性地论述了这段公案。后有学者陈平原在研究《尝试集》如何"经典化"的长文里简略提及③。至今对此有专门研究的是姜涛的《"为胡适改诗"与新诗发生的内在张力——胡怀琛对〈尝试集〉的批评研究》④,姜文以"改诗"事件为切入点,从胡怀琛的身份及发言姿态入手,还原了新诗发生期新旧诗坛碰撞的复杂格局,论述其"改诗"背后隐藏着的对诗歌之"新"的发明权的争夺;再从诗学层面挖掘其争论所暴露出来的新诗发生期的基本困境——"音节"问题所呈现出来的旧诗的"阅读程式",以及新诗表意方式的改变所导致的"意义"与"声音"之间的内在张力。姜涛后在其专著《"新诗集"与中国新诗的发生》中,专门以"'新诗集'与新诗的阅读研究"开辟章节,以"为胡适改诗:胡怀琛的'读法'"为其中一节,分析从"音节"争论所体现的以"声音"为中心的传统诵读方式,为新诗以"意义"的逻辑关联和转换而导致的"私人性的阅读"所取代的过程,从而揭示出新诗成立的合法性关键。

无论是简略提及,还是著文论述,对"改诗"事件的理解都基于一个相同的前提,即将其自然而然放在新旧之争的场域来进行考察。由于胡怀琛及讨论者计较于"音节"等细枝末节问题,而关于音节的讨论,又与传统诗韵问题缠绕在一起,在"五四"文学场域那种与传统誓相决裂的西化氛围中,胡怀琛最终只落得个"守旧的批评家"的归属。然而,这看似琐细微末的"音节"之争的背后,实在涉及对新诗发展道路的不

---

① 如赵景深:《胡怀琛》,《文坛回忆》,重庆出版社,1988;赵景深:《记胡怀琛》,《我与文坛》,古籍出版社,1999;徐重庆:《胡怀琛与新诗》,《文苑散叶》,东南大学出版社,2002;薛冰:《大江集》,《金陵书话》,东南大学出版社,2002;李力夫:《胡怀琛与大江集》,《民国杂书识小录》,远东出版社,2011。
② 黄德生:《给胡适改诗的笔墨官司》,《读书》2001年第2期。
③ 陈平原:《经典是怎样形成的——周氏兄弟等为胡适删诗考》(一)(二),《鲁迅研究月刊》2001年第4、5期。
④ 姜涛:《"为胡适改诗"与新诗发生的内在张力——胡怀琛对〈尝试集〉的批评研究》,《北京大学学报》(哲学社会科学版)2003年第6期。

同理解与设想。胡怀琛计较于诗中某个字改或是不改，其理念是基于汉语诗美原则。他与反对新诗的旧派的不同在于，他是在承认"新诗"的前提下，甚至是在自己也积极尝试新诗的前提下，讨论新诗之为"新诗"的诗美问题。所以，本书将这场争论定义为新诗内部的路向之争。我们知道，古代汉语诗的音乐美借声调来体现，当新诗抛弃了传统诗词以声调加以体现的音乐美时，以口语为基础的现代汉语新诗，便只能以"音节上的试验"来体现其区别于散文的音乐性了。[1] 所以，音节问题在这个时候上升为新诗能否成立的基本问题。胡怀琛的争论实际上是要求新诗从音节、声韵上获得更多的与传统诗美相匹配的要素，或者说，他是在向新诗实践索要汉语诗歌特有的语言声韵之美，这也是其诗学中音节论的主要内容。可以说，这场在当时被归类为"新"与"旧"之争的事件，如果站在今天的立场反观，它实际上涉及的是新诗的"美"与"新"的冲突。因为胡怀琛立足于汉语诗美，所以他的"美"，不能不以传统汉语诗美为参照；而以胡适为旗帜的新诗派，立足于出离汉语传统诗歌的"新"，所以他的"新"不能不借力于西方。因此，这"美"与"新"的冲突背后，涉及的便是新诗的中西血脉问题了。新诗在当下所面临的种种困惑，诸如汉语诗魂何在，汉语诗性的失落与再生问题，在全球化语境中，新诗的文化身份焦虑问题……所有这些，我们都可以通过重新回到新诗发生的现场，检点那些曾经被新文化正统力量所压制了的历史碎片，在重审与审释中，既获得对历史的新的认知，也获得对现实的新的启示。基于这样的想法，我们有理由回过头来重新阅读《尝试集批评与讨论》，回顾胡怀琛为胡诗改诗事件的始末，以及其中所隐含的双方的音节观和不同诗学路向。

第一节　汉语诗性：围绕《尝试集》的批评与讨论

由胡怀琛所引发的围绕《尝试集》的批评讨论，从 1920 年 4 月起到

---

[1] 参见刘纳《新文学何以为"新"——兼谈新文学的开端》，《中国现代文学研究丛刊》2012 年第 5 期。

1921年1月止，先后有刘大白、朱执信、朱侨、刘伯棠、胡涣、王崇植、吴天放、井湄、伯子等在《神州日报》《时事新报》《星期评论》等报刊发表论辩文章。按照胡怀琛的弟子王庚的说法，这次大的笔墨官司分为两大派，胡适一派分别为：刘大白、朱执信、胡涣、王崇植、吴天放、井湄、伯子；胡怀琛一派分别为：朱侨、某某、刘伯棠。① 这十二人中，除刘大白为著名诗人、文学史家，朱执信为早逝的革命家、思想家外，其余人都不为我们今天所熟知。换句话说，参与讨论的都是我们今天看起来陌生的、非新文化阵营领头人物的一般读者，他们的言说为我们打开了新文学主流阵营之外的另一片天地。从派别人员分布来看，支持胡适的人明显多一些。联系前文所说《尝试集》出版后的畅销热况，不难理解，《尝试集》作为新文学的产物，其被广泛接受，代表了当时驱新者的普遍心理。然而，当胡适在一边"傲慢"地沉默时②，这些胡适的"代言者"们究竟如何理解新诗？他们是否就能代表胡适的声音？胡怀琛所争论的焦点又在何处？双方在琐细的末微之处不厌其烦地争论，所反映的又是怎样不同的诗学观念？

《尝试集批评与讨论》分为上下两编，上编主要讨论音节问题，下编主要围绕用字问题而展开。上编的起点为胡怀琛于1920年4月发表在上海《神州日报》上的《〈尝试集〉批评》。在文中，胡怀琛申明讨论的是诗的好与不好的问题，并不是文言和白话的问题，也不是新体和旧体的问题。这个出发点与胡适截然不同，胡适尝试新诗的目的正在于用白话取代文言，希冀创造出能够容纳现代汉语的新体诗。但无法忽略的事实是，早期白话自由诗确实在诗美问题上存在困境——过分的白话化与散文化丧失了汉语诗歌固有的诗性之美。胡怀琛之所以这样表态，是为了强调自己的立场——对新诗不排斥。也就是说，他是在认可胡适所倡的"新诗"的前提下，从诗美角度对胡适进行字词的修改。我们且看胡怀琛究竟是如何改的：

---

① 王庚：《尝试集批评讨论的结果到底怎样？》，《诗学讨论集》，中山图书公司，1971，第76页。

② 从后文的论述来看，胡适对此场论争其实并非无动于衷。

《黄克强先生哀辞》 当年曾见将军之家书， 字迹娟逸似大苏。 书中之言竟何如？ "一欧爱儿，努力杀贼："—— 八个大字，读之使人慷慨奋发而爱国。 呜乎将军，何可多得！	《黄克强先生哀辞》 当年见君之家书， 字迹雄逸似大苏， 书中之言为何如。 "一欧爱儿，努力杀贼："—— 读此八字，使人精神奋发而爱国， 呜呼，此言何可再得。

　　《黄克强先生哀辞》这首诗改处有五：第一处，将第一行九个字改作七个字，与下面两句七个字相对应，其理由是："这句七字九字，毫无分别，落得用七个字，使他更整齐。（如万不得已，要用九个字，也无妨用九个字）。"① 第二处，将"娟逸"改作"雄逸"，其理由是：亲眼见到黄克强先生的书法，"很硬很健，不能算娟"。第三处，将第三行"竟"字改"为"字，其理由是："竟字下得太重，太着力，这里用不着。"第四处，将"慷慨"二字改为"精神"，其理由是：下文"奋发"二字，是说"精神奋发"，"倘没此二字，奋发二字便无根"。第五处，将末行"何可多得"改作"此言何可再得"，其理由是，照原文看，全诗并没有说到黄先生死了，"何可再得"便是确说到他已死了；并且，将"将军"改为"此言"，与前两行联系得更紧密；"再"字也和开场"当年"二字联系起来，改后全首诗便首尾贯串了。

《蝴蝶》 两个黄蝴蝶，双双飞上天。 　不知为什么，一个忽飞还。 剩下那一个，孤单怪可怜； 　也无心上天，天上太孤单。	《蝴蝶》 两个黄蝴蝶，双双飞上天。 　不知为什么，一个忽飞还。 剩下那一个，孤单怪可怜； 　无心再上天，天上太孤单。

　　《蝴蝶》这首诗最后一句"也无心上天"改为"无心再上天"，其理由是："读起来方觉得音节和谐。"

---

① 胡怀琛：《尝试集批评》，胡怀琛编《尝试集批评与讨论》，泰东图书局，1925，第4页，文章所引改诗处均出自此书，故不一一标注。

《小诗》	《小诗》
也想不相思,可免相思苦。	也要不相思,可免相思恼。
几次细思量,情愿相思苦。	几度细思量,还是相思好。

《小诗》这首诗成为后来争论的焦点,其改处有三:第一处,将第一句"想"字改为"要",其理由是,和下文"相"字同是"一声"(一平一上),读起来很不顺口。第二处,将第三句"次"改作"度",其理由是,原文"次"和"思"音相近,读不上口。第三处,将"苦"改作"恼",其理由是,免去两句末尾同用两个"苦"字,在这里,胡怀琛专门指出:"我也不是说一定不能用,不过能够免去,还是免去的好,若是天生成的一种诗句,便是两句完全相同,也决不能硬改。"——引文出处:第9~10页。

《送任叔永回四川》 第三节	《送任叔永回四川》 第三节
这回久别再相逢,便又送你归去,未免太匆匆。多亏得天意多留作两日,我做得诗成相送,万一这首诗赶得上远行人,多替我说声"老任珍重珍重"。	这回久别再相逢,便又送君归去,未免太匆匆。多亏得天公多留作两日,我做得诗成相送,万一这首诗赶得上远行人,多替我说声"老任珍重珍重"。

《送任叔永回四川》这首改处有二:第一处,将"你"字改为"君"字。第二处,将第二行"意"字改为"公"字。其理由是,"君"比"你"、"公"比"意"声音都长些,"读起来方有天然的音节"。另外,胡怀琛批评其第四行完全是"西皮二黄","决不是新诗"。

平心而论,胡怀琛所改之处有他一定的道理。其所改的标准是汉语的"诗美",而这个"诗美"原则是读起来"音节和谐"。新诗成立之后,音节问题曾一度成为争论的焦点。白话取代文言之后,大量双音节、多音节词取代了文言的单音节词;而文言本身有一种诗性的美,白话却偏向于口语,白话替代文言必然导致传统诗歌里那种天然的多义而模糊的诗性美的缺失。胡怀琛的"改诗"正是意识到新诗白话化和散文化之后所带来的汉语诗美的丧失,所以如此执着地纠缠于对个别字词的修改。当然,胡怀琛改诗的标准,没有脱离传统诗词审美标准这一参照,因为传统诗词将汉语的诗性之美已发扬至极,虽然这里有文言、白话之别,但白话新诗毕竟也是汉语诗歌,针对胡适所开创的在"断裂"中求新,胡怀琛显然更倾向于在"联系"中葆有汉语诗美,比如,《黄克强先生哀辞》将九字改为七字,以形成上下两句整齐对称;《小诗》中避开两个"苦"字的重复——字形相同的字互押是文言诗所忌讳的;《送叔永回四川》中最后一句因接近"西皮二黄"而被其否定等。其最为根本的标准,还是读起来和谐与否,新诗的音节问题事实上确实是新诗诗美的核心所在,从这一点来看,"改诗"实不为过。其改诗冲突,起于"新"与"美"之异,实际上涉及的是中西之路之间的差异。这样,两人的对话就产生了文化路向上的偏差,而双方的支持者为反驳对方所拿出的证据,虽显得琐细,有些甚至是意气之争而显得无理,却都能从其文化路向上演绎出大致的审美趋向或诗学观念。

一　诗歌是否应该修改和能否修改的问题

这个问题涉及的是中西不同诗学批评方法问题。就"改诗"本身而言,从胡适的复信来看,他对胡怀琛是不满的。胡适并未直接复信,而是写信给编辑张东荪,指出:"他这篇书评却也别致,他不但批评,还替我大大的改削了好几首诗,这种不收学费的改诗先生,我自然很感谢。但是我有一点意见,想借你的学灯栏发表。评书的人是否应该替作者改书,这个问题,我暂且不讨论。我的意思以为改诗是很不容易的事,我自己的经验,诗只有诗人自己能改的,替人改诗至多能贡献一两个字,很不容易,为什么呢,因为诗人的'烟士披里纯'是独一的,是个人的,是别人很难参与的,我想做过诗人的人大概都能承认我这话。"[①] 胡适的这种看法强调诗是个性的表现,是个人性的独创活动,其立论依据是个人主义,这也是西方现代文化的基石。胡怀琛同样致信张东荪,就此问题说道:"当

---

① 《胡适致张东荪的信》,胡怀琛编《尝试集批评与讨论》,泰东图书局,1925,第13~14页。《尝试集批评与讨论》曾于1923年3月初版、1925年3月三版,本文所涉及该书的内容,均引自1925年第三版。

改与不当改的问题，照普通说，处在批评的地位，是不能改作者的文字。但是我现在所批评的，是文字好不好的问题，我处在批评的地位，可以评他不好，这句话想是公认的。然好不好没有界限，是因比较而生的。我现在评他不好，读者必要问我，如何才算好，这是我不得不立个好的标准。所以我改他的诗，便是立个好的标准，和普通的改写不同。"① 显然，胡怀琛的回应也有道理，批评者修改别人的作品，属于中国传统文学的一个小传统，古代题壁诗常常引来网络跟帖式的意见，其中就不乏改诗的动作，古人诗话、词话里也有改别人诗的举动，金圣叹评点《水浒》并腰斩《水浒》，也是连评带改的范例。所以，胡怀琛的诗评里流动的是传统中国文学批评的血脉。这血脉在倡导个人主义的胡适看来，确实有不尊重个性的文化基因，所以为胡适所不屑。关于新诗规范性的确立，当然不是胡怀琛个人所能完成的，然而胡怀琛的这番话却表达出他试图通过改诗来思考"怎样的诗才是好的新诗"这个问题。胡怀琛的支持者们却似乎并未意识到其初衷。朱侨强调改诗只要和作者原意不矛盾即可，既然改，一定是不好才会改，他认为胡怀琛在没有违背原意的情况下改得更好了。而未署姓名的某位读者甚至批评胡适的"傲慢"心理：认为其自提倡文学革命以来"风头出得十足"，"惯受人家恭维"，成为青年的"新偶像"，大家都是拿他的话作"金科玉律"，没有人敢去批评的。胡怀琛这两个支持者并未在诗学问题上讨论具体问题，虽也是谈改与不改的问题，但似并未理解胡怀琛的本意，而略有意气相争之嫌。

其实，西人的文学批评长于逻辑演绎，常常是宏阔大论，胡怀琛的批评与"改诗"却是琐细的字斟句酌。庄子有言，道"无所不在"，"在蝼蚁"，"在稊稗"，"在瓦甓"，"在屎溺"，② 所以中国人强调的是于微末与不起眼之处见精神。所以，中国的诗歌批评尽是诗话、词话等琐琐碎碎的一类：古有贾岛苦吟"推敲"的佳话，历代诗论家有对"红杏枝头春意闹"一句中"闹"字的争论。称赞者如王国维在《人间词话》中说：

---

① 《胡怀琛致张东荪的信》，胡怀琛编《尝试集批评与讨论》，泰东图书局，1925，第15～16页。
② 《知北游》，郭象注《庄子注疏》，中华书局，2010，第399页。

"'红杏枝头春意闹',著一'闹'字,而境界全出。"① 反对者如李渔说:"若红杏之在枝头,忽然加一'闹'字,此语殊难着解。争斗有声之谓闹。桃李争春则有之。红杏闹春,予实未之见也。……予谓'闹'字极粗极俗,且听不入耳,非但不可加于此句,并不当见之诗词。"② 刘熙载认为:"词中句与字,有似触著者,所谓极炼如不炼也。晏元献'无可奈何花落去'二句,触著之句也。宋景文'红杏枝头春意闹''闹'字,触著之字也。"③ 同一"闹"字便引来诗学研究者这么多不同的理解,可见,对字词的斟酌,本身就是传统诗学的题中应有之义。胡怀琛为胡适改具体字词,其背后无疑有着传统诗学方法的参照尺度,而胡适强调诗人灵感的独一无二性,强调他人很难参与,无疑是以西方现代性的自我表现观念或重逻辑推演的批评方法为参照尺度的。

二 对"音节上的美感"的不同理解

这个问题涉及的是对新诗诗美标准的分歧。新诗的特点首先是以白话取代文言。古代汉语以单音节词为主,具有简洁、庄重而典雅的美学特点。当然,古代汉语词汇中也有双音节词,如"仓皇""窈窕"之类的联绵词,"琵琶""可汗"之类的外来词,"公姥"之类的偏义复词,"天子""布衣"之类的特定称谓等。但在大多数情况下,传统诗词仍以凝练简洁的单音节文言词为主。白话接近日常生活语言,具有口语化特点,其词汇、句法与韵味都与文言有着很大区别。如何在新诗中最大限度地释放白话口语化的生命力与诗性,到现在都是一个无法彻底解决的重要问题。胡怀琛似并未纠缠于白话或者文言的问题,其"改诗"的标准,以是否符合"音节上的美感"为标准,而这种标准的参照也来自传统。不独胡怀琛如此,胡适及"胡适派"都实质上是在传统诗词押韵规范里进行言说。胡适为求"自然的音节"之美而在用韵方面进行尝试,其寻找合法

---

① 王国维:《人间词话》,上海古籍出版社,2008,第2页。
② 李渔:《窥词管见》,陈良运主编《中国历代词学论著选》,百花洲文艺出版社,1998,第359页。
③ 刘熙载:《艺概·词概》,陈良运主编《中国历代词学论著选》,百花洲文艺出版社,1998,第584页。

性依据时都会回溯到传统诗词上。

胡适在复信中未提及其他诗作,唯独回应了《小诗》的修改,称胡怀琛改得"都错了":

> 我的原题是"爱情与痛苦",故有"情愿相思苦"的话,况且"想相思"三个字是双声,"几次细思"四个字是叠韵,胡先生偏要说"想"与"相"、"次"与"思"读不上口,所以要改。这是他不细心的错处,他又嫌我二四句都用苦字煞尾,故替我改押"恼""好"两字,他又错了。我这首诗是有韵的,押的是第二句和第四句的第二字,"免"和"愿"两字,这种押韵法是我的一种尝试,好不好是另一个问题,但他的改本便把我要尝试的本意失掉了。①

这样,便将双声叠韵和句中押韵问题摆上了台面。在胡适的观念中,白话由于双音节词的增加,要摆脱传统诗词固定语音结构的束缚,自然很大程度上依赖于双声、叠韵词所形成的音乐之美,以及不独遵循于句末押韵而尝试在句中进行押韵。然而,这与传统诗词的审美规范发生了冲突。胡怀琛依循传统语法规范指出:利用双声字,一般是形容词相连,如"叮咚""玲珑",叠韵如"苍茫""迷离"一类,并没有像他如此双声、叠韵的。而对于句中押韵的问题,胡怀琛认为"第二句的第二字和第四句的第二字"这种押韵,看不出来"是他创造"的,即使认可这样的格式,"读起来也不好听":

> 我们读的时候,在"可免""情愿"两处,不得不停顿一下,而且这两个要读重些,下面各三字要读轻些。这样一读,便变成上七下三的两句诗。而且下三字都是几几等于无声。(因为须读得轻的缘故)。这还成个甚么音节。②

---

① 《胡适致张东荪的信》,胡怀琛编《尝试集批评与讨论》,泰东图书局,1925,第14~15页。
② 《胡怀琛致张东荪的信》,胡怀琛编《尝试集批评与讨论》,泰东图书局,1925,第18页。

胡怀琛之言表达出两点意思：其一，在诗中运用双声、叠韵词以及句中押韵，并非胡适首创；其二，即使如此利用，如果不能增强诗歌的音节之美，则这种尝试并无必要。

胡适的支持者刘大白则从六朝诗到张衡、沈括、杜甫的诗作等举例，论证诗歌中的双声、叠韵自古有之，如沈括的"几家村草里，吹唱隔江闻"使用四个双声，并不是连绵的形容词；"月影侵簪冷，江光逼履清"两个叠韵，也不是"苍茫""迷离"一类的叠法。并指出，句中用韵在毛诗里也多见。他还以杜甫的《杜鹃》诗"西川有杜鹃，东川无杜鹃。涪万无杜鹃，云安有杜鹃"为例，说明其中"川""安""万"都押韵。[①] 但胡怀琛指出刘大白忽略了他所说的"利用"二字。对于"叮咚""苍茫"一类的词，他是指除了这样的字，其他的不必利用。因为利用"是用了能增加文字的优美，倘然不能增加文字的优美，又有他字可代，落得不用，像胡适之先生的诗，便是可以不用，他却特别说出来，这是双声，这是叠韵。所以我不赞成"[②]。针对刘大白在古人成句中找到的例证，胡怀琛指出古人这样的用法大致有三个原因：

（一）并非有意用双声叠韵，增加文字的优美，刚巧那两字是双声叠韵，却也无法用它字代。……

（二）古人故意用双声叠韵字做诗，算一种游戏诗，和回文、限字、全平、全仄，是一类的。……

（三）古人的成句如此，或者是古人的毛病，我们也不能全认他是好。（好不好另有真理，不能将古人做标准）……[③]

在胡怀琛看来，增加文字优美的双声叠韵需要两字性质相同，声调同轻重；并且在一句诗里，用双声、叠韵词不能超过半数，否则读起来好像

[①] 《刘大白致李石岑的信》，胡怀琛编《尝试集批评与讨论》，泰东图书局，1925，第19~22页。

[②] 《胡怀琛致李石岑的信》，胡怀琛编《尝试集批评与讨论》，泰东图书局，1925，第23页。

[③] 《胡怀琛致李石岑的信》，胡怀琛编《尝试集批评与讨论》，泰东图书局，1925，第23~24页。

"口吃"。① 胡怀琛还指出刘大白所援引《大雅》中的"文王曰咨,咨汝殷商"一句,"文"与"殷"、"王"与"商"押韵,是很复杂的问题,《大雅》因要谱入管弦,也许是受了乐谱的牵制而生出这种变化。古诗中有很多是因为声调的牵制形成倒装,才有了句中碰巧押韵的情况,而胡适的诗与此并不相同。② 至于《杜鹃》诗,胡怀琛认为"川""安"押韵显得牵强,因《杜鹃》是无韵诗,像古诗"鱼戏莲叶东,鱼戏莲叶西,鱼戏莲叶南,鱼戏莲叶北",也都是无韵的诗。胡怀琛还指出,胡适在《小诗》跋语中称其用"生查子"词调所谱,既然是依词调,就不能在中间押韵。③ 这里,胡怀琛对新旧的区分意识特别鲜明,他不反对无韵诗,也就是说,押不押韵并不重要;但如若要押韵,就应该遵从押韵规律,否则,不如写完全自由的新诗。

胡怀琛的支持者刘伯棠也论及音节之美的实质问题。他指出《小诗》中的押韵方法,显得"奇异"。诗歌押韵是为了使音节和谐,以此表现诗人的优美情感,使读者有美的享受,"所以从来做诗人,都是把押韵在句尾的一个字",刘伯棠的言外之意,实际上是指出中国古诗之美在于句末的押韵,古诗中并不排斥句中押韵,然而,如何押韵才美,不得不落实在句末。他指出胡适用的这种"特别的押韵法","既是第二字押得韵,那么第三第四个字也都可押得么?"而"白话诗"长短不一,究竟如何押韵?刘伯棠强调其并不反对白话诗,只是对于新诗的"押韵"方法存在疑问。在他眼中,不押韵也能形成一种"自然的天籁",这样,不押韵也无妨;但既然押了韵,就要体现出押韵之美。刘伯棠还指出,将胡适的诗"平心静气的吟诵",确是如胡怀琛所言读起来有不和谐的弊病。④

胡适的支持者胡涣则认为胡适用尝试之法,将韵押在中间,"正如前

---

① 《胡怀琛致李石岑的信》,胡怀琛编《尝试集批评与讨论》,泰东图书局,1925,第29页。
② 《胡怀琛致李石岑的信》,胡怀琛编《尝试集批评与讨论》,泰东图书局,1925,第26页。
③ 《胡怀琛致李石岑的信》,胡怀琛编《尝试集批评与讨论》,泰东图书局,1925,第29~30页。
④ 《刘伯棠致胡适之函》,胡怀琛编《尝试集批评与讨论》,泰东图书局,1925,第58~59页。

人和诗步韵,可以不照元韵的次叙",所以,可以用"生查子"词调来试验尝试的押法。① 胡怀琛在反驳时以胡适的另首诗歌《他》为例,指出其价值所在,正可以说明押韵固然可以在中间,但其格式和《小诗》不同。其一,八句都是"他"字在尾;其二,"爱""害""对""待"都在第四字,读到这几个字时,自然而然会读得重些;其三,此诗读起来很自然,没有一丝勉强、做作之处,所以觉得好。并举出《我的儿子》一节:

> 我实在不要儿子,
> 儿了自己来了,
> 无后主义的招牌,
> 于今挂不起来了。

胡怀琛指出:"这节是'自''起'两字押韵呢?还是两个'来'字押韵呢?还是两个'了'字押韵呢?还是竟没有韵?"其意为,这些诗是自由诗体,无须在韵上作研究;但如若是依"生查子"所谱,就应该严守其韵律规范,否则"那便无所不可了,一切的问题都不用讨论了"。②

与其他人不同的是,朱执信对"自然音节"有着不同的看法。他针对胡适在《谈新诗》中所说"白话诗里只有轻重高下,没有严格的平仄"③,并未像其他人那样纠结于新诗用韵的问题,而是一针见血地指出胡适对"音节"的含混之处,"似乎诗的音节,就是双声叠韵",而且对"平仄自然""自然的轻重高下","说得太抽象","领会的人恐怕不多"。④ 他敏锐地觉察到新诗如果仅仅是寻求在双声叠韵上如何和谐,并没有真正抓住新诗音律的要领。他提出"声随意转","要使所用字的高下长短,跟着意思的转折来变换",⑤ 从而将诗歌的声律论从重外在声律

---

① 《胡涣致李石岑函》,胡怀琛编《尝试集批评与讨论》,泰东图书局,1925,第64页。
② 《胡怀琛致李石岑函》,胡怀琛编《尝试集批评与讨论》,泰东图书局,1925,第67~69页。
③ 胡适:《谈新诗——八年来一件大事》,《胡适全集》第1卷,安徽教育出版社,2003,第171页。
④ 朱执信:《诗的音节》,《尝试集批评与讨论》,泰东图书局,1925,第31页。
⑤ 朱执信:《诗的音节》,《尝试集批评与讨论》,泰东图书局,1925,第34页。

转向重内在声律。传统诗论主张"无韵者为文，有韵者为诗"，其固定的语音结构与框架是中国古典诗歌的基本生存点，汉语诗歌独立自足的"诗语"系统是以外在声律为中心的，所以诗歌都是以外在音节的和谐为宗旨。内在声律论使语义成为诗歌声律的中心，这也正合于胡适所谓"丰富的材料，精密的观察，高深的理想，复杂的感情，方才能跑到诗里去"。[①] 朱执信实质上是将不同于古代诗歌语音节奏模式的"语义"逻辑明确地阐释出来[②]，胡适对此非常认可，他在《尝试集》再版自序中写道：

> 我极赞成朱执信先生说的"诗的音节是不能独立的"。这话的意思是说：诗的音节是不能离开诗的意思而独立的……所以朱君的话可换过来说："诗的音节必须顺着诗意的自然曲折，自然轻重，自然高下。"再换一句话说："凡能充分表现诗意的自然曲折，自然轻重，自然高下的，便是诗的最好音节。"古人叫做"天籁"的，译成白话，便是"自然的音节"。[③]

至此，胡适才明确了"自然的音节"与传统诗歌语音节奏模式的根本区别，这是其传统诗体的大解放所必须经历的环节，而这个环节并非经由朱执信一语道破，胡适是在译诗《关不住了！》的音节模式中寻找到的，从而与朱执信形成呼应。当意识到这一点时，在双声叠韵问题上，胡适坦然承认双声叠韵"偶然顺手拈来"可以增加"音节上的美感"，唐宋诗人作的双声诗和叠韵诗，都只是游戏，而不是诗。这不正与胡怀琛所说一致吗？但不同的是，胡适指出其不同于传统诗词双声叠韵的根本之处在于：诗的音节不能离开诗的意思而独立。为回应胡怀琛的批判（依"生查子"谱词则不应该尝试句中押韵），胡适举出《生查子》一诗，表示其中一、五句都不合正格，但只是由于其依着词意的自然音节的缘故，而并

[①] 引自胡适《谈新诗——八年来一件大事》，《胡适文存》第1卷，华文出版社，2013，第133页。
[②] 参见姜涛《"新诗集"与中国新诗的发生》，北京大学出版社，2005，第106页。
[③] 胡适：《尝试集·再版自序》，《胡适全集》第1卷，安徽教育出版社，2003，第202页。

不觉得他不合音节。① 正是由于二者的出发点与参照系不同，对于"音节上的美感"问题才产生了如此大的分歧。《尝试集》挣脱传统的痕迹本身也表明胡适在诗的中西血脉问题上的复杂性，传统成为胡适欲摆脱却又无法完全摆脱的阴影，西化是胡适最终挣脱传统的方法和路向。而胡怀琛则是在不排斥旧诗的前提下，以传统诗美规范为参照来要求新诗。这些"音节"之争，看似细微、琐屑，背后却隐藏着各人对新诗美学规范问题的思考。

三 对新诗中现代汉语规范问题的思考

"音节"之争方兴未艾，胡怀琛又在《时事新报·学灯》上发表了《〈尝试集〉正谬》一文。如果说在《〈尝试集〉批评》中，胡怀琛是以音节是否和谐为标准为胡适改诗的话；那么此文，则是以用字是否准确为标准。这次所改诗作为《一颗遭劫的星》《我的儿子》《三溪路上大雪里一个红叶》《病中得冬秀书》四首。《一颗遭劫的星》所改之处为"那颗星再也冲不出去了"中的"去"字应改为"来"。其理由为：原来星被云遮了，人在云下，星在云外，我们恨不看见星，前面说"好容易一颗大星出来"中的"来"字用得不错，后面却错了，想是押韵之故，但也不应该如此。《我的儿子》所改之处为将"儿子自己来了"的"自己"改为"偶然"或"偏偏"。其理由为：按照语言习惯，用到"自己"二字，当是表明和其他的人完全没有关系，而"儿子自己来了"一句在事理逻辑上有误。"花落偶然结果"一句中"偶然"应改为"自然"，其理由为：照理说，开花结果是自然之事，开花不结果，才是偶然的。《三溪路上大雪里一个红叶》所改之处为"雪色满空山"中的"雪色"和"抬头忽见你"中的"抬头"用得不对。其理由为：雪色并不是雪的整体，色是浮在空中可见不可即的东西，凡用色字，大都是远景。"雪色满空山"后接着说"踏雪摘下来"，那踏雪自是身在雪中，非远景而是近景了。"抬头"二字，既然要抬头，那红叶便很高了，既然很高，如要摘下，一定要爬树，所以不合常情。因此想象当时情形，当是一株很矮的小树，树

---

① 胡适：《尝试集·再版自序》，《胡适全集》第 1 卷，安徽教育出版社，2003，第 202 页。

上一片红叶,他随手摘下来,所以不用"抬头"而应该用"举目"。《病中得冬秀书》中"也是自由了"中的"自由"误当动词用,不合语法规范。

胡怀琛的此次改诗再次证明了其立场并非旧派:他并非站在旧的立场上反对新诗,而是站在"新诗"的立场上来谈"新诗"。此时的胡怀琛似乎不再纠缠于音节美不美的问题,而是讨论白话用字恰当不恰当的问题。新诗的成立是白话攻破文言的战利品,胡怀琛作为汉语诗美的守护者,似乎也被"五四"那个时代裹挟而来的"西化"潮流所带动。看上去,他是在思考新诗语言的规范性问题。新诗既然用白话写成,白话成为取代文言的现代汉语,在诗歌中成为一种新的具有诗性的书面语,因此,建立规范性是必须的。那么,在新诗中,如何让现代汉语既规范而精准,又能很好地表达诗意?这既是现代汉语在当时面临的重要问题,也是新诗必然会面临的基本问题,在新诗草创时期由胡怀琛批评引发出来,形成争论,当属新诗历史上不应被忽视的一页。

胡怀琛针对王崇植批评其过于机械、将他人的诗拿来删改是专攻辞藻之举,指出:胡适的诗从王崇植所论诗的"意"与"形"两方面看,属于"意美形式不美",不能算"上诗",严格说起来,导致这种情况的原因就是其"用字错",而非"词藻问题"。胡怀琛强调"词"而非"藻",表明其意在新诗的用词规范,即现代汉语规范问题。他还指出胡适在《寒江》一诗中对于"浮冰三百亩,载雪下江来",曾注:"亩字杨杏佛所改。原作丈,不如赠字远矣。"在这一点上,无论胡怀琛改得是否合适,其初衷与胡适是一致的。《尝试集》是胡适为造就"文学的国语"而创造"国语的文学"所发起的攻坚战的代表性果实。新诗成立之初,为适应新时代的新需要而"欧化的白话",充分吸收了西洋语言"细密的结构",以表达"复杂的思想、曲折的理论",而成为当时白话文学语言的主要趋势。胡适遵从杨杏佛之意将"丈"改为"亩",正是为了强调新诗所用之现代汉语的精准性。胡怀琛身处那样一个西化的时代,虽坚守汉语诗美阵线,但也难免受整体趋势的影响。对于"来"与"去"的问题,他指出乃是方向的差误,应该纠正,并举例道:譬如有人在门外,我们要他进来,应该说:请进来!在英文则说 Come in!无论中文、英文,都是一样,同是不能有差误的。又举例道,譬如我在上海,我的情人在济南,我写信给伊，说道：我很想见见你！希望你向南边来走一遭！这样便不差；接着说道：我很想见见你，希望你向北面去走一遭！这样说请问差不差？果然他往北走去，那愈走愈远，愈不能见面了。[①] 胡怀琛强调，诗里的事实可真可假，但用字决不能错。当现代汉语取代古代汉语之后，如何在西化的新诗中发展汉语之美，这种美已经不同于古代汉语多义而模糊的诗性美，而是偏于西化、讲求精准的美。胡怀琛自身在无形中受到西化影响，在讲求新诗语言的精准化时，其诗学出发点，还是诗美的原则。这看似有些迂腐的纠缠，其背后的立场，依然还是出于思考与维护新诗的汉语诗性之美。

当胡怀琛亲近新诗、出于对现代汉语的规范性的思考而为胡适改诗时，胡适的支持者却有从传统韵律方面来反驳他的。如井湄在反驳胡怀琛对"来"与"去"的辩论时，认为胡适原字"去"用得好，是因为押韵之故，改句不押韵，反而不好；"举目"没有"抬头""响亮"，"读起来便觉得拗口了"。[②] 井湄的批评主要立足于意、色、声三个方面，虽则维护胡适，其评价参照实乃为传统。伯子在反驳时认为胡适用"去"，是"以星对云而言，不是以星对人而言"，若是改为"来"，便没有"神气"，"不但声韵不好罢了"。[③] 伯子在这里所强调之"神"与"气"，都是中国传统诗学体系中的术语。与胡怀琛比起来，胡适的支持者们批评的参照倒似乎更显得暧昧不明。

四　对新诗性质的不同思考

这个问题涉及的是新诗的文学性与科学性问题。针对胡怀琛的《尝试集正谬》，王崇植指出其评诗过于"机械"："文学不比科学，另有文学的特彩。"新诗应该具有文学性，如果用科学眼光来看诗，则其诗意全失。用机械的方法评诗所指出的"差误"并非"诗"的"差误"，因为"诗里的事实可真可假，只要其意可取就够了"。王崇植所理解的新诗的

[①] 《胡怀琛给王崇植的信》，胡怀琛编《尝试集批评与讨论》，泰东图书局，1925，第19页。
[②] 井湄：《评〈尝试集正谬〉及〈尝试集〉里的原作》，胡怀琛编《尝试集批评与讨论》，泰东图书局，1925，第52页。
[③] 伯子：《读胡怀琛先生的〈尝试集正谬〉》，胡怀琛编《尝试集批评与讨论》，泰东图书局，1925，第55页。

"文学性"重在"内感"而非形式。在他看来,诗应该定义为"一种天籁或者是自然的歌曲",兼具"内感"和"形式"两个方面,"内感"是指"造意","形式"则包括"修辞谐韵"。两者兼具才是"上诗","意美而形式不美者次之","专攻辞藻斯其下矣"。① 对诗的等次所作的分类,可以看出王崇植对新诗"意"的重视,他指出:"评诗的立足点是应先在作意上,再推到形式上去,你却专站在机械方面,且把他人的诗来删改,改了做成首笨诗罢了。"② 诗人作诗凭借一时的灵感和冲动,这种诗性思维不受日常逻辑定式的束缚,在此方面,诗歌中的文学性常常与科学性相冲突。

其实,胡怀琛并非不知诗的文学性问题,他所举之例如"竹外桃花三两枝""轻舟已过万重山",也是为说明桃花究竟有几枝、到底有几重山,是断断说不清楚也不需要说清楚的。但他强调需要"拿科学的方法来说文学的构造",其理由是:中国旧文学家不知道科学的方法,他们说的话,大半是糊糊涂涂的,知其当然而不知其所以然。所以,胡怀琛表示很想矫正这种现象,处处采取分析、评论诗歌好或者不好的方法,并指出所以然的理由。既然研究哲学、精神学的人,都拿科学做根据,都用着科学的方法,那么,研究文学,也要用科学的方法,才能矫正中国旧文学家的弊病。③ 胡怀琛的这种理解想是当时风气所致,果然,其后吴天放著文批评时,还画了图形来表示人、云、星的距离和位置,来证明究竟该用"来"还是"去"。吴天放在反驳胡怀琛对《我的儿子》中"自己"一词的批评时,还指出当时的特殊情形:"我辈青年,男女间有一种'床笫行为'确不像老年人为嗣续主义所驱迫,生子育儿,有时难为因果关系,不过是附带而来。适之先生更会挂有无后主义的照牌,说是'实在不要儿子',而儿子不由他竟来了。所以他说'儿子自己来了'。"④ 此说可见

---

① 《王崇植给李石岑的信》,胡怀琛编《尝试集批评与讨论》,泰东图书局,1925,第10页。
② 《王崇植给李石岑的信》,胡怀琛编《尝试集批评与讨论》,泰东图书局,1925,第11页。
③ 《胡怀琛给王崇植的信》,胡怀琛编《尝试集批评与讨论》,泰东图书局,1925,第26页。
④ 吴天放:《评胡怀琛的〈尝试集正谬〉》,胡怀琛编《尝试集批评与讨论》,泰东图书局,1925,第34页。

当时青年对待性和婚姻不同于传统的新观念。吴天放批评胡怀琛没有把上下文前后句贯串起来，设身处地想想作者所处情境，便贸贸然将诗中某字某词抽出来作零碎的抨击，并说"地理关系的诗《三溪路上大雪里一个红叶》，至少要把三溪路的情形闭着眼去神游一番才是"。① 将诗歌批评落实到字词、语法规范以及物理、地理等科学范畴，也表明"五四"那个时期追求科学的"西化"风气之盛。吴天放一方面强调诗是一种心声，应该没有拘束的规律和一定的标准，也没有好与坏的区别，所以不该用"谬"或"不谬"来评定诗歌；但另一方面，他又不自觉地认可胡怀琛对于雪、雪色等地理空间的区分，试看其对《三溪》一诗的辩护：

> 论雪色一段可取的部分理也甚明，想适之先生应早懂这些，但怀琛先生何以见得"雪色"仅仅用于远景？何以见得"雪色满空山"一句一定近景？因下句紧接"抬头忽见你"吗？请问，这个"你"——红叶，是一定在"雪色满空山"的"空山里"？批评者苟细心把全诗省察，似可勿说"抬头"两字毛病。你看，诗题不是《三溪路上大雪里一个红叶》？首句不是"雪色满空山"？从溪山两字可想知这条路不是康庄大道，多许是斜面渐高的小路，适之先生走这路也许像登岭升阶，红叶在前似必须"抬头"却可不必爬上树去。下句"踏雪摘下来"用"踏雪"两字便可明白了。"举目"二字虽可通用，然终不及"抬头"二字之神情若现，盖走"上路"的人，凡举目可见而有时往往仰面抬头，如不信，试登岭看。②

胡怀琛在反驳时仍然说："他（吴天放——作者注）所给的图，仍旧人在下，云在中，星在上，既然如此，人欲看见星，一定要说他冲出云来，决不能说冲出云去，他的图完全无用。"③ 又说："红叶一诗，作者看

---

① 吴天放：《评胡怀琛的〈尝试集正谬〉》，胡怀琛编《尝试集批评与讨论》，泰东图书局，1925，第38页。
② 吴天放：《评胡怀琛的〈尝试集正谬〉》，胡怀琛编《尝试集批评与讨论》，泰东图书局，1925，第36页。
③ 《胡怀琛解释胡涣、吴天放二君的怀疑》，胡怀琛编《尝试集批评与讨论》，泰东图书局，1925，第40页。

见红叶时，并不限定在近处，也许是向斜面的山上慢慢走上去，我说不对，因为一个红叶，是很小的，在满山的大雪里，很不容易看见，人能看见他时，一定离他不多几步了。如说'雪色满空山'是离开山好几里路望雪的口气，这样那里看得见红叶。"①

这种说法看似流于琐屑、微末，其实正是五四"科学"与"民主"之科学精神在新诗批评中的体现。细读之，我们发现此种批评遍及《尝试集批评与讨论》一书，可见这样的思维是当时读者的普遍心态。它以一种近乎饶舌的争辩，推进了时人对于新诗应该如何在文学性与科学性之间获得辩证平衡的认知。这样的论辩，有时候显得牵强和跑偏，有时候又让真理越辩越明。胡适的支持者伯子在《读胡怀琛先生的〈尝试集正谬〉》中，对"雪"与"雪色"的分析就显得颇具道理：

> "雪色满空山，抬头忽见你"这两首诗，就是说：所看见的，是满山的雪色，后来偶一抬头，却看见一个红叶，都是视觉所接受着的东西。所以下句用"见"字，上句用"色"字，"色"字和"见"字，是互相照应的，我们读这二首诗想见他当日的景色，那一个红叶，在一片白色的中间，便觉得非常好看，那末适之先生，用这个"色"字，来衬托下面的"你"字，把当日的景色，活画得毕真，难道是不好吗？假使我们把"雪色"二字，改做"大雪"，便不成诗……②

这里从意象、意境的角度来论述"雪色"二字，从文学性出发进行的批评，与其他人在科学性问题上较真略显出些不同。不过，更多的言论，仍然计较于胡适当日与红叶上下距离的远近、高低等内容，此处不必赘言。

---

① 《胡怀琛解释胡涣、吴天放二君的怀疑》，胡怀琛编《尝试集批评与讨论》，泰东图书局，1925，第41页。
② 伯子：《读胡怀琛先生的〈尝试集正谬〉》，胡怀琛编《尝试集批评与讨论》，泰东图书局，1925，第61页。

第二节　中西血脉:"新"与"美"的矛盾

一　胡适的态度:双声叠韵的自然美

奇怪的是,素来以谦和著称的胡适,对于"改诗"事件及其热闹的讨论保持"傲慢的沉默"①。在这场沸沸扬扬的讨论中,胡适只是简单回复了两封信件,一般学者都认为胡适不屑与胡怀琛争论,因为在《尝试集》的再版序言中,他只是以"守旧的批评家""轻轻打发,甚至不提论敌的姓名"②。但其实,胡适并非"傲慢",也没有不屑,相反,我们细细阅读,会发现胡适其实是有所回应的。所谓在《尝试集》再版自序中不点名地批评胡怀琛为"守旧的批评家",是指以下这段内容:

> 不料居然有一种守旧的批评家一面夸奖《尝试集》第一编的诗,一面嘲笑第二编的诗;说《中秋》、《江上》、《寒江》……等诗是诗,第二篇最后一些诗不是诗;又是说,"胡适之上了钱玄同的当,全国少年又上了胡适之的当!"我看了这种议论,自然想起一个很相类的故事。当梁任公先生的《新民丛报》最风行的时候,国中守旧的古文家谁肯承认这种文字是"文章"? 后来白话文学的主张发生了,那班守旧党忽然异口同声的说道:"文字改革到了梁任公派的文章就狠好了,尽够了。何必去学白话文呢? 白话文如何算得文学呢?"好在我的朋友康白情和别位新诗人的诗体变的比我更快,他们的无韵"自由诗"已狠能成立。大概不久就有人要说:诗的改革到了胡适之的《乐观》、《上山》、《一颗遭劫的星》,也尽够了。何必

---

① 姜涛在其文中指出"这似乎是新文学家一致的态度",所引证之例为钱玄同写给胡适的信:"我觉得胡怀琛这个人知识太浅,'国故'尤非其所知,他的话实在'不值得一驳',大可不必去理他。"

② 陈平原:《经典是怎样形成的——周氏兄弟等为胡适删诗考》(二),《鲁迅研究月刊》2001年第5期。

又去学康白情的《江南》和周启明的《小河》呢?①

胡适要表明的大约是讥讽胡怀琛跟不上滚滚向前的时代车轮,以胡适此时的心境,早认为《尝试集》第一编中的诗近于旧诗,"检直又可以进《去国集》了",即便是第二编中的诗,也还大多"脱不了词曲的气味与声调",而胡怀琛居然认为这样一些诗乃是"诗",从而否定胡适津津乐道的"纯粹的白话新诗"。胡适编选《尝试集》,旨在刻意呈现一个小脚放大的进化创作过程,以表现新诗是如何挣脱传统而成立的,直到《关不住了!》才找到新诗成立的纪元。至此,胡适对新诗的想象终于在西化的路向上完成了。胡适在再版自序中批评胡怀琛的"守旧",是站在"新"的立场上进行的,而这个"新"实质上是一种"西化"的立场。"五四"是一个"西化"的时代,在新文化派的观念里,新旧问题是等同于中西问题的。新者就是外来之西洋文化,旧者就是中国固有之文化,两者势如水火,绝不相容。虽然胡适的尝试一直与传统有着千丝万缕的联系,但他的背后却有着强烈的摆脱传统的意图,所以他之批评胡怀琛的"守旧",是以西化为参照背景的。

胡适一方面不指名道姓地冷嘲热讽一番,另一方面,又接着用大量的篇幅大谈特谈其音节尝试。从双声叠韵到"自然的音节",还特别又提到《小诗》的用韵问题。胡适第二封答胡怀琛的信中说道:"尝试集里的诗,除了《看花》一首之外,没有一首没有韵的。我押韵有在句末的,有在倒数第二字的,都不用举例。还有在倒第三字的(如《应该》一首的'望着我'押'想着我')有在倒第四字的(如《小诗》的'免'押'愿')有在倒第三和第四字的(如《我的儿子》一首诗'教训儿子'押'孝顺儿子')有完全在句里的(如《一颗星儿》的'我望遍天边,寻不见一点半点光明'一句中押韵七次)。"②对于胡怀琛所要求的"最后的解决",胡适回敬道:"照先生的话看来,先生既不是主张新诗,既是主

---

① 引文出处:胡适:《〈尝试集〉再版自序》,《胡适文存》(上),中央编译出版社,2014,第285~286页。
② 《胡适答胡怀琛先生的信》,胡怀琛编《尝试集批评与讨论》,泰东图书局,1925,第47页。

张'另一种诗',怪不得先生完全不懂得我的'新诗'了,以后我们尽可以各人实行自己的'主张',我做我的'新诗',先生做先生的'合修词物理佛理的精华共组织成'的'另一种诗',这是最妙的'最后的解决'。"① 既然胡适表示各行各的主张,既然对胡怀琛这种"守旧的批评家"不屑一顾,又何必花篇幅花笔墨大谈特谈诗中用韵问题呢?不仅如此,胡适在再版自序中还自称"戏台里喝彩","老着面孔",指出自己的诗作为"旧诗的变相""词曲的变相""纯粹的白话新诗",并且道出其中缘由:"我自己觉得唱工做工都不佳的地方,他们偏要大声喝采;我自己觉得真正'卖力气'的地方,却只有三四个真正会听戏的人叫一两声好!我唱我的戏,本可以不管戏台下喝采的是非。我只怕那些乱喝采的看官把我的坏处认做我的好处,拿去咀嚼仿做,那我就真贻害无穷。"② 这不是再次回应了《尝试集》的批评与讨论吗?

由这些言论可见,胡适对于《尝试集》的批评与讨论,并非漠不关心,他之所以采取表面漠视的态度,一方面是因为那些争论,批评也罢,赞成也罢,似乎与他进化论的新诗观念相去甚远,既然如此,就没有必要对话了。在胡适眼中,胡怀琛完全不懂他的"新诗",二者并没有交集。另一方面,胡适并非不想争论,只是在这场看似琐碎的讨论中,胡适在没能凝结成总体性的文章予以全面回应的情况下,他不想轻率地进入这种琐碎之中。这也符合胡适一贯的治学态度与风格,他所受到的学术训练,强调历史的、总体的、宏观的理论性与逻辑性的思考,而不是流于这种琐细的微末之争。果然,在《尝试集》再版自序中,胡适就予以了全面的回应。

二 读者的态度:新诗诗美的规范性诉求

相较于新文化阵营其他人而言,胡适对论敌的态度是有一种西人伏尔泰所主张的诚恳的尊重的。像钱玄同、郑振铎等人,则表示根本不应该理睬。钱玄同在1920年10月给胡适的信中提到:

---

① 《胡适答胡怀琛先生的信》,胡怀琛编《尝试集批评与讨论》,泰东图书局,1925,第46页。
② 引文出处:胡适:《〈尝试集〉再版自序》,《胡适文存》(上),中央编译出版社,2014,第294页。

> 再版的《尝试集》收到了。谢谢。我觉得胡怀琛这个人知识太浅,"国故"尤非其所知,他的话实在"不值得一驳",大可不必去理他。①

钱玄同在提及《尝试集》再版时劝胡适不必理睬他,认为其知识浅,不知"国故",想必也是因为看到胡适的再版序言而感觉到胡适有所回应之故吧。《文学旬刊》1921年第19期上的一则通讯,也能看出当时新文化派对胡怀琛的不屑。一位署名孙祖基的读者在致西谛(郑振铎)的信中说道:

> 胡怀琛君《新文学浅说》先生曾经看过么?我很想就自己所见到的畅畅快快做一篇评论;无如事情太忙,几天晚上在十一点钟后预备伸纸磨墨,但是终不成文。我们自己虽在文学上没有天才和研究,但是有些地方实在看不过,也想说几句话(你不知道厦门一带当他是现代文学家:此间有许多学生也是这样随声附和),然又被时间所压迫,真好使我们苦恼到极顶呀!②

这位读者对于究竟为何要批评胡怀琛的著作,语焉不详。此信间接传达出胡怀琛当时身份的暧昧与尴尬:在新文化派人看来,胡怀琛无疑属于旧派;而对于另一部分人来说,他却是"现代文学家",并且追随之人不少。这位读者想必是力挺新文化派之人,对于胡怀琛享誉"现代文学家"的称号极为不满。胡怀琛当时著述确实不少,1920年代在新诗及新文学研究方面就出版了《白话文谈及白话诗谈》(广益书局,1921)、《新文学浅说》(泰东图书局,1921)、《尝试集批评与讨论》(泰东图书局,1923)、《新诗概说》(商务印书馆,1923)、《诗学讨论集》(晓星书局,1924)、《小诗研究》(商务印书馆,1924)等,俨然以"新诗"代言人

---

① 钱玄同:《钱玄同文集》第6卷,中国人民大学出版社,2000,第96页。
② 《通讯》,《文学旬刊》1921年第19期。笔者查证此信收入《郑振铎全集》(16)时有改动,改动之处为:将"无如"改作"无奈",将"十一点钟后"改作"十一点钟以后"。(《郑振铎全集》第16卷,花山文艺出版社,1998,第486页)

的姿态出现在读者面前。这对于新文化派人来说，自然会引起反感。西谛在复信中说：

> 前接先生来信，即购《新文学浅说》来略看了一下。胡君似乎把文学的定义定得过于宽泛离奇了。所以竟把火车的行车时刻表和学校里的课程表都举以为例，当时也很想把他批评一下。因为没有时间，且以此为不大重要之故，至今未能下笔。今又得你的来信，极想乘此即把他批评批评。但是仔细想了一下，又犯不着费许多工夫去批评这本小册子。因为胡君的书虽是有许多错误之处，而根本上尚无与我们绝端背驰，如礼拜六等贻毒青年的地方，所以无必需指摘的理由。且现在大家的毛病，在于毫无文学常识。所有文学的定义和原理，大家都还未能弄得清楚。所以对于胡君之言，信者尚多。如果正确的文学原理能够普通的灌输于大家脑中，这种学说就会自然而然的消灭无存了。我们现在的责任，不在于作这种劳而无大效的空批评，乃在极力介绍这样正确的文学原理。……①

西谛的不屑是显而易见的。他批评胡怀琛没有"文学常识"，对文学的理解与定义过于"宽泛离奇"，但又不屑于著文批评，虽说并未将之置于如"礼拜六"那样毒害青年的一派，但也根本未将其放在眼中。在新文化派看来，胡怀琛的追"新"是滑稽可笑的，而在当时新文学派刚刚建立之初，对新文学的常识、定理还没有统一的规范时，如胡怀琛一类的人其实还很多，所以郑振铎认为更重要的是如何建设新文学、普及新文学常识。作为新文学之重要部分的新诗，在挣脱旧诗格律束缚之后，将中国几千年来所形成的诗国传统的精髓——声律丢弃之后，如何在刚刚形成的"新诗"中重铸现代汉语的诗美，这个问题相当复杂。胡适之所以不厌其

---

① 《通讯》，《文学旬刊》1921年第19期。笔者查证此信收入《郑振铎全集》（16）时有改动，改动之处为："竟把火车的行动时刻表……都举以为例"这句后面的标点"。"改为"！"；将"当时也很想把他批评一下"这句后面的标点"。"改为"，"；"极想乘此即把他批评批评"一句中的"极"字删去。（《郑振铎全集》（16），花山文艺出版社，1998，第485页）

烦地谈论其诗如何押韵、如何进行音节的尝试，所要证明的无非是"新诗"同样具有音节之美。然而，对于当时的人来说，一个深入人心的诗美原则被打破后，诗歌走向了分崩离析，新诗作为新的事物，由于没有形成统一的规范，各人心中对新诗的想象不尽相同，因而对于什么样的新诗才是好的新诗，并没有一致的答案，才会引来频繁的争论。在旧诗审美成规的影响之下，一种深入人心的集体无意识——诗歌需要有音节之美方能唱的问题被摆上台面。这恰恰就是《尝试集批评与讨论》中一个纠缠得没有结果的问题。西谛的话间接地道出了新文化派先锋们对胡怀琛不屑的缘由：这种"劳而无大效的空批评"是没有必要的，必要的是极力介绍"正确的文学原理"。那么，何谓"正确"？"新诗"究竟该如何建设？这些问题却又并未得到很好的解决。

对应于《尝试集》的批评与讨论，《文学旬刊》也登载过不少关于"新诗"问题的通信。如在第24期，一位署名郑重民的读者来信说：

> 有许多稍有旧式文学的根底（？）的青年，都不十分反对新诗，但他们有个共通的不满意于新诗的地方，就是说旧诗可以上口吟诵而新诗则不能。我以为真的新诗，少不了音节；有了音节，岂有不可吟诵之理？……①

这种说法与胡怀琛是一致的，可见持此论调的人在当时非常普遍，但是声援胡怀琛的人却寥寥无几，更多的是像孙祖基那样的读者，刻意划清界限，虽摆明西化立场却又并未真正摆脱传统。正像胡怀琛在给胡适的信中总结《尝试集》的批评与讨论时所说，讨论者"大抵是迷信着先生罢了"，道出了时人的驱新心理。《文学旬刊》第25期登载了这位郑重民的《我的诗说》，文中特别提出了诗的四个要素之一"文字的音节"，其文指明是"为'新旧之争'而发"，"他们的争点，好像集中于音节和格律二者"。这里的"新旧之争"当指胡怀琛改诗所引发的批评与讨论。这一方面反映出当时《尝试集》的批评与讨论影响之大、之广，另一方面也可

---

① 《通讯》，《文学旬刊》1922年第24期。

见出，当时多数读者对"新诗"的"音节"问题普遍存在疑问，胡怀琛对于新诗的认识代表的其实是当时新文化阵营之外的这些更多的读者的意见。他们普遍认为新诗必须继承古典诗歌"可唱""可诵"的传统，这实际上是在传统诗歌体系的参照之下，对新诗之美的一种想象，而这种想象与新文化阵营的胡适们对新诗的想象是不同的。新文化阵营对于新诗的想象是完全摆脱传统的，使中国诗歌产生一种与传统截然不同的"新"质，这种"新"质的产生必须借助于西方资源才能完成。西化的诉求在他们那里常常与传统二元对立、水火不容，所以，在对"新诗"好坏、美丑进行判断的尺度上，他们追求"绝端的自由"，彻底丢弃传统诗歌的韵律。西谛在回复郑重民的信中就说：

> 关于诗是否必须上口吟诵的问题，我想很应该讨论。现在抱这种思想——新诗不能吟诵——的人太多了。不可不把他们的疑惑打破。新诗的不好，我很承认；自有新诗以来，实没有几首好诗出现。但这决不是有韵无韵的关系。大部分的新诗，都是有脚韵的，但是不配称作诗；周作人君有一首《小河》，是散文诗，不用韵的，但确是一首很好的诗。诗不一定要韵，更不一定要上口吟诵。[①]

西谛的回信也透露出这个信息，即当时的读者普遍对新诗抱持怀疑态度，而这种疑惑，正是来自新诗的不能吟诵。然而，西谛在此巧妙地将音节问题置换为"韵"的问题，强调新诗之"新"与传统的"韵"要划清界限，从而避开了读者对于新诗音节问题的质疑。"音节"与"韵"确实是缠绕在一起的复杂问题。西谛之认为"新诗"不一定要押韵，不一定要"上口吟诵"，并未能回答前面读者所提出的音节问题。胡适曾反复说过，新诗可押现代的韵，有韵固然好，无韵也可，这样的论述，我们已经耳熟能详。胡适重视音节而非韵，并不以吟诵为根本。然而，正如《文学旬刊》1922年第25期上一位叫敷德的读者信中所说，诗并非必须有韵，但诗必须上口吟诵，这是诗与散文的区别。然而，如若诗没有韵，又怎样才能上口吟诵

---

① 《通讯》，《文学旬刊》1922年第24期。

呢？这位读者接着说："我以为'诗'虽然没有那种死的——呆板的——韵，却另有一种自然的音节。这种自然的音节，是不能够强求的。……我想：我所谓自然的音节，或者就藏在一个所谓最能传达，最美丽的形式里面。"① 此说略似拾胡适之牙慧，至于"最能传达""最美丽的形式"，究竟是什么样的"形式"呢？这个说法是抽象而理想化的。胡适在《尝试集》里确实给出了一种答案，但招来了胡怀琛及众多读者对音节问题的质疑。有趣的是，赞同新诗应该以音节为美、适宜上口吟诵的读者大有人在，而在对《尝试集》的批评、讨论中，持同样主张的胡怀琛却几乎是孤军奋战。

三　胡怀琛的"新派诗"与音乐性

这里的讨论看上去与围绕《尝试集》引发的论争关联不甚紧密，但更深一层看，无论是围绕《尝试集》的论争，还是《文学旬刊》上读者的争鸣，都无疑反映了当时读者对新诗诗美规范性的诉求。新诗在打破旧诗格律束缚之后，无疑只能在音节上重新建立美感，这是新诗立足于口语书面化的性质决定的。但是，如何建立新诗的音节之美，看上去呼声一致——能吟诵，但是吟诵本身就建立在传统诗词四声八病的声律规范之上。而新诗在胡适的《尝试集》中破茧而出，走向西化的路向，其音节的建构来自对西洋诗"印欧语系"诗歌音节美的移植。胡适之所以反复在双声叠韵上作尝试，也正是因为当打破了古代文言的声律之后，以双音节为主的现代汉语，要以音节的轻重来传达音乐之美，大多只能借助于叠词、虚词一类来区分轻重音，从而形成自然节奏，这完全不同于传统诗词的音节体系。胡适欣喜于在《关不住了!》中找到了"'新诗'成立的纪元"，其实是发现了真正不同于旧诗的"新"的元素。而这个"新"，其参照坐标是西洋诗的自然语音节律。

胡怀琛的音节观念，其参照坐标却缘自传统。胡怀琛认为诗有两点因素至关重要，一是要表达感情，二是可以唱。他特别强调音乐的问题："能唱所以有声，能合律所以声能和。可见诗的重要部分在乎音节。"② 他

---

① 《通讯》，《文学旬刊》1922年第25期。
② 胡怀琛：《诗与诗人》，《大江集》附录，崇文书局，1933，第2页。

并不认同用有韵和无韵来区别诗与非诗[1],而是将"情"与"音节"摆在首位。诗本来就是有音节而能唱的文字,胡怀琛强调格律、音韵不必拘,而在格律、音韵之外,要有"有音节而能唱叹"这样一个必需的条件。[2] 胡怀琛并不是反对新诗,他认为旧诗是必定要革命的,新诗的好处"便是能够扫除旧诗的种种流弊",其特点为由特别阶级的解放到普通社会的;由雕饰的解放到自然的;由死文学的解放到活文学的。[3] 其中,他尤其重视"自然"这一点,认为旧诗雕饰太过,所以要解放,回归到自然,这里的"自然"除了字句组织的自然外,更重要的是音节的自然。但他也毫不留情地批评当时新诗"解放得太过分"[4],强调旧诗需要革命,也强调新诗"非改造不可",这种各打五十大板的态度,难怪不为新文学阵营所接受。但是,不容忽略的是,胡怀琛虽依循"自然"的原则,强调对于古诗、律、旧体、新体、自由诗都一律可打破,但其最重要的原则是能唱与否,不能唱的断然不算诗,他称:"如此做下去,便有真的新诗出现了。"[5] 看来,能唱不能唱才是其认定的新诗成立的标准。

基于这样的标准,胡怀琛提出了"新派诗"之说。其"新派"一词,既是对"旧体诗"的反叛,又是对"新体"的不满。在对"旧体诗"的反叛上,胡怀琛与胡适有相近之处,他反对旧诗的典丽、炼字、炼句、巧对、巧意、格调别致、险怪、生硬、乖僻、香艳等流弊;却也批评新诗体繁冗、参差不齐、无音节的弊端。他指出,新体诗纯用白话,能够向社会普及,扩大了诗歌的功能,但实际上旧体诗中也有白话诗,那么,新体诗从什么维度上能体现出与旧体诗不同的"美"呢?这里,胡怀琛特别否定了"西化"的风气。他指出,"许多人喜欢拿外国诗体来绳中国诗。我说既然谈中国诗,当然用中国诗做主体,外国诗只能可供参考罢了"[6]。

---

[1] 如章太炎在讲授国文课时,将诗与文用有韵、无韵来区分:"称之为诗,都要有韵,有韵方能传达情感,现在白话诗不用韵,即使也有美感,只应归入散文。"(章太炎演讲,曹聚仁编《国学概论》,泰东图书局,1923,第30页)
[2] 胡怀琛:《新诗概说》,大华书局,1935,第6页。
[3] 胡怀琛:《诗与诗人》,《大江集》附录,崇文书局,1933,第14页。
[4] 胡怀琛:《诗与诗人》,《大江集》附录,崇文书局,1933,第16页。
[5] 胡怀琛:《诗与诗人》,《大江集》附录,崇文书局,1933,第19页。
[6] 胡怀琛:《诗与诗人》,《大江集》附录,崇文书局,1933,第22~23页。

当然，将外国诗作为一种参考，使中国诗加入欧洲输进来的元素，"要经过一番融化的工夫，才能成熟"，胡怀琛认为"现在离成熟的时期还远得很，也许是永远做不到"。① 他更强调的是中国文字特有的美：整齐是中国文所独有的，诗歌是文字中尤其整齐的文类。新体诗的格式来自欧美，所以大多参差不齐。对此，他认为："殊不知欧洲文字不能整齐，中国文字能整齐，正是彼此优劣之分。今奈何自去吾长，而学其短耶？然在欧文不能整齐之中，偶有整齐之式，彼亦惊为天造地设之妙文，吾人读之，亦最便于上口。"② 胡怀琛还强调古诗之所以美，全在于其节奏的长短，音韵的高下，一定是求合乎五音六律，而这种声律是"便于口而悦于耳"的。胡怀琛这样说，当然会引来"守旧"之批评，但其本意是在这种比较与参照中，强调新体诗如若不能得"天然之音节"，"读之不能上口"，"听之不能入耳"，则毫无汉语之美。胡怀琛从新体诗的特点——白话、写实两个方面，将新体诗、旧体白话诗和旧体写实诗进行比较，用以说明：旧体白话诗人人能解，其结构整齐，声调悠扬，比新体诗要美；旧体写实诗也有表现社会现实的，而中国文字天然简洁、明净，传于闾巷歌谣，自成节奏，可咏可歌，其音节格调，均不逊于新体诗。③ 批评"新体诗"，其矛头所向很大程度上就是指胡适。胡怀琛指出"胡适之派"的两个缺点："不能唱。只算白话文，不能算诗"；"纤巧。只算词曲，不能算新诗"。实际上胡怀琛所指的是胡适之派的两类诗作，一类是完全"西化"的自由体，这种诗体失去了传统诗词的"音节"之美而不能唱（在胡怀琛及当时的很多读者看来，能不能唱是区别诗与非诗的根本）；另一类诗则是胡适那些从词曲里转换而来的诗作，胡怀琛认为这类诗作虽然也能唱，然和词曲差不多，不能算质朴的"新诗"，且不免流于词曲的"纤巧"。④ 既然新体诗未从根本上显示出与旧体诗不同的美感，那么何"新"之有呢？在此基础上，胡怀琛提出"新派诗"之说法，以之"别于旧体，

---

① 胡怀琛：《小诗研究》，商务印书馆，1927，第19页。《小诗研究》于1924年6月初版，1927年7月三版，本文所涉及该书内容均引自1927年第三版。
② 胡怀琛：《新派诗说》，《大江集》附录，崇文书局，1933，第35页。
③ 胡怀琛：《新派诗说》，《大江集》附录，崇文书局，1933，第39～43页。
④ 胡怀琛：《胡适之派新诗根本的缺点》，《诗学讨论集》，中山图书公司，1971，第22～24页。

亦别于新体"。"新派诗"的特点为"不假雕饰，天然优美"，以祛除新体"冗繁，不整齐，无音节"等弊端。在体例上以五言、七言为正体，亦作杂言，但以自然为主，绝对废除律诗。在音韵上，"初学不可不知平仄；学成而后，可以不拘"。在词采上，不用僻典，不用生字。[①] 看上去，胡怀琛关于"新诗"的想象显得半"新"不"旧"，难怪其对《尝试集》第一编的诗特别称赞。但是，我们也可以看出，二胡的根本出发点是不一样的。胡适旨在挣脱传统，胡怀琛也并非出于守"旧"的立场，而是以传统诗词的声韵之美为参照，企图在"新"的立场上保存汉语诗性之美。这就不难理解他为何既反对旧诗，也不看好新诗了。在新诗的发展路向上，胡怀琛与胡适截然相反，他特别强调新诗与传统的承续关系，认为好的新诗，其实质仍旧是中国固有的实质，或者从固有的形式脱胎而来，比如他赞叹胡适的《希望》从五言古诗变化而来，吴芳吉的《湖船》从离骚而来，刘大白的《秋意》从佛学而来……"比较好的新诗，都是渊源于旧诗。其由西洋诗变化而来的，实在不多。"[②] 在他眼中，与传统有着血脉联系的新诗，相较于从西洋诗变来的新诗，其汉语诗性之美，能够得到更好的展现。

　　胡怀琛之不认同西化，与守旧派之不认同新诗是不同的。旧派是从根本上认为新诗走不通，而胡怀琛从本质上承认旧诗必然走向新诗的趋势，只是，他不认可中国新诗被西人牵着鼻子走的方式，他之称赞《尝试集》第一编、反对第二编，他之赞成中国新诗的音节美，都反映了其对新诗发展走向的另一种思考——坚持汉语诗性之美。胡怀琛不是没有意识到现代汉语替代古代汉语的根本发展趋势，他关注的是，新诗如何在语言转变后仍然保持汉语固有的诗性之美。当胡适欣喜于在译诗中开创新纪元，欣喜于外来的自由体终于能够容纳现代汉语从而使白话化和散文化得到最终的统一时，胡怀琛关注的却是这样一种纪元是否能充分地展现汉语的诗性魅力。他固执地认为，汉语声调与西方语言确实不同，而汉语诗性是中国这个诗国民族所特有的，古代汉语自四声八病之后，其汉语声韵之美发展到

---

① 胡怀琛：《新派诗说》，《大江集》附录，崇文书局，1933，第44~46页。
② 胡怀琛：《小诗研究》，商务印书馆，1927，第23~29页。

了一个极致，这种古典主义的美学规范，最充分地展现了古代汉语的声律之美。而当新文化运动要求摆脱传统、颠覆这种美学规范时，是否所有的声律模式都该随着古代汉语的结束而消亡？新诗之"新"难道只能是西化一路？新诗之"新"能否与发扬汉语特有的声韵之美并行不悖？胡怀琛在新诗发展的初期想探索的这另外一条诗学道路，由发难《尝试集》为切入点，以诗美为原则，逐步形成自己的音节论，本是一个具有战略性的行动，而且他也像胡适一样富有实验精神地介入创作，但这在现代性等同于西化的大时代趋势下，显然是一条艰难得近乎无望的路，一不小心就会被淹没到"旧"的泥潭里；而他本人又理论装备不足，不时在论辩中犯糊涂，同时又创作才力有限，所以完全抵挡不住以进化论为武装、以西化为先进和新质的新文化主流的冲击，其所坚守的立足于音节美的汉语诗性路向，因被那些琐碎的争论所遮蔽而最终被历史遗弃。

第四章　形成：西化论与本位说

胡适的诗学思想是从传统中蜕变，最终在西化中完成的。胡适以译诗为"'新诗'成立的纪元"，与《尝试集》中"总还带着缠脚时代的血腥气"的诗作相比，"新诗"音节的建构来自对西洋"印欧语系"诗歌音节美的横向移植，胡适欣喜地称之为"新纪元"，正是因为它完全摆脱了传统，使汉语诗歌产生出与传统截然不同的"新"质。这种"新"建立在进化论的"时间神话"基础上，被赋予优越于千年传统的价值，其"新"的尺度，正在于与传统决裂的程度。这种"新"的出现，是借助于西方资源来完成的。而胡怀琛诗学思想的核心则是"中国文学本位"，它立足于传统，试图在"新诗"中建立与传统血脉相连的新型关系，以释放汉语经由历史储蓄而来的诗性魅力。胡怀琛的诗学是《尝试集》为新诗确立发展路向时，同时出现的另一种对"新诗"的理解与探索。

第一节　西化论：从传统蜕变到西化完成

一　胡适建构的新诗现代体系

胡适在对各种传统诗体进行"放脚"的尝试之后，最终在译诗中找到了新诗的理想形态。新诗之所以成立，是因为找到了不同于旧诗的"新"质。其之所以不同于"旧"，根本之处在于横移"印欧语系"的诗歌音节。"印欧语系"以音节为基本单位，其音乐美来自音节的轻重变化，而古代汉语的音乐美来自声调，当胡适要反抗以平仄声调所形成的音调美时，其努力尝试的正是"音节上的试验"。无论是古诗体还是词曲体的"放脚"尝试，都未从根本上脱离传统声调形式的束缚。只有翻译《关不住了!》时，胡适在直译中模拟英诗的音节，介入叠字、虚词、轻重音等增加音节元素，这样，便成功地在"汉藏语系"的语言中建立了"新诗"的音节性。"新诗"的这种"新"，是完全摆脱了传统，并以胡适宣称的"纪元"性开拓之名而被赋予了优于传统的价值。这种现代价值，是在旧/新、中/西、传统/现代的二元对立中，以背弃旧的、中国的、传统的，追求新的、西化的、现代的为意旨。所以，从某种程度上说，胡适诗学主张的本质就是西化论。

胡适所建构的这种新诗的现代体系，其西化的实质建立在进化论的理论基石之上。线性的不可逆转的进化观念，左右着人们对于"新"的无限渴望，而对于"新"的原创动力，在胡适这里，正来自"西"，从而确立了"现代"新诗。所以，《尝试集》所确立的这种三位一体的价值逻辑，是"新""西""现代"所结成的互证价值，这意味着：任何一项的价值，都以其他两项为逻辑前提。这种不可靠的互证逻辑，成为新诗源头的合法性依据，它深刻影响了百年新诗发展的主流走向。百年新诗发展历程中的新旧、中西、传统与现代诸种纷争，都发生在这种二元对立的格局之中。

新诗在西洋诗歌的模式中建立起来，并不是偶然的。胡适并非在久经尝试未果而转向译诗探索，早在《关不住了!》之前，胡适就已经尝试翻译了许多西洋诗歌。从整体上看，《关不住了!》实在只是众多译作中的普通一首，时间大为靠后，在《尝试集》第二编中处于中间位置，加上胡适反复阐释其创作的历史进化过程，读者自然而然把这一时间想象得大为后延。其实，《去国集》中就收录有译诗《哀希腊歌》（1914 年 2 月 3 日）、《墓门行》（1915 年 4 月 12 日），《尝试集》中收录的译诗有《老洛伯》（1918 年 3 月 1 日）、《关不住了!》（1919 年 2 月 26 日）、《希望》（1919 年 2 月 28 日）。回顾胡适的整体诗歌创作，在"去国"之前便有翻译《六百男儿行》（1908 年 10 月）、《军人梦》（1908 年 10 月）、《缝衣歌》《惊涛篇》（1908 年 11 月）、《晨风篇》（1909 年 1 月）等；1910 年 8 月赴美至 1916 年 7 月"去国"期间，共有译诗 4 首，分别为《乐观主义》（1914年1月29日）、《哀希腊歌》（1914年2月3日）、《康可歌》（1914年9月7日）、《墓门行》（1915年4月12日）；1916年7月以后的尝试期间，共有译诗4首，分别为《老洛伯》（1918年3月1日）、《关不住了！》（1919年2月26日）、《奏乐的小孩》（1919年）、《节妇吟》（1920年8月30日）。

这三个阶段的译诗各有特点。"去国"之前的诗作都用当时所流行的古体翻译；"去国"期间的几首诗作，主要是用骚赋体来翻译，虽然与前期用齐言古风来翻译相比，句式上长短不齐，感情的表达更加恣肆、自如，但由于没有突破文言，本质上没有什么太大区别；第三个阶段是"尝试"时期，由于胡适已经形成明确的白话观念和新诗体的建构观念，在《老洛伯》《关不住了！》等诗中，胡适将西洋诗歌的语法横移过来，终于寻找到了适合表达现代感情和容纳现代汉语的新诗形态。所以说，新诗的理想形态最终是在译诗探索中找到的。胡适的译诗最初一直采取"归化"的方式，这种方式在当时是非常自然的。林译小说已经将用文言翻译西洋小说的方式推到了顶巅，而用文言翻译西洋诗，亦非胡适首创。但胡适经由一番尝试后，在"异化"的翻译方式中找到了"'新诗'成立的纪元"，也就是说，在胡适的观念中，新诗其实是在西方模式中建立起来的。

二 早期的译诗训练与入选诗集的增删

胡适早期译诗是在就读于上海中国公学期间完成，在竞业学会的白话刊物《竞业旬报》上发表的。总的来说，这个时期的译诗都主要是从思想内涵上表现一定的政治诉求，在形式上未见何创新，此期译诗只是一种"因袭"与"归化"。[①] 有表现爱国情感之作，如《六百男儿行》；有表现贫苦人民悲惨境遇以及对压迫者同情之作，如《缝衣歌》；有批判封建礼教、追求自由恋爱之作，如《惊涛篇》。

《六百男儿行》保留古歌行体特征，描写英军在克里米亚战争巴拉克拉瓦战役中的英雄气概。前两节描写六百男儿抱着必死的决心驰骋入死地

---

① 关于这个方面的研究，见廖七一《论胡适诗歌翻译的转型》，《中国翻译》2003年第5期；《胡适译诗与新诗体的建构》，《四川外语学院学报》2005年第6期。廖七一认为胡适早期译诗主要因袭古典诗歌体式，并没有形成自己独特的翻译风格。

的情景；中间两节描写六百男儿在战火纷飞中奋死作战的情景；最后一节再次感慨英雄视死如归的精神。整首诗作中反复出现"六百好男儿"一句，跌宕回旋，有一唱三叹之感，"步骤驰骋，疏而不滞"，有着铺陈气势。用韵比较自由，平仄不拘。读其诗仍可见其韵式变化，如"刀光何熠燿，杀敌如犬羊。/孤军当大敌，声名天下煌。/蒙弹冒矢石，陷阵复冲坚。怯哉哥萨克，逡巡不敢前"。"羊"与"煌"、"坚"与"前"两节一换韵，此四句英诗为："Flash'd all their sabers bare, /Flash'd as they turn'd in air, /Sabring the gunners there, /Charging an army, while/All the world wonder'd; /plunged in the battery-smoke/ right thro'the line the broke/Cossack and Russian"，试用现代汉语译为："他们的军刀都是如此光亮，在空气中寒光闪亮，砍杀敌人的枪炮手，冲向敌军，全世界也为之震惊，他们在炮火纷飞的硝烟中突击，冲破了敌军的防线，哥萨克人、俄罗斯人。"两相对比，虽然大致意思遵从原诗，但译成中文后，采取文言语汇和句式，仍然发生了很大的改变。这种"归化"的翻译方式，实际上未出当时林译的窠臼。

《军人梦》描写军人在满目疮痍的战场中，悲凉的胡笳声里入梦，梦见自己离开行伍后回到家乡与亲人团聚的情景，整首诗情思凄恻，将边疆战士的思乡之苦表达得淋漓尽致。试以前四句对比原诗、现代汉语译文与胡适的翻译：

《军人梦》原诗：	现代汉语译文：	胡适译诗：
Our bugles sang truce, for the night-cloud had lower'd, And the sentinel stars set their watch in the sky; And thousands had sunk on the ground overpower'd; The weary to sleep, and the wounded to die.	我们的号角声唱过了休战曲，夜色中的云儿低沉，哨兵望着天上闪闪的群星，成千上万的战友沉埋在地底，疲倦的人睡着了，受伤的人死去了。	笳声销歇暮云沉，耿耿天河灿列星。战士疮痍横满地，倦者酣眠创者逝。

对比现代汉语译文与胡适的译诗可见，胡适以中国本土表现边地之情的传统诗词常用的文言词汇进行"归化"，如用"胡笳"置换"号角"，用"天河"置换"天空"，使整首诗读起来与表现边战的古体诗无论是意象还是意境上，都并没有什么太大区别。此期译作大多如此，胡适所选择的诗作大多反映实事，如《惊涛篇》的"序译"里写道："篇中大旨盖讥切今世婚姻制度而作。其诗为纪叙体，类吾国《孔雀东南飞》诸作。共十四章，译为五言。"①

"去国"期间的四首译作为《乐观主义》《哀希腊歌》《康可歌》《墓门行》，除《康可歌》之外，其余三首均用骚体翻译，选入《去国集》的为《哀希腊歌》和《墓门行》。

未选的两首诗作，一首是《乐观主义》，这是胡适首次用骚体翻译之作："吾生惟知猛进兮，未尝却顾而狐疑。/见沈霾之蔽日兮，信云开终有时。/知行善或不见报兮，未闻恶而可为。/虽三北其何伤兮，待一战之雪耻。/吾寐以复醒兮，亦再蹶以再起。"后记云："此诗以骚体译说理之诗，殊不费气力而辞旨都畅达，他日当再试为之。今日之译稿，可谓为我辟一译界新殖民地也。"② 可见，胡适此时择诗除了关注内容之外，已经尤为重视诗体，特别是以骚体为其译诗之"新殖民地"，是符合其尝试过程中的转变的。五七言古体虽较近体自由，但字数一致，仍然有所限制，而骚体一般篇幅较长，形式比较自由，多用"兮"字来助语势，特别适宜表现自由奔腾的激情，便于陈述或悲吟。但入选《尝试集》时，胡适并未选这首"新殖民地"之作，而是选取了五日之后翻译的裴伦《哀希腊歌》，想是其颇为自得的《哀希腊歌》一诗更能代表以骚体译诗的水平。此期还有一首未选的译作，即爱麦生的《康可歌》，乃用五言作成："小桥跨晚潮，春风翻新旆。群嚚此倡义，一击惊世界。"未选此诗显然是因为在编选《去国集》时，胡适已经对语言、诗体有了比较明晰的认识，为了呈现从文言性的词作到篇幅较长的古风，再到骚体的译诗，最后到长短更加自如的白话词这样一个进化的创作过程，而《康可歌》这种译诗的诗体形式在胡适自己创作的诗歌中还能寻到很多，因此并无入选的

---

① 胡明编注《胡适诗存》，人民文学出版社，1989，第 386 页。
② 胡适：《胡适留学日记》（上），安徽教育出版社，1999，第 144~145 页。

必要，故而未选也是自然之理。

对于入选《去国集》的两首诗，胡适选择译《哀希腊歌》的初衷我们已经无从可考，他在日记中对梁任公、马君武、苏曼殊的译本逐一评论，并表达了对译诗的明确观念——内容严守原意，形式自如的体。但这种"体"，虽如胡适所说"较恣肆自如"，却仍然无法真正打破本土的语言常规而全然保留原诗的异域性特征。前文对此已有论述，此处不再赘述。

尽管如此，从诗体的革新上来讲，此时的胡适还未形成白话文学观念，只是朦胧地意识到追求诗体的自如畅达，因此仍然运用文言袭用古体。

另一首《墓门行》本来是一首墓碑题诗，胡适初收入《尝试集》时在序中提到读《纽约晚邮报》时"有无名氏题此诗于屋斯托克（North Woodstock N.H）村外丛冢门上，词旨凄惋，余且读且译之，遂成此诗"①。胡适用赋体翻译此诗，句式参差不齐，错落有致，吸取西诗的排行特点，每句分行，每节第一句与下三句形成高低一格。与五七言的古诗相比，胡适用长短不齐的赋体来译诗，确实在句式上显得更加自由，但其语言仍然是诗性文言，如该诗第二节：

    水潺湲兮，
    长杨垂首而听之。
    鸟声喧兮。
    好音谁其应之？

"潺湲"一词常见于古诗，如"荒忽兮远望，观流水兮潺湲"（《九歌·湘夫人》），"寒山转苍翠，秋水日潺湲"（《辋川闲居赠裴秀才迪》）。单音节词"喧"是典型的文言词语，如"竹喧归浣女，莲动下渔舟"（《山居秋暝》），"结庐在人境，而无车马喧"（《饮酒》）。水潺湲兮，长杨"垂首而听之"中的"而""之""兮"这些文言音节连词、助词虽增强了诗歌的音乐感，但仍然萦绕着浓重的古典气息。难怪《尝试集》四版所删诗作中，译诗就只有这《墓门行》一首。

---

① 引自胡适《尝试集》，亚东图书馆，1920，第32页。

三　译诗与"新诗的成立"

胡适最终转变观念，是从对《老洛伯》《关不住了!》"异化"的翻译中开始的。《关不住了!》一诗前文已有论述，《老洛伯》与《关不住了!》一样，也是一首爱情诗。诗中女主人公锦妮独语式地自述自己的爱情悲剧，与前诗表达冲破牢笼、大胆追求自由爱情有所区别的是，这首诗偏向于叙事性地表现下层劳动人民对爱情的向往与苦难命运。诗中充满哀怨之气，姑娘对不幸遭遇的叙述缠绵恳切，十分感人，其序乃称"此诗向推为世界情诗之最哀者"。《尝试集》四版时，胡适仍然保存了这两首译诗，可见对其的偏爱。但保留这首诗并不仅因为其诗所表达的内容与情感，更因其乃胡适第一次尝试用白话翻译英诗，胡适在诗序中说："全篇作村妇口气，语语率真，此当日之白话诗也。"该诗共九节，第三、六、九节为五行，其余诗节为四行。每句诗行参差不齐，又并不如骚体那样读起来仍带古味，而是将现代口语自然、流畅的特征表达出来，较好地做到了"白话化"与"散文化"的统一。如该诗第一节：

羊儿/在栏，牛儿/在家，
静悄悄地/黑夜，
我的好人儿/早在/我身边/睡了，
我的心头/冤苦，都迸作/泪如雨下。

我的吉梅/他爱我，要我/嫁他。
他/那时/只有一块/银元，别无/什么；
他/为了我/渡海/去做活，
要把银子/变成金，好回来/娶我。

由于都是使用口语化白话，在原诗自由诗体的基础上，胡适译成汉语后，改变了古典诗词中常常使用的二音节和三音节的音组形式。从以上两节音组的划分可以看出，全是自由组合，有一音节组、二音节组、三音节组、四音节组，而且是随意自由搭配，不拘一格。音节组与音节组之间的停顿,有两顿、三顿、四顿,全然没有固定的格式,使诗的节奏完全随语义的节奏自然变化。

《希望》发表在《新青年》第 6 卷第 4 期,诗前有一个序,序中提到原作者 Omar Khayyam,介绍其五百首"绝句",胡适注明:"原名 Rubaiyat 乃是四句体的诗,一二四句押韵,第三句没有韵,很像中国的绝句体,故借用此名。"试对比原作和胡适的译诗:

| Ah! Love, could you and I with Him conspire
To grasp this Sorry Scheme of Things entire,
Would not we shatter it to bits——and then
Remould it nearer to the Heart's Desire? | 要是天公换了卿和我,
该把这糊涂世界一齐都打破,
要再磨再炼再调和,
好依着你我的安排,把世界重新造过! |

胡译无论是内容还是形式都与原诗相去甚远。原诗句式非常整齐,胡译却参差不齐;原诗句一、二、四句"conspire""entire""desire"押韵,胡译押"o"韵一韵到底。前此两日,胡适在英诗《关不住了!》中,通过直译成功地移植了英诗体式,让现代汉语获得了与古代汉语完全不同的旋律之美。那么,对于这首诗,何以改动如此之大呢?如前所述,胡适既然已经找到了最适合承载现代汉语的、既充分舒展而又不彻底散漫的诗体形式,使现代汉诗既有了自然的白话,又形成了自然的音节——胡适意识到它就是新诗之所以为"新"的新质,他必须守住它。而对于这首异国的"绝句",守住它的方式反而是要采取异译,才能达到直译所无法达到的"新诗"效果。反之,如果它也像译《关不住了!》一样采取直译,那么,翻译出来的自然又会回归到旧诗格律中去。一言以蔽之,胡适在西诗的自由体中找到了新诗解放的、是其所是的体貌——音随意转且和谐自然的音节,他的观念中已经形成了新诗理想的模样,《希望》打破原诗形式进行翻译,正是胡适找到了新诗发展路径的表现。《尝试集》一版再版都仍然保留《希望》这首译诗,也正充分证明了胡适确定新诗成立的纪元所依赖的正是西化的路径。无论是此前被删的《墓门行》,还是一直保留的《哀希腊歌》,最终都无法从根本上走出旧诗窠臼,至用白话翻译的《老洛

伯》开始，在《尝试集》编目上可以看到：《一念》《鸽子》《人力车夫》《三溪路上大雪里一个红叶》《新婚杂诗》《老洛伯》《四月二十五夜》《看花》《你莫忘记》《如梦令》《十二月一日奔丧到家》《关不住了!》《希望》这样一个顺序，是从传统词体的长短句开始的"放脚"尝试，最终在译诗中找到"'新诗'成立的纪元"，其转变的历史痕迹清晰可见。

在翻译了《老洛伯》与《关不住了!》之后，胡适还曾有一首译诗《奏乐的小孩》。该诗的具体翻译时间不可考，但可以确定的是与《关不住了!》翻译于同一年。《关不住了!》载于《新青年》第6卷第3号，该诗载于第6卷第6号。《新青年》登载这首译诗时，胡适署名"天风"，《新青年》将两种不同的译稿一起发表了出来：

THE CHILD-MUSICIAN	沈钰毅译本	天风(胡适)译本
He had played for his lordships levee, He had played for her ladyships whim, Till the poor little head was heavy, And the poor little brain would swim.	他为了爵爷的夜会奏乐， 他顺着太太的意旨奏乐， 直到他苦恼的小头沉重了， 和他苦恼的小脑要昏晕了。	爵爷的宴会要他奏乐， 太太不时高兴又要他奏乐。 直到后来他的小头发疼， 他的小脑要昏晕了。
And the face grew peaked and eerie, And the large eyes strange and bright, And they said—too late—"He is weary! He shall rest for, at least, to-night!"	直到他面色惨白，失去了神， 直到他两只大眼，放出奇怪的光， 于是他们说——太迟了—— "他疲倦了! 他应当休息至少要今天一夜！"	他的脸儿渐渐瘦削， 他的大眼睛也变了样子了， 他们方才说：'他乏了， 让他今晚休息一天。'——太迟了！
But at dawn, when the birds were waking, As they watched in the silent room, With the sound of a strained cord breaking, A something snapped in the gloom.	到天明时，鸟儿醒了， 他们正在静室中观看， 昏暗里有些碎裂声音， 像是断了一根绷紧的线。	到天明百鸟醒时， 他们正在病房里守着， 愁惨里绷的一声， 一根绷紧的线断了。
"T was a string of his violincello"①, And they heard him stir in the bed:— "Make room for a tired little fellow Kind God! —"was the last that he said.	那是他"大四弦琴"上的一条弦， 他们听见他在床上说： "仁慈的上帝，留些地位给疲劳的小孩罢！" 那便是他最后所说的话。	他的大琴上断了一根弦， 他在床上微微翻动， 他最后的话是："好上帝！一个疲劳的小孩子来了。"

---

① 《新青年》第6卷第6号上所载原诗为"violincello"，疑为错印，"violoncello"为大提琴之意。

123

《奏乐的小孩》叙述了一个奏乐的小孩因不堪日夜为主人劳作而病死的故事，表现出下层劳动人民被压迫的苦难命运。沈译本与胡译本意思一致，但诗句有细微区别。对照原诗，不难发现，沈译本完全采取直译的方式，细节上更遵从于原诗，而胡适略有改动，如：第一节第三行的"heavy"，沈译为"沉重"，胡译为"发疼"，两相比较，胡译的改动加重了主人公所受的压迫；第四行句首"and"，沈译为"和"，胡译删去；第二节第二行"strange and bright"，沈译为"放出奇怪的光"，胡译为"变了样子了"；第二节第三行"he is weary"，沈译为"他疲倦了"，胡译为"他乏了"，与前面"大""样""方"形成句中叠韵；第三节第二行"watched in the silent room"，沈译为"在静室中观看"，胡译为"在病房里守着"；第四节第三、四行"'Make room for a tired little fellow/Kind God! —' was the last that he said"，沈译为："仁慈的上帝，留些地位给疲劳的小孩罢！/那便是他最后所说的话。"胡译为："他最后的话是：'好上帝！一个疲劳的小孩子来了。'"胡适的结尾把原诗倒装的句子还原过来，让小孩子告诉上帝自己要来了，然后戛然而止，更加显得凄凉而耐人寻味。综观整首诗作的翻译，沈译本显然完全忠实于原诗，而胡适稍作改动，甚至偏离于原诗，旨在铸就诗意。比如第二节第三行"太迟了"本在句中，原诗意为等小孩子已经面露病色时，主人们才意识到他累了，可是此时为时已晚，将"too late"倒装进句中，是要使"weary"与第一句"eerie"形成 ABAB 的押韵。胡适将之调换到末尾，使"太迟了"与前句"太晚了"形成音节上的回环，增强音乐感，这也是出于对诗歌音节美所作的考量。

由此可见，胡适并非认为新诗体来源于西诗的直译，他只是通过直译催生了新诗体，找到了符合现代汉语的自然音节而又不过于散漫的形式。当建立起了这样一种新诗体的观念后，翻译时也要归化到他的这种新诗体的观念中来，而不是一味采取直译。换句话说，沈译完全采取直译，其实心中并没有树立起中国新诗体的意识，而胡适则已经建构起汉语新诗体的概念，将符合这新诗体的采取直译，而对于不符合的则采取归化的异译。

从胡适的种种尝试来看，以《关不住了！》为"'新诗'成立的纪元"，表明新诗的成立最终是借鉴西方诗歌。将《希望》这样的英语"绝句"异译成白话自由新诗，对于《奏乐的小孩》，根据其对白话自由新诗的理解进行归化翻译。胡适已经做到将现代汉语的白话语法秩序与汉语诗歌的章节结构融合在一起,并且意识到新诗之所以为"新",是因为它不仅要摆脱旧体诗的各种规范模式,并且需要对汉语音乐美进行重新塑造。①

四 胡适的译诗与白话思维的形成

胡适在译诗中寻找到了新诗发展路径,与其在英语世界进行英汉互译训练所受到的白话思维训练有一定的关联。② 早在 1914 年 5 月 31 日,胡适曾将自己所作的律诗《春朝》译成英文:③

叶香清不厌,鸟语韵无嚣。柳絮随风舞,榆钱作雨飘。何须乞糟粕,即此是醇醪。天地有真趣,会心殊未遥。	Amidst the fragrance of the leaves comes Spring, When tunefully the sweet birds sing, And on the winds oft fly the willow-flowers, And fast the elm-seeds fall in showers. Oh! Leave the "ancients' dregs" however fine, And learn that here is Nature's wine! Drink deeply, and her beauty contemplate, Now that Spring's here and will not wait.

试把胡适的译作再回译成中文:"在叶子的清香中春天来临,当鸟儿在枝头甜美地歌唱,在温柔的风中柳絮飞扬,榆钱洒落在雨中。啊! 远离那些古代的沉滓吧,要知道这里就有自然的佳酿! 深深地品味她的美味与芳醇吧,现在,春天就在你身边不必再等待。"尽管在中译英的过程中,胡适紧紧遵循英诗的规范,但我们仍然可以看到他流利、清晰、畅达的白话思维,为了将古文言诗歌翻译成英语自由格律诗,他必须遵从英语语法规范,各种关联词的运用,轻重音的谐调,这些转换的训练,对其后来将

---

① 参见刘纳:《新文学何以为"新"——兼谈新文学的开端》,《中国现代文学研究丛刊》2012 年第 5 期。
② 对胡适英汉诗互译与其白话诗写作的关系问题有所研究的,如李丹:《胡适:汉英诗互译、英语诗与白话诗的写作》,《文学评论》2006 年第 4 期。
③ 胡适:《胡适留学日记》(上),安徽教育出版社,1999,第 196~197 页。

这种西洋诗直译、横移到现代汉语世界，从而找到新诗成立的纪元，有着不可忽略的作用。

半年之后的 12 月 3 日，胡适又将《诗经·木瓜》译成英诗：[①]

投我以木桃，报之以琼瑶；匪报也，永以为好也。	Peaches were the gifts which to me you made, And I gave you back a piece of jade— Not to compensate Your kindnesses, my friend, But to celebrate Our friendship which shall never end.

其英语译诗的大意为：

你送给我蜜桃做礼物，
我回赠了你一块美玉——
这并不是为了报答
你的好意，我的朋友，
只是为了祝福
我们的友谊地久天长。

译文前有一段序言："偶思及《木瓜》之诗，检英人 C. Francis Romilly Allen 所译观之，殊未惬心，因译之如下。"由此得知，此乃因不满于英人所译之作而译。可以看到，在将古典文言诗歌译成中文时，胡适遵循英诗语法规范，加入"and""not to""but""which"这些连接词，将两句诗行改译成六句，使得文言诗词中的各种省略以及含蓄的风格发生了转换。胡适的译诗语句完整而清晰，其后现代汉语诗文明白、清楚的风格，在此已窥见一斑。

1917 年，胡适经过打油诗的一番尝试，经由对印象派诗人的六条原理的理解而对新诗体的认识有所转变，从传统打油诗尝试转向词体和古诗

[①] 胡适：《胡适留学日记》（上），安徽教育出版社，1999，第 447~448 页。

第四章　形成：西化论与本位说

体的长短句化"放脚"尝试时，即前文提及的这一年1月13日创作的《诗词一束》，除《采桑子慢·江上雪》、《沁园春》二首、《四言绝句》之外，还曾将杜甫的一首《绝句》译成英诗。

1917年1月12日，胡适感慨"此诗造语何其妙"，"因以英文译之"[①]：

漫说春来好,狂风大放颠。吹花随水去,翻却钓鱼船。	Say not Spring is always good, For the Wind is in wild ecstasy: He blows the flowers to flow down the stream, Where they turn the fishman's boat upside down.

与《诗经》的翻译不同，《诗经》的语言本来就偏于古白话，它与现代白话思维较为接近，将之先转译成现代汉语并不困难，然而，杜甫此首《绝句》，虽不像其他绝句一样那么遵循形式规范，但毕竟以文言书面语为主。我们看由胡适的英译而翻译的白话诗：

> 春天不总是那么美好，
> 因为春风总是如此狂野：
> 他把花儿吹落到水中，
> 也吹翻了水中的渔船。

这种畅达的白话语句，已经深深烙进胡适的脑中，使之在将文言诗歌翻译成英诗时的中间环节——白话时，变得如此自如。其英译之诗句，在语法规范上更加严谨："for""where"引出的从句，词组的搭配，虚词的运用，使整首诗仿佛说话一样近于口语，清晰而简洁。胡适特意选取的是杜甫最为白话的诗歌，杜甫有更多的作品因奇特的句法而闻名，比如《登高》《宿府》《秋兴》等七言律诗，像"香稻啄余鹦鹉粒，碧梧栖老凤凰枝"这类故意颠倒语序、打破语法规范的诗句，因其陌生化而达到独特的审美效果，但它显然与逻辑的文法相抵牾，所以，这类诗作是为重

[①] 胡适：《胡适留学日记》（下），安徽教育出版社，1999，第447～448页。

逻辑、理性的胡适所排斥的。

　　当然，在胡适将中国古典诗歌或者自己创作的古体诗翻译成英文诗，或者将英诗用古体翻译成汉语诗时，他还没有形成明确而正式的白话观念。但这种转换无形中加强了他的白话思维训练，这为其后来在英诗汉译中彻底摆脱中国传统束缚做好了铺垫。当他建立起白话观念，将尝试用白话作诗作为白话取代文言所需攻克的一个堡垒时，这种基于创造一种新的民族语言的强大动力，使他孜孜于各种类型的尝试。此时，他对待翻译，思考的是如何将英诗翻译成汉语后，在汉语中还能成其为诗。在慢慢的尝试与翻译中，他放弃了古体，渐渐明白了在古体之外，现代汉语应该建立起新的诗体形式，当这种意识越来越明晰后，他不可能再用归化为古汉语的翻译方式，而是开始沿袭西洋诗体的模板，这时，他探索的是如何既遵循西洋诗体特征来翻译，又能在现代汉语的阅读习惯中让人感觉读起来是诗而不是散文。最终，胡适在西洋诗的翻译中找到了新诗的归宿与理想之路。

　　值得一提的是，"尝试"期间，胡适还有一首特别的译诗《节妇吟》，这应该算作古诗今译的开风气之作。当时，这首译作发表在《新青年》1920年第8卷第3号《〈尝试集〉集外诗五篇》中，五首诗分别为《我们三个朋友》《湖上》《译张籍的〈节妇吟〉》《艺术》《例外》。《尝试集》再版之时将其余四首都收入进去了，唯独没有收录此诗。

| 节妇吟
张籍
君知妾有夫，赠妾双明珠。
感君缠绵意，系在红罗襦。
妾家高楼连苑起，良人执戟明光里。
知君用心如日月，事夫誓拟同生死。
还君明珠双泪垂，恨不相逢未嫁时。 | 译张籍的《节妇吟》
胡适
你知道/我有/丈夫，
你送我/两颗/明珠。
我感激/你的/厚意，
把明珠/郑重/收起。
但我/低头/一想，
忍不住/泪流/脸上：
我虽知道/你没有/一毫私意，
但我/总觉得/有点/对他不起。
我噙着眼泪/把明珠/还了，——
只恨/我们/相逢/太晚了！ |

胡适在诗跋中说明了选择此诗的理由：在中唐注意社会问题的诗人中，"最有文学天才的要算张籍"，"张籍做'妇人问题'的诗，用意都比别人深一层"。胡适声称自己最爱的是《乌夜啼》和《节妇吟》，认为它们都是"中国文学里绝无仅有的'哀剧'"。他指出，该诗"妾家高楼连苑起，良人执戟明光里"一句，还不能完全脱去古诗《陌上桑》里的俗套，所以将之删去。胡适反复申明此诗的长处在于"有哀剧'Tragedy'的意味"，并将之与《老洛伯》并论。细读胡译，可以看出胡适的一番用心。该诗本为政治诗，乃张籍婉言谢绝军阀陈师道的拉拢之意，以有夫之妇自喻，表明对钟情于自己的男子的情意无以为报的矛盾心情，并作出无奈选择的痛苦，以此取得陈师道的理解。胡适将之视为"妇人问题"的诗作，无疑与"五四"那个时代追求个性解放、婚恋自由的社会文化氛围相关。如果仅将之作为爱情诗来解读，则原诗平淡白描却感人至深，不着修饰却凄美哀绝。胡译删去落《陌上桑》俗套的两句，全诗一共十句，分为两节，前一节以头四句自叙身份，感激对方情意，郑重地将明珠收好；五、六两句一转，情感上忽地低沉；七、八两句表达自己对丈夫的愧疚之感。后一节两句，噙着眼泪将明珠还给对方，表达相逢恨晚之意。整首诗在保留原意的基础上，略作修改，如原诗"感君缠绵意，系在红罗襦"写女主人公感激对方深情，将明珠挂在自己的红罗裙上，胡适改作"把明珠郑重收起"；原诗"事夫誓拟同生死"写女主人公表达对丈夫忠贞不渝之志，胡适改作"但我总觉得有点对他不起"。此两处在内容上的改动，将原诗由礼教伦常与个人情感上的矛盾而最终压抑自己的情感，转变为女主人公个体内心的情理冲突，虽然最终仍然压抑情感，但在胡译中，已经不再有"事夫誓拟同生死"这种观念，译诗中的女主人公是有着情感需求与理智判断的独立个体，其最终拒绝对方示爱，并不是源于封建礼教的妇德观念。形式上，此诗两句一韵，前六句形式整齐，每句皆三顿，后四句分别为三顿、四顿、三顿、四顿，形成一种音韵上的节律，但每一顿音节不限，大多由三音节组与二音节、五音节组组成，整饬中又有参差变化，读起来能感觉到白话的韵味。我们并不能准确地知道胡适为何在编选《尝试集》时没有选入该诗，大约《尝试集》要展示的是胡适如何"放脚"的进化创作过程，在编选时，选入的译诗已经有表达类似之意的《老洛伯》；再者，从对传统诗词的"放脚"尝试到翻译《关不住了！》，胡适最终确定新诗之所以为"新"，乃为用由西方移植过来的诗体装入现代汉语以表达自然音节之美，这条西化道路是在《尝试集》的编选中一步一步从对旧体诗词的"放脚"中艰难转换而来的。《尝试集》中《关不住了！》之后，全部是其个人的创作，不再有译诗，此时的胡适俨然已经找到了他所想要的那种诗体，因此就不再选此译诗了吧。

《节妇吟》以白话而改文言诗，以新诗体来重写古典诗歌，是想进一步证明用白话创作诗歌的可能性。但用现代汉语把古诗的意味传达出来，成不成功，有没有必要，在胡适那里还是未知的。难怪此诗一发表，就引来批评与不满之声。如王无为在给吴芳吉的信中，就对胡适任意为古人改诗的做法不满，认为胡适"并不知原诗的来历"[①]。在不知晓原诗历史的情况下，胡适的翻译"处处抱着自尊的观念，来批评一切"，"以表现自己的文学天才"[②]。最后，王无为得出的结论是："至以白话而改文言诗，我是极其怀疑的。我觉得文言有文言的味，白话有白话的味，这两种味，截然不同。在适当范围内，以白话改白话诗，以文言改文言诗是可以的。倘用白话改文言诗，或用文言改白话诗，都不能不有方枘圆凿，格格不入的现象。"[③] 但我们知道，此后，古诗今译之风随之而起。郭沫若的《卷耳集》（泰东图书局，1923），将《诗经》中的"国风"译成白话诗。1930年代有陈漱琴编译的《诗经情诗今译》（女子书店，1932），选译《诗经》中的情诗，参与的译者有刘大白、顾颉刚、魏建功、钟敬文、汪静之等。另外还有江荫香的《诗经》全译本（广益书局，1934），《千家诗》白话译本（大达图书供应社，1934），陈子展的《诗经语译》（太平洋书店，1934）。1940年代有周仁济的《离骚今唱》（中西文化印书馆，1943）。1950年代有文怀沙的《屈原九章今译》《屈原九歌今译》（棠棣出版社，1952）、《屈原离骚今译》（上海新文艺出版社，1954），李长之的《诗经试译》（上海古典文学出版社，1956），陈子展的《国风选译》《雅颂选译》（上海新文艺出版社，1957），郭沫若的《离骚今译》（人民

---

① 胡怀琛等：《诗学讨论集》，中山图书公司，1971，第87页。
② 胡怀琛等：《诗学讨论集》，中山图书公司，1971，第92页。
③ 胡怀琛等：《诗学讨论集》，中山图书公司，1971，第97页。

文学出版社，1958）……直到现在，古诗今译之风还盛行着。当然，当初胡适们尝试古诗今译时，本身有着良好的古典文学素养，他们的古诗今译，是在为新文学进行创作，而不是为古诗做普及工作。像陈子展翻译《诗经》时，就在其序中指出，其翻译并不为"妄想大众都能够读它，或作为青年必读书"，而只是尽其最大之力，"从翻译古诗来实验"，"看看纯粹的白话是不是可以创作诗歌"。[①] 而当下的古诗今译则不一样，在现代汉语已经普及化、人们离文言的时代越来越遥远的时候，这些古诗今译其实只是翻译出来让人读懂，就像不懂英语的人需要参考书一样，人们需要读懂古诗的参考书。这其实只是一种无可奈何的借鉴，而不再是对新诗园地的开垦与拓展。

《尝试集》中的译诗夹杂在胡适的个人创作中，而不成其为专辑。在胡适反复描述的"进化"写作历程中，《关不住了!》是作为其个人新诗尝试的原创性作品，这也体现出胡适对新诗这种文类边界的观念与认识，也就是说，他认为译诗也是创作。基于这个观点，他应该也会认为汉语文学、新文学，是包括翻译文学的。这种观念不仅存在于胡适那里，当初《新青年》的诗专栏就没有严格地区分创作与译诗，如第6卷第4期上同时发表了苏菲译的《德国农歌》与胡适译的《希望》。《尝试集》作为中国现代新诗史上的开风气之作，不仅具首倡新诗之功，这样一种编选方式所体现的文学观念也深刻影响了民国文学史的编纂。民国文学史在论述新文学时，都会讲到翻译文学，甚至会专辟章节，如王哲甫的《中国新文学运动史》等，将之作为中国文学的一部分。但1949年后，随着新体制的建立，新中国高度统一的意识形态的形成，文学史的编纂也急剧政治化，加之胡适思想被彻底清除，诸多文学史没有再论及翻译文学。但《尝试集》中译诗的存在及胡适对其的认可，至少影响了整个民国文学史对新文学的看法，这一点我们不能小觑。

第二节 本位说：在中国文学传统中建设

如果说胡适诗学的本质是西化论，那么胡怀琛诗学的本质则是本

---

① 陈子展：《诗经语译·序》，太平洋书店，1934，第8页。

位论,这从胡怀琛在一系列诗学专著所反复强调的主张中可以体现出来。

一 "小诗"的中国血统

在1924年出版的《小诗研究》中,胡怀琛明确地表明了自己对于传统的态度。众所周知,1920年代初,冰心出版了《春水》《繁星》,继而诗坛开始盛行"小诗",从而迎来了"小诗的时代"。胡怀琛此后凭借敏锐的眼光与嗅觉,出版了系统的学术专著《小诗研究》。当然,早在1922年,周作人就已在《晨报》副镌发表了《论小诗》一文,从小诗的定义、来源、特点等方面对小诗这一新兴诗体进行批评,认为虽然小诗在中国文学里"古已有之",但"中国现代小诗的发达",是受到外国文学的影响,尤其是日本文学的影响:"日本古代的歌原是长短不等,但近来流行的只是三十一音和十七音的这两种,三十一音的名短歌,十七音的名俳句,还有一种川柳,是十七音的讽刺诗,因为不曾介绍过,所以在中国是毫无影响的。此外有子夜歌一流的小呗,多用二十六音,是民间的文学,其流布比别的更为广远。这几种的区别,短歌大抵是长于抒情,俳句是即景寄情,小呗也以写情为主而更为质朴;至于简洁含蓄则为一切的共同点。从这里看来,日本的歌实在可以说是理想的小诗了。在中国新诗上他也略有影响。"[①] 朱自清在《新文学大系·诗集·导言》中沿用周作人的说法,指出其受"外国影响"。[②] 周、朱二人对小诗的论述,成为诗坛具有权威性质的评价,从而使得小诗来源于外国的这种说法凝定成一种文学史知识。在新诗批评史上,我们很难找到胡怀琛对于小诗的研究;自然也不会知道,胡怀琛与周、朱等主流看法不同的是——他认为现代小诗乃根植于中国传统诗歌。

《小诗研究》出版于1924年,仅晚于周作人发表《论小诗》两年,该著分别从诗的内涵与外延、中国诗与外国诗的关系、新诗与旧诗的关系、小诗的内涵与来源、小诗与普通新诗的关系、小诗与中国旧诗的关

---

① 周作人:《论小诗》,赵家璧主编、郁达夫编《中国新文学大系·散文二集》,良友图书印刷公司,1935,第110~111页。
② 朱自清:《新文学大系·诗集·导言》,良友图书印刷公司,1935,第4页。

系、小诗实质上的要素与形式上的条件、小诗的成绩这些方面论述小诗,并作出诗学理念上的思考。与周作人的单篇论文相比,该著高屋建瓴,系统、条理地研究了小诗这种在当日诗坛"流行"的体裁。他在《自序》中指出:"中国文学和西洋文学出发点不同;恰如中国画和西洋画一般。中国画不能和西洋画一例而论,知道的人已经很多了;中国文学不能和西洋文学一例而论,恐怕知道的人还少。"胡怀琛用一贯自傲的批评语气来表达他对于中西文化的态度,继而指出:"我以为欲研究中国文学,当然要拿中国文学做本位。西洋文学,固然要拿来参考;却不可拿西洋文学做本位。倘用拿西洋文学的眼光,来评论中国文学;凡是中国文学和西洋文学不同的地方,便以为没有价值,要把他根本取消了,我想是没有这个道理的。"① 胡怀琛在这里明确提出了他对于中西文化的态度。在当时的西化场域,胡怀琛提出"中国文学本位"的观点,显然是不合时宜的,他所反对的"拿西洋文学做本位","拿西洋文学的眼光""评论中国文学",并"取消"不符合"西洋文学"的"中国文学",已然成为当时不证自明的标准。这决定了胡怀琛的言论在当时,只可能立于边缘,绝无进入中心的可能。就著作而论,胡怀琛不仅表明了其对中西文化的根本态度,而且表面研究小诗,实则在倡导自己理想的"中国诗歌"模式:"本书对于中国诗的根本问题,差不多说得很详细;虽则名叫小诗,其实所包括也很广。读者读了这本书,至少可以知道中国的诗是甚么。"也就是说,胡怀琛是站在一个颇高的视点,在中国诗歌的整体视野中来审视现代小诗这种新兴诗体现象的。

首先,胡怀琛并不排斥外来诗歌,他认为中国诗经历几千年本来已经有了许多变化,还吸收了许多外来的元素,现在"加入欧洲输进来的质实的思想,和热烈的感情,乃是当然的事"。但他认为这种输入不是简单的相加,需要"一番融化的工夫,才能成熟",而他本人并不乐观,认为当时"离成熟的时期还远得很,也许是永远做不到"。② 在这里,我们可以看到,胡怀琛基于"中国本位"的诗歌理念,始终对于欧化持谨慎而

---

① 胡怀琛:《小诗研究·自序》,商务印书馆,1927。
② 胡怀琛:《小诗研究》,商务印书馆,1927,第19页。

怀疑的态度。当然，对于新诗的成绩，他从不讳言，认为新诗在形式上确实需要"解除一切的束缚"，但这种"解除"需要加入"天然的音节"方能实现新诗的诗性，而将外国诗的优点融进新诗，绝非轻易之举。

其次，胡怀琛坚持在融入外来诗歌元素时，理应保存中国诗歌"温柔敦厚"的传统。他认为许多好的新诗实质上仍旧是"中国固有的实质"，或者"形式也是从固有的形式变出来的"。[1] 他举胡适的《希望》为例，虽然"兰花草"喻指新文化，"山中"喻指美国，但其诗实质却是"温柔敦厚的感情"，其"形式也就是五言古诗"。[2] 同样，胡怀琛指出吴芳吉的《湖船》来源于中国古代神话，其形式来自离骚；[3] 认为刘大白的《秋意》来源于佛学，是从"旧的词里变化出来"。[4] 胡怀琛也列举了他自己的诗作，这首诗作并非其一贯引以为豪的五言"新派诗"，而是一首诗体上参差不齐的诗作：

> 芳草堆里，一个孤坟。
> 连碑也断了，哪知道坟里睡的甚么人。
> 种菜的老人向我说：
> 六十年前，这一带都是华屋朱门。
> 我说：百二十年前是怎样？恐怕又是满地荆榛！
> ——《孤坟》[5]

此诗看上去很像胡适早期白话新诗，但胡怀琛自己解释其思想是从老庄学说里得来的，且其"形式也是从旧的词曲里变化来"。[6] 难怪胡怀琛一直对《尝试集》第一编称赞有加而否定第二编诗作的美感：胡适一直所纠结的新诗中无法摆脱的旧诗词的魅影，正是胡怀琛孜孜以求的诗性来源。所以，最后，胡怀琛总结道："较好的新诗，都是渊源于旧诗。其由

---

[1] 胡怀琛：《小诗研究》，商务印书馆，1927，第24页。
[2] 胡怀琛：《小诗研究》，商务印书馆，1927，第24~25页。
[3] 胡怀琛：《小诗研究》，商务印书馆，1927，第25~27页。
[4] 胡怀琛：《小诗研究》，商务印书馆，1927，第27~28页。
[5] 胡怀琛：《小诗研究》，商务印书馆，1927，第28~29页。
[6] 胡怀琛：《小诗研究》，商务印书馆，1927，第29页。

西洋诗变化而来的,实在不多。"①

在表达了对中西文化的根本态度后,胡怀琛阐发了理想的新诗模式,即渊源于旧诗的新诗;接下来才开始论述小诗。在描述了小诗的现象、厘定了小诗的概念、列举了时兴的小诗之后,胡怀琛用了三章篇幅细致辨析了小诗的来源:一是介绍周作人于1921年《日本的诗歌》、1923年《日本的小诗》中相继提出的小诗来源于日本之说;二是介绍当时流行的小诗来源于印度之说。在详细介绍了已有的小诗来源之说后,胡怀琛提出了自己的主张。他指出,在日本短歌及泰戈尔的诗输入以前,中国的新诗坛上,已有这样很短的小诗,并列举了康白情的《疑问》(一)为例:

> 燕子!
> 回来了?
> 你还是去年的那一个么?②

以及郭沫若的《鸣蝉》:

> 声声不息的鸣蝉呀!
> 秋哟!时浪的波音哟!
> 一声声长此逝了!……③

他将这些小诗出现的原因解释为:"从诗体解放以来,一切的束缚都没有了,自由自在做诗;而一刹那间所得的零碎的感触,三五句话便说完了,而在新诗里,又不容说许多无谓的话;所以这三五句话写了出来,自然而然成了一首小诗。"④ 接下来,胡怀琛进一步说明这种小诗在外国也有,这样,其话语缝隙中所表现出来的意味是:小诗是中西同时都有的,并非中国学他国而成。不仅如此,胡怀琛还指出在英美流行的小诗实质上

---

① 胡怀琛:《小诗研究》,商务印书馆,1927,第29页。
② 胡怀琛:《小诗研究》,商务印书馆,1927,第31页。
③ 胡怀琛:《小诗研究》,商务印书馆,1927,第32页。
④ 胡怀琛:《小诗研究》,商务印书馆,1927,第46页。

是"诗坛上的一种反动","英美各国的短诗;有人承认是受了英译李白五言绝句的影响"。① 此处应该是指曾影响胡适提出"八不主义"主张的英美意象派,其追求鲜明的意象、凝练的语言和短小精悍的"中国式"诗体,都比较符合流行于1920年代的"小诗"形态。英美意象派流行于1909年至1917年之间,确实是对当时诗坛文风的一种反拨,也相当充分地学习和借鉴了中国古典诗歌。这样,胡怀琛将小诗的发源直接指向了中国本土。他认为旧诗如果要作得长一些,可以拿词彩、声调来帮助。词彩绚烂,声调铿锵,内容虽然是空空的,却还容易遮掩得过俗人的耳目;而新诗是赤裸裸的,词彩、声调都打扫得干净,倘若才力薄弱,而欲作长诗,那长诗一定无足观,连俗人的耳目也不能遮掩了。② 所以,胡怀琛目光所及,新诗中的长诗非常少,因为作长诗需要"气魄雄厚",他列举郭沫若的《梅花树下的醉歌》一诗作为"气魄雄厚"的长诗代表。不过,在其诗学构想中,由于新诗没有固定的形式,无论长短如何,读起来要觉得很自然,再也不能加一字,这样才能算完全好。所以,其衡量诗美的标准仍然为语气自然、音节和谐。

再者,胡怀琛坚持在历史传统中寻找小诗的根源:中国是先有小诗,后有长诗,比如古代歌谣都是非常短小的。《诗经》里的诗,每篇都可分作许多章节,每章节可以很长,也可以很短,短的也就只不过三四句,所以《诗经》里不乏小诗。汉以后,纯粹的五言、七言产生了,篇幅虽然逐渐增长,但仍可见短诗。尽管诗体不断变化,格律开始主宰中国诗学,但三五言两句的短诗一直并未消亡。他甚至指出:从唐朝一直到前清,这种小诗也常有人作。不过人家不大注意罢了:"这样的小诗,形式上的拘束,比他种旧诗要少得多。也可以说是和新诗很接近的。"③ 从新文化阵营的观点来看,胡怀琛此处是在有意混淆新旧诗之别,忽略新诗从旧诗里演变到在西诗中成立的曲折过程,而直接将新诗的产生归结于旧诗;而他所谓传统诗歌中的"小诗"当然非时下新兴的"小诗",或者说,两种"小诗"有着本质的区别。然而,我们确乎可以看到,胡怀琛的本意并非

---

① 胡怀琛:《小诗研究》,商务印书馆,1927,第46页。
② 胡怀琛:《小诗研究》,商务印书馆,1927,第52页。
③ 胡怀琛:《小诗研究》,商务印书馆,1927,第58页。

提倡旧诗，相反，他研究的乃是新诗中最新兴的现象——"小诗"这种新诗体，但他坚持在古代诗体中寻找小诗的根源，所以，其诗学的根本是要为新诗确定血脉，而非旧诗阵营中的反抗之声。另外，胡怀琛还专门找到传统诗歌中的"摘句"来印证小诗的中国血统。"摘句"是指"全首诗中，只有一二好句，而这一二好句，又可以独立的，和全首可以脱离关系的；因此人家便把他摘了下来，叫做'摘句'。读的人，也只管读这一两句，而不知道他前后是甚么"①。胡怀琛认为古代经常有从绝句和律诗中摘句的情况，即只用绝句的三、四两句凑成一首全诗，或只用律诗的一联凑成全诗，这种摘出的独立小诗如"寂寞空庭春欲晚，梨花满地不开门"是非常具有诗意美的，若改为新诗也可："寂寞空庭，/春光暮了；/满地上堆着梨花，（梨花上或加落下来的四字）/门儿关得紧紧的。"这也算得上一首"绝妙的小诗"。② 胡怀琛将摘句改写成新诗，明显是一种新旧的转换与尝试，要说明小诗这种新诗体裁来源于中国。再如，他将"病多知药性，客久见人心"这首律诗的一联，分别改写成了两首小诗："老生病的人，/渐渐的知道了药性。""久飘泊在天涯，/看透了人情世故。"③ 胡怀琛虽极力赞成新诗，也曾表示绝不作律诗这等旧诗，但此时的他已不再完全否定律诗的价值，他指出："律诗也不是没有价值。一首律诗往往包括二首或四首小诗。合起来看，全首不联络，因之大受人家的攻击。岂知一分开来看，却又显出他的价值来么？"他认为这种价值就在于可以用来"摘句"。④ 另外，胡怀琛也列举了词中的摘句，如"流光容易把人抛，红了樱桃，绿了芭蕉"等，他认为这些词的摘句也都是"独立的小诗"。

在新旧诗转换方面，胡怀琛不仅将传统的"摘句"改写为现代小诗，也同时尝试将现代小诗改写为"摘句"，因为他认为"前人所做的旧诗词，固然可以改为现在的流行的小诗；就是现在所流行的小诗，也可以改

---

① 胡怀琛：《小诗研究》，商务印书馆，1927，第58页。
② 胡怀琛：《小诗研究》，商务印书馆，1927，第60页。
③ 胡怀琛：《小诗研究》，商务印书馆，1927，第61页。
④ 胡怀琛：《小诗研究》，商务印书馆，1927，第61页。

为旧式的诗或词"。① 在此方面，他列举时下最为流行的冰心的小诗《繁星》第22首"生离——/是朦胧的月日，/死别——/是憔悴的落花"，将之改写为："憔悴落花成死别；/朦胧残月是生离。" 又将第155首"白的花胜似绿的叶；/浓的酒不如淡的菊"，改为"白花骄绿叶；/浓酒逊清茶"。② 接下来，胡怀琛指出："小诗既然可以改为一联律诗，改为半首绝诗；那么改为任何几句词，那更容易了。"③ 在胡怀琛关于小诗体的诗学观念里，小诗来源于中国本土，那么，尝试这种新旧诗体的转换，从摘句中找寻小诗的前身，再将小诗转换为旧诗词，在这种转换游戏中，胡怀琛不同于胡适及其整个新文化阵营的新诗立场就显现出来了。胡怀琛还列举其三年前所作小诗来进行新旧诗的转换。如他将其诗《月儿》"月儿！/你不要单照在我的头上，/请你照我的心罢！"改为"寄言头上团圆月，/愿汝分光照我心"。又将《悲痛》"说不出的蕴在心坎里的悲痛，/却能从眼泪中流出来"，改为"胸中悲痛无从说，/化作如珠眼泪流"。④ 胡怀琛在总结时说，这些新旧诗的转换是"两样的写法，不过是形式上的不同；在实质上，毫无分别"，并指出，当小诗转换为古诗词时，"虽然是依着一定的规则，却也不会因为受束缚而牺牲了实质"，所以他认为"各有各好处，正不必是此非彼"。⑤ 当然，胡怀琛显然意识到这种论调有可能不被趋新派所接受，他婉转地道出自己并非提倡旧诗，并不希望将小诗改写为旧诗，而是想要"用研究的态度"去比较，在比较中，丈量新诗、旧诗和西诗的距离，判定孰远孰近，孰亲孰疏，孰本孰末。所以他还专门举出一首不能改为旧诗的《孤飞的蝴蝶》为例："孤飞的蝴蝶啊！/人家都双双的跳舞去了，/你？"他认为这首诗万不能被改为旧诗，因其好处全在"你"字以下，即下文没有说出来的意味，如果说明了"你为什么不去呢"，反而便丢掉了那份含蓄的美感；空白处的想象尤其因末尾一个新式标点——"？"增加了效果，这是旧诗绝不可能产生的。胡怀琛所论属

---

① 胡怀琛：《小诗研究》，商务印书馆，1927，第61页。
② 胡怀琛：《小诗研究》，商务印书馆，1927，第62~63页。
③ 胡怀琛：《小诗研究》，商务印书馆，1927，第63~64页。
④ 胡怀琛：《小诗研究》，商务印书馆，1927，第64~66页。
⑤ 胡怀琛：《小诗研究》，商务印书馆，1927，第67页。

实，现代小诗并非每一首都能转换为旧诗形式，他清醒地明白这一点，所以在他的"中国血缘"说里，他一再强调自己的新诗立场，表明自己并不是希望将现在的小诗都改为旧诗，但他呼吁想作小诗的诗人去读旧诗，以获得益处。①

由于小诗形式短小精悍，意蕴自然含蓄，有韵无韵皆可，按胡怀琛所说，"将一刹那间的感觉，用极自然的文字写出来，而又不要一起说完，使得有言外余意，弦外音"。② 这似乎非常符合中国传统诗歌固有的特点。温柔敦厚乃中国诗歌的本色，意丰词约又乃中国文字的特长，所以"中国人用中国文字来写小诗，自然是容易成，而且容易好"。③ 这是胡怀琛将小诗来源定位于中国本土的根本原因。当然，来源属来源，变化属变化，小诗即便有着中国血统，也不能说其完全来自传统。小诗时兴于1920年代初，整个大的时代环境是西化的，胡怀琛努力在强大的西化氛围中，力证小诗的中国血统，《小诗研究》这本专著正表明了他一以贯之的诗学主张。在他的这个主张里，批评"用拿西洋文学的眼光，来评论中国文学；凡是中国文学和西洋文学不同的地方，便以为没有价值，要把他根本取消了"。④ 站在今天，回望种种中国现代文学史著或现代人所著种种中国文学史，尤其感到这批评之振聋发聩。

二 新旧诗转换与中国文学本位思想

《中国民歌研究》（商务印书馆，1925）同样表达了胡怀琛中国文学本位的态度。这部著作从古谣谚、古代抒情的短歌及其他短歌、古代叙事的长歌、叙事长歌递变为戏剧、近代抒情的短歌及其他短歌、近代叙事的长歌等方面，系统整理了从国风、吴风、越风、楚风、胡歌到北京俗歌、凤阳花鼓、扬州小曲，从五言、七言叙事诗到弹词、昆曲、京戏、唱本等由古代到近代的民间抒情短诗与叙事诗的流脉。胡怀琛首先界定了他所理解的"民歌"："流传在平民口上的诗歌。"并批评当时文坛上由于西化之

---

① 胡怀琛：《小诗研究》，商务印书馆，1927，第68页。
② 胡怀琛：《小诗研究》，商务印书馆，1927，第74页。
③ 胡怀琛：《小诗研究》，商务印书馆，1927，第77页。
④ 胡怀琛：《小诗研究·自序》，商务印书馆，1927。

风流传的民歌概念——"流传在民间的长篇纪事诗",指出这种理解是受到西洋文学的影响,尤其是源于希腊的影响,"希腊最古的诗歌,而又普及于民间的,就是荷马 Homer 的诗;荷马两首著名的《伊里哀》Iliad、《阿德西》Odyssey 都是长篇的纪事诗。因此,就说民歌就是长篇纪事诗了"。① 胡怀琛指出:如果拿这种定义来评判中国民歌,则只局限于《孔雀东南飞》《木兰诗》《长恨歌》《琵琶行》之类的纪事诗。因此,他指出:"流传在平民口上的诗歌,纯是歌咏平民生活,没染着贵族的色彩;全是天籁,没有经过雕琢的工夫,谓之民歌。"② 无论胡怀琛此处所指涉的民歌范畴有多大,重要的是,他接下来提出,"一切诗皆发源于民歌",在今日来看,民歌变成了诗的一部分,而从本源上看,"民歌就是诗,诗就是民歌"。③ 虽然此著研究对象并非新诗,但胡怀琛试图将中国诗歌放在一体化框架内,规避全盘西化的影响;希望通过对中国民歌的梳理,在传统中寻找中国诗歌赖以生存的根基。重视民歌的倾向,在1930年代的大众化浪潮中得到了更大的弘扬,中国诗歌会倡导用"俗言俚语"写作通俗的"民谣小调鼓词儿歌",使诗歌脱离"欧化""贵族化"倾向而走向民间。不过,由于政治文化立场的不同,胡怀琛的诗学思想与中国诗歌会的实践,在当时意识到的知识视野里,二者似乎并没有发生交集,只是在历史的回响中偶有重合。对民间传统资源的重视,正是胡怀琛中国文学本位诗学思想的重要方面。

胡怀琛的中国文学本位思想除了表现在对小诗的研究中,寻找小诗的传统资源;在对民歌的研究中,梳理民歌的本土脉络外,还表现在其对新旧诗的态度上。前文已经论述,胡怀琛并不反对新诗,而是想在新诗中传承汉语的诗性魅力。胡怀琛在《新诗概说》中表明其对新诗支持的立场,但他讲到新文学时,转而这样理解新诗与旧诗:"现在讲新文学的人,做的一种诗,名为新诗;因此对于前头人所做的诗,称为旧诗。新旧二字,是对待的;没有新诗以前,诗只称为诗,没有旧诗的名目;但是旧诗中,

---

① 胡怀琛:《中国民歌研究》,商务印书馆,1925,第1页。
② 胡怀琛:《中国民歌研究》,商务印书馆,1925,第1页。
③ 胡怀琛:《中国民歌研究》,商务印书馆,1925,第2页。

也有古诗、近体之别。"① 随后他指出，唐以前的诗称为古体诗；自唐以后，产生了律诗与绝句，名为近体。他认为古诗是"很自由的，也不讲平仄声，也不讲韵，也不讲字数的规定；只讲自然的音节"；而近体则受束缚了，"音、韵、字数，差不多都要受一定的规矩；而且律诗还要讲对仗"。② 胡怀琛指出，近体到了后来"愈做愈坏"，"大多数忘记了感情是何物，只顾照着音、韵、字数，填满了几十个字"，他认为这样不算"诗"，尤其是"用生字""用僻典"来装饰诗的表面，而失去了"诗的精神"。在这样的背景下，新诗得以孕育而生，"新诗是打破一切束缚的"，"随便甚么一定的规矩都不要守"。③ 在对旧诗之古体诗与近体的评价和对新诗的理解上，胡怀琛与胡适是一致的。但胡怀琛坚持新诗最核心的要素为"深切的感情"及"自然的音节"，认为它"实在和最古的古诗差不多"，他认为"古诗本是自由的，近体有许多束缚，新诗又要解去他的许多束缚"，在循环论的支配下，胡怀琛认为"束缚解去了，自由恢复了"，"新诗"仍旧成了"古诗"，并且强调新诗与古诗没有大分别。④ 这种观点自然混淆了新旧诗的差别，从汉语自身来说，古诗采用文言词汇，即便有古白话，仍旧属于古代汉语体系；新诗采用现代汉语，即便掺杂古白话，总体仍属现代汉语体系。然而，值得一提的是，胡怀琛在诗体上强调新诗与古体的无异，其实际目的是想为新诗找寻传统文化土壤，抵制新诗的西化论，并想勾连起新诗现代汉语之美的新建与古代汉语诗性魅力的传承之间的桥梁。

正是在这个理想的作用下，胡怀琛在论述时经常举出一些新诗，证明时人所作之新诗，有许多和其所举的古诗差不多，或者竟似绝句。除了胡适的《寒江》《江上》外，还有如刘大白的《雨里过钱塘江》：

> 几潮急雨，声几雷。南面云封，北面开。两岸青山相对坐，一齐

---

① 胡怀琛：《新诗概说》，商务印书馆，1923，第8页。
② 胡怀琛：《新诗概说》，商务印书馆，1923，第8页。
③ 胡怀琛：《新诗概说》，商务印书馆，1923，第8~9页。
④ 胡怀琛：《新诗概说》，商务印书馆，1923，第9页。

看我过江来。①

此诗虽非绝句，但无疑古意甚浓。再如宗白华的《流云——海上寄秀妹》：

星河流碧夜，海水激蓝空。远峰载明月，仿佛君之容。想君正念我，清夜来梦中。②

胡怀琛指出，这些诗从体式上与古诗类似，但在内容与感情上，却自有其价值。当然，胡怀琛还举出了他更心仪的新诗例证，如郭沫若的《黄浦江口》：

平和之乡哟！
　我的父母之邦！
岸草那么青翠！
　流水这般嫩黄！

我倚着船围远望，
　平坦的大地如像海洋；
除了一些青翠的柳波，
　全没有山崖阻障。

小舟在波上簸扬，
　人们如在梦中一样。
平和之乡哟！
　我的父母之邦！③

---

① 胡怀琛：《新诗概说》，商务印书馆，1923，第12页。
② 胡怀琛：《新诗概说》，商务印书馆，1923，第12页。
③ 胡怀琛：《新诗概说》，商务印书馆，1923，第13~14页。

虽然胡怀琛眼中的新诗格式自由，富含真感情，"自然而然的唱叹出来，自然而然地成了文"，"也不必问甚么体例，也无所谓体例"，但从郭沫若这首诗作来看，情感真挚，流露自然，口语的运用非常娴熟，然而，其诗体还是非常别致的。一方面，从诗歌建行来看，上下句错落排列，显然是受西洋诗歌的影响；另一方面，全诗共三节，后两节均为一、二、四句押韵，第一节第二、四句隔行押韵，而第一节的第一句"哟"又与第二、三节的第三句尾字分别押韵。这样，整首诗歌外观上于整齐中错落有致，读起来朗朗上口，不失为一佳作。再看其所举刘大白的《秋意》：

幽声满耳，
　　午眠刚起；
开襟当风，
　　认取一丝秋意。
秋意秋意！
　　来从风里；
是秋的意，风的意？
　　毕竟起从心地。①

午睡起床后听取秋风，幽幽满耳，开襟生风，全然充满了古诗的意境；后半部分思考秋意来自风，但无论秋之意还是风之意，其实都源自心起，颇有一些禅思意味，难怪胡怀琛曾认为这首诗"从佛学而来"。几乎一韵到底的"i"韵，与前后错落的诗行，形成回环的音韵美。

胡怀琛还列举自己的作品，如《春夜闻雨》：

一点，两点。
　　渐渐，潇潇。
隔着玻璃窗子，
　　将我的梦打碎了，

---

① 胡怀琛：《新诗概说》，商务印书馆，1923，第14页。

> 将我的心打碎了。
>   司雨的神啊!
> 你为甚么夜里也不睡觉?

虽与宋代梅尧臣的名诗同题,但西洋的建行形式,加之白话的语词,已颇具新诗气质。不过,胡怀琛在融入西洋元素的同时,始终以中国古典诗歌审美趣味为宗旨。如下面这首《月》:

> 轻云蔽月,
>   著了一层薄縠;
> 云去月来,
>   赤裸裸的越可爱!①

从诗的审美意蕴来看,该诗辩证地描写了月的两种相反的可爱形态——"轻云蔽月"的模糊之美与"云去月来"的"赤裸"之美。内容与情感颇具现代意涵,但从月之意象本身以及全诗简洁之美所渲染的意境来看,仍带有传统诗歌特有的气质。

胡怀琛在普及"诗的做法"时,指出作新诗时需要读的新诗集有:胡适《尝试集》、胡怀琛《大江集》、郭沫若《女神》、康白情《草儿》、俞平伯《冬夜》、漠华等四人合著《湖畔》、朱自清与周作人等八人合著《雪朝》,称之为"以上今人所著的新诗专集"。② 他同时也列出了《白话唐诗七绝百首》(浦薛凤选)、《白话唐诗五绝百首》、《白话宋诗七绝百首》、《白话宋诗五绝百首》、《白话唐宋古体诗百首》(以上凌善清选)、《唐人白话诗选》、《历代白话诗选》(以上胡怀琛选)这些所谓"今人所选古人诗"。③ 显然,胡怀琛首先是承认新诗的合法性地位的,并且在身体力行地努力推广,试图普及新诗的写法,但他非常重视从唐宋诗歌中寻找白话资源,而非像新文化先锋胡适那样一步步走向"西化"的新诗主

---

① 胡怀琛:《新诗概说》,商务印书馆,1923,第 17~18 页。
② 胡怀琛:《新诗概说》,商务印书馆,1923,第 23~24 页。
③ 胡怀琛:《新诗概说》,商务印书馆,1923,第 22~23 页。

流道路。胡怀琛始终坚持以中国文学为本位,在传统诗歌中寻找新诗可以加以借鉴的资源。

在讲到晚清诗坛状况时,胡怀琛指出:民国初年,南社里的诗人柳弃疾等,已起来反对他们,但没有多大的成效;于是新诗应运而生。自胡适提倡以来,不到四五年,居然把无谓的旧诗,都推翻了,这可算诗学界的一个大变化。但今日仍为在进行时代,此后的成效如何,还要看作新诗的人能力如何。① 胡怀琛的担忧不是多余的,新诗的发展将何去何从?当注入西方理性精神的现代汉语带着固有的逻辑性、清晰性、口语化这些特点进入新诗写作时,如何释放汉语诗性魅力?这些成为百年来新诗悬而未决的重大问题。而这其中的关键点,便是胡适所开辟的"西化"的主流路线,与胡怀琛所主张的"中国文学本位"的路线,这两种诗学脉络之间的复杂关系。

---

① 胡怀琛:《新诗概说》,商务印书馆,1923,第40页。

第五章　命运：回归与延续

　　胡适作为新诗第一人，其"尝试者"的形象已经根深蒂固于既有的新诗史；然则鲜为人知的是，其晚年编选的《尝试后集》却是对其《尝试集》所构建的西化的新诗价值逻辑的质疑与背离。《尝试后集》中的诗作自觉地吸纳与灵活地化用传统词体所积淀的汉语诗美的元素，以新诗边缘人的心态抒写自己个人情感深处的隐秘情愫而成为新诗抒情的华章。这些平实、洗练、蕴藉而富含汉语诗性的抒情小诗，重新发现了建立在词体基础上的新诗体，并融入了个人的情感，使胡适的新诗创作达到了他个人诗歌创作的新水准。然而，此时的胡适早已以边缘人的身份退出诗坛，不再拥有"新诗人"的显赫身份。胡怀琛终其一生坚守汉语的"诗性"，其探索的路径是在新诗中建立与传统血脉的新型关系，使得汉语诗歌在现代汉语阶段释放出经由历史储蓄而来的诗性魅力，尽管胡怀琛采用大量的理论撰述与创作实践来证明这种诗学理想的合法性，然而其声音终究是低微的，其力量始终是薄弱的，他并未能引起时人的关注，从而坠入历史的尘埃。在诗学探索的完整路径上，二胡从这个意义上说，也可谓殊途同归。

第一节　传统新释：《尝试后集》与西化之后返归传统

一　《尝试后集》的总貌与"胡适之体"

　　1952年9月，胡适曾将1922年以后所作新诗编成《尝试后集》，没有正式付印，但据毛子水在《〈胡适之先生诗歌手迹〉后记》中说，《尝试后集》"所录的诗，只有几首不是先生的亲笔；即在这几首里，亦多有先生自己校改的地方。凡见于以前各稿件里的诗而收入这个后集的，差不多每首都有字句上的变动"，所以似可以将该集看作其"第二诗集的最后定本"。① 胡适曾为《尝试后集》写下题词：

> 《尝试集》是民国九年（1920）三月出版的。十年再版后，我稍有增删。十一年（1922）三月，《尝试集》四版，我又有增删，共存《尝试集》四十八首，附《去国集》十五首。
>
> 民国四十一年（1952）九月，我检点民国十一年以来残存的诗稿，留下这几十首，作为《尝试后集》的"初选"。

胡适似有意将两集并列，作为其"尝试者"形象的一个完整呈现。难怪陈平原指出，"前、后集的'珠联璧合'，使得胡适诗歌的主要面貌十分清晰"②。但仔细对比两集，发现胡适对新诗的理解其实存在着细微却明显的变化。如果说《尝试集》着意体现的是胡适如何从旧诗词的束缚中所进行的艰难的"放脚"尝试，最终在西洋诗中找到了新诗的归宿，那么，按照这样一个线索，胡适似应继续走西化的道路才对。而事实上，胡适编选《尝试后集》所呈现的却不是这样一个面貌。

《尝试后集》对传统显现出兼收并蓄的包容，可以说是对传统的重审与新释。因为在胡适通过《尝试集》确立现代汉语全新诗体之后，一方面，已经没有必要再把旧诗词视为要极力挣脱的魔鬼，作为新诗的敌对势力；另一方面，他的国故整理工作又给予他理性地系统重审传统的机会，从而使他质疑《尝试集》所确立的以"新""西""现代"三位一体互证价值的新诗逻辑。在这样的背景下，胡适对小令素有的特别偏爱和极佳的词学修养成为一种积极的创作要素，进入他的新诗写作。他开始在新诗创作中发掘传统资源，将古典词体所含蕴的汉语诗美的元素吸纳进新诗，抒写个人情感深处的隐秘情愫，创作了许多新诗抒情佳作。这些抒情小诗不

---

① 毛子水：《〈胡适之先生诗歌手迹〉后记》，台湾商务印书馆，1964。
② 陈平原导读《尝试集·尝试后集》，贵州教育出版社，2001。

同于《关不住了!》那些自由体新诗,而是极富传统汉语诗歌的诗意、诗境与诗性美,创造出一种建立在小令基础上的短章的新诗体,它融合了胡适的个人情思与音节、意境的美感,使其新诗创作达到了他整个人生诗歌创作的巅峰。

《尝试后集》虽编于1952年,但所入选诗作大多作于1936年以前,作为该集附录的《谈谈"胡适之体"的诗》一文,正写于1936年"胡适之体"论争之时,对理解"胡适之体"的定型是必不可少的。

1930年代诗坛发生了对"胡适之体"新诗的讨论,这对当时作为诗人已经边缘化的胡适来说,可谓不小的意外。针对其中"挺胡派"陈子展主张的"胡适之体可以说是新诗的一条新路",胡适写下《谈谈"胡适之体"的诗》作为回应与澄清。胡适对自己的创作风格作了三点总结:"说话要明白清楚""用材料要有剪裁""意境要平实"。语言清楚明白是胡适一以贯之的美学风格,自不必赘言。至于剪裁,胡适表现出对短诗与小诗的青睐,所谓"增之一分则太长,减之一分则太短",这种剪裁的意义,实乃对语言的要求。胡适强调"平实""淡远""含蓄"这种"最禁得起咀嚼欣赏"的境界,也是指平平常常说老实话,说话留一点余味,不说过火的话,只疏淡地画几笔。这一"胡适之体"的说法并非首次。最早在《去国集》的《老树行》跋语中,胡适提及留美所写之诗招来朋友嘲笑,以至于"他们都戏学'胡适之体',用作笑柄"的,乃是"既鸟语所不能媚,亦不因风易高致"这种诗句。再次提及是1924年在《胡思永的遗诗》一书的序中,胡适指出胡思永的诗"明白清楚""注重意境""能剪裁""有组织、有格式","如果新诗中真有胡适之派,这是胡适之的嫡派"。长期以来,胡适的关注点是白话诗如何成其为"白话"的语言问题,而当"白话新诗"已经成立之后,伴之而来的必然有新诗美学规范诸种问题。因此,在新的历史阶段对"胡适之体"的界定,可以看作胡适对新诗语言及美学问题的一种理解。

对应对"胡适之体"的论述,我们来看《尝试后集》。从内容上看,《尝试后集》与《尝试集》最大的不同,是抒写个人化情怀的诗作大量入选。《尝试集》中的诗作以表现反抗封建礼教、争取个性解放、积极进取、劳工神圣等主题为多,而《尝试后集》则大多是表现个人情趣的日常之作、表现社会交往的酬唱之作以及表现对大自然感受的作品。从主要表现时代精神到回归日常生活，乃其内容上的一大转变。尤其是那些私密的遣怀之作，在《尝试集》里几首表现个人情感的，都是围绕与江冬秀从相识到新婚之作，但《尝试后集》中表现私人情爱的作品就非常多了。对胡适婚外隐私的挖掘非本书旨要，笔者并不想考证其诗为哪位女性而作，但就《尝试集》《尝试后集》的对比来看，后者确有许多情诗入选。如《秘魔崖月夜》的睹景思人；《小诗》的梦魂牵萦；《江城子》的自遣哀思；《多谢》中对山间神仙生活的难以忘怀；《也是微云》中因旧时游伴不在身边，不敢出门望月以防止勾起相思之情的苦楚；《无心肝的月亮》中"跳不出他的轨道"的无奈；《扔了?》中担不了的相思情债……虽然写得含蓄隐秘，但确实已经不再是《应该》那种尝试之作，而是个人私隐情感的回味与排遣。还有表现日常生活或者描绘自然之景的作品，如《大明湖》《烟霞洞》《旧梦》《夜坐》《十月九夜在西山》《飞行小赞》《从纽约省会回纽约市》……朋友间的酬唱之作或怀人之作，如《高梦旦先生六十岁生日》《祝马君武先生五十生日》《写在赠唐瑛女士的扇子上》《戏和周启明打油诗》《寄给北平的一个朋友》《素斐》《狮子》《大青山公墓碑》《哭丁在君》《追哭徐新六》……另一类诗作，如《努力歌》（1922年5月7日）、《后努力歌》（1922年5月25日），沿袭《尝试集》中《上山》《四烈士冢上的没字碑歌》等诗的风格，洋溢着乐观、热烈的时代情绪："不怕阻力！/不怕武力！/只怕不努力！/努力！努力！"（《努力歌》）"你没有下手处吗？/从下手处下手！/'干'的一声，连环谢了！"（《后努力歌》）表现作为新文化运动领导人为群众指明道路、倡导人们奋力振作、从具体问题入手解决中国社会问题的激情。但对于此类诗作，他已无兴趣选入。

　　内容上的明显变化可以看出，如果说胡适在最初与朋友的论争中产生了以白话作诗的念头，到亲身实践，到《尝试集》的初版、再版及众贤删诗，是一个时代众人参与的文化现象，尤其是其四版时遵循朋友的意见对诗作进行增删，可以说是"五四"时期所崇尚的科学、民主、理性主义精神的体现；那么，到了《尝试后集》，新诗已经成立并沿着多元的轨道继续向前发展，胡适也已不再是当初那个时代的文化先锋，他不必再通过编选诗集苦心塑造其新诗领袖形象，此时的胡适致力于整理国故等学术事业，新诗写作更多地成为一种日常化的个人兴趣。换句话说，《尝试集》是一个时代的声音，《尝试后集》则是胡适个人诗性生活的反映。

胡适个人的诗性生活也携带着他历经数十年后对新诗发展道路的一种思考。在《尝试集》中，我们很明晰地看到胡适所建构的小脚不断放大、从旧诗词曲里痛苦挣脱与蜕化而出的新诗形象。这个新诗形象是借鉴西洋诗的翻译而建构成功的；也就是说，在《尝试集》里，胡适最初是在旧体诗词里进行"放脚"尝试，但最终还是择取了西化路径才彻底摆脱传统，找到了理想的白话自由新诗。然而，《尝试后集》从形式上来看，并不是延续着《关不住了！》一路而来的味道。我们发现，胡适在宣布"'新诗'成立的纪元"之后，并未沿着新诗西化的路径走下去，而是一定程度地向传统回归了。这表现在《尝试后集》所体现的艺术特色，以及胡适编选《尝试后集》所呈现出来的诗歌观念上。

二 《尝试后集》的词体小令风格

翻阅整部《尝试后集》，很容易发现，相对于《尝试集》里长短不一的诗作，《尝试后集》以短诗为主。经统计，《尝试后集》中所选诗作最短的只有2行，这样的诗有1首；5行的诗有1首；4行的诗共7首，占《尝试后集》编目的9%。8行的诗最多，共19首，占44%，这类诗一般分为两节，每节4行；10行的诗有3首；12行的诗有8首，占19%，这类诗均分为3节，每节4行；14行的诗有1首；最长的诗有16行，一共3首，这类诗分为4节，每节4行。从1922年3月[①]至1952年9月，胡适共作诗114首，选入《尝试后集》的有43首，翻阅其间的整体诗作，发现也是以短诗居多。除了最长的诗作《南高峰看日出》（1923年7月31日）共46行，其次有《别赋》（（1923年1月1日）28行，《努力歌》（1922年5月2日）26行，以后的诗作大多不出20行，绝大多数为4行、8行的小诗。

按照对"胡适之体"的阐释，胡适青睐短诗和小诗，是因为重视语

[①] 《尝试集》增订四版出版于1922年10月，但出版需要周期，此处以胡适作四版序言时开始算起。

言的清楚明白、材料的剪裁以及意境的含蓄。细读其在《谈谈"胡适之体"的诗》中强调删除一切"浮词凑句",用最简练的语言表达最精彩的材料的观点,那这首只有两句的《小诗》,据胡适说,该诗在十几年前的初稿是三段十二行,后来改削成两段八行,后来又删成一段四行:"放也放不下,/忘记也忘不了:——/刚忘了昨儿的梦:/又分明看见梦里的一笑。"最后入选时把前两行删了,只留下最后两行。如果说此诗的入选,是作为其"胡适之体"剪裁的佐证,那么,占整部诗集近一半的两段八行的诗作,才是"胡适之体"最鲜明的代表。让我们看一看引起"胡适之体"论争的源头——《飞行小赞》这首诗:

> 看尽柳州山,
> 看遍桂林山水,
> 天上不须半日,
> 地上五千里。
>
> 古人辛苦学神仙,
> 要守百千戒。
> 看我不修不炼,
> 也腾云无碍。[①]

该诗描写诗人乘飞机游览名胜的感受,语言浅白,言辞略带幽默调侃,乃胡适一贯风格。这首作于1935年1月的诗作,确实明显带着词调的味道,难怪引来诗坛批评之声。批评大抵盖过称赞,大多认为这是新诗的"倒退",在"旧诗词的骨架中翻筋斗",而陈子展以该诗作为"胡适之体"的例子,其眼力着实过人。他指出:

> 像《飞行小赞》那样的诗,似乎可说是一条新路。老路没有脱去模仿旧诗词的痕迹,真是好像包细过的脚放大的。新路是只接受了

[①] 本章所引胡适诗歌均出自胡明编《胡适诗存》,人民文学出版社,1989。

旧诗词的影响，或者说从诗词蜕化出来，好像蚕子已经变成了蛾。即如《飞行小赞》一诗，它的音节好像辛稼轩的一阕小令，却又不像是有意模仿出来的。①

该诗确实是用"好事近"词牌写成，不过，词的规矩是上下两节同韵，而胡适换了韵脚。词起源于民间，是一种适合抒情的诗体，配合音乐可以歌唱。许多小令吸收了民歌艺术长处，写得朴素自然，洋溢着浓厚的生活气息。虽然也有脂粉气息浓烈而偏于浓辞艳句的词体，但胡适所偏爱的"好事近"是双阕四十五字，前后阕各两仄韵，一般是入声韵，两阕的结句都是上一、下四的句法。"好事近"的"近"本指舞曲前奏，属于大曲中的一个曲调，因与词相近，比较短小，韵密而音长，当词与音乐脱离之后，"近"就成了词调名本身的组成部分。胡适指出爱用"好事近"词调写小诗，是因为它句式不整齐，颇近于说话的自然；而且非常简短，用它作诗，就必须语言简练，不许有一点杂凑堆砌，所以是作诗的最好训练。胡适并未在这些诗的题目上标明词调②，这意味着他认定这些创作是新诗而非旧词；也就是说，胡适是通过对传统词体进行现代汉语的转化来创作新诗的。带着这种观念，《尝试后集》近一半的诗作都是两节八句，这与《尝试集》尤其是《关不住了!》之后的诗作常常不分节，或者分三节及以上③很不同。上下相对，句式相对整齐，句尾变换押韵，读起来既有词的意味，又有现代汉语的活力，与《尝试集》里那些语言白话化、诗体散文化，却始终诗性不足的诗作比起来，这个时期的此类诗作反而更具极强的诗性特点，难怪被陈子展一眼看出"胡适之体"的特点来。如作于1924年的《多谢》：

多谢你能来，

---

① 胡适：《谈谈"胡适之体"的诗》，姜诗元编选《胡适文集》，华夏出版社，2000，第214页。
② 此期以词调命名的有三首，分别为：《江城子》（1924年1月27日）、《鹊桥仙·七夕》（1924年8月）、《水调歌头》（1938年），前两首都入选了《尝试后集》。
③ 《尝试集》中《关不住了!》之后的诗作除了《小诗》《湖上》比较短小外，其他都相对比较长，如《上山》有9节，《示威》有7节，《乐观》《一颗遭劫的星》有5节。

慰我山中寂寞，
伴我看山看月，
过神仙生活。

匆匆离别便经年，
梦里总相忆。
人道应该忘了，
我如何忘得！

字数、句法、上下两阕结句都依循"好事近"词体，采用入声韵，音律谐婉，语言清新浅白，淡然中有一种哀婉的情思，非常切合词的声情，境界平淡，却耐人寻味。

胡适在依循词调作诗时，并未严格按照词谱"填"词，而是根据诗的语式、音节作出调整与创新。如作于1927年的《旧梦》：

山下绿丛中，
瞥见飞檐一角，
惊起当年旧梦，
泪向心头落。

隔山遥唱旧时歌，
声苦没人懂。——
我不是高歌，
只是重温旧梦。

此诗也是依"好事近"词调所作，但押韵与末尾句式并不严格。上阕本应该二、四句押仄韵而改作一、三句押平韵，二、四句只是仄声，并未押韵；下阕末尾两句本应分别为六字、五字，诗中则相反。尽管在押韵与句式上略作修改，但词的意味依然浓厚。此诗大有英雄迟暮之感，想必此时，物是人非，当年意气风发的新文化领军者退守学术殿堂，难免遭受批判与责难，其心中的信念与理想无人能解，这种难以言传的孤寂与凄凉，借助绿丛一角而偶然迸发，自有一番独特滋味。再如《夜坐》：

夜坐听潮声，
天地一般昏黑。
只有潮头打岸，
涌起一层银白。

忽然海上放微光，
好像月冲云破。
一点——两点——三点——
是渔船灯火。

该诗描写夜坐听潮时所见之景，仍然依"好事近"所作，但很明显的是，上阕最后一节本应该为五字，诗中却用六字，二、四句并未押仄韵；下阕依原调作，但第三句破折号的使用恰到好处，将渔船灯火一点、两点、三点由少而多、由远而近的动态变化过程表现出来，生动形象，显得活泼可爱，结句仍为上一下四，读起来颇有韵味。

除了依"好事近"词体创作或改作之外，胡适还用词体化用古诗来创作新诗。如《瓶花》（1925年6月6日）：

不是怕风吹雨打，
不是美烛照香薰。
只喜欢那折花的人，
高兴和伊亲近。

花瓣儿纷纷谢了，
劳伊亲手收存，
寄与伊心上的人，

当一篇没有字的书信。①

诗以范成大《瓶花》二之一作为引子："满插瓶花罢出游，莫将攀折为花愁。不知烛照香薰看，何似风吹雨打休？"范诗意在表达与其在风吹雨打中折损，不如满插瓶花而在烛照香薰中供人赏玩。胡适却反其意，用两个"不是"否定范诗中的价值观，认为花瓣虽纷纷凋谢，却还可以成为没有字的书信寄给所爱之人。

同样明白地标示其诗学渊源的另一首《八月四夜》（1925 年 8 月 4 日）为：

> 我指望一夜的大雨，
> 把天上的星和月都遮了；
> 我指望今夜喝的烂醉，
> 把记忆和相思都灭了。
>
> 人都静了，
> 夜已深了，
> 云也散干净了，——
> 仍旧是凄清的明月照我归去，——
> 我的酒又早已全醒了。
>
> 酒已都醒，
> 如何消夜永？
> ——周邦彦

结尾引周邦彦的《关河令》结句，进行"巧妙的文体挪用"。《关河令》原诗为："秋阴时晴渐向暝，变一庭凄冷，伫听寒声，云深无雁影。

---

① 原诗在《现代评论》第 2 卷第 49 期上发表时，为："不是怕风吹雨打，/不是羡烛照香薰：/只喜欢那折花的人，/高兴和伊亲近。//花瓣儿纷纷谢了，/劳伊亲手收储，/寄与伊心上的人，/当一篇没有字的情语。"

更深人去寂静。但照壁、孤灯相映。酒已都醒，如何消夜永？"看上去似乎是胡适对《关河令》的改写，酒醉后醒来，春梦无痕，人在何处，不知如何度过凄清无尽的寒夜，同样孤单寂寞的韵味，胡适用白话改写得并不比原诗差。陈平原在引述梁启超欣赏胡适"依着词家旧调谱下来的小令"所提及的"妙绝"的两诗时，也不忘称赞两诗是"以理智冷静著称的适之先生平生少有的好情诗"。① 但检讨诗作时，胡适选了前者而放弃后者，也许正是因为在两诗同样化用古诗的情况下，前首词调味道更为浓厚，而后者诗句更加散文化的缘故，特别是"了"字韵的反复使用，乃其《尝试集》所遗留的屡遭诟病之处。② 此处可见胡适明显从形式上更钟情于两节八行的词调味小诗。

化用小令作短诗，可以使浅近明白的语言变为"诗的语言"，③ 恰到好处地解决了新诗解放后的散漫化问题，读起来既有韵味，又利于传达幽深微妙的意蕴。另一些两节八句的短诗，并不是化用小令而来，但从语式与趣味上来看，仍然有词的味道。如脍炙人口的《秘魔崖月夜》（1923年12月）：

---

① 陈平原根据梁启超7月3日复胡适的信中所说"两诗妙绝，可算'自由的词'"，判断梁氏所说乃为《瓶花》与《八月四夜》，赞同梁氏的审美眼光。笔者疑为有误。《八月四夜》作于8月4日，而梁氏复信为7月3日，此时胡适还未作此诗。此期，梁启超致胡适的信件中大谈白话词创作，并用《沁园春》《好事近》《西江月》《鹊桥仙》《浣溪沙》《虞美人》等词调创作，并选寄给胡适。照梁氏所欣赏的胡适那些"依着词家旧调谱下来的小令"，7月3日复信中高度评价的两首诗作，笔者认为当指胡适1924年1月和8月所作两首白话词《江城子》和《鹊桥仙·七夕》。
② 批评胡适作诗爱用"了"字"韵尾"的大有其人。先有朱湘指出《尝试集》里的新诗"有一种特异的现象引起我们的注意"："十七首诗里面，竟用了三十三个'了'字的韵尾。（有一处是三个'了'字成一联）不用说'了'字与另一字合成的组同一个同样的组协韵时是多么刺耳，就是退一步说，不刺耳；甚至再退一步说，好；但是同数用得这么多，也未免令人发生一种作者艺术力的薄弱的感觉了。"（朱湘：《朱湘作品集》第1卷，河南大学出版社，2004，第166~167页）后有学者周策纵批评胡适"最大一个毛病或痼疾"："就是用'了'字结句的停身韵太多了。"周氏曾对《尝试集》和《尝试后集》略加统计："总计新体诗（旧体诗词不算）共六十八题，有'了'字结的诗行共一百〇一条好汉，平均几乎每诗快到两行，不为不多'了'。"（周策纵：《论胡适的诗》，唐德刚《胡适杂忆》，广西师范大学出版社，2005，第229页）
③ 后来的学者周策纵曾批评胡适立志写"明白清楚的诗"是"走入了魔道"，认为"明白清楚的语言，却不一定是明白清楚的诗"。（周策纵：《论胡适的诗》，唐德刚《胡适杂忆》，广西师范大学出版社，2005，第222页）

依旧是月圆时,
依旧是空山,静夜;
我独自月下归来,——
这凄凉如何能解!

翠微山上的一阵松涛
惊破了空山的寂静。
山风吹乱了窗纸上的松痕,
吹不散我心头的人影。

此时,胡适任职于北大,月下独游秘魔崖,圆月、空山、静夜触动了往昔的情怀,于是思念之情涌上心头。这种思念用此种词体的形式表达出来,使情感与形式很好地贴合在一起,从而使其真情真意升华为普遍性的共同情感经验,显得格外动人和刻骨铭心。1970年代,它曾被谱成曲,由台湾民歌歌手包美圣演唱,成为台湾著名民谣之一。还曾有无名氏将其改为旧体诗:

依旧月圆时,仍复空山夜。
踏月独归来,凄凉如何解?
松涛喧翠微,惊破空山寂,
窗上松影摇,心上人难灭。

可见胡适新诗之"新"与旧诗之"旧"之间,其实有着千丝万缕的联系。如另一首《从纽约省会回纽约市》(1938年):

四百里的赫贞旦,
从容的流下纽约湾,
恰像我的少年岁月,
一去了永不回还。

> 这江上曾有我的诗,
> 我的梦,我的工作,我的爱。
> 毁灭了的似绿水长流。
> 留住了的似青山还在。

　　1938 年,胡适出任驻美大使,途经纽约州赫贞江,想起前尘往事,不禁一番感慨。此时的胡适已年近五旬,重游故地,已经不再有少年意气,且时逢国家多事之秋,身负救国重任,自然多了一份中年的沧桑与沉重。但穿越时光的羽翼,那些少年岁月虽随着时间的河流远去,不变的真情却永在心底。

　　《尝试后集》里的诗作越来越倾向于短小精悍,语言省练,不用多余之字,布局上下对称,平仄押韵比较随意,但句式多化用词调而来。这些诗作除以上几首,还有《大明湖》(1922 年 10 月 15 日)、《也是微云》(1925 年)、《生疏》(1927 年)、《高梦旦先生六十岁生日》(1929 年 3 月 16 日)、《写在赠唐瑛女士的扇子上》(1930 年 10 月)、《狮子——悼志摩》(1931 年 12 月 4 日)、《扔了?》(1925 年)。未选入集中的还有《小词》(《好事近》,1929 年月 2 月 13 日)、《水仙》(1932 年 1 月 25 日)、《猜谜》(1932 年 2 月 13 日)、《无题》(1936 年 1 月 23 日)、《燕》(1936 年 7 月 22 日)。有些诗作形式上虽然极为散文化,但读起来仍然有很强的词的韵味,只是因为不够精短而未入选,如下面这首《龙井》:

> 小小的一池泉水,
> 人道是/有名的龙井。
> 我来这里两回游览,
> 只看见/多少荒凉的前代繁荣遗影。
> 小楼一角,/可望见半个西湖。
> 想当年/是处有/画阁飞檐,/行宫严整。
> 于今只见/一段段的断碑铺路,
> 石上依然还认得乾隆御印。
> 峥嵘的"一片云"上,

风吹雨打，/蚀净了皇帝的题诗，

只剩得/庚子纪年堪认。

斜阳影里，/游人踏遍了山后山前，

到处开着/鲜红的龙爪花，

装点着/那瓦砾成堆的荒径。

乍看上去，该诗完全是一首白话自由体新诗，没有任何诗词的痕迹。但细细读来，发现大部分诗句都有领字格，这是词体的重要特征。词中的领字格称"逗"，一般分为一字逗、二字逗、三字逗，以一字逗最为常见。领字格一般置于词句开头，在语气上起停顿作用，在词意上起着转折、递进以促使上下句形成转承过渡的联结作用。不同的是，胡适将词体中的领字格与现代汉语很好地结合起来，用"人道是""只看见""想当年""只剩得"等提领全句，使本来散漫无章的句式不显呆板生硬，富于声律之感。

三 《尝试后集》对"西化"诗作的舍弃

胡适依小令所作短小精悍的词体味的小诗，代表了其个人兴趣，而这种兴趣无疑受中国传统审美文化熏陶而来。其实，在同一时期，胡适也创作有《关不住了！》一类"西化"的诗作。《尝试后集》收入四首译作，分别是译白郎宁的《清晨的分别》（1925年3月）、译白郎宁的《你总有爱我的一天》，译葛德的《Harfenspieler》、《一支箭，一支曲子》。四首诗都不长，以四句为主，如《清晨的分别》、Harfenspieler，其余为十二行、十六行。在这些诗作中，胡适注重的还是音节与押韵。如《清晨的分别》：

Round the cape of a sudden came the sea, And the sun look'd over the mountain's rim: And straight was a path of gold for him, And the need of a world of men for me.	刚转个湾,忽然眼前就是海了, 太阳光从山头上射出去: 他呢,前面一片黄金的大路, 我呢,只剩一个空洞洞的世界了。

原诗句末"sea"与"me"、"rim"与"him"分别押韵,为"abba"式的抱韵,胡适翻译时注意保留了这种形式:第一、四行押"了"字韵,第二、三行"去"与"路"押韵。为了突出这一特点,胡适还特别将二、三两句缩后两格,使句式参差,押韵清楚。再如译葛德的 *Harfenspieler*(《竖琴手》):

Who never ate his bread in sorrow,	谁不曾含着眼泪咽他的饭,
Who never spent the midnight hours	谁不曾中夜叹息,睡了又重起,
Wepping and waitng for the morrow,	泪汪汪地等候东方的复旦,——
He knows you not, ye heavenly powers.	伟大的神明呵,他不会认识你。

原诗句末"sorrow"与"morrow"、"hours"与"powers"分别押韵,为"abab"式的交韵,胡适翻译时保留了这种形式:第一、三行"饭"与"旦"押韵,第二、四行"起"与"你"押韵。《尝试后集》在收录此诗时,胡适还附上了徐志摩的两种译作以作对比,其目的都是作新诗押韵的探讨。新诗为了挣脱旧诗词的束缚,努力向自由突破,但1930年代,朱自清却强调新诗对押韵的继承,认为新诗在"以解放相号召"中独独接受了押韵这宗遗产,说到底,中国诗还是需要韵。[①] 但此时的新诗常常隔行押韵,或交替押韵,不再像旧体诗词那样逐行押韵,不能不说是受到现代生活和外国诗歌的影响。

这几首译诗在形式上的探究表明:胡适有意识将个人的原创诗歌的诗趣,与西译诗歌的趣味区分开来,而不愿将它们混为一体。这其实意味着胡适关于新诗之中国风的自觉,也体现出胡适在经历整理国故之后对传统的一种重审与新释。

此期,胡适也创作过特别散文化的白话诗。如《小诗两首》其一:"开的花还不多,且把这一树嫩黄的新叶,当作花看罢。"据胡适当天日记,这一首由六年前在美国写的一句诗"高枫叶细当花看"衍化而来;并称当时将这句诗硬凑成了七绝,认为"当日若用'小诗'体,便不须

[①] 朱自清:《诗韵》,《新诗杂话》,广西师范大学出版社,2004,第77页。

那样苦凑了"。① 但编选《尝试后集》时，该诗并未能入选，大约因其过于散漫而无甚诗意的缘故。再如《送高梦旦先生诗为仲洽书扇》（1923 年 8 月 2 日）："在我的老辈朋友之中，/高梦旦先生要算是最无可指摘的了。/他的福建官话，我只觉得妩媚好听；/他每夜大呼大喊地说梦话，/我觉得是他的特别风致。/甚至于他爱打马将，我也觉得他格外近人情。/但是我有一件事不能不怨他：他和仲洽在这里山上的时候，/他们父子两人时时对坐着，/用福州话背诗、背文章、作笑谈，作长时间的深谈，/象两个最知心的小朋友一样，——/全不管他们旁边还有两个从小没有父亲的人，/望着他们，妒在心头，泪在眼里！/——这一点不能不算是高梦旦先生的罪状了！"则干脆如说话一样，简直是"作诗如作文"了。《南高峰看日出》全诗四十行，为最长的诗，其中最长的一行竟有 21 字，整体看来几乎就是一篇散文。那种未能摆脱词调影响的味道，是胡适在《尝试集》中反复检讨的；而这些已经没有任何传统词调影响的诗作，却未能入选《尝试后集》，这说明：《尝试后集》所体现出的新诗观念，已然不同于"尝试"时期。

四　《尝试后集》对传统汉语诗性的新态度

一方面，相对于《尝试集》挣脱传统、与传统相决裂的强烈诉求，《尝试后集》显现出来的是对传统的重审与新释；另一方面，《尝试集》呈现从旧向新嬗变的痕迹，最终在西化中找到新诗的理想模式，但《尝试后集》却呈现出明显向传统回归的倾向。胡适通过《尝试集》的编选，着意建构了小脚不断放大、最终在西洋诗中成功"放脚"的进化过程，这个过程是要努力走出传统，体现的不是胡适的个人旨趣，而是早期白话诗人对新诗的共同想象；等到编选《尝试后集》时，新诗早已不是草创之初那个蹒跚学步的婴孩形象。胡适当初也创作了许多旧诗，但未选入《尝试集》，造成其编选与个人兴趣爱好之间的裂缝，而当新诗已经成熟之后，胡适不再肩负开创新诗的重任，他不必再刻意通过诗集的编选来塑造某种公众形象。这个时期他创作了更多的旧诗，也选进了《尝试后集》，说明此时的胡适更加重视新诗的传统血脉，并且通过这些在小令基

---

① 曹伯言整理《胡适日记全编》第 3 卷，安徽教育出版社，2001，第 613 页。

础上创作的新诗传达其对传统的新释,这种观念与当年胡怀琛终其一生追求与坚守的本土性诗学理想有着某种内在一致性。

编选《尝试后集》时,胡适特别将《谈谈"胡适之体"的诗》附在集后,其意正是要强调该集所体现的诗学观念。此时胡适所理解的"白话诗"仍然重在语言的"白话",语言明白清楚乃其一生贯彻的美学风格。即便是在流派纷起的 30 年代,新诗已经从草创期的踽跚走向了成熟的书面语化和精致化时期,胡适仍然强调清楚明白的"语言"的重要性。在他眼中,现代汉语虽然已经形成,"国语的文学,文学的国语"作为其构想的"中国的文艺复兴"大工程的一部分却远远未能完成。所以,他指出,"现在有许多人,语言文字的工具还不会用,就要高谈创作,我从来没有这种大胆子","我们今日用活的语言作诗,若还叫人看不懂,岂不应该责备我们自己的技术太笨吗"①。但是,在总结并阐释"胡适之体"的风格时,胡适指出这种境界并不是多数少年人能赏识的,他强调只作自己的诗,"不迎合别人的脾胃",也不想劝别人作他的诗,不妄想别人喜欢他的诗。这样谦逊的态度,已然不似当年那个意气风发,在《尝试集》各版序言、《谈新诗》等有关"文学革命小史"的论述中对自己如何冒众人之大不韪,首开风气,单枪匹马闯荡新文学领域的新诗领袖形象了。

将新诗创作只作为个人兴味爱好,而不再是新文学冲锋陷阵的旗号,并不应该作如批评者所言胡适涉足广泛但专研不深,或者不再写诗、没有什么诗才等如此简单的理解。我们看到,胡适一直在写诗,且写出了好诗。陈子展当年评价《尝试集》的真价值,"不在建立新诗的轨范,不在与人以陶醉于其欣赏里的快感,而在与人以放胆创作的勇气"②。胡适作为新诗领袖,不是因为其诗写得有多大的审美价值,而是因为他首开风气,成为第一个吃螃蟹的人,并且经由他在各种著述中的反复强调,其新诗领袖形象已经根深蒂固。到了 1930 年代,胡适经由整理国故对传统文化的价值进行再审视、再发掘、再阐释,虽然其中含有西方标准,但其对传统的认同是非常明显的。然而,这种认同性,或者说对传统的重审与新释,在当时的新诗发展

---

① 引自胡适《谈谈"胡适之体"的诗》,姜诗元编选《胡适文集》,华夏出版社,2000,第 215 页。
② 陈子展:《最近三十年中国文学史》,太平洋出版社,1930,第 227 页。

道路上，已然不可能再成为主流，一如当年胡怀琛所身处的尴尬处境。

"五四"时期，新文化派是借助于西方思想来反叛传统文化的，但是在文学革命取得了胜利、打破了旧的价值系统之后，如何建设新文化，成为亟待解决的问题。打破旧传统后，是否能简单地移植和拼凑西方文化而不论其是否适宜中国土壤，答案是显而易见的。当真正开始实践"立新"时，再激进、再极端的西化派也无法回避传统这个巨大的存在。新文化不得不建立在源远流长的中国传统血脉的基础之上，因此，在历经狂飙突进的彻底破坏之后，在实际的建设过程中，极端西化者最终也不得不走上中西融合的道路，这是历史必然的趋势。胡适始终将"五四"新文化运动诠释为一场文艺复兴运动，他终其一生所坚守的是"中国的文艺复兴"这项理想事业。那么，在借助欧美资源以复兴中国传统文化这个理想蓝图的设计中，整理国故成为其必不可少的重要环节。胡适在进行整理国故的工作之后，对传统的态度发生了转变。整理国故是对中国传统文化的价值进行重估，虽然这种重估蕴含了西方标准，但其过程毕竟有对传统文化价值的重新发现与认同。如何将传统文化转化为现代性的有效资源，在新诗方面，胡适渐渐从"西化"的路径又回归到传统词体的现代汉语转换这条路径上来，便是很好的证明。

《谈谈"胡适之体"的诗》虽然只是在明白清楚的语言风格美学上做文章，但我们可以明显地感觉到胡适对传统的某种认同。在论述其"胡适之体"的美学主张时，他援引《尝试集》中"不曾得着一般文艺批评家赏识"的《十一月二十四夜》与《梦与诗》，而非《关不住了！》等"西化"类的诗作。"胡适之体"其实来源于中国传统词曲体。在中国正统的诗学观念中，韵文用于抒情，散文用于叙事，所以中国古典诗词少有叙事之作。我们知道，胡适也很少写叙事诗，《尝试集》中少有的如《人力车夫》这类叙事性的诗作，也尚属古乐府的现代翻版，而乐府体本就来源于民间。胡适对中国文学的来源，非常认同民间资源，他对当时大规模地搜集民间歌谣、故事的举动很是赞同，认为其有益于新文学的开拓。但胡适在实践中并未走向民间，而还是回归了传统词曲体的道路。与此决然不同的是，西方的叙事诗是文学正统，真正走"西化"道路的诗人常常写很长的叙事诗，如郭沫若的新诗中就有很多戏剧化的叙事，而且篇幅很长。相比之下，胡适的诗歌都是短章，这与其诗才实无关联，而是源于其对传统的认同和对新诗发展道路的思考。在他的诗学观念中，坚守传统其实是一种潜在的影响和规范。

"胡适之体"代表胡适对新诗的理解在一定程度上是对传统的新释，在现代诗学探索上侧重于开掘丰富的传统资源，这在新诗发展历程中也有着一定的回响，但是这种回响已经不可能再度成为一个时代的主流。"胡适之体"疑定于1930年代，其代表之作《飞行小赞》一经发表便引来争议，其友陶行知在上海某报刊发表戏作《两个安徽佬》："流尽工人汗，流尽工人血。天上不须半日，地上千万滴。/辛苦造飞机，不能上天嬉。让你看山看水，这事大希奇。"[①] 陶氏的思想明显是左倾的，诗歌显然表达了对胡适那种悠闲自得的不满。但胡适本人并不介意，晚年提及此事时，还笑其友"一点幽默感也没有"[②]。事实上，当时的诗坛已经流派纷呈。一批在内容上追随时代主潮的左翼诗人，已经放弃了对诗歌艺术的追求，从而主张诗歌成为救亡的工具；而另一批在形式和诗体上追求现代汉语书面语化的现代派诗人，重视诗歌的蕴藉、淡远的朦胧性、多义性和曲折幽深之美。新诗的发展彻底走向多元化。这意味着新诗这个文类的体系已经分崩离析，不再有统一的规范。即便到1960年代，时代文化氛围及毛泽东的诗歌审美观念而导致的某种意义上的回归传统，在特殊时期有了这种文化选择的共同性，也只是高度统一的意识形态下的过眼烟云。对于新诗如何发展的问题，已经不再有统一的认识，所以，即便在当下这个倡导回归传统的时代，胡适的诗学方向仍然不可能再度成为时代主流。在这一点上，晚期胡适的诗学命运似乎与胡怀琛出现了惊人的一致。

第二节 "中体西用"的延续：传统诗体的现代汉语转化

一 胡怀琛诗学主张的命运

殊途同归的命运同样发生在胡怀琛身上。尽管二胡最终在新诗领域都

[①] 引文出自罗尔纲《师门五年记·胡适琐记》，生活·读书·新知三联书店，2006，第240页。

[②] 胡明：《胡适传论》（下），人民文学出版社，1996，第772页。

归于沉寂，然而胡适毕竟是新诗史上绕不开的话题，他的"尝试者"形象已经根深蒂固于新诗史的知识链条中，哪怕其晚年的回归传统与转向长期被忽略；可胡怀琛即便置身于当初那个时代潮流场中时，也未曾被同等地对待，更遑论数十年后的现在。当年的胡怀琛并未将自己对汉语诗美的坚守上升到清晰的理论层面，其对汉语诗性的坚守只是一种构想，并未能实现，更不用提其他人对他的理解了。他所提倡的"新派诗"，也并未引起多少关注。在对《尝试集》的批评、讨论中，胡怀琛曾认真地提出："我现在主张，不是主张旧诗，也不是主张新诗，是主张另一种诗。"① 他怀着诚恳之心介绍自己的文章，期冀自己的诗学主张能够引来共鸣。无奈，这个称自己"当了衣服买诗集"、二十多年来"在诗里讨生活"的狂热而固执的诗歌痴迷者，并未获得多少坚定的拥护者。胡适代表新文化阵营的略带嘲讽的回敬，就从根本上否定了他所主张的"另一种诗"，使之从一个汉语诗美的守护者变身成历史尘滓中的守旧批评家——尽管胡怀琛曾再三澄清，自己谈诗时喜欢引用旧诗，也是因为想要追究源流，而不是叫人家拿旧诗作模范。②

　　胡怀琛并非只在主张上倡导"新派"之诗，他还像胡适一样拿出了实实在在的成果。《大江集》初版时，其副标题"模范的白话诗"着实刺激人的眼球。如《长江黄河》那类令胡怀琛引以为豪的诗作，虽则朗朗上口，确乎能唱能吟，的确彰显了汉语的声韵之和谐，但其本质类似歌谣，也可以说是歌词。当时，评此诗集的吴江散人称其"最陋劣"："吾人试任检一种小学唱歌集，其有赞颂黄河扬子江者，无不比此高一筹也。"③ 胡怀琛也承认其诗没有什么很深刻的含义，但好处在于对偶和押韵的地方，"完全是天生成的，没一字是人工做成的"。④ 同样的指责也发生在文学泰斗鲁迅那里。1922 年，鲁迅在《晨报副刊》上署名"某生者"发表了《儿歌的"反动"》一文，即针对胡怀琛诗歌的浅显、幼稚。胡怀琛有一首新诗《月亮》："'月亮！月亮！/还有半个那里去了？'/

---

① 《胡怀琛给王崇植的信》，胡怀琛编《尝试集批评与讨论》，泰东图书局，1925，第 27 页。
② 胡怀琛：《诗与诗人》，《大江集》附录，崇文书局，1933，第 22 页。
③ 吴江散人：《评大江集》，《诗学讨论集》，中山图书公司，1971，第 103～104 页。
④ 胡怀琛：《答吴江散人》，《诗学讨论集》，中山图书公司，1971，第 112 页。

'被人家偷去了。'/'偷去做甚么？'/'当镜子照。'"鲁迅以"小孩子"为名以俗乱雅："天上半个月亮/我道是'破镜飞上天'，/原来却是被人偷下地了。/有趣呀，有趣呀，成了镜子了！/可是我见过圆的方的长方的八角六角的菱花式的宝相花式的镜子矣，/没有见过半月形的镜子也。/我于是乎很不有趣也！"鲁迅以"小孩子"的名义戏谑，似有意捣乱让胡怀琛出丑，诗后有一段评论："谨案小孩子略受新潮，辄敢妄行诘难，人心不古，良足慨然！然拜读原诗，亦存小失，倘能改第二句为'两半个都那里去了'，即成全璧矣。胡先生夙擅改削，当不鄙言为河汉也。"[①] 这"夙擅改削"四字即指胡怀琛为胡适改诗一事。鲁迅以彼之道还施彼身，也替其改诗以讽刺胡怀琛看似认真实则不伦不类的"儿歌"。

当然，具体诗作的好坏，关乎诗人的才情秉性，我们不能因此指责胡怀琛尝试"新诗"的赤诚。实践才力不逮，使其所倡之诗学主张黯然失色。在新诗的建设上，《大江集》欲开辟汉语诗美的新路却陷入传统歌谣的路径，不被视为真正意义上的创新。《尝试集批评与讨论》虽则支持胡适的人较多，但胡怀琛所提出的"音节"问题却是新诗成立之初直到现在都至关重要的。那些看似细枝末节的讨论，其改与不改或怎么改的内容本身也许不那么重要，重要的是，它反映出当时的读者对"新诗"及"新诗"音节的重视。其实这个问题至今也并未得到一劳永逸的解决。胡怀琛的立场乃出于维护汉语诗性之美，所以他再三强调两点：一是其讨论的重点不在文白、不在新旧，而在美不美；二是强调新诗的传统血脉。从胡适宣布《关不住了!》为"'新诗'成立的纪元"之后，中国的新诗走向了西化的道路。虽然新诗发展道路上也有向民族化、传统化回归的阶段，但建立在现代汉语基础上的新诗，在很长时间内、很大程度上随着其语言中欧化要素的大量介入，而难以避免汉语诗美之魂的迷失。

二　中国文学本位与"中体西用"

胡怀琛之被嘲笑、被无视，乃在于其诗学核心理念——中国文学本位，在当时的历史语境中与文化主流格格不入。"中国文学本位"，具体

[①] 鲁迅：《儿歌的"反动"》，《鲁迅全集》第1卷，人民文学出版社，1981，第390～391页。

来说乃胡怀琛所言:"欲研究中国文学,当然要拿中国文学做本位。西洋文学,固然要拿来参考;却不可拿西洋文学做本位。倘用拿西洋文学的眼光,来评论中国文学;凡是中国文学和西洋文学不同的地方,便以为没有价值,要把他根本取消了,我想是没有这个道理。"① 这种说法在当时来看,可以视为晚清"中体西用"的延续。

众所周知,一百多年来"西学东渐"经历了科技—政治—文化三个阶段,亦即洋务运动—戊戌变法、辛亥革命—"五四"新文化运动三个阶段。这股热潮最初是提倡船坚炮利、振兴实业以富国强兵的"言技"阶段,这个时候"西"还只是声光电化、技术实业。洋务派以及后来的改良派,已经开始注意中学与西学的关系问题,如冯桂芬在《校邠庐抗议》中提出:"以伦常名教为本,辅以诸国富强之术。"② 这里的"富国之术",主要是"制洋器",在《制洋器议》中,他提出"人无弃材不如夷,地无遗利不如夷,君民不隔不如夷,名实必符不如夷"③,希望"振刷纪纲",改革内政,如汰冗员、改土贡、节经费、变科举、改会试、广取士、减兵额、兴水利、均赋税等。1870年代的王韬、薛福成到1880年代的郑观应、陈炽等,已经努力将改革内政推得更远,在经济上,他们提出扶助民间资本,"振兴商务",开办近代工业;在政治上,提出从法律上保护民间资本,实行西方上、下院代议制度;在文化上,提出废科举,办学堂……然而从本质上来看,他们均认为西方的工艺科技以至于政治制度只是拿来便可用的"器",但维护自身生存的"道"和"本",则还是传统的"纲常名教"。比如王韬在《杞忧生易言跋》中指出:

呜呼!是不知古圣贤之在当时,天下事犹未极其变也。而今则创三千年来未有之局,一切西法西学皆为吾人目之所未睹,耳之所未闻。夫形而上者道也,形而下者器也。杞忧生之所欲变者器也,而非道也。④

---

① 胡怀琛:《小诗研究·自序》,商务印书馆,1927。
② 冯桂芬:《校邠庐抗议·采西学议》,上海书店出版社,2002,第57页。
③ 冯桂芬:《校邠庐抗议·采西学议》,上海书店出版社,2002,第49页。
④ 王韬:《杞忧生易言跋》,任访秋主编《中国近代文学大系》(第3集·第12卷·散文集三),上海书店出版社,1992,第56页。

"形而上者谓之道，形而下者谓之器"（《易经·系辞》）中的"道"与"器"是中国传统哲学术语，"器"只是工具，"道"才是根本：

> 当今之世，非行西法则无以强兵富国……诚使孔子生于今日，其于西国舟车、枪炮、机器之制，亦必有所取焉。器则取诸西国，道则备自当躬，盖万世不变者，孔子之道也，儒道也，亦人道也。①

所以，这批改良者虽然积极学习西方来强兵富国，但其根本宗旨亦即所要维护的，仍然还是中国封建社会儒家统治的根基。正如薛福成所言：

> 今天下之变亟矣，窃谓不变之道，宜变今以复古；迭变之法，宜变古以就今。呜呼！不审于古今之势，斟酌之宜，何以救其弊？②

强调"变"是一种时尚，但变法所要更新的秩序仍然是"古"之"道"：

> 今诚取西人器数之学，以卫吾尧、舜、禹、汤、文、武、周、孔之道，俾西人不敢蔑视中华。③

维护儒家遵从的尧舜孔孟之道是"取西人器数之学"的目的，也就是说，此时的先驱者只是在"器"上作出逐新决策，而根本的儒家传统秩序仍然未变。郑观应直接强调："道为本，器为末，器可变，道不可变，庶知所变者富强之权术，非孔孟之常经也。"④ 陈炽也有相似的论述："形而上者谓之道。修道之谓教，自黄帝孔子而来，至于今未尝废也。是天人之极致，性命之大原，亘千万世而无容或变者也。"⑤ 这个根本的原

---

① 王韬：《杞忧生易言跋》，任访秋主编《中国近代文学大系》（第3集·第12卷·散文集三），上海书店出版社，1992，第57~58页。
② 薛福成：《筹洋刍议·变法》，徐素华选注，辽宁人民出版社，1994，第89页。
③ 薛福成：《筹洋刍议·变法》，徐素华选注，辽宁人民出版社，1994，第90页。
④ 郑观应：《盛世危言·增订新编凡例》，王贻梁评注，中州古籍出版社，1998，第55页。
⑤ 陈炽：《庸书·自强》，赵树贵、曾丽雅编《陈炽集》，中华书局，1997，第7~8页。

则再被邵作舟具体阐释为：

> 道光、咸丰以来，中国再败于泰西，使节四出，交聘于外，士大夫之好时务者，观其号令约束之明，百工杂艺之巧，水陆武备之精，贸易转轮之盛，反顾赧然自以为贫且弱也。于是西学大兴，人人争言其书，习其法，欲用以变俗。至以为中国纲纪法度一皆未善，不可复用，此谬说也。①

邵氏简要梳理了"西学"之兴的缘由，在经历了鸦片战争、太平天国起义等一系内外混战后，关心时政的士大夫提倡在百工杂艺、水陆武备、贸易等方面学习西方，以摆脱本国的贫弱现状，社会上因此涌起了学习西方新潮技术之风。但是，他指出"变俗"尚可，然"中国纲纪法度"却不能改变：

> 其事便于其俗而立之法，法之质也，展转修饰，而变俗易途纷于万政，而令繁于牛毛，法之文也，文可变，质不可变。……吾之所以为国者，必力持而勿变，去繁就简，本末粲然，然后择泰西之善修而用之。尽地利盛工贾，足以为我之富饬戒备，精器械，足以为吾之强，以中国之道，用泰西之器……②

这些士大夫骨子里认为"中国之杂艺不逮泰西，而道德、学问、制度、文章，则复然出于万国之上"③，他们几乎一致认为，中国的纲常名教等"圣人"的"道"或"本"是不可变易的，而且优越于西方。郑观应正式提出"中学其本也，西学其末也，主以中学，辅以西学"（《盛世危言》），这也就是后来在维新变法高潮声中，洋务派理论家张之洞提出

---

① 邵作舟：《邵氏危言·纲纪》，中国史学会编《戊戌变法》，上海人民出版社，1957，第181页。
② 邵作舟：《邵氏危言·纲纪》，中国史学会编《戊戌变法》，上海人民出版社，1957，第182页。
③ 邵作舟：《邵氏危言·译书》，中国史学会编《戊戌变法》，上海人民出版社，1957，第183页。

来的"中学为体，西学为用"的"中体西用"说。张之洞在《劝学篇》里系统简述了"器"与"道"的区别：

  不可变者，伦纪也，非法制也；圣道也，非器械也；心术也，非工艺也。①

法制、器械、工艺这些属于"器"的范畴可变；伦纪、圣道、心术属于"道"的范畴则不可变：

  曾子固曰："孔孟二子，亦将因所遇之时，所遭之变，而为当世之法，使不失乎先王之意而已。法者，所以适变也，不必尽同；道者，所以立本也，不可不一。"此变法而悖道之药也。由吕之说，则变而有功；由曾之说，则变而无弊。夫所谓道本者，三纲四维是也。若并此弃之，法未行而大乱作矣。若守此不失，虽孔孟复生，岂有议变法之非者哉？②

唯有以孔孟为根基的纲纪伦常之"道"不变，变法才"无弊"，否则"法未行而大乱致"。所以，张之洞继而提出："中学为内学，西学为外学；中学治身心，西学应世事。不必尽索之于经文，而必无悖于经义。如其心圣人之心，行圣人之行，以孝弟忠信为德，以尊主庇民为政，虽朝运汽机，夕驰铁路，无害为圣人之徒也。"③ 这里的"器"不仅是工艺器械，还包含一些政经体制，但"道"却绝不可变。"道"就是伦常纲纪，即封社会家庭本位的社会秩序。这个"道"和"本"是与"孝弟忠信"联系在一起的，所以，它是"治身心"的"内学"，不同于重世俗外事的西学。

---

① 张之洞：《劝学篇·外篇·变法第七》，冯天瑜、肖川评注，湖北人民出版社，2002，第160页。
② 张之洞：《劝学篇·外篇·变法第七》，冯天瑜、肖川评注，湖北人民出版社，2002，第162页。
③ 张之洞：《劝学篇·外篇·会通第十三》，冯天瑜、肖川评注，湖北人民出版社，2002，第202～203页。

第五章 命运：回归与延续

后来的康有为、谭嗣同接受了民权、平等、自由等西方观念和思想的影响，打着孔子的旗号"托古改制"。谭嗣同激烈地指出："上以制其下而不能奉之，则数千年来，三纲五伦之惨祸烈毒由是酷焉矣。"① 他认为：

> 五伦中于人生最无弊而有益，无纤毫之苦，有淡水之乐，其惟朋友乎！顾择交何如耳。所以者何？一曰"平等"；二曰"自由"；三曰"节宣惟意"。总括其义，曰不失自主之权而已矣。兄弟于朋友之道差近，可为其次。余皆为三纲所蒙蔽，如地狱矣。②

中国的落后缘于观念受到三纲五伦的祸害，他提出了平等、自由、民主等主张，强调："故民主者，天国之义也，君臣，朋友也；父子异宫异财，父子，朋友也；夫妇择偶判妻，皆由两情相愿，而成婚于教堂，夫妇，朋友也。"③ 将西方的民主思想观念纳入中国社会，以对抗传统的纲常伦理，不可不谓激进、极端：

> 今中外侈谈变法，而五伦不变，则举凡至理要道，悉无从起点，又况于三纲哉！④

虽然谭嗣同已将变法的矛头指向三纲五伦的传统封建社会秩序，但他以"仁"代"礼"，把西方近代自由、平等、博爱的观念纳入中国古老传统的格局中，其实质仍然是假托孔子的名义，实则未从根本上走出传统阴影。对中国儒家思想的肯定性认知与文化情感已经积淀成一种集体无意识，导致他们所宣传的"西学"与儒家孔孟学说有诸多一致之处，从而可以在传统中发掘有关民主、平等、自由的观念。所以，在他们那里，中学与西学的根本差异，并没有被清楚地揭示出来，从洋务派、早期改良派到他们，只是从"西"转变为"西学"，从技术实业、政经体制转向了自

---

① 谭嗣同：《谭嗣同集·仁学》，加润国选注，辽宁人民出版社，1994，第17页。
② 谭嗣同：《谭嗣同集·仁学》，加润国选注，辽宁人民出版社，1994，第86页。
③ 谭嗣同：《谭嗣同集·仁学》，加润国选注，辽宁人民出版社，1994，第88页。
④ 谭嗣同：《谭嗣同集·仁学》，加润国选注，辽宁人民出版社，1994，第88页。

由、平等的思想主体。①

"五四"新文化运动从根本上改变了这种状况。这时的"中学"与"西学"极为鲜明地对立起来,甚至达到了水火不容的极端程度。声势浩大的"打倒孔家店"运动,激烈地抨击国粹,彻底地打倒传统,无疑都前所未有地把"反传统"观念推向了巅峰。"中学"与"西学"在"五四"新文化派这里泾渭分明,新文化先驱所要追求的现代就是新的、西化的,所要反对的传统就是旧的、中国的,从而形成传统/现代、新/旧、西/中三位一体的主流格局。

之所以不厌其烦地梳理"中体西用"对"中"与"西"态度的历史脉络,是想要回过头来,在历史的坐标上看待胡怀琛所谓的"中国文学本位"。胡怀琛提出"中国文学本位"是在1920年代初期,当时时代文化主潮是反传统的、西化的。此时的"中"与"西"、"新"与"旧"、"传统"与"现代"如此泾渭分明,以至于任何的"传统"都会与"旧"相关联。从政治到文化,时代先驱们都在努力描绘一幅全盘西化的蓝图。新诗在西洋译诗《关不住了!》中开启了成立的纪元,从而走向了西化的道路。而此时胡怀琛立足于中国传统文化,为了追求新诗之"美",把现代汉语与古代汉语融合成整体的汉语体系,试图在新诗中寻找传统的血脉关联,他关注的不是新诗之"新",而是新诗之"美",这就势必与当时的"全盘西化"的主流相逆反,而成为晚清"中体西用"之声的某种延续。

如果说"中国文学本位"是晚清"中体西用"的某种延续,那么,关于中国为本位的思想在后来的历史时空中,仍然此起彼伏。1935年1月,萨孟武、何炳松等十位教授在《文化建设》第1卷第4期发表《中国本位的文化建设宣言》,申称"要使中国能在文化的领域中抬头,要使中国的政治、社会和思想都具有中国的特征,必须从事于中国本位的文化建设"。胡适于同年3月著文《试评所谓"中国本位的文化建设"》,发表在《大公报·星期论文》(又载1935年4月7日《独立评论》第145

---

① 关于"中体西用"的相关论述详见李泽厚的《漫说"西体中用"》,《中国现代思想史论》,生活·读书·新知三联书店,2009,第333~365页。

号),批评其"不守旧""不盲从"的态度,指出它"是'中学为体西学为用'的最新式的化装出现。说话是全变了,精神还是那位《劝学篇》的作者的精神"。① 以梁启超、梁漱溟、张君劢、章士钊为代表的"国粹派",以致后来以熊十力、冯友兰、贺麟等人为代表的"现代新儒家",再到后来以唐君毅、牟宗三、徐复观等人为代表的"新儒学",其思想核心中的"中体"始终没有消失。

三 传统诗体的现代汉语转化

站在今天全球化所带来的文化身份焦虑的新诗立足点上,回顾新诗上路之初围绕《尝试集》所引发的论争及其牵扯出的胡怀琛的诗学观念与创作所反映出的新诗另一种可能的走向,我们发现,与胡适并行不悖且可以互补的这条路向,在最初就已被掩埋。在很长一段时间里,胡怀琛被视作"鸳鸯蝴蝶派"的旧派文人②或"守旧的批评家",人们不能理解也无法认同胡怀琛本人一向坚持以"新"派自许的立场。1920年5月《小说月报》第11卷第5期发表了胡怀琛的《燕子》《明月》二诗,其间,胡怀琛正与论敌对《尝试集》进行激烈论争。且看这两首诗:

---

① 胡适:《试评所谓"中国本位的文化建设"》,《胡适论学近著》(第1集),山东人民出版社,1998,第432页。
② 如人民文学出版社1981年版的《鲁迅全集》中,《儿歌的"反动"》一文对胡怀琛的注释为"国学家""鸳鸯蝴蝶体"作家之一,他在1922年9月给郑振铎信中曾攻击新文学运动:"提倡新文学的人,意思要改造中国的文学;但是这几年来,不但没有收效,而且有些反动。"1979年,胡从经在《鲁迅与中国新诗运动》(《文艺论丛》第6辑,上海文艺出版社,1979)中有一段提及胡怀琛的文字:"鲁迅为维护新诗运动健康发展的战斗,可以追溯得更早的则是对所谓'国学家'胡怀琛的批判。胡怀琛原是'鸳鸯蝴蝶派'中擅写'言情小说'的老手,摇身一变居然戴上'新派诗人'的桂冠。鲁迅十分愤慨他的卑劣行径,揭露了这个善于投机的'拆白文豪',是一条'拟态'的'变色龙'。就是这样一个封建文化的余孽,在文学革命浪潮的拍击下也'趋时'起来,接连抛出了所谓新诗集《大江集》,以及《新诗概说》、《诗学讨论集》等,俨然以新诗人与诗学权威自居。他公然宣扬新诗必须'养成温和和敦厚的风教',妄图仍以孔家店的'诗教'来主宰诗坛,以达到其篡改新诗反帝反封建方向的卑劣目的。这个骨子里轻视新文化的封建文人,果然一当风向有变就立即倒戈:一方面与文学栽倒的叛徒胡适互相唱和,编辑出版了《〈尝试集〉批评与讨论》,一方面则攻击新文学运动'不但没有效,而且有些反动'。鲁迅遂作《儿歌的'反动'》,给予干扰、诬蔑新诗运动的胡怀琛之流以有力的回击。"

燕子

一丝丝的雨儿,一阵阵的风,
一个两个燕子,飞到西,飞到东。
我怎不能变个燕子,自由自在的飞去?
燕子说:你自己束缚了自己,怎能望人家解放你?

明月

明月!明月!你为甚的圆了又缺?
月光露出半面,含笑向我说:
圆时借着日光,缺时乃被地球隔。
我本来不明,又何曾灭。
他人扰扰,同我无涉。

读此两诗,我们惊讶地发现,它们与胡适所倡"新体诗"实无二异,而且在声韵上颇显成熟。在《燕子》的后面有一段按语:

案新体诗我本来怀疑,我早做过好几篇文章说明了,但是我也要亲自做过,方知道他的内容是怎样。原不敢毫无研究,一味乱说,这一首便是我试做的成绩了。我做过之后,知道新体诗决不易做,不是脱不了词曲的旧套,便是变了白话文。都不能叫新体诗,像我上面一首,前半段还是新体诗,后半段便是白话文了。再有天然音节,也是很难。譬如前面一首,第一行里的一个"儿"字,似乎可以不要,岂知不要他便不谐。因为"儿"字上的"雨"字,和"儿"字下的"一"字,同是一声,读快了便分不清,读慢些又觉得吃力,所以用个"儿"字分开,读了"雨"字之后,稍停的时候,顺便读个"儿"字,毫不费力,且觉得自然好听,这也是天然音节的一斑,不懂这个,新体诗便做不好。

《明月》诗后也有一段评价:

此诗音调急促,好像是词中的"霜天晓角""清商怨"。全不是旷达,乃是寂灭。第四行便是佛家不生不灭之理。所以无妨。至于为甚么急促,有两个原因:一是押入声韵,一是句子极短。这首诗虽然是新体诗,但是他的意思,也可用五言古诗写出如下:明月复明月,如何圆又缺。月光露半面,含笑向我说。圆借日之光,缺被他所隔。我本不能明,我又何曾灭。他人徒扰扰,于我终无涉。两诗相比,不知那首好。

原来,胡怀琛以身示范作此两首诗,意在批评新体诗不够"美",这也回应了其所批评新体诗的"繁冗"、无音节美之弊。他所坚守的,仍然是新诗的汉语诗美问题。到了1930年代,新诗已经流派纷呈,相较于草创期的蹒跚学步的幼稚,此时的新诗已渐近成熟,但胡怀琛仍然坚持认为:旧诗已被打倒,而新诗还没有建设起来。新诗还有这样几个疑问:一是新诗作不作得好的问题;二是新诗产生的时代还不久,有没有成熟的问题;三是由于时代的关系,旧诗已成为冢中枯骨,但旧诗自有其永远不会被消灭的价值,是否应该和如何继承其价值的问题。[1] 正是出于珍视传统诗歌的价值的立场,此时的胡怀琛以汉语诗性之美为基准而对各种体裁的汉语诗歌采取了一种兼收并蓄的态度:诗的体裁有新旧,作诗的对象有新旧,而诗的原理无新旧。能合于原理的,无论新旧都好;不合于原理的,无论新旧都不好。于是,他将胡适的《希望》视为旧式五言诗,将刘大白的《八月二十二日月下》视为旧式七言绝诗,并说:"有人当他是新诗看,也可以;有人当他是旧诗看,也可以。这样说来,体裁的新旧是没有多少的问题。"但他们共有的前提是"他们的诗不能说不是好诗"。[2] 对于"近于词的新诗"(如刘大白的《秋意》)、"近于散文的新诗"(如修人的《听高丽玄仁槿女士奏佳耶琴》),以及刘大白、冰心等的小诗,拟作的民歌等,"这种种的体例虽然各不相同,但我以为都是好诗"。[3] 时过境迁,胡怀琛无法不顺应时代潮流,但是,他对新诗的想象自始至终都基于对汉

---

[1] 胡怀琛:《诗的作法》,世界书局,1932,第11~12页。
[2] 胡怀琛:《诗的作法》,世界书局,1932,第27页。
[3] 胡怀琛:《诗的作法》,世界书局,1932,第28~31页。

语诗性之美的坚守,这是无法被忽视的,虽然它曾一度被历史湮没过。

若干年后,茅盾在一段回忆《小说月报》革新历程的文章中提及上文胡怀琛在《小说月报》上发表的那两首诗作及其诗论,有这样一番感慨:

> 胡怀琛这番话,有积极意义。第一,他承认如要反对新体诗,必须自己做过新体诗;第二,自己做过以后,才知道新体诗决不易做,不是脱不了词曲的旧套,便是变了白话文,都不叫新体诗;第三,他又提出天然音节问题,承认是"很难"。胡怀琛是做旧体诗词的,在当时的旧体诗词中,他的作品只能算是第二、三流。但我们不以人废言,应该承认他在彼时彼地提出的对新诗三条意见,不但是当时新诗人所要解决的问题,甚至在六十年后的今日,也还没有完全彻底解决。①

站在今天的立场,我们很容易理解茅盾对胡怀琛这番话意义的肯定,因为直到百年后的今天,它依旧是新诗人没有完全彻底解决的问题。不过,若置于百年前的历史现场,想必茅盾也会毫不犹豫地将胡怀琛打入守旧的冷宫吧。这是时代使然。

传统中国向现代转型的过程中,建立在"进化论"基础上的"时间神话"让"新"获得了不证自明的价值。胡适们孜孜以求摆脱落后现状,迈向西方"先进"文明,欲使衰败的中华民族重新崛起。"新纪元""新殖民地"种种类似的概念成为新一轮的时尚词语,表达出他们对于"新"的无限渴望。新旧问题的背后实乃中西问题,它成为衡量一切事物好坏的标准。"新纪元"意识,是想要用一种"全新"的眼光来重估甚至创造新的历史,与"过去"的一切彻底决裂。所以,"时间神话"里的"新诗"重点在于"新",有了"新"质,既是合法的依据,也是美的依据。这时的新诗美不美,全在于其不同于"旧"的"新"的内涵。难怪胡适译出

---

① 茅盾:《革新〈小说月报〉的前后》,《我走过的道路》(上),人民文学出版社,1997,第176页。

《关不住了!》后,欣喜地宣布"'新诗'成立的纪元",翻译《乐观主义》时也称开辟了译界的"新殖民地"。在他们眼中,传统诗词写得再美,也是半老徐娘的美,也因为"旧"而应该被丢弃;而"新诗"作为与传统决裂后的战利品,越能脱离传统,才越能显得富有新的活力与生命力。"新"的尺度就在于与传统决裂的程度。胡怀琛在那样一个进化论场域,在"时间神话"深入人心的时代,无意识地对此产生了深深的怀疑。他追求的不是"新诗"有多么"新",多么不同于"传统",而是在意"新诗"有多少汉语诗性之"美"——超越"时间神话"的汉语固有的美,因而是与"传统"不离不弃的美。在他那些不合流俗的批评中,他坚持的是在新诗中如何葆有汉语的诗性之美,这种坚持的方式就是尝试对传统诗体进行现代汉语的转化。尽管他没有拿出能够清晰地体现其诗学观念并且获得普遍认可的作品,从而成功地建构其汉语诗学主张,但我们既然能够对胡适在其诗学观念主导下的作品的好坏优劣不作评判,而重视其作品呈现出来的历史演变之文学史意义,那么,我们为什么又不能对新诗的另一路向的探索者胡怀琛给予平等的观照呢?

当我们已经从胡适们的文化场抽身出来,站在这个"时间神话"坐标之外时,新旧似乎变得不再那么生死攸关。旧的文言诗词曾经将中华民族语言之美发挥到了极致,新诗能否传承与弘扬汉语既有的诗性之美,这应该是汉语诗歌在新时代的重大课题吧。当年的胡怀琛引发的对《尝试集》的讨论,就是在这个层面提出了如何在新诗中葆有汉语之美的问题,这种超越"时间神话"的新诗观念,否定了"唯新是美"的主流,[①] 它让我们反省的是从进化论之西化向度之外的价值层面思考新诗的发展道路。即如果我们不以西方诗体为标准,不通过译诗开创"'新诗'成立的纪元",我们能否建立起自己的、与传统诗歌有着深刻血脉联系的新诗?

过去,我们一直谈"新诗",既然"新诗"是用汉语所写,那么,怎样才能保留诗歌中的汉语之美,这个问题在当下这个全球化时代,显得格

[①] 当年的胡怀琛并不可能有如此清晰的反"时间神话"的观念,相反,身处那样一个时代潮流之中的他,可能还是进化论的信奉者。不过,他在论争中就曾指出,朱执信、刘大白之外的人"大抵是迷信着先生罢了",他所指的就是当时青年读者对胡适的盲从现象。胡适作为新文化运动领袖,其实代表的是一个时代的大方向,这个方向,就是西化。

外突出。站在新诗发展的路口，我们看到，新诗所面临的身份焦虑和汉语诗性问题，与当年胡怀琛所面临的焦虑显然存在着历史的交集。这个时候，回顾胡怀琛所引发的《尝试集》关于音节问题的批评与讨论，及其研究小诗等诗学专著，我们看到，在那些琐屑的细枝末节的争论背后，在那些新旧诗转换的尝试之后，隐藏的其实是关于新诗发展道路的宏大问题。历史对他的忽略最终使我们回过来看到新诗的缺陷在最初胡怀琛引发的争论中就已经显露出蛛丝马迹。而胡适在《尝试集》之后，也并未沿着他最初所津津乐道的"'新诗'成立的纪元"那个路向一路走下去。三十年后，当他审视《尝试集》之后的诗作而编选《尝试后集》时，他对新诗的想象与理解已经发生天翻地覆的变化。当初为自己带着缠脚妇人血腥气的诗作而惭愧的胡适，为在西洋诗中开创新诗纪元而欣喜的胡适，在《尝试后集》中却转而创作与传统血脉有着更加深刻联系的诗作，这种变化在一定程度上，或者也可以说是对当年胡怀琛的诗学主张所隐藏的新诗发展可能性的某种呼应吧。

结　语

　　通过胡适与胡怀琛在以白话入诗、诗体尝试、自然音节等方面不同诗学主张及探索的比较，我们发现：一方面，如果说胡适早年通过《尝试集》为中国诗歌建构了一种新的价值逻辑，这种价值逻辑，以进化论为基石建构了旧/新、中/西、传统/现代的二元对立，并以"新""西""现代"三位一体互证价值的逻辑开启了新诗的历史纪元，并在很大程度上影响了百年中国现代诗歌发展史；那么，从其诗学的整体之路来看，《尝试后集》所倡之来源于中国传统词曲体的"胡适之体"，其传统新释中侧重于开掘丰富的传统资源的诗体尝试，哪怕比早年诗歌有着更精美的诗意，哪怕在新诗历程中不时有着回响，却已然成为边缘的声音，其早年所形塑的"尝试者"形象已扎根于既有的新诗史，难以改变。另一方面，胡怀琛活跃于20世纪二三十年代的诗坛，为新诗著书立说，其孜孜不倦所倡之传统诗体的现代汉语转化的诗学构想，在当时的历史语境中沦为边缘，历史的书写也将之遮蔽。虽然这种构想也在新诗发展的历史中不时因文化偏向的变化而获得呼应（包括当下所面临的汉语新诗的诗性困惑诸种问题，其实都可以回溯到胡怀琛最初所倡导的诗学路径）。虽然胡适与胡怀琛两条诗学路线终有交集，但与胡适截然不同的是，胡怀琛从当年到现在，一直是被压抑的"低音"。

　　重返历史现场，回顾胡怀琛的生前经历，时人对胡怀琛的评价，胡怀琛死后的纪念性文字，以及文学史著对胡怀琛的叙述，我们隐约可以一睹胡怀琛当年的生活以及被忽视的情形。

　　胡怀琛享年五十三岁，其人生经历较为悲凄。他少时聪颖，七岁能诗，十岁应童子试,不愿作经书试题,于试纸上赋诗:"如此沦才亦可怜,高头讲章写连篇;才如太白也遭谪,拂袖归来抱膝眠。"① 其狂放不羁可见一斑。成年后的胡怀琛辗转于上海,卖文为生,勤奋好学,著书百部。胡怀琛一生虽受褒贬不一,被认为徘徊于新旧之间,但其实他早年就受新思潮影响,包括鼓吹革命,加入南社,与柳亚子交好,共编《警报》,先后在《太平洋报》、《中华民报》、商务印书馆、《小说世界》、上海通志馆工作,在新闻界颇享声名;也在沪江大学、中国公学、持志大学、正风学院等任教,教授中国文学史、中国哲学史等课程。虽然胡怀琛并不像新文化阵营中的胡适们一样拥有西学背景,但因为这种编辑与教授的双重身份,他其实一直身处新思潮的氛围中,不会不受其影响。其一生勤学,在任教与编辑工作之余进行选编、撰写、著述,涉及文学史、哲学、经学、佛学、考据学、地方志、诗歌、小说、传记、评论、杂记等,门类广博,存目过百,著述甚多。但一生好学的胡怀琛,家境贫困,无恒产,却又喜欢藏书,所谓"当了衣服买诗集"、二十多年来"在诗里讨生活"的诗人,在新诗坛里未被认可不说,其当衣所买之藏书,因逢战火,屡次迁居,尽数被毁。其初寓上海南市,后寓所遭战火所焚,迁往福履里,两次家毁后,藏书殆尽。后来又倾囊购买,藏书又达万卷,可"八·一三"后,居所遭遇炮袭,再次逢难。胡怀琛累遭战火灾祸,家难国仇,郁愤深重,染疾不愈,终于在民国二十七年(1938),卒于寓所"波罗奢馆",终年五十三岁。

在现有的文献里,时人关于胡怀琛的记录很少。除开学术论争的提及外,专门著文介绍胡怀琛的大约有两篇。1930年代,有一位笔名蕙若的作者发表过《记胡怀琛》的文章,这是笔者能够找到的胡怀琛在世时少有的评论之一。蕙若在文中描述胡怀琛"有一个印度人的棕色脸孔":

> 短小身材,微有髭髯,头发已秃,牙齿半落,终年穿一件敝旧的长衫,挟着一个破皮包,一口安徽音的上海话,态度是温和谦虚的。上课时,常常把左手反背着,一手执着书;声音很低,常常喜欢说

---

① 安徽省地方志编纂委员会编《安徽省志·人物志》第66册,方志出版社,1999,第879页。

"以至于此","以至于此"。①

这个蕙若大约是胡怀琛的弟子,据其所说,胡氏在正风文学院、持志学院等校教书,俸禄不足一家开支,经济困顿,就连子女的教育费也无着落:"去年他的女儿考进了某女中,卧火车轨道自杀,闻因为学费无法筹得之故。"② 事情原委不可考,据柳亚子之说,其女"性耿介,好读书,先君殁四载。其死也,以应试某学校弗录自杀,年仅二十有一岁,君盖痛惜之云"③。两者之说有差异,或许蕙若听闻有误,但胡怀琛家境之贫寒可见一斑。蕙若评价胡怀琛:

> 胡先生对于国学,颇有研究,著作也不少,关于他的著作,世人对之毁誉参半。④

此句评价虽简略,却足以想见当初时人对于胡怀琛的关注并不是完全没有,能被"毁誉参半"的不为胡适之之类的风云人物所独享。据郑逸梅回忆,胡怀琛在通志馆工作时,贡献不小:"为搜考有关上海文献的典籍,由司铎徐宗泽的介绍,住宿徐家汇藏书楼累月,编成《上海的书目提要》,为通志馆丛书之一。在此之前,任广益书局编辑,刊印了苏曼殊的作品。又任商务印书馆编辑,继叶劲风之后,主编《小说世界》,风行一时。"⑤ 可见,胡怀琛身前并不似想象的那么冷清。郑氏回忆,上海沪江大学是美国教会所办,寄尘执教鞭期间,开中国诗歌史课。沪江大学校长美国人魏馥兰,雅好中国古诗,曾英译唐诗名篇,由上海商务印书馆出版。寄尘用古诗体裁,译英国著名诗人《哀希腊诗》为中文,受魏氏赞叹,寄尘辑其诗及译诗为一编,题为《胡怀琛诗歌丛稿》,也由商务印书

---

① 蕙若:《记胡怀琛》,《十日谈》1934 年第 32 期。
② 蕙若:《记胡怀琛》,《十日谈》1934 年第 32 期。
③ 柳亚子:《柳亚子自述·续编(1887~1958)》,人民日报出版社,2012,第 176 页。
④ 蕙若:《记胡怀琛》,《十日谈》1934 年第 32 期。
⑤ 郑逸梅:《执教和编书的胡寄尘》,《清末民初文坛轶事》,中华书局,2005,第 208 页。

馆出版，魏氏以英文为其写前言。①

魏校长非常器重胡怀琛，当胡怀琛由于住家偏远，体素羸弱，又有胃疾，校长为免其上下班疲于奔命，想要给他一宿舍，让其家迁住，但条件是要求他信仰基督，以教友身份，才能享受优待，胡怀琛对此严加拒绝，遂辞职离开。当时王云五任商务印书馆编译所所长，便安排胡氏进了商务，主编《小说世界》。郑逸梅回忆其"在南社席上与他晤叙事数次，他沉默寡言，貌端肃而瘦瘁"，② 大约也是其性格独异及长期清贫、身体羸弱之故。

同年，有另一位笔名葆玄发表了《记胡怀琛先生》，可以说是对蕙若所写文章的一种回应与印证。这位作者与胡怀琛曾在同一所大学执教，开篇称其"久耳其名"，说明当年胡怀琛确实是略负盛名。文中这样记叙：

> 胡先生广阔的额部，瘦小的身材，一望而知是典型的学者。他的专门的攻究，是中国的文学或哲学，但是，他的趣旨颇广，上至硬性的专论，下至软性的说部诗歌等类，无一不精；因之胡先生的著作，有"等身"之慨。日前，过其寓，知道胡先生完成了一件工作，就是把发表的所有的零碎论文或整部的书册，已分门汇集起来。其数量与商务的百科小丛书有"并驾齐驱"之势。这是胡先生数十年来心血的结晶啊！③

称胡怀琛著作等身，数量与商务百科小丛书"并架其驱"，这个评价略嫌过高，想来在当时是很难得到认同的。但从今天的眼光重新看待历史，胡怀琛生前著述确实甚多，且对新兴现象保持一种敏锐的直觉，水平的高低另当别论，单就其这两点来说，着实难得。葆玄接着提到：

> 胡先生治学的方法，很为精密，不善苟同时尚，当胡适《尝试

---

① 郑逸梅：《执教和编书的胡寄尘》，《清末民初文坛轶事》，中华书局，2005，第208~209页。
② 郑逸梅：《执教和编书的胡寄尘》，《清末民初文坛轶事》，中华书局，2005，第209页。
③ 葆玄：《记胡怀琛先生》，《中国学生》1935年第1卷第10期。

集》一声霹雳声风行海内的时候，胡先生"力战群儒"似的加批评。那场笔战的胜负，迄今虽无断论，不过，胡先生治学的孤诣独造的见地，于兹可徵。①

这是少有的叙述并客观评价这场实实在在发生过的论战的文字。虽然笔战从历史结果来看，实为"胡适派"胜利；但"力战群儒"所言非虚，胡怀琛能以少众对抗多数人的批评，"不苟同时尚"，坚持自己的诗学主张，这一点是难能可贵的。作者继而叙述了胡怀琛的私人生活，列呈其执教学校，称其除了著述外，数十年的生活都放在教育上，虽"年已五十岁了，依然是度着清苦的教读与笔耕的生涯；每天仍不断读书著述"，其所教学生非常多："有些已由外国回国执教大学教鞭的先生们偶然与胡先生谈起，原来胡先生曾在国内某校授过他的课的。"尽管如此，胡怀琛给人印象仍然是"谦虚待人，慎重持己"，并且保持"苦干"精神，作者还借此风范批评时下一些"妄自尊大坐井观天"的青年人。②

胡怀琛生前纪事不多，就目前现有材料来看，叙述比较客观、详尽的仅此两篇；其死后也比较冷清，文坛没有多少纪念性的文章。1939年，胡怀琛死后一段时间，柳亚子在《亡友胡寄尘传》中写道："君好为深湛之思，议论间熹特异，弗肯徇众，尝以墨翟为印度人，点窜柳文字句。胡适之翀《尝试集》，君撰文往复，复自著《大江集》行世，不知者以君为怪诞，亦有疑顽旧者。""后居海上，值世界局势急转直下，世事千变万化，其个人之思想亦千变万化，自信非顽旧也"，"君晨夕伏案纂勤苦，尝登楼而伤其足，明日蹩躃至。君素博洽，有所询，辄详疏源委以告"，"君体羸善病，八一三战事起迄淞沪沦陷，君居福履理路，逼近市南，烽烟弥望颇惊悸，且虑念国事，期望匡复，忧心良苦，明岁竟得疾逝"。③柳亚子是胡怀琛生前好友，两人交浅情深，常有诗文相互唱和，此说无甚虚言，无论是对其性格还是思想的评价，都相对比较中允。

---

① 葆玄：《记胡怀琛先生》，《中国学生》1935年第1卷第10期。
② 葆玄：《记胡怀琛先生》，《中国学生》1935年第1卷第10期。
③ 柳亚子：《柳亚子自述·续编（1887～1958）》，人民日报出版社，2012，第175～176页。

除了柳亚子的这篇悼文,在 1940 年代,有一位笔名戈予的作者,居然时隔数年发表了一篇《记胡怀琛》的长文。在文中,戈予同样如此描述胡怀琛:

> 他瘦削的面庞,矮小的个子,随时从和蔼的举止间映出书生风度,真为青年学生爱护的人物。
>
> …………
>
> 民国元年,即迁居上海,而他却不会说纯然的沪语,假如读惯他充实的文章骤聆他生硬低弱的讲述,谁也会暗自惊异吧!要是你几次和他接触,才渐渐知道他如何的引人亲近。

这段事隔多年的讲述,道出了当初胡怀琛在学校受青年学生爱戴的真相,以及其平易近人的性格,同时也隐隐透露出一个皖籍文人在沪上讨生活的不易。接下来,戈予谈到胡怀琛在新文学方面的造诣和贡献:

> 仅南洋中学毕业的资历,而对新旧文学的造诣颇深,胡适提倡白话文之时,他正是一位赞助的健将。试观泰东图书局出版之《尝试集之讨论》,便已开辟了中国文学批评的新路;同时,从他完成旧诗的结集《大江集》——《怀琛诗歌丛稿》(商务版),正表示一种洗练的优异的推陈出新的创制白话文诗的精神。
>
> …………
>
> 胡氏对旧文学既多擅长,怀旧的情绪相当浓厚,如《忆故乡》云:"窗前明月,屋角斜阳,至今可是仍无恙?"曾由李叔同谱入歌曲,当时颇获读者的赞同,纵然后来以新诗为主的胡怀琛诗歌稿内,一并附入早期的旧诗,他仿佛极欲依恋过去的精华来创造未来文学。
>
> 胡氏的作风,属于深入浅出的平淡一路,绝无绚烂的词藻……任何读者对于他的文字,总能一览无余,富有深高明白晓畅之感,也许有人以为太不会含蓄,岂知这正是他的特色。
>
> 胡氏赋性孤独,处世澹泊,体格孱弱,虽兼任教职,还是很安贫的。当胡朴安出任江苏民政厅长时,人家猜想他总可幸获肥缺,摆脱笔墨生涯,事实上,他依然继续教书卖文的职业。

……………

> 总之，胡氏著作极丰，对新文学的功绩不可湮没，在一般人健忘之际，殊有审慎回溯的价值。①

这篇回忆性文章已然有着评论的学理意味。戈予将胡怀琛视为代表新文学的一个人物，认为他是胡适所倡白话文的助将：《尝试集批评与讨论》开辟了中国文学批评的新路；其作《大江集》《胡怀琛诗歌丛稿》风格洗练，是"优异的推陈出新的创制白话文诗的精神"。从批评与创作两个方面言简意赅地肯定了胡怀琛的新文学立场，并且认定胡怀琛在批评与创作上的推陈出新是新文学框架内的举措，既肯定其"新"的精神实质，又表示其与一般的"新"有所不同，是想要从另一条新路上开辟白话诗文。应该说，站在今天的角度来阅读这段评论，不可不谓公允而深刻。在接下来的论述中，作者从文化资源的角度谈及胡怀琛的新诗创作：首先称赞其诗曾被谱曲，广受好评；其次论及其新诗集里也编选有早期旧诗，说明其利用传统精华来创造新文学的理念，还总结其诗风乃平淡晓畅。然后，作者又跳出学理，走向生活，谈及胡怀琛的个人性格、处事作风，以及孱弱的身体、贫寒的家境，这些并没有让他失去一个学者应有的清高与傲气，当他的兄长胡朴安任江苏民政厅长时，他并未按人们想象的那样"幸获肥缺"，而是依然继续教书卖文。最后，文章肯定了胡氏的丰厚的著作，对新文学功不可没，不应该被人遗忘，应该审慎回溯其价值。这正是在新的时期重新发掘胡怀琛价值的呼声。

然而，这种呼声是微弱的，在历史的书写中，它与胡怀琛本人一样没能留下多少痕迹。胡怀琛的独特身份使得他与新派旧派均有来往，他们的诗学观念有共鸣之处，又有甚是不同。然而，当时新旧两派泾渭分明的对立背景，使得胡怀琛既很难被旧派接受，又很难为新派所容。旧派嫌其太新，新派嫌其太旧。这样，胡怀琛就总是处于一种被排斥的状态，难怪其诗作中常露孤独之感，想正是因为缺乏知音之故。胡怀琛生前也许并不乏读者的热情支持，但整个新文化阵营的集体漠视，主宰了其生前的声名，

---

① 戈予：《记胡怀琛》，《文友》1944年第3卷第9期。

决定了其几乎没有被批评家关注的命运；而死后冷清，少有人作传纪念，使得其名字渐渐消没在历史的烟尘中。

如果说胡怀琛的被排斥与不受重视还只是文化派系之间权力场的作用之故，那么，文学史对作家作品的塑造与改写，则加固了胡怀琛的悲剧命运。文学史家作为特殊的读者，其"评"对作品的"经典化"和诗人公众形象的塑造起着至关重要的作用，也很能反映出不同历史语境下史家对新诗的不同想象和对诗学的理解。在民国时期的诸种文学史著中，大多未见叙述胡怀琛的文字，即便有少数提及，所呈现的叙述形态也各不相同，甚至同一史家在不同时期著作中有所涉及时，其评价也时有截然相反的现象。

最早在文学史著中论述胡怀琛的是谭正璧。在《中国文学史大纲》（泰东图书局，1925）"胡适之与陈独秀"一节中，谭氏略带轻蔑之意地提到：

> 又有旧小说家胡怀琛（寄尘），亦曾一度为新文学尽力，他又反对胡适之的自由体白话诗，而创新体诗，就是用五七言的体例作白话诗；但是现在又软化了，自己作的诗，也都不用五七言。在另一方面，又大作起旧体的小说来，完全与所谓新文学脱离了关系。这大概为了经济关系，文人都是穷困的，不能说他是变节。况且在现在新文坛上，没有人和你相标榜，莫想有人请教你；这一来，迫他不得不回到旧路上去，用他旧小说家的名望来赚钱了，然而这是多么可悲之事！①

这一评价已让胡怀琛的地位于新旧之间模糊不定，为后来文学史的忽略以及对其否定性批评埋下了铺垫。四年之后，谭正璧在其出版的《中国文学进化史》（光明书局）中，大谈"鸟瞰中的新文学"，却只字未再提及胡怀琛，无论是他卷起的声势浩大的对《尝试集》的批评与讨论，还是其所谓"新派诗"，均已不再论述。然而，在讨论学术著作时，除了鲁迅的《中国小说史略》等重要著作，胡怀琛的《中国小说研究》《中

---

① 谭正璧：《中国文学史大纲》，泰东图书局，1925，第151~152页。

民歌研究》及《小诗研究》却赫然在列。尤其值得一提的是，谭氏在这本史著中专门论及中国文学史的编著，认为近十余年的文学史编著颇有成绩，在列举的数种史著中，就有胡怀琛的《中国文学史略》。虽然对其评价为"有人认之为账簿式的中国史"[1]，但毕竟在不多的史著中，专门列出，可见史家的重视。由此可见，在1929年的文学史家谭正璧眼中，胡怀琛是一位批评家、文学史家，而非新诗人。胡怀琛在1920年代初期新诗坛上的种种事件，均在文学史中被抹除，而以学者的身份占据了文学史一席之地。

当然，一个文学史家在不同时期受到不同史观影响，所编著的文学史著对同一作家评价有所变化，自是常事。1930年代的文坛更加多元化，这使得胡怀琛在不同倾向的文学史著中呈现出不同的面貌，即便在同一史家谭氏那里，胡怀琛的形象也有所变化。

在1935年的《新编中国文学史》中，谭正璧重提胡怀琛的诗作，甚至将其《大江集》与胡适《尝试集》并列为早期"未脱旧诗词的气息""所谓好像缠足妇人放大的脚，无论怎样总带些不自然的扭捏的姿态"的代表。[2] 有意味的是，能与胡适之《尝试集》并列，且论述内容出现在第七编"现代文学"中的"诗歌"这一章节，可见谭氏显然将《大江集》视为新诗集的成员。当然，谭氏在具体论述时仍然持批评态度："《尝试集》出版后不久，有胡怀琛出来和作者讨论诗中的'双声叠韵'问题，参加者有朱执信、朱侨、刘伯棠、胡浚、王崇植、吴天放、井湄、伯子等，一时颇为热闹。怀琛自己著有《大江集》，系用白话做的旧体诗集。"[3] 不论谭氏如何意褒意贬，就与胡怀琛相关的事件的轰动程度足以载入史册这一点来说，谭氏著作与今天的文学史著有很大不同，这也证明当时文学史记录时代事件的现场感，隐约体现了后来文学史著在意识形态影响下大浪淘沙后的压制与遮蔽。这种态势，在谭氏1940年编著《中国文学史大纲》（光明书局）中有一段流露。在论及新文学将来的趋势时，谭氏指出"无名作家的悲哀"：

---

[1] 谭正璧：《中国文学进化史》，光明书局，1929，第386页。
[2] 谭正璧：《新编中国文学史》，光明书局，1935，第433页。
[3] 谭正璧：《新编中国文学史》，光明书局，1935，第434页。

譬如在新文化运动开始的几年，为了要对付顽固不化的旧势力，新作家结了团体一致的去和他们斗争，这是理所当然。可是在旧势力既倒之后，他们再用同样的手段去对付其他的新的团体或个人，那就不应该了。现在的青年都在悲哀地说，在从前最会反抗旧势力的青年们，现在都已做了师长或父亲，却也在拼命地压迫他的子弟，好像恐怕世界上停止了斗争似的。这个现象在文坛上也是如此。从前因为他自己潦倒时受了有地位的著作家或出版家的白眼或剥削而发出他愤怨的呼声的作家，现在自己开了书店，居然也不顾舆论，尽量压迫或剥削无名作家了。如果你是一个孤独的无名作者，没有加入什么团体（不一定有形式），那么不但不会有人介绍你的著作，恐怕有人来冷嘲热讽的骂你一顿，已算是他们的看得起你了。①

这段话前面大半部分涉及文坛场域的纷争，道出新文化派战胜旧派的实质，以及后来新文学派系分歧的权力压制，早在1940年代，谭氏就意识到这个问题并在著作中呈现，实属不易，这当是文学史研究范畴的另一个重要问题；后半部分提到"孤独的无名作者"的落寞，不由让人想起胡怀琛的命运。胡怀琛未加入任何新文化团体，确实也无人推介其著作，如若不是其商务印书馆的编辑身份，恐怕出书立著也得自己掏钱，对于贫困的他来说，更会艰难许多。时人冷嘲热讽骂一顿，也是看得起的表现，也难怪胡怀琛一再在著作中表示希望有人来批评和加入讨论，即便是像吴江散人那种对其《大江集》全盘否定之声，或者《尝试集批评与讨论》中压倒其本人的拥护胡适的喧哗众声，胡怀琛似乎也视若珍宝。原来这正是这个孤独的新诗倡导者在强大的新诗场域里想要发出声音的渴望，也是独自挣扎在汉语诗性之美的新诗诗学道路上孤独寂寞、没有战友同声喝彩的悲哀，这是与胡适完完全全相反的文学史形象。

尽管如此，注重文学史编撰与研究的谭正璧并没有忽视胡怀琛在文学史著这方面的贡献。他发现当时编著的文学史虽多，但均不令人满意，认为皆因作者对于文学的本身是什么不很明晰之故，所以注重的是学术文及

---

① 谭正璧：《中国文学史大纲》，光明书局，1940，第166~167页。

学术思想，以致文学史写作成为一种学术史而非文学史。接着，他指出胡怀琛《中国文学史略》"已将此关打破"，认为其"重时代的大势"，但并不注意"个人的思想和性情"。①

1930年代乃造史高潮时期，在多元化的文化语境中，史家各自著述，有的人云亦云，有的自成一说。谭正璧在当时是颇为活跃的文学史家，对各种文学现象都有比较客观的记载，比如，他就特别注意女性作家群体，当然这与其自身的学术研究相关。我们看到在不同时期的文学史著中，他对胡怀琛的评价有所不同，这自当与其所处时代的意识形态和文学场域相关。这种变化，可以让我们一瞥时人对于胡怀琛的看法，也让我们对胡怀琛在后来铺天盖地的文学史著中销迹的命运感到不足为怪。

同样是1930年代，胡云翼在《新著中国文学史》（北新书局，1932）自序中批评胡怀琛的《中国文学史略》"简直是一本流水账簿，皆有不可掩护的缺点"，这个评价当是承他人之说，因为谭正璧之前也引用过此种说法。该著指出过去的文学史多偏重于死板的静物叙述，只知记述作家的身世，批评其作品；至于各个时代的文学思潮的起伏，各种文体的渊源流变，以及关于各种背景及原因的分析，皆非其所熟知。如胡怀琛的《中国文学史略》，竟是一部名词目录，真是可笑。② 贬低他人著作用以抬高自己，此种做法在多元化的三十年代当也无异议，不过，该著在其所谓的文学思潮、各种文体等论述中，只字未提胡怀琛，想来也属当时文学史的主流看法，胡怀琛在其同时代的文学史书写中就已渐被擦除。

王哲甫的《中国新文学运动史》（杰成印书局，1933）是较为人知的新文学史著。在"整理国故"一章，王氏论及当时的作家作品研究时提到胡怀琛的《中国八大诗人》；在论及学术著作时，除了提到众人皆晓的鲁迅《中国小说史略》"将许多埋没在古书堆中有价值的小说，重为人们所赏识"之外，也提到了胡怀琛的《中国小说研究》一书，认为其"使旧小说增加价值不少"。③ 在对文学史的评价中，他还肯定胡怀琛的《中国文学史略》等一批在今天看来名不见经传的史著"各有所长，各有所

---

① 谭正璧：《中国文学史大纲》，光明书局，1940，第176页。
② 胡云翼：《新著中国文学史·自序》，北新书局，1932。
③ 王哲甫：《中国新文学运动史》，杰成印书局，1933，第285页。

短",认为他们"应该提到"。① 但同样在文学作品及作家论中只字未提胡怀琛。

值得一提的是,张振镛在《中国文学史分论》(商务印书馆,1934)中论述新诗时,说道:"而泾县胡怀琛亦言新诗之短。谓'诗为最简之文字。今新诗既犯繁冗,即与此原则相反。诗为文字中之尤整齐者,新体诗之格式,来自欧美,故多参差不齐。殊不知欧洲文字不能整齐,中国文字能整齐。正是彼此优劣之分。今奈何自弃吾长而学其短耶?诗之所以能感人者,全在音节。新诗不讲音节,读之不能上口。听之不能入耳,何能感人。'(新派诗说)"②。能援引胡怀琛的诗学著作《新派诗说》,足见张氏对其极为看重。张振镛的诗学态度与胡怀琛颇有相似,在其论及新诗的诞生时,他这样说:"学者多译欧美人之诗而觉其明白如话,返视中国之诗近体则格律严密,古体则高深沈博。非求解放不得通俗,于是绩溪胡适始为新诗之提倡。"③"自适倡此说,从而和之者甚众。稍解把笔者,皆不耻鄙俚,自居于诗人之列。而诗无可诵者矣。惟吴芳吉之白屋吴生诗及李思纯诸人之作,非浅学之士所能及。而适之友人南昌胡先骕步曾亦不然其说。"④ 言辞中并不看好新诗人,反而赞赏学衡派诗人吴芳吉以及现今并没有太多人知晓其诗作的历史学家李思纯的作品。张振镛也有认可的新诗,如胡适的《鸽子》《一颗星儿》,他觉得两诗"清写白描,情景逼真,音节亦高亢浏亮。非其他新诗人所能及"⑤,这种评价的标准显然来自传统诗学。

总的说来,胡怀琛在1949年以前编纂的文学史著中出现的频率不高,即便偶有文学史著叙述之,也多以学者而非诗人身份出现;史家对其"诗人""新诗人"的身份始终持怀疑、否定甚至漠视的态度。1949年之后的文学史著,更没有再提此人。

胡怀琛与胡适在白话基础上同时起步,在诗体、音节等方面分道扬

---

① 王哲甫:《中国新文学运动史》,杰成印书局,1933,第286页。
② 张振镛:《中国文学史分论》第1卷,商务印书馆,1934,第264页。
③ 张振镛:《中国文学史分论》第1卷,商务印书馆,1934,第262页。
④ 张振镛:《中国文学史分论》第1卷,商务印书馆,1934,第262页。
⑤ 张振镛:《中国文学史分论》第1卷,商务印书馆,1934,第265页。

镳，开创了两条不同的诗学路径。胡适以西化为标准的新诗路向主宰了百年新诗发展的主流，尽管胡适晚年有所变化，但他所开创的这条诗学流脉已然生生不息流传下来了。胡怀琛最初似以多元化的道路尝试新诗，但在其往后的尝试与研究中，他所构想的新诗路向越来越明晰，这就是传统诗体的现代汉语转化，即以白话，或者说，以现代汉语的语言属性来解放进而转化诞生于文言属性的传统诗体。两条流脉背后所纠缠在一起的实质是新诗之"新"与"美"的矛盾。

"新"与"美"的矛盾是新诗从诞生起至今悬而未决的难题。当胡适在西化的路径中完成了对新诗想象的图景后，象征派诗人穆木天将胡适视为新诗运动"最大的罪人"[①]，其理由就是因为《尝试集》背弃了诗性美的原则，这是对以"新"为"美"观念的质疑。后起的新月派则对以胡适为首的初期白话诗语言散漫的特点进行纠偏，提倡新格律诗，系统地提出音乐美、绘画美、建筑美的"三美"原则，这是对新诗割断传统血脉、走向散漫无拘的自由体的一种否定与校正。而戴望舒等现代派诗人又批评新格律诗为"豆腐块"，则是出于为新诗在内容与形式上确立新的审美规范的立场，这时的现代汉语已经迈入成熟而精致的书面化时期，"文言语词入诗"成为现代派相当引人注目的语言现象，其对"诗的音乐性"又提出挑战，重新举起了"诗的散文化"的旗帜。1940年代，艾青和九叶派诗人进一步丰富与发展了新诗艺术，开始了对"新诗现代化"的追求，也就是对"新传统的寻求"，强调"诗的思维与语言的根本改造"所体现出来的反叛性与异质性，正是对以《尝试集》为代表的早期白话诗的价值观的遥相呼应。[②] 1950年代，毛泽东倡导在民间与古典中寻求诗歌发展出路，走完全民族化、中化的道路。以《文艺报》、中国作家协会创作委员会诗歌组、《光明日报》、《文学评论》为中心的几次关于诗歌形式的诗学讨论，便是响应这种号召，在关于诗歌发展道路的讨论中，对"五四"建立起来的新诗传统产生质疑，也就是对新诗合法性的质疑，从而主张在"新民歌"中寻求诗歌发展道路，重视民族形式。我们从这种向民族与民

[①] 穆木天：《谭诗——寄郭沫若的一封信》，陈惇、刘象愚编《穆木天文学评论选集》，北京师范大学出版社，2000，第140页。
[②] 参见钱理群等《中国现代文学三十年》（修订本），北京大学出版社，1998，第585页。

间的回归中，听到的竟然是胡怀琛诗学主张及胡适《尝试后集》的历史遗响。1979年末发起的朦胧诗论争，表面是对"新的美学原则"的论争，实则是新一轮的新诗之"新"的论争。"新"在朦胧诗这里，再次借鉴了西方。朦胧诗"衰减"后，"第三代"诗人喊出"打倒北岛""Pass 舒婷"的口号，主张"回到"诗歌"自身"，"回到"语言，回到个体的"生命意识"，成为"新诗潮"在这一时期的"新的支撑点"。[①] 倘若回望一下1980年代诗歌流派的命名特征——"新诗潮/后新诗潮""朦胧诗/后朦胧诗""朦胧诗/第三代诗""现代主义诗歌/后现代主义诗歌""第三代诗歌/90年代诗歌""青春期写作/中年写作"……[②]不难发现，这种起源于《尝试集》的线性的求"新"的进化论的"时间神话"，一直支配着新诗的发展。1990年代末，"知识分子写作"与"民间写作"的诗界论争，其中涉及汉语写作与全球化语境、文学经典与文化传统等问题，"民间派"提出诗歌要世俗化、语言要口语化的主张……诸种现象、诸种问题，无疑都是新诗之"新"与"美"冲突的体现。

　　胡怀琛所构想的传统诗体的现代汉语转化这条诗学路径，在历史的后视镜中，我们可以清晰地梳理出新诗发展的这个隐在流脉。从晚清黄遵宪等的"诗界革命"，到"五四"时期胡怀琛所倡导的"新派诗"，以及胡适的那些"放脚"白话诗，到新中国时期毛泽东的新诗道路论，以及郭小川的"新辞赋体"，直至今天一些人倡导和实践借助古典诗词资源重铸汉语诗性魅力的做法，均可谓传统诗体的现代汉语转化这条路径上一脉相承的一些联结点。1940年代以后，文学朝向民族形式与大众化方向发展，直到新中国成立，文化的走向中的回归传统成为主流。特别是1950年代末，受毛泽东诗学观念的影响，新诗的发展路向，强调从古典诗词与民歌中吸取养料。这时的新诗创作，尤其是郭小川的"新辞赋体"，实际上是沿着毛泽东倡导的新诗道路在有限的程度上走通了传统诗体的现代汉语转化这条道路。在新中国时期的诗歌创作实践上，1959年至1960年代初期，郭小川的一些诗作、严阵的诗集《江南曲》（1961）、陆棨的诗集

[①] 参见洪子诚、刘登翰《中国当代新诗史》，北京大学出版社，2005，第209页。
[②] 参见洪子诚、刘登翰《中国当代新诗史》，北京大学出版社，2005，第274页。

《灯的河》（1961）、沙白的《水乡行》（1962）、张志民的诗集《西行剪影》（1963），皆以古典诗词（尤其是宋元小令）作为新诗创新的形式资源。1959年，一篇评价郭小川的文章中有这样一段："在继承古典诗歌一些形式上的优点时，我们不应当忽略了宋以后在词的基础上发展起来的散曲，小令。这种形式在格律上并没有严格的限制。虽然有词牌，但那词牌的样式多到你信手写来也容易合拍的地步。散曲，小令都起源于民间，接近口语，它有明快、简练、纤细、音乐性强等优点。这种形式在宋以后流行了五、六百年，在元代并成为诗歌的主要形式，并不是偶然的。它是古典诗词发展趋于冲破格律限制，向自然的口语的方向前进的结果。"[1]

在当下全球化的时代语境中，站在百年新诗发展的路口，汉语诗歌如何在现代汉语阶段释放汉语的诗性之美，成为一个亟待解决的时代性难题，倡导和实践借助古典诗词以重铸汉语诗性魅力的呼声越来越高。回顾对胡适、胡怀琛诗学的比较，我们可以看到，重新发现胡怀琛在新诗史上的地位这个问题，变得尤为重要。当年，钱仲联先生在《南社吟坛点将录》中曾这样歌咏胡怀琛："《大江集》与《江村集》，旧体新裁合一家。笔战何妨到《尝试》，妙莲开山笔端花。"[2] 当新与旧、传统与现代不再成为泾渭分明、二元对立的问题时，胡怀琛所构想的传统诗体的现代汉语转化这条路径，是应该值得我们发现、反思、吸取并且继承的。

---

[1] 宋遂良：《创造性的探索——从郭小川同志三首长诗谈诗歌的民族形式问题》，《诗刊》1959年第5期。
[2] 钱仲联：《南社吟坛点将录》，马以君主编《南社研究》第6卷，中山大学出版社，1994，第9页。

附一　胡适、胡怀琛诗学论著年表简编

本年表从 1911 年编至 1959 年，因为胡怀琛卒于 1938 年，胡适与诗学相关的论著、言论大致止于 1959 年。胡适（1891~1962）、胡怀琛（1886~1938）相关诗学论著年表内容分为两个部分：一是报刊上发表的诗歌作品、诗歌评论、诗学理论文章；二是出版的与诗学相关的学术专著。需要作出说明的是，部分内容来源于胡适日记、书信以及讲演，没有正式发表，所以少量记录了大致时间和内容；与古典诗歌、古代诗人、新文学、现代汉语等相关的部分均属诗学范畴，故收入；其他均为论著，论文在前，著作在后。年表参考了《胡适留学日记》（上、下）（安徽教育出版社，1999）、耿云志编《胡适年谱：1891~1962》（福建教育出版社，2012）、周兴陆《汉语言文学研究》（2013 年第 4 卷第 2 期）。

1911 年

胡适

4 月 13 日读《诗经》之《召南》《邶风》，在日记中写其心得谓：汉儒解经之谬，未有如《诗笺》之甚者矣。盖诗之为物，本乎天性，发乎情之不容已。诗者，天趣也。汉儒寻章摘句，天趣尽湮，安可言诗？而数千年来，率因其说，坐令千古至文，尽成糟粕，可不痛哉！故余读《诗》，推翻《毛传》，唾弃《郑笺》，土苴《孔疏》，一以己意为造《今笺新注》。自信此笺果成，当令《三百篇》大放光明，永永不朽，非夸也。

11月《适庵说诗杂记》（草稿）

11月《诗三百篇言字解》

《一笑》，《白话文选》，刊期不详

胡怀琛

无

1912 年

无

1913 年

胡适

10月16日《西文诗歌甚少全篇一韵》谓：西文诗歌多换韵，甚少全篇一韵者。顷读 Robert Browning，见两诗都用一韵：一为 Avallier Tunes 之第三章，一为 Through The Metidja to Abd-el-Kadr，以其不数见，故记之。

新大陆诗选：《去国行二章（庚戌）》，《留美学生年报》第2期

新大陆诗选：《译德国诗人亥纳诗一章（有序）》，《留美学生年报》第2期

《诗经言字解》，《留美学生年报》第2期

胡怀琛

冷香集：《春夜》[诗词]，《香艳集》第1期

冷香集：《有赠》[诗词]，《香艳集》第1期

冷香集：《闲居》[诗词]，《香艳集》第1期

冷香集：《无题》[诗词]，《香艳集》第1期

冷香集：《罗敷媚》[诗词]，《香艳集》第1期

冷香集：《罗敷媚（夜雨）》[诗词]，《香艳集》第1期

冷香集：《一厂命题慧珠小影》[诗词]，《香艳集》第1期

冷香集：《再题浮梅槛诗园》［诗词］，《香艳集》第 1 期

冷香集：《为程善之题昙花现景图》［诗词］，《香艳集》第 1 期

冷香集：《题石子浮梅槛诗图图为新婚后旅行西湖作》［诗词］，《香艳集》第 1 期

冷香集：《柳梢青：天遂为余书扇填此酬之》［诗词］，《香艳集》第 1 期

冷香集：《又：悔杀当年字紫云紫云易散事成真……》［诗词］，《香艳集》第 1 期

冷香集：《为天健题其所画杜鹃花月尺页》［诗词］，《香艳集》第 1 期

冷香集：《八月三日朱子少屏昆季同晶结婚摄景命题为缀一绝》［诗词］，《香艳集》第 1 期

冷香集：《洞仙歌：楚伧鹤刍各以寄内赠内词示余反其意依调填此和之》［诗词］，《香艳集》第 1 期

1914 年

胡适

1月23日论《叔永岁末杂感诗》谓：任叔永作岁末杂感诗数章见示，第一首总叙，第二首《雪》，第三首《滑冰》，第四首《度岁》。其《雪》诗起云，"昨夜天急雪，侵晓势益盛"；中有"轻盈尚扑面，深厚已没胫。远山淡微林，近潭黝深凝。疏枝压可折，高檐滑欲迸"。其《滑冰》诗有"毡裘带双鞲，铁屐挺孤棱；蹀足一纵送，飘忽逐飞甍"。其《度岁》诗"冬青罗窗前，稚子戏阶砌。有时笑语声，款款出深第。感此异井物，坐怀故乡例。凤驾信未遑，幽居聊小憩"。皆佳。

1月29日作《久雪后大风寒甚作歌》，并在日记中写道：此诗用三句转韵体，乃西文诗中常见之格，在吾国诗中，自谓此为创见矣。……以诗示许少南（先甲——作者注），少南昨寄柬云："三句转韵体，古诗中亦有之"因引岑参《走马川行》为证："轮台九月风怒吼，一川碎石大如斗，随风满地石乱走。匈奴草黄马正肥，军山西见烟尘飞，汉家大将西出师。"此诗后五韵皆每韵三句一转，惟起数句不然，则亦未为全用此体也。

1月29日译英国十九世纪诗人卜郎吟（Robert Browning），称：此诗以骚体说理之诗，殊不费气力而辞旨畅达，他日当再试为之。今日之译稿。可谓为我辟一译界新殖民地也。

2月3日作《哀希腊歌》，前有序言：裴伦（Byron）之《哀希腊歌》，吾所知已有数人：最初为梁任公，所译见《新中国未来记》；马君武次之，见《新文学》；去年吾友张奚若来美，携有苏曼殊之译本，故得尽读之。兹三本者，梁译仅全诗十六章之二；君武所译多讹误，有全章尽失原意者；曼殊所译，似大谬之处尚少。而两家于诗中故实似皆不甚晓，故词旨幽晦，读者不能了然。吾尝许张君为重对此歌。昨夜自他处归，已夜深矣，执笔译之，不忍释手，至漏四下始竣事。门外风方怒号，空棂兀兀动摇，尔时群动都寂，独吾歌诗之声与风声相对答耳。

5月9日《论英诗人卜朗岭之乐观主义》

5月27日《论律诗》

7月7日《自杀篇》谓：此诗全篇作极自然之语，自谓颇能达意。吾国诗每不重言外之意，故说理之作极少。求一朴蒲（Pope）已不可多得，何况华茨活（Wordsworth）与贵推（Goethe）、卜郎吟（Browning）矣。此篇以吾所持乐观主义入诗，以责自杀者。全篇为说理之作，虽不能佳，然涂径具在，他日多作之，或有进境耳。……吾近来作诗，颇能不依人蹊径，亦不专学一家，命意面无从摹效，即字句形式亦不为古人成法所拘，盖胸襟魄力，较前阔大，颇能独立矣。

7月13日论《哀希腊歌》译稿：写所译裴伦《哀希腊歌》，不能作序，因作《译馀剩墨》数则弁之。其一则论译诗择体之难，略曰："译诗者，命意已为原文所限，若更限于体裁，则动辄掣肘，决不能得惬心之作也。"此意乃阅历所得，译诗者不中不理会。

8月11日《读君武先生诗稿》

新大陆诗选：《出门一首》，《留美学生年报》第3期

新大陆诗选：《翠楼吟（庚戌去国后第一重九）》，《留美学生年报》第3期

新大陆诗选：《辛亥五月海外哭程乐亭》，《留美学生年报》第3期

新大陆词选：《水龙吟（秋去）》，《留美学生年报》第3期

新大陆诗选：《耶稣诞节歌》，《留美学生年报》第 3 期

新大陆诗选：《甲寅正月大风雪甚作歌（有序）》，《留美学生年报》第 3 期

诗词：《大雪（有序）》，《留美学生季报》第 1 卷春卷

诗词：《春朝》，《留美学生季报》第 1 卷第 3 期

诗词：《即事和叔永原韵》，《留美学生季报》第 1 卷第 3 期

诗词：《自杀篇（为叔永题鹡鸰风雨集）》，《留美学生季报》第 1 卷第 3 期

诗词：《游仙一律再和叔永原韵》，《留美学生季报》第 1 卷第 3 期

胡怀琛

诗选：《暮春集仲兄寓斋和巢南》，《夏星》第 1 期

冷香集：《观冯小青新剧寄亚子》［诗词］，《香艳集》第 2 期

冷香集：《题董小宛小影》［诗词］，《香艳集》第 2 期

冷香集：《兰皋命题梅陆合集》［诗词］，《香艳集》第 2 期

冷香集：《采桑子：倦鹤有采桑子……》［诗词］，《香艳集》第 2 期

冷香集：《采桑子：新移居跑马厅畔闻之展人旧日吴中费某藏娇之所也词以记之》［诗词］，《香艳集》第 2 期

《在山泉诗话序》，《南社》第 11 期

南社诗录：《杂诗》，《南社》第 11 期

《海天诗话》，《古今文艺丛书》第三集

1915 年

胡适

5 月 1 日，在《书怀》中评价任叔永《春日书怀》：余最恨律诗，此诗以古诗法入律，不为格律所限，故颇能以律诗说理耳。

6 月 6 日《词乃诗之进化》；《陈同甫词》

6 月 23 日《杨、任诗句》

8 月 3 日《读词偶得》

8月4日《读香山诗琐记》

8月18日《论"文学"》

8月20日《临江仙》序

8月26日《如何可使吾国文言易于教授》

9月4日《对语体诗词》

9月17日《送梅觐庄往哈佛大学诗》提出"诗国革命"口号。

9月21日《依韵和叔永戏赠诗》提出"作诗如作文"口号。

诗词：《送许肇南归国》，《留美学生季报》第2卷第2期

诗词：《墓门行（并序）》，《留美学生季报》第2卷第2期

诗词：《游影飞儿瀑泉山作》，《留美学生季报》第2卷第2期

诗词：《满庭芳（乙卯）（有序）》，《留美学生季报》第2卷第3期

诗词：《沁园春》，《留美学生季报》第2卷第4期

诗词：《送梅觐庄往哈佛大学》，《留美学生季报》第2卷第4期

胡怀琛

《波罗奢馆杂记（纽双星第四期）：王渔洋佚诗等五篇》，《文星杂志》第2期

艳丛：《题董小宛小影》，《香艳杂志》第9期

1916 年

胡适

2月3日《与梅觐庄论文学改良》，再次提出"诗界革命""作诗如作文"的口号，并提出："今日文学大病，在于徒有形式而无精神，徒有文而无质，徒有铿锵之韵貌似之辞而已。今欲救此文胜之弊，宜从三事入手：第一，须言之有物；第二，须讲文法；第三，当用'文之文字'时不可避之。三者皆以质救文胜之敝也。"

2月20日《叔永答余论改良文学书》

2月24日《〈诗经〉言字解》

4月5日《吾国历史上的文学革命》

4月7日《李清照与蒋捷之〈声声慢〉词》

4月17日《吾国文学三大病》

7月6日《白话文言之优劣比较》

7月6日《记袁随园论文学》

7月12日《胡适答叔永书》指出所作游湖翻船诗写得不真实。

7月16日，《胡适答叔永》，指出诗中写翻船一段"所用字句，皆前人用以写江海大风浪之套语"，"故全段一无精采"。批评诗中用了许多今人已不用的死字。

7月22日作白话长诗答复梅光迪对其"俗语白话"的批评。

7月26日致信任鸿隽，说："白话之能不能作诗，此一问题，全待吾辈解决。解决之法，不在乞怜古人，谓古人所无今必不可有，而在吾辈实地试验。"

7月30日《一首白话诗引起的风波》

7月31日《杜甫白话诗》

8月4日《死语与活语举例》

8月19日，致信朱经农，系统指出文学革命的纲领："新文学之要点约有八事：（1）不用典。（2）不用陈套语。（3）不讲对仗。（4）不避俗字俗语。（不嫌以白话作诗词）（5）须讲求文法。——以上为形式的方面。（6）不作无病之呻吟。（7）不摹仿古人。（8）须言之有物。——以上为精神（内容）的方面。"

8月21日《宋人白话诗》；《文学革命八条件》；《寄陈独秀》赞成其"趋向写实主义"的说法；批评《青年杂志》登载谢无量的旧体诗所加按语"希世之音"，吹捧太过；指出谢诗古典套语太多，且有不切不通之处；还指出今日文学腐败，"盖可以'文质胜'一语包之。今日欲言文学革命，须从八事入手"；此外，还批评了南社诸子。

8月23日《觐庄之文学革命四大纲》

9月3日《尝试歌》（有序）

9月15日《答经农》评价朱经农的白话诗

12月21日《"打油诗"解》

12月26日前后，《文学改良私议》，发表在《新青年》时改为《文学改良刍议》；《印象派诗人的六条原理》（抄录）

《耶稣诞日歌》,《民彝》第 1 期

《自杀篇（有序）》,《民彝》第 1 期

《论句读及文字符号》,《科学》第 2 卷第 1 期

《论诗偶记》,《留美学生季报》第 3 卷第 4 期

胡怀琛

无

1917 年

胡适

1 月 20 日《论诗杂诗》

6 月—7 月《归国记》

11 月 20 日，致信钱玄同，讨论古小说评价及白话诗问题，提出"白话解"三条。

《文学改良刍议》,《新青年》第 2 卷第 5 期

白话诗八首：《赠朱经农》,《新青年》第 2 卷第 6 期

白话诗八首：《孔丘》,《新青年》第 2 卷第 6 期

白话诗八首：《朋友》,《新青年》第 2 卷第 6 期

白话诗八首：《他（思祖国也，民国五年九月作）》,《新青年》第 2 卷第 6 期

白话词：《采桑子江上雪》,《新青年》第 3 卷第 4 期

白话词：《生查子》,《新青年》第 3 卷第 4 期

白话词：《沁园春"新俄万岁"（有序）》,《新青年》第 3 卷第 4 期

白话词：《沁园春：生日自寿》,《新青年》第 3 卷第 4 期

文艺：《白话诗四首：赠朱经农》,《通俗周报》第 6 期

诗选：《黄克强先生哀辞》,《留美学生季报》第 4 卷第 1 期

诗选：《秋柳（附后序）》,《留美学生季报》第 4 卷第 1 期

诗选：《江上》,《留美学生季报》第 4 卷第 1 期

《文学改良刍议》,《留美学生季报》第 4 卷第 1 期

词选：《沁园春：更不伤春》，《留美学生季报》第 4 卷第 1 期

诗选：《秋声（有序）》，《留美学生季报》第 4 卷第 1 期

词选：《水调歌头：今别离（有序）》，《留美学生季报》第 4 卷第 1 期

诗选：《中秋》，《留美学生季报》第 4 卷第 1 期

诗选：《孔丘（有序）》，《留美学生季报》第 4 卷第 1 期

词录：《采桑子近：江上雪》，《留美学生季报》第 4 卷第 2 期

诗录：《尝试篇八首（有序）》，《留美学生季报》第 4 卷第 2 期

词录：《沁园春：新年》，《留美学生季报》第 4 卷第 2 期

词选：《临江仙：六里涧（民国四年旧作）》，《留美学生季报》第 4 卷第 3 期

词选：《沁园春：新俄万岁（有序）》，《留美学生季报》第 4 卷第 3 期

诗选：《论诗杂记五首（民国六年）》，《留美学生季报》第 4 卷第 3 期

诗录：《五月》，《留美学生季报》第 4 卷第 4 期

诗录：《将归国、叔永以诗赠别》，《留美学生季报》第 4 卷第 4 期

诗录：《朋友篇》，《留美学生季报》第 4 卷第 4 期

词录：《百字令：七月三夜太平洋舟中见月有怀美洲诸友》，《留学学生季报》第 4 卷第 4 期

胡怀琛

无

1918 年

胡适

通讯：《论小说及白话韵文》，《新青年》第 4 卷第 1 期

诗：《景不徙篇（有序）》，《新青年》第 4 卷第 1 期

诗：《一念（有序）》，《新青年》第 4 卷第 1 期

诗：《人力车夫》，《新青年》第 4 卷第 1 期

诗：《鸽子：云淡天高好一片晚秋天气!》［诗歌二首］，《新青年》第 4 卷第 1 期

诗：《老鸦》，《新青年》第 4 卷第 2 期

诗：《除夕：年年有除夕，年年不相同……》［诗歌两首］，《新青年》第 4 卷第 3 期

《老洛伯》（中英文对照），《新青年》第 4 卷第 4 期

诗：《新婚杂诗》，《新青年》第 4 卷第 4 期

《建设的文学革命论：国语的文学：文学的国语》，《新青年》第 4 卷第 4 期

诗：《"赫贞旦"答叔永》，《新青年》第 4 卷第 5 期

通信：《新文学及中国旧戏》，《新青年》第 4 卷第 6 期

诗：《戏孟和》，《新青年》第 5 卷第 1 期

诗：《四月二十五夜》，《新青年》第 5 卷第 1 期

通信：《新文学问题之讨论》，《新青年》第 5 卷第 2 期

通信：《论句读符号（附答黄觉僧君折衷的文学革新论）》，《新青年》第 5 卷第 3 期

《文学进化观念与戏剧改良》，《新青年》第 5 卷第 4 期

诗：《如梦令（两首）：（一）六年八月作，（二）七年八月作》，《新青年》第 5 卷第 4 期

诗：《三溪路上大归里一个红叶（六年十二月作）》，《新青年》第 5 卷第 4 期

通信：《文学上之疑问三则》，《新青年》第 5 卷第 5 期

本校琐闻：《歌谣选（续）》，《北京大学日刊》第 148 期

本校琐闻：《歌谣选（续）》，《北京大学日刊》第 149 期

胡怀琛

无

1919 年

胡适

谈新诗：《八年来一件大事》，《星期评论》10 月 10 日双十节纪念号

5 卷

通信：《白话诗的三大条件》，《新青年》第 6 卷第 3 期

诗：《关不住了!》，《新青年》第 6 卷第 3 期

诗：《一涵》，《新青年》第 6 卷第 4 期

《实验主义》，《新青年》第 6 卷第 4 期

诗：《希望》，《新青年》第 6 卷第 4 期

诗：《"应该"有序》［诗歌两首］，《新青年》第 6 卷第 4 期

《我为什么要做白话诗（尝试集自序）》，《新青年》第 6 卷第 5 期

诗：《送任叔永回四川》，《新青年》第 6 卷第 5 期

诗：《一颗星儿》，《新青年》第 6 卷第 5 期

诗：《乐观》，《新青年》第 6 卷第 6 期

诗：《威权》，《新青年》第 6 卷第 6 期

《奏乐的小孩》，《新青年》第 6 卷第 6 期

通信：《同音字之当改与白话文之经济》，《新青年》第 6 卷第 6 期

《新思潮的意义》，《新青年》第 7 卷第 1 期

诗：《十二月一日到家》，《新潮》第 1 卷第 2 期

《关不住了!》（中英文对照）［诗歌］，《新潮》第 1 卷第 4 期

诗：《上山》，《新潮》第 2 卷第 2 期

文艺：《尝试集自序》，《北京大学日刊》第 438 期

文艺：《尝试集自序（续）》，《北京大学日刊》第 439 期

文艺：《尝试集自序（续）》，《北京大学日刊》第 441 期

文艺：《尝试集自序（续）》，《北京大学日刊》第 442 期

文艺：《尝试集自序（续）》，《北京大学日刊》第 443 期

文艺：《尝试集自序（续）》，《北京大学日刊》第 444 期

胡怀琛

文苑：《诗录：题醴陵兵燹图暨屯垦》，《湖南》第 1 卷第 2 期

杂俎：《新派诗说》，《妇女杂志》第 5 卷第 11 期

《文学之神秘》，《妇女杂志》第 5 卷第 12 期

南社诗录：《明月诗》，《南社》第 21 期

1920 年

胡适

8月4日，《〈尝试集〉再版自序》

《耶稣诞节歌》，《生命》第5期

《国语的进化》，《北京大学日刊》第532期

杂录：《国语的进化（二续）》，《北京大学日刊》第534期

杂录：《国语的进化（三续）》，《北京大学日刊》第535期

杂录：《国语的进化（四续）》，《北京大学日刊》第536期

《国语的进化》，《新青年》第7卷第3期

诗：《追悼许怡荪（有序）》，《新青年》第8卷第2期

诗：《尝试集集外诗五篇：例外》，《新青年》第8卷第3期

诗：《尝试集集外诗五篇：艺术》，《新青年》第8卷第3期

诗：《尝试集集外诗五篇：湖上》，《新青年》第8卷第3期

诗：《尝试集集外诗五篇：我们三个朋友》，《新青年》第8卷第3期

诗：《尝试集集外诗五篇：译张籍的节妇吟（有跋）》，《新青年》第8卷第3期

《建设的文学革命论（未完）》，《遂安教育公报》第2卷第6期

《尝试集》，亚东图书馆初版；9月再版

胡怀琛

《诗与诗人》，《民铎杂志》第2卷第3期

《文学图说》，《妇女杂志》第6卷第1期

《科学观之诗谈》，《妇女杂志》第6卷第5期

《文字语言的界说和分类》，《妇女杂志》第6卷第7期

《释婢问题答敌秋君》，《妇女杂志》第6卷第9期

《译诗丛谈》，《妇女杂志》第6卷第10期

新体诗：《燕子》，《小说月报》第11卷第5期

新体诗：《明月》，《小说月报》第11卷第5期

弹词：《铁血美人弹词（续）》，《小说月报》第 11 卷第 6 期

弹词：《铁血美人弹词（续）》，《小说月报》第 11 卷第 9 期

诗：《春游杂诗》，《美育》第 1 期

《尝试集讨论续记》，《美育》第 4 期

《诗学研究》，《美育》第 5 期

《墲籆词选：吴山青（啼蛄词为君博题）》，《游戏新报》第 1 期

丛录：《新派诗话（一）：长江黄河》［诗词］，《俭德储蓄会月刊》第 1 卷第 2 期

丛录：《新派诗话（一）：什么叫作新派诗》，《俭德储蓄会月刊》第 1 卷第 2 期

丛录：《新派诗话（一）：新派诗例略》，《俭德储蓄会月刊》第 1 卷第 2 期

丛录：《新派诗话（一）：秋叶》［诗词］，《俭德储蓄会月刊》第 1 卷第 2 期

丛录：《新派诗话（一）：晚饭秋底公园落日》［诗词］，《俭德储蓄会月刊》第 1 卷第 2 期

丛录：《新派诗话（一）：江水》［诗词］，《俭德储蓄会月刊》第 1 卷第 2 期

丛录：《新派诗话（一）：明月诗》［诗词］，《俭德储蓄会月刊》第 1 卷第 2 期

丛录：《新派诗话（一）：老树》［诗词］，《俭德储蓄会月刊》第 1 卷第 2 期

丛录：《新派诗话（一）：鹭鸶》［诗词］，《俭德储蓄会月刊》第 1 卷第 2 期

丛录：《新派诗话（一）：咏蝶：［诗词］》，《俭德储蓄会月刊》第 1 卷第 2 期

丛录：《新派诗话（一）：对月》［诗词］，《俭德储蓄会月刊》第 1 卷第 2 期

丛录：《新派诗话（一）：树影》［诗词］，《俭德储蓄会月刊》第 1 卷第 2 期

丛录：《新派诗话（一）：采茶词四首》［诗词四首］，《俭德储蓄会月刊》第 1 卷第 2 期

丛录：《新派诗话（一）：饲蚕词四首》［诗词四首］，《俭德储蓄会月刊》第 1 卷第 2 期

丛录：《新派诗话（一）：今日》［诗词］，《俭德储蓄会月刊》第 1 卷第 2 期

丛录：《哀青岛》［诗词］，《俭德储蓄会月刊》第 1 卷第 2 期

丛录：《自由钟（八年四月作美某国人之独立也）》［诗词］，《俭德储蓄会月刊》第 1 卷第 2 期

丛录：《新派诗话（续前期）：苹果树》，《俭德储蓄会月刊》第 1 卷第 2 期

丛录：《新派诗话（续前期）：晚秋杂诗》，《俭德储蓄会月刊》第 1 卷第 2 期

丛录：《新派诗话（续前期）：读胡怀琛新派诗说》（见《南通报》），《俭德储蓄会月刊》第 1 卷第 3 期

丛录：《新派诗话（一）：冬天的青菜》［诗词］，《俭德储蓄会月刊》第 1 卷第 3 期

丛录：《新派诗话（续前期）》，《俭德储蓄会月刊》第 1 卷第 3 期

丛录：《新派诗话（续前期）：雪》，《俭德储蓄会月刊》第 1 卷第 3 期

丛录：《新派诗话（续前期）：馆内幽怀》，《俭德储蓄会月刊》第 1 卷第 3 期

丛录：《新派诗话（续前期）：立在松树下》，《俭德储蓄会月刊》第 1 卷第 3 期

丛录：《新派诗话（续前期）：岸》，《俭德储蓄会月刊》第 1 卷第 3 期

丛录：《新派诗话（续前期）：和孙明府还旧山》，《俭德储蓄会月刊》第 1 卷第 3 期

丛录：《新派诗话（续前期）：画眉鸟》，《俭德储蓄会月刊》第 1 卷第 3 期

诗：《津榆道中》[诗词]，《俭德储蓄会月刊》第 1 卷第 3 期

丛录：《新派诗话（续前期）：本来干他什么事》，《俭德储蓄会月刊》第 1 卷第 3 期

丛录：《读白华君新诗略谈》，《俭德储蓄会月刊》第 1 卷第 4 期

丛录：《新派诗话（三）：新诗略谈》，《俭德储蓄会月刊》第 1 卷第 4 期

胡怀琛、朱执信：《读胡适之尝试集（续）：答胡怀琛先生》（见《星期评论》），《俭德储蓄会月刊》第 2 卷第 1 期

胡怀琛、朱执信：《读胡适之尝试集（续）：诗的音节》（见《星期评论》），《俭德储蓄会月刊》第 2 卷第 1 期

《读胡适之尝试集（续）：致朱执信先生书》，《俭德储蓄会月刊》第 2 卷第 1 期

《读胡适之尝试集（续）：致朱执信先生第二书》，《俭德储蓄会月刊》第 2 卷第 1 期

新派诗说：论绪：《吾作此文，吾须略言吾之大意……》，《俭德储蓄会月刊》第 2 卷第 3 期

《中国文学评价》，华通书局初版

1921 年

胡适

诗：《希望》，《晨报副刊》10 月 12 日

《国语运动的历史》，《教育杂志》第 13 卷第 11 期

诗：《礼!》，《新青年》第 8 卷第 5 期

诗：《梦与诗》，《新青年》第 8 卷第 5 期

诗：《死者》，《新青年》第 9 卷第 2 期

诗：《四烈士塚上的没字碑歌》，《新青年》第 9 卷第 2 期

《国语文法的研究法》，《新青年》第 9 卷第 3 期

《国语文法的研究法（续前）》，《新青年》第 9 卷第 4 期

诗：《醉与爱》，《民国日报·觉悟》第 1 卷第 31 期

诗：《四烈士塚上的没字碑歌》，《民国日报·觉悟》第 6 卷第 12 期

诗歌：《死者》，《民国日报·觉悟》第 6 卷第 21 期

诗歌：《希望》，《民国日报·觉悟》第 10 卷 16 期

选录：《国语标准与国语》，《诸暨教育月刊》第 1 卷第 4 期

胡怀琛

《诗学研究（续）》，《美育》第 6 期

《白话诗与裸体美人》，《美育》第 6 期

文艺：《诗歌与公园》，《江苏省立第二师范学校校刊》第 3 期

文艺：《民歌》，《江苏省立第二师范学校校刊》第 6 期

诗：《吊雪》，《民国日报·觉悟》第 2 卷第 21 期

诗：《十二月十日接某君从新如坡来信：天风海水……》，《民国日报·觉悟》第 2 卷第 21 期

诗：《小孩子底天真》，《民国日报·觉悟》第 3 卷第 1 期

诗：《春怨》，《民国日报·觉悟》第 3 卷第 6 期

讨论：《讨论诗学答复刘大白先生》，《民国日报·觉悟》第 3 卷第 22 期

诗：《春夜闻雨》，《民国日报·觉悟》第 4 卷第 29 期

诗：《魂灵》，《民国日报·觉悟》第 4 卷第 29 期

诗：《寄刘大白（并序）》，《民国日报·觉悟》第 5 卷第 1 期

诗：《赠郭沫若》，《民国日报·觉悟》第 5 卷第 3 期

诗：《问愁》，《民国日报·觉悟》第 5 卷第 24 期

诗：《心中事》，《民国日报·觉悟》第 5 卷第 24 期

《尧深哀词：吊范尧深君》，《民国日报·觉悟》第 11 卷第 24 期

大江集：大观集之第一种：《私叶》，《新声》第 2 期

大江集：大观集之第一种：《海鸥》，《新声》第 2 期

大江集：大观集之第一种：《虫言：叫哥哥》，《新声》第 2 期

大江集：大观集之第一种：《虫言：知了》，《新声》第 2 期

大江集：大观集之第一种：《虫言：促织》，《新声》第 2 期

大江集：大观集之第一种：《明月》，《新声》第 2 期

大江集：大观集之第一种：《流水》，《新声》第 2 期

大江集：大观集之第一种：《长江黄河》，《新声》第 2 期

大江集：大观集之第一种：《送友人往天平山看红叶》，《新声》第 2 期

大江集：大观集之第一种：《为女生某君题画诗中云云为画中实景也》，《新声》第 2 期

大江集：大观集之第一种：新禽言：《割麦插禾》，《新声》第 2 期

大江集：大观集之第一种：新禽言：《姑恶》，《新声》第 2 期

大江集：大观集之第一种：新禽言：《得过且过》，《新声》第 2 期

大江集：大观集之第一种：新禽言：《提壶卢》，《新声》第 2 期

大江集：大观集之第一种：新禽言：《不如归去》，《新声》第 2 期

大江集：大观集之第一种：新禽言：《行不得也哥哥》，《新声》第 2 期

大江集：大观集之第一种：《荒坟（以下译诗附原文）》，《新声》第 2 期

大江集：大观集之第一种：《菜花》，《新声》第 2 期

大江集：大观集之第一种：《落花诗》，《新声》第 2 期

大江集：大观集之第一种：《老树》，《新声》第 2 期

大江集：大观集之第一种：《饲蚕调四首》，《新声》第 2 期

大江集：大观集之第一种：《冬日青菜》，《新声》第 2 期

大江集：大观集之第一种：《送春诗》，《新声》第 2 期

大江集：大观集之第一种：《春游杂诗》，《新声》第 2 期

大江集：大观集之第一种：《津浦火车中作》，《新声》第 2 期

大江集：大观集之第一种：《世界》，《新声》第 2 期

大江集：大观集之第一种：《自由钟》，《新声》第 2 期

大江集：大观集之第一种：《哀青岛（民国八年五月作）》，《新声》第 2 期

大江集：大观集之第一种：《采茶词四首》，《新声》第 2 期

大江集：《迎春曲》，《新声》第 3 期

大江集：《普陀旅行杂诗》，《新声》第 3 期

通讯：《文学旬刊社诸君：前见孙祖基君通信……》，《文学旬刊》第 12 期

通讯：《改诗的问题（二）》，《新的小说》第 2 卷第 5 期

论说：《解释新旧学者的怀疑》，《俭德储蓄会月刊》第 2 卷第 4 期

《诗与诗人（续）》，《俭德储蓄会月刊》第 2 卷第 5 期

诗：《游苏州留园》［诗词］，《俭德储蓄会月刊》第 3 卷第 1 期

诗：《普陀旅行杂诗：十年四月二日浙江第二师范及上海专科师范同学……》［诗词］，《俭德储蓄会月刊》第 3 卷第 1 期

诗：《见园丁剪树写示江苏二师学生》［诗词］，《俭德储蓄会月刊》第 3 卷第 1 期

论说：《新旧文学调和的问题》，《俭德储蓄会月刊》第 3 卷第 2 期

诗：《借米煮饭》［诗词］，《俭德储蓄会月刊》第 3 卷第 3 期

诗：《借衣作客》［诗词］，《俭德储蓄会月刊》第 3 卷第 3 期

诗：《灯蛾扑火》［诗词］，《俭德储蓄会月刊》第 3 卷第 3 期

诗：《题张雪蕉为萧蜕公所画山水》［诗词］，《俭德储蓄会月刊》第 3 卷第 3 期

《大江集》，梁溪图书馆初版

《白话诗文谈》，广益书局出版

《白话文谈及白话诗谈》，广益书局出版

《新文学浅说》，泰东图书局初版

《唐人白话诗选》，上海崇新书局出版

《古今白话诗选》，出版社不详

1922 年

胡适

3 月 10 日，《尝试集》四版自序

5 月 23 日，讲演《中国诗中的社会问题》

5 月 26 日，讲演《宋元的白话韵文》

8 月 18 日，整理《诗经》，先写《关雎》一篇

8月19日，发现《诗经》中"于以"及"于"字的用法的规律，拟作《胡适试作的〈诗经〉新解一书》

12月，《读书杂志》第4期发表《元人的曲子》

《读〈楚辞〉》，《读书杂志》第1期

评新诗集（一）：《康白情的"草儿"》，《读书杂志》第1期

评新诗集（一）：《俞平伯的"冬夜"》，《读书杂志》第2期

《北京的平民文学》，《读书杂志》第2期

发刊词：《努力歌》［诗歌］，《努力周报》第1期

《歌谣的比较的研究法的一个例》，《努力周报》第31期

《三国六朝的平民文学》，《国语月刊》第1卷第2期

《禅宗的白话散文》，《国语月刊》第1卷第4期

诗：《努力歌》，《晨报副刊》5月9日

南宋的白话词：《国语文学史的第三篇第五章》，《晨报副刊》12月1日

诗歌：《努力歌》，《民国日报·觉悟》第5卷第12期

诗：《希望》，《新青年》第9卷第6期

诗：《平民学校校歌》，《新青年》第9卷第6期

《中学的国文教学》，《新教育》第5卷第3期

《我们的双生日》［诗歌］，《诗》第1卷第2期

晨星篇：《送叔永莎菲往南京》［诗歌］，《诗》第1卷第2期

丛录：《三国六朝的平民文学：新著"国语文学史"的第四章》，《绍兴教育界》第1卷第1期

时论要目：《文艺：国语文学史的绪论》，《学生》第9卷第2期

《尝试集》，亚东图书馆第3版；10月增订四版

胡怀琛

诗歌：《运动（附图）》，《儿童世界》第1卷第4期

儿歌：《水中明月》，《儿童世界》第2卷第13期

儿歌：《厨子和猫（附图）》，《儿童世界》第3卷第1期

儿歌：《亮晶晶！满天星……》，《儿童世界》第3卷第6期

诗歌：《小人国》，《儿童世界》第 3 卷第 10 期

诗歌：《大人国》，《儿童世界》第 3 卷第 10 期

儿歌：《"月亮！月亮！还有半个那里去了？"……》，《儿童世界》第 3 卷第 12 期

猫：《"猫哥哥！猫弟弟！……"》，《儿童世界》第 3 卷第 13 期

诗歌：《雀麻儿》，《儿童世界》第 3 卷第 13 期

儿歌：《马路上的电灯》，《儿童世界》第 4 卷第 1 期

儿歌：《蟹子》，《儿童世界》第 4 卷第 1 期

儿歌：《玻璃瓶》，《儿童世界》第 4 卷第 1 期

儿歌：《蟋蟀娶妇》，《儿童世界》第 4 卷第 2 期

儿歌：《老鼠搬家》，《儿童世界》第 4 卷第 2 期

诗歌：《月世界》，《儿童世界》第 4 卷第 3 期

诗歌：《雨来了》，《儿童世界》第 4 卷第 3 期

《五种新诗集的批评》，《良晨》第 3 期

《中国文学溯源》，《美育》第 7 期

《中国诗乐变迁小史（未完）》（与蒋万里合著），《美育》第 7 期

《观园丁剪树有感》，《江苏省立第二师范学校校刊》第 12 期

《题张君雪蕉为萧蜕公先生所画山水》[诗]，《江苏省立第二师范学校校刊》第 12 期

儿歌：《（一）星与萤火天上一颗星……》，《江苏省立第二师范学校校刊》第 16 期

《尝试集批评与讨论》，泰东图书局再版

《评注历代白话诗选》，上海崇新书局

1923 年

胡适

《汉字改革号卷头语》，《国语月刊》第 1 卷第 7 期

《读王国维先生的"曲录"》，《读书杂志》第 7 期

《读梁漱溟先生的"东西文化及其哲学"》，《读书杂志》第 8 期

诗坛：《相思》，《台湾民报》第 1 卷第 6 期

诗坛：《关不住了》，《台湾民报》第 1 卷第 6 期

《平民学校校歌（录新青年）》，《汉钟》第 1 期

《胡思永遗诗（一）》，《努力周报》第 49 期

《南高峰上看日出》，《努力周报》第 65 期

民歌选录：《安徽：月亮起》，《歌谣周刊》第 28 期

《尝试集》，亚东图书馆第 6 版

胡怀琛

《人为甚么要作诗？》，《诗与小说》第 1 卷第 1 期

《今日中国所需要的小说》，《诗与小说》第 1 卷第 1 期

《诗歌与感情》，《诗与小说》第 1 卷第 1 期

《春怨词》，《诗与小说》第 1 卷第 1 期

《梦里的光明》，《诗与小说》第 1 卷第 1 期

《诗意》，《诗与小说》第 1 卷第 1 期

《诗意（并序）》，《民众文学》第 1 卷第 13 期

《中国地方文学的一斑》，《民众文学》第 2 卷第 3 期

儿歌：《跳舞》，《儿童世界》第 5 卷第 4 期

儿歌：《时钟》，《儿童世界》第 5 卷第 4 期

儿歌：《蜜蜂》，《儿童世界》第 5 卷第 7 期

儿歌：《火星世界（附图）》，《儿童世界》第 6 卷第 6 期

《文学界的四个问题》，《艺术评论》诞生号

《文学界的四个问题（续前）》，《艺术评论》第 5 期

《放歌》，《艺术评论》第 9 期

艺术：诗意：《柝声》，《民国日报·妇女评论》第 100 期

艺术：诗意：《金钱之斧》，《民国日报·妇女评论》第 100 期

艺术：诗意：《孤飞的蝴蝶》，《民国日报·妇女评论》第 100 期

艺术：诗意：《智慧之火》，《民国日报·妇女评论》第 100 期

诗：《赠柳亚子》，《国学周刊》第 31 期

诗：《题家兄朴学斋话酒园》，《国学周刊》第 32 期

波罗奢馆笔记：《说诗》，《俭德储蓄会会刊》第 4 卷第 2 期
波罗奢馆笔记：《王阳明诗》，《俭德储蓄会会刊》第 4 卷第 2 期
波罗奢馆笔记：《悼亡词》，《俭德储蓄会会刊》第 4 卷第 2 期
波罗奢馆笔记：《阳秋》，《俭德储蓄会会刊》第 4 卷第 2 期
波罗奢馆笔记：《蛤什蟆》，《俭德储蓄会会刊》第 4 卷第 2 期
波罗奢馆笔记：《南唐诗僧》，《俭德储蓄会会刊》第 4 卷第 2 期
波罗奢馆笔记：《老渔歌谣》，《俭德储蓄会会刊》第 4 卷第 2 期
波罗奢馆笔记：《诗钟考》，《俭德储蓄会会刊》第 4 卷第 2 期
波罗奢馆笔记：《酒令考》，《俭德储蓄会会刊》第 4 卷第 2 期
波罗奢馆笔记：《梦中诗》，《俭德储蓄会会刊》第 4 卷第 2 期
《尝试集批评与讨论》，泰东图书局初版
《大江集》，四马路崇文书局再版
《新诗概说》，商务印书馆初版
《中国文学史略》，梁溪图书馆初版
《中国诗学通评》，大东书局出版

1924 年

胡适

7 月 4 日前后，两次致信王国维，讨论宋词中"拍衮"的含义。
《翻译之难》，《现代评论》第 1 卷第 1 期
《小诗》，《晨报六周年增刊》第 12 月期
《秘魔崖月夜》[诗歌]，《晨报六周年增刊》第 12 月期
《米桑》[诗歌]，《晨报六周年增刊》第 12 月期
《林琴南先生的白话诗》，《晨报六周年增刊》第 12 月期
《十月廿三日的日出》[诗歌]，《晨报六周年增刊》第 12 月期
译诗一篇：《不见也有不见的好处……》，《语丝》第 2 期
转录：《歌谣的比较的研究法的一个例》，《歌谣周刊》第 46 期
《平民学校校歌》，《陕西教育月刊》第 42 期
《胡适文存二集》，商务印书馆初版

胡怀琛

文艺一斑：《四时杂诗》，《南洋杂志（上海）》第 3 期

《湖滨杂诗（续）》，《民众文学》第 8 卷第 2 期

《湖滨杂诗（续）》，《民众文学》第 8 卷第 3 期

《湖滨杂诗（续）》，《民众文学》第 8 卷第 5 期

《湖滨杂诗（续）》，《民众文学》第 8 卷第 6 期

诗：《希腊有奇士（有序）》，《国学周刊》第 36 期

《燕游诗草汉译本（一）》，《国学周刊》第 39 期

《燕游诗草汉译本（二）》，《国学周刊》第 40 期

《燕游诗草汉译本（三）》，《国学周刊》第 41 期

诗：《夜雨偶成》，《国学周刊》第 41 期

诗：《早春新月》，《国学周刊》第 41 期

《燕游诗草汉译本（四）》，《国学周刊》第 42 期

通信：《与家兄朴安论段玉裁说诗》，《国学周刊》第 42 期

《燕游诗草汉译本（五）》，《国学周刊》第 43 期

《燕游诗草汉译本（六）》，《国学周刊》第 44 期

《诗之阳刚与阴柔》，《国学周刊》第 44 期

《燕游诗草汉译本（七）》，《国学周刊》第 45 期

《燕游诗草汉译本（八）》，《国学周刊》第 46 期

《论诗六首》，《国学周刊》第 49 期

《采访民间歌谣之管见》，《国学周刊》第 53 期

《通信：关于文与文学之辩论》，《国学周刊》第 58 期

诗：《民国十三年七月五日作》，《国学周刊》第 69 期

文录：《答田某先生论诗》，《国学汇编》第 2 集

诗录：《希腊有奇士序》，《国学汇编》第 2 集

诗录：《题家兄朴学斋话酒园》，《国学汇编》第 2 集

诗录：《赠柳亚子》，《国学汇编》第 2 集

杂俎：《燕游诗草汉译本》《国学汇编》第 2 集

诗录：《夜雨偶成》，《国学汇编》第 2 集

诗录：《论诗六首》，《国学汇编》第 2 集

文录：《与家兄朴安论段玉裁说诗》，《国学汇编》第 2 集
《中国诗歌实质上变化的大关键》，《新南社社刊》第 1 期
《中国诗乐变迁小史》（与蒋万里合著），《艺术评论》第 39 期
《中国诗乐变迁小史（续）》（与蒋万里合著），《艺术评论》第 40 期
《中国诗乐变迁小史（续）》（与蒋万里合著），《艺术评论》第 41 期
《小诗研究》，商务印书馆初版
《诗学讨论集》，晓星书局初版
《新诗概说》，商务印书馆再版
《新文学浅说》，泰东图书局第 3 版
《中国诗学通评》，大东书局第 3 版
《文学短论》，梁溪图书馆初版

1925 年

胡适

9 月，在武昌大学讲学《新文学运动之意义》及《谈谈〈诗经〉》
《词的起源》，《清华学报》第 2 卷第 1 期
文艺：《扬州的小曲》，《国语周刊》第 8 期
《吴歌甲集序》，《国语周刊》第 17 期
诗：《记言》，《现代评论》第 2 卷第 42 期
诗：《题凌叔华女士画的雨后西湖》，《现代评论》第 2 卷第 44 期
诗：《八月四夜》，《现代评论》第 2 卷第 46 期
诗：《瓶花》，《现代评论》第 2 卷第 49 期
《上山》[诗歌]，《南开周刊》第 1 卷第 9 期
《译诗一篇》，《妇女杂志》第 11 卷第 1 期
《胡适文存二集》，商务印书馆再版
《胡适之白话文钞》，中华书局出版

胡怀琛

《庄子史记中之诗句》，《民众文学》第 12 卷第 5 期

文府：《赠柳亚子》[诗词]，《俭德储蓄会月刊》第 5 卷第 3 期

杂俎：读宋诗钞杂记：《山歌源于苏子美诗》，《国学周刊》第 83 期

杂俎：读宋诗钞杂记：《宋诗状物有痕迹》，《国学周刊》第 83 期

杂俎：读宋诗钞杂记：《黄文谷楼大防之俗语诗》，《国学周刊》第 83 期

杂俎：读宋诗钞杂记（二）：《朱文公诗有禅、宋人诗多尖新之字》，《国学周刊》第 85 期

读宋诗钞杂记（三）：《唐宋之分、孔平仲述鸥诗》，《国学周刊》第 87 期

读书杂记（二）：《东坡用孔明言文为词、王元美之始创论、名歌人传可惜》，《国学周刊》第 93 期

《尝试集批评与讨论》，泰东图书局第 3 版

《新诗概说》，商务印书馆第 3 版

《中国八大诗人》，商务印书馆初版

《中国民歌研究》，商务印书馆初版

《作文研究》，商务印书馆初版

《中国文学史略》，梁溪图书馆再版

1926 年

胡适

9 月 30 日，《词选》自序

译诗二首：《译薛菜的小诗》，《台湾民报》第 93 期

译诗二首：《月光里》，《台湾民报》第 93 期

《东西之文化》，《图画周刊》第 17 期

《龙井》[诗歌]，《微音》第 27 期

《我们对于西洋近代文明的态度》，《兴华》第 23 卷第 30 期

《我们对于西洋近代文明的态度》，《普益月刊》第 2 期

胡怀琛

《桐城文派》，《国学月刊》第 1 卷第 1 期

218

《韩柳欧苏文之渊源》,《国学月刊》第 1 卷第 2 期

《和诗办》,《小说世界》第 13 卷第 1 期

《隐语诗考》,《小说世界》第 13 卷第 1 期

《再辨和诗》,《小说世界》第 13 卷第 2 期

《辨竹枝词非咏风俗》,《小说世界》第 13 卷第 4 期

《和诗辨》,《民众文学》第 13 卷第 1 期

《再辨和诗》,《民众文学》第 13 卷第 2 期

《竹枝词非咏风俗》,《民众文学》第 13 卷第 4 期

《国风入乐辨》,《民众文学》第 13 卷第 12 期

《国风非民歌本来面目辨》,《民众文学》第 13 卷第 13 期

《国风不能确切代表各国风俗辨》,《民众文学》第 13 卷第 18 期

《诗歌声律辨》,《民众文学》第 13 卷第 24 期

《赋辨》,《民众文学》第 14 卷第 9 期

《辨国风中之巫诗》,《民众文学》第 14 卷第 22 期

《初夏半淞园》,《国学周刊》第 26 期

《首夏徐园观剧》(诗词),《国学周刊》第 26 期

诗:《读书杂记(三)》,《国学周刊》第 94 期

《摘藻扬芬(第一门):民国十三年七月五日作二首(录一)》[诗词],《辽东诗坛》第 14 期

《胡怀琛诗歌丛稿》,商务印书馆初版

《胡怀琛诗歌》,商务印书馆出版

《文学短论》,梁溪图书馆再版

《中国文学通评》,大东书局出版

1927 年

胡适

4 月 3 日,讲演《新文化运动的过去及将来》

7 月,《词选》出版

诗:《素斐》,《现代评论》第 5 卷第 127 期

《白话诗人王梵志》,《现代评论》6 卷 156 期

《胡适之新诗》［诗歌］,《联益之友》第 57 期

《"孔雀东南飞"年代的讨论》,《国学月报：述学社刊物之一》第 2 卷第 12 期

《词选序》,《小说月报》第 18 卷第 1 期

《我们对于西洋近代文明的态度（中）》,《生活》第 3 卷第 5 期

《我们对于西洋近代文明的态度（下）》,《生活》第 3 卷第 6 期

《尝试集》,亚东图书馆第 9 版

《词选》商务印书馆初版

胡怀琛

《韩柳欧苏文之渊源》,《民众文学》第 15 卷第 16 期

《古今诗歌变迁小史：（上）过去的实质上变化的大关键》,《民众文学》第 16 卷第 25 期

《古今诗歌变迁小史：（下）将来于实质上变化之预测》,《民众文学》第 16 卷第 25 期

《中国八大诗人》,商务印书馆第 3 版

《作文研究》,商务印书馆第 3 版

《小诗研究》,商务印书馆第 3 版

《中国文学辨正》,商务印书馆初版

《中国文学史略》,梁溪图书馆第 5 版

1928 年

胡适

3 月 24 日,白居易时代的禅宗世系

6 月 5 日,《白话文学史》自序

6 月 7 日,《绣余草》序,为一位朋友的母亲的诗集撰写的序,序称其诗"能很老实的抒写夫妇的爱情,离别的愁思,旖旎的关心"。

《读双辛夷楼词致李拔可》,《东方杂志》第 25 卷第 6 期

研究：诗概：《鸽子》，《民立学期刊》第 1 期

《寒山拾得考》，《光华期刊》第 2 期

《跋张为骐论"孔雀东南飞"》，《现代评论》第 7 卷第 165 期

《元稹白居易的文学主张》，《新月》第 1 卷第 2 期

《庐山游记（附诗歌）》，《新月》第 1 卷第 3 期

诗：《旧梦》，《新月》第 1 卷第 6 期

《白话文学史》，新月出版社初版

《词选》，商务印书馆再版

胡怀琛

《瞽者唱诗辨》，《民众文学》第 17 卷第 1 期

《新诗概论》，商务印书馆第 4 版

《中国文学史略》，大新书局第 10 版

《简易字说》，商务印书馆出版

《新时代国语教科书》，商务印书馆出版（参编）

1929 年

胡适

1 月，为中国科学社创作《社歌》，歌词浅显，反映其尊信科学的人生态度。

4 月 29 日，《三百年中的女作家》

诗歌：《留恋》，《中国文学季刊》第 1 卷第 2 期

《上山》［诗歌］，《时兆月报》第 24 卷第 7 期

《胡适之先生答丹翁诗》，《上海画报》第 451 期

《五十年来中国之文学》，新民图书局出版

胡怀琛

《讨论学术与笔战》，《知难》第 101、102 期

诗：《咏史》，《持志年刊》第 4 期

诗：《朗吟》，《持志年刊》第 4 期

诗：《题画》，《持志年刊》第 4 期

诗：《司的克》，《持志年刊》第 4 期

诗：《早春郊行》，《持志年刊》第 4 期

诗：《初夏半淞园》，《持志年刊》第 4 期

诗：《题高丽美人舞剑小影》，《持志年刊》第 4 期

诗：《示大风社诸君》，《持志年刊》第 4 期

《吟诗》，《持志年刊》第 4 期

《买菊》［诗词］，《南洋中学校友会会刊》第 5 期

《题高丽美人舞剑小影》，《南洋中学校友会会刊》第 9 期

诗：《示大风社诸君》，《南洋中学校友会会刊》第 9 期

《早春郊行》［诗词］，《南洋中学校友会会刊》第 9 期

读书录：《无名氏的诗及不识人作的诗》，《学生杂志》第 16 卷第 10 期

《诗歌学 ABC》，世界书局出版；ABC 丛书社出版

《诗人生活》，世界书局初版

1930 年

胡适

《鸽子》［歌曲］，《湖上之花》第 1 卷第 2 期

《瓶花小诗》，《金刚画报》第 10 期

《乐观》［歌曲］，《乐艺》第 1 卷第 1 期

新月讨论：（二）《评梦家诗集》，《新月》第 3 卷第 5~6 期

《胡适文存三集》，商务印书馆出版

《胡适文选》，东亚图书馆出版

胡怀琛

《题画》［诗词］，《南洋中学校友会会刊》第 11 期

《初夏半淞园》，《南洋中学校友会会刊》第 11 期

《谈诗之类别》，《东方文化（上海）》第 5 期

有韵的文艺：《雪后独步六三花园收所见》［诗歌］，《持志年刊》第 5 期

有韵的文艺：《题陈柱尊待焚诗草》［诗歌］，《持志年刊》第 5 期

《文艺参考的材料：新诗歌的书目》，《持志年刊》第 5 期

有韵的文艺：《道佛儒三家赠答诗：道言、释答、儒和解》，《持志年刊》第 5 期

《诗？中国现在很多爱好文学的人……》，《俭德储蓄会会刊》第 3 期

《陆放翁生活》，世界书局出版

《中国文学评价》，华通书局再版

《胡怀琛诗歌丛稿》，商务印书馆再版

《子夜歌》，文艺小丛书社、广益书局出版（与其兄胡朴安编辑）

1931 年

胡适

2 月 23 日，《论诗经》答刘大白

12 月 30 日，在北大中文系讲演《中国文学的过去与未来》

《我们对于西洋近代文明的态度》，《上海青年》第 31 卷第 21 期

歌乐：《关不住了》［歌曲］，《乐艺》第 1 卷第 4 期

《老鸦》［歌曲］，《乐艺》第 1 卷第 5 期

《章实斋年谱》，商务印书馆初版

《胡适文选》（二集），亚州书馆出版

胡怀琛

歌录：《译高丽俗歌二首并跋》，《音》第 14 期

歌录：《卖饼歌》，《音》第 15 期

歌录：《愿诗之五》，《音》第 15 期

歌录：《愿诗》，《音》第 16 期

歌录：《新军歌》，《音》第 16 期

歌录：《我们需要》，《音》第 17 期

歌录：《农人》，《音》第 18 期

歌录：《少年歌》，《音》第 19 期

《法苑艺林：诗林：示大风社诸君》，《海潮音》第 12 卷第 1 期

《中国古代对于诗歌的了解》，《世界杂志》第 2 卷第 5 期

《诗的作法》，世界书局初版

《抒情文作法》，世界书局初版

《中国文的过去与未来》，世界书局出版

《标题符号使用法》，世界书局 4 月初版；8 月再版

《中国文学史概要》，商务印书馆出版

1932 年

胡适

12 月 22 日，讲演《中国文学史的一个看法》

《狮子狗儿的诗》［诗歌］，《一八社刊》第 2 期

《"小诗"》，《中中旬刊》第 3 期

通信：《致志摩》：理想的新诗是用现代中国语言来表现现代中国人的生活、思想、情感的诗……不仅是"中文写的外国诗"，也不仅是"用中文来创造外国诗的格律来装进外国式的诗意"的诗。

《狮子：悼志摩》［诗歌］，《诗刊》第 4 期

《追悼徐志摩》，《新月》第 4 卷第 1 期

胡怀琛

《文学史上的零碎的话》，《编辑者》第 5 期

《诗人生活》，世界书局再版

《东坡生活》，世界书局出版

《诗的作法》，世界书局第 3 版

1933 年

胡适

12 月 3 日，作《逼上梁山》

《开明国文讲义：文选：五四·读书》，《开明中学讲义》第 3 卷第 1 期

《老鸦》，《涛声》第 2 卷第 32 期

《四十自述》，亚东图书馆初版

《章实斋年谱》，商务印书馆国难后第 1 版

胡怀琛

《愿诗》，《大声》第 1 卷第 3 期

文艺：诗：《愿诗》，《持志年刊》第 8 期

《我的读经生活》，《文艺座谈》第 1 卷第 3 期

《"译文言为白话"的不可能》，《大学》第 1 卷第 1 期

《标题符号使用方法》，世界书局第 5 版

《抒情文作法》，世界书局再版

《中国民歌研究》，商务印书馆再版

《中国文学辨正》，商务印书馆再版

《中国文学史概要》，商务印书馆再版

《小诗研究》，商务印书馆第 4 版（国难后版）

1934 年

胡适

《大众语在哪儿》，天津《大公报·文艺副刊》9 月 8 日第 100 期

《逼上梁山》，《东方杂志》第 31 卷第 1 期

《逼上梁山》，《文化月刊》第 1 期

新诗译注：《她》（中外文对照），《国语周刊》第 7 卷经 157～182 期

《四烈士冢上的没字碑歌》,《小学生》第 4 卷第 1 期

《章实斋年谱》,商务印书馆国难后第 2 版

胡怀琛

《语文问题的总清算（上）》,《时代公论》第 3 卷第 39 期；第 3 卷第 42 期

诗歌：《春去了》,《音乐杂志（上海）》第 3 期

《京沪夜车中》[诗歌],《新时代》第 6 卷第 1 期

《介绍诗人丁鹤年》,《中国文学》第 2 卷第 2 期

教师指导：《关于选读中学国文的话》,《读书顾问》第 3 期

《春夜偶书》,《学艺》第 13 卷第 3 期

诗：《徐家汇访明相国徐文定公墓即题公逝世三百周纪念册》,《学艺》第 13 卷第 3 期

《读文道希先生遗诗》,《学艺》第 13 卷第 8 期

《早秋南窗所见》,《学艺》第 13 卷第 8 期

《诗学讨论集》,上海新文化书社第 4 版

《中国文学史概要》,商务印书馆再版

《随园诗选》,大达图书供应社出版

1935 年

胡适

7 月 26 日,致信任维焜,对其《论文学中思想与形式》与论词的一篇文章进行批评,提出作者在对比王国维与胡适时,"太着重相同之点,其实静庵先生的见解与我的不很相同。我的看法是历史的,他的看法是艺术的"。认为王氏的"境界"说,"也不很清楚,如他的定义,境界只是真实的内容而已。我所谓'意境',只是一个作家对于题材的见解",是作家"对于某种感情或某种景物作怎样的观察,取怎样的态度,抓住了哪一点,从哪一种观点出发"。"静庵先生说的'隔与不隔',其实也说不清楚。我平常说'意境',只是'深入而浅出'五个字。观察要深刻,而

表现要浅近明白。凡静庵先生所谓'隔',只是不能浅出而已。"

9月3日,《中国新文学大系建设·理论卷·导言》

《试评所谓"中国本位的文化建设"》,《独立评论》第145期

《试评所谓"中国本位的文化建设"》,《国闻周报》第12卷第13期

《弃父行》,《兴华》第32卷第8期

《诗一首:歌喉歇了……》,《新星》创刊号

《尝试集》,亚东图书馆第15版

胡怀琛

读俞曲园茶香室丛钞札记:《关雎》,《学术世界》第1卷第2期

读俞曲园茶香室丛钞札记:《吾我二字》,《学术世界》第1卷第2期

读俞曲园茶香室丛钞札记:《欣然规往》,《学术世界》第1卷第2期

读俞曲园茶香室丛钞札记:《袁天纲为李淳风师》,《学术世界》第1卷第2期

《古诗十九首志疑》,《学术世界》第1卷第4期

读俞曲园茶香室丛钞札记(续第二期):《单题诗》,《学术世界》第1卷第9期

读俞曲园茶香室丛钞札记(续第二期):《杜诗四十围不误》,《学术世界》第1卷第9期

《中学国文作文问题平议》,《教与学》第1卷第1期

《清理中国语文的方案》,《大上海教育》第2卷第7期

《中国民歌研究》,商务印书馆第3版

《中国先贤学说》,正中书局出版

《中国文学史概要》,商务印书馆第3版

《中国文学史略》,上海新文化书社再版

1936年

胡适

3月19日,《读曲小记》

6月21日,《独立评论》第207号,致信周作人,就周作人提出的"国语与汉字"问题,说"语言用非方言的一种较普通的白话;文字用虽似稍难而习惯的汉字;文章则是用汉字写白话的白话文",胡适表示非常赞同,提到他本来一贯赞成音标化文字,但深知这是极不容易做到的,所以二十年来用力的方向只是提倡白话文,即用汉字写的白话文。

《谈谈"胡适之体"的诗》,《自由评论》第12期

《复刊词》,《歌谣周刊》第2卷第1期

《弃父行》[诗词],《真光杂志》第35卷第1期

《胡适之体的新诗六首》,《人生与文学》第2卷第2期

《贺诗一章》,《文艺》第3卷第1期

《文学论集》,中国文化服务社第10版

胡怀琛

《月泉吟社及其他》,《越风半月刊》第6期

湖上文苑:《二月七日南社纪念会聚餐同兴楼》[诗词],《越风》第9期

《西湖八社与广东的诗社》,《越风》第14期

湖上文苑:《徐家汇谒明相国徐文定公墓即题其逝世三百周年纪念册》,《越风》第11期

《中国文社会的性质》,《越风》第22~24期

《读〈中国诗的新途径〉(读书随笔)》,《出版周刊》第177期

《李太白国籍问题》,《逸经》第1期

《斑园雅集欢迎高剑父画师又文先生赋诗纪事嘱和奉呈一律》,《逸经》第1期

斑园雅集酬唱录:《斑园雅集赋呈又文先生》[诗词],《逸经》第4期

斑园雅集酬唱录:《斑园雅集欢迎高剑父画师又文先生赋诗纪事嘱和奉呈一律》[诗词],《逸经》第4期

斑园雅集酬唱录:《剑父画师游喜马拉雅山归重逢沪上赋予此奉赠》[诗词],《逸经》第4期

《李太白通突厥文及其他》，《逸经》第 11 期

《全唐诗的编辑者及其前后》，《逸经》第 17 期

《谈相思如烟草》，《咖啡味》第 2 期

《新酒诗》，《西北风》第 1 期

《诗歌的诞生及其寿命》，《中国学生》第 2 卷第 1 期

《我的写作经过》，《中国学生》第 3 卷第 6 期

诗歌（六首）：《胡怀琛新诗（二首）》，《平民月刊》第 12 卷第 8 期

读书随笔：《读"中国诗的新途径"》，《商务印书馆出版周刊》新第 177 期

《研究国学的途径》，《读书青年》第 1 卷第 4 期

《怎样选读文学作品》，《读书青年》第 1 卷第 7 期

1937 年

胡适

《全国歌谣调查的建议》，《歌谣周刊》第 3 卷第 1 期

《烟霞洞小住》［诗歌］，《越风》增刊第 1 集

胡怀琛

《国文学习法》，《读书青年》第 2 卷第 1 期

《引号用法的变化》，《读书青年》第 2 卷第 5 期

《全唐诗的编辑者及其前后》，《逸经》第 17 期

《介绍女诗豪薄少君》，《逸经》第 29 期

《韩越三遗民诗》，《逸经》第 25～36 期

文学：《韩越三遗民诗（附照片）》，《逸经》第 33 期

《国文自修大纲》，《青年界》第 2 卷第 11 期

《中国文法动词变化例》，《兴中月刊》第 1 期

《建立国防文学的方案》，《兴中月刊》第 1 卷第 2 期

《元西域诗人马易之》，《创导半月刊》第 1 卷第 1 期

《元西域诗人马祖常》，《创导半月刊》第 1 卷第 3 期

《夜坐》[诗词],《越风》第 2 卷第 3 期
《不成篇的诗与无调的词》,《国花》第 37 期
《诗六十七首:回味莼园遗址(有序)》,《学术世界》第 2 卷第 3 期
《萨城赛路杂记》,广益书局出版

1938 年

胡适
无

胡怀琛(卒)
《民歌选》,商务印书馆出版
《中国文学史概要》,商务印书馆第 6 版
《公园诗话》,出版地不详,上海书店 1984 年影印

1939 年

胡适
《藏晖室杞记》,亚东图书馆出版

胡怀琛(遗著)
《后十年笔记》,《文心》第 2 卷第 1 期
《后十年笔记(卷一)》,《文心》第 2 卷第 2 期
《后十年笔记》,《文心》第 2 卷第 3 期

1940 年

胡适
《尝试集》,亚东图书馆第 16 版

胡怀琛（遗著）
《后十年笔记（卷一）》，《文心》第2卷第4期
《后十年笔记（续前）》，《文心》第3卷第6~7期
《后十年笔记（卷一）》，《文心》第7~8卷
《后十年笔记（续）》，《文心》第2卷第10期
《后十年笔记（续）》，《文心》第2卷第11期
《后十年笔记（续）》，《文心》第2卷第12期
《中国文字的过去与未来》，世界书局出版
《江村集》，《朴学斋丛书》第一集铅印本（胡朴安编）

1941 年

胡适
近代诗钞：《月亮的歌》，《新女性》新年特大号

胡怀琛（遗著）
近代诗钞：《春怨》，《新女性》新年特大号
近代诗钞：《寄刘大白》，《新女性》新年特大号
《后十年笔记（续）》，《文心》第3卷第1期
《后十年笔记（续）》，《文心》第3卷第2期
《后十年笔记（续）》，《文心》第3卷第3期
《后十年笔记（续）》，《文心》第3卷第4期
《后十年笔记（续）》，《文心》第3卷第5期
《后十年笔记（续）》，《文心》第3卷第6期
《后十年笔记（续前）》，《文心》第3卷第6~7期
《后十年笔记》，《文心》第3卷第6、7期
《后十年笔记（续）》，《文心》第3卷第9期

1942 年

无

1943 年

胡适
无

胡怀琛遗著
《不识字人作的诗》,《四一九》第 6 期

1944 年

无

1945 年

无

1946 年

胡适
《车中望富士山》［诗歌］,《读书通讯》第 122 期

胡怀琛
无

1947 年

胡适
《谈绝句的一封信》,《申报》12 月 6 日
《四十自述》,亚东图书馆再版
《胡适留学日记》,商务印书馆初版

胡怀琛遗著
《我愿》［歌曲］，《儿童音乐》第 7 期

1948 年

胡适
《跟前"两个世界"的明朗化》，《独立时论集》第 1 期
《当前中国文化问题》，《学澜》第 1 卷第 4～5 期
《胡适留学日记》，商务印书馆再版

胡怀琛
无

1949 年

无

1950 年

无

1951 年

无

1952 年

胡适
9 月底，开始初选《尝试后集》

胡怀琛

无

1953 年

无

1954 年

胡适
3 月 15 日，讲演《白话文的意义》

胡怀琛

无

1955 年

无

1956 年

胡适

6 月 2 日，讲演"新文学、新诗及新文字"问题，认为"一般说来，四十年的新文学、新诗，只不过尝试了一番，至今没有大成功。戏剧和长编小说相当的成功，也没有大成功，够得上头等资格的很少，比新诗或许成功些。短篇小说恐怕最成功"。

胡怀琛

无

1957 年

无

1958 年

胡适
5月4日，讲演《中国文艺复兴运动》

胡怀琛
无

1959 年

胡适
2月13日，《王梵志的道情诗》
2月28日，《文学革命运动经过》谈话录音

胡怀琛
无

附 二

胡适诗学的接受历史考察
——以新旧之争为中心

摘 要："新旧之争"是作为新诗诗学起点的胡适白话诗学最初引发的反响。以"白话作诗"取代"文言作诗",首先遇到的是"白话"的合法性以及"文言"的生命力的争论,旧诗渊源深厚的审美成规、惯例又必然导致新旧文体学范式的冲突。这些在胡适诗学接受历史上主要表现为早期的"文白之争"、20年代京沪以胡怀琛为中心、东北以《盛京时报》为中心关于新诗押韵的论争,以及在论争之外的一些积极的回应和反对的声浪。随着时间的推移,其反对的声浪不再基于旧诗的立场,而是新诗诗美诉求中对传统的重新审视。

关键词：胡适 白话诗学 新旧之争 音节 音韵

胡适的白话诗学是百年中国新诗发展的理论起点。在这个起点上,胡适为文学史呈现的是一种"有什么话,说什么话;话怎样说,就怎样说"的"诗体的大解放"的新诗文体学。他以内容明白清楚,用字自然平实,节奏自然和谐,诗体自由无拘来想象新诗的理想模样。这种模样与旧诗的根本不同,是其语言体系的转换。按照胡适的描述,他以白话作诗的动机,是为了造就"文学的国语"而创造"国语的文学"所必须发起的攻坚战。在胡适看来,造就"国语的文学"的语言资源不外乎来自这样几个方面：古白话、今日用的白话、欧化语、文言的补充[①]。建立在这些资

[①] 参见胡适《中国新文学大系·建设理论集·导言》,良友图书印刷公司,1935。

源基础上的白话新诗，会在不同文化资源的相互角力中，形成新与旧、中与西、懂与不懂的问题。这些问题在胡适白话诗学的接受过程中，总是以争论的形式突出地表现出来。新与旧涉及以"白话作诗"取代以"文言作诗"而来的"白话"为诗的合法性和"文言"诗语的生命力问题，以及由旧诗渊源深厚的审美成规与惯例导致的新旧文体学范式的冲突问题。中与西涉及新诗抗衡传统与传承传统的矛盾关系，以及新诗发展道路的民族化与西化取舍问题。懂与不懂涉及新诗选择大众化的白话口语和走向精致化的文人书面语之间常常滋生的纠结，以及包含其中的明白与晦涩的风格美学问题和读者的接受问题。由于这些问题所引发的争论所触及的是基于现代汉语的新诗文体学建构的基本问题，所以，在新诗发展的百年道路上，时代文化因素的变化必然引起不同声调此起彼伏的回响。中与西、懂与不懂的问题，笔者有另外的文章论述，本文意在从接受视野对胡适诗学争论中关于新旧之争及其历史回响作一基本的梳理。

一

在《尝试集》出版以前，胡适在与论敌的论争中逐渐形成其基本的"白话"诗学观。他倡导"作诗如作文"，以俗话俗语入诗，清除旧诗根基，从中国诗歌的语言向度上，冲破古典诗歌体系的罗网。这时的论争，集中表现在白话能否入诗，白话诗里可否用文言，以及新旧诗的创作范式问题。

1915年夏到1916年秋，胡适与其留美朋友梅光迪、任鸿隽发生的论辩，以白话能否入诗为讨论核心。胡适主张用白话做一切文学的工具，而梅光迪认为"小说词曲可用白话，诗文则不可"，任鸿隽也认为"白话自有白话的用处（如作小说演说等），然不能用之于诗"。[①] 当胡适提出"诗国革命何自始？要须作诗如作文"时，梅光迪用"诗之文字"与"文之文字"的区别予以反驳。他认为用"俗语白话"入文，"似觉新奇而美，实则无永久价值"。因为这种日常口语"未经美术家锻炼"，缺乏凝

---

① 胡适：《逼上梁山》，《胡适全集》第18卷，安徽教育出版社，2003，第120页。

炼精致的美感,而"徒诿诸愚夫愚妇,无美术观念者之口","鄙俚乃不可言"。① 在梅氏看来,文言是诗性语言,白话是日常语言,非诗性语言不可能诗性化,不能用于诗歌创作。而胡适坚持"诗味在骨子里,在质不在文"②,他相信清晰与透明的白话同样能创造诗意。这场论争的结果促成了胡适对白话诗的实验。

"文学革命"轰轰烈烈发生后,白话作诗已经在新文学阵营达成一致,这时所面临的问题是在白话诗语中有没有文言的位置。《新青年》上,胡适、钱玄同、朱经农、任鸿隽的论争,以文言能否入诗为讨论核心。胡适最初是想将文言也作为一种诗学资源的。《新青年》1917年第3卷第4期上发表了胡适的四首白话词,随后在1918年与钱玄同的通信中,他曾表示自己最初不愿杂入文言,后忽然改变宗旨,不避文言,并且认为词近于自然诗体,主张"各随其好"。胡适并不想对文言(包括传统诗体)"赶尽杀绝",并不愿在白话与文言及传统诗体之间形成完全彻底的"断裂",他力图在白话语言系统中仍然保存文言的活力部分。直到20世纪行将结束的时候,历史才向我们显示,这种包容其实具有更为宽厚的现代意识与纵深的知识视野。但钱玄同当时绝然反对填词似的诗歌,强调"今后当以'白话诗'为正体"。③ 钱玄同二元对立的思维坚定了胡适摒弃文言旧体的决心,于是他在追述自己以白话作诗历程时,认定了一个"主义",即"充分采用白话的字,白话的文法,和白话的自然的音节"。"诗体的大解放"主张由此而来。尽管如此,新诗能否用文言仍然有所争议。朱经农认为"文言文不宜全行抹杀",他并不反对白话,但认为"应该并采兼收而不偏废"。④ 任鸿隽提出"诗心"问题,认为用白话可作好诗,文话也可作好诗,重要的是"诗心"。⑤ 学衡派的吴芳吉认为:"非用白话不能说出的,应该就用白话;非用文言不能说出的,也应该就用文

---

① 胡适:《逼上梁山》,《胡适全集》第18卷,安徽教育出版社,2003,第116页。
② 胡适:《尝试集·自序》,《胡适全集》第1卷,安徽教育出版社,2003。
③ 《论小说及白话韵文:胡适——致玄同,附钱玄同复信》,《新青年》1918年第4卷第1期。
④ 《新文学问题之讨论:朱经农——致适之,附胡适复信》,《新青年》1918年第5卷第2期。
⑤ 《任鸿隽——致胡适,附胡适致任隽信》,《新青年》1918年第5卷第2期。

言；甚至非用英文不能做出的，应该就做英文。总之，所谓白话、文言、律诗、自由诗 Free Verses 等，不过是传达情意之一种方法，并不是诗的程度。""至于方法，则不必拘于一格。"① 经过这样的争论，虽然胡适诗学偏向了更纯净的以"白话"作诗，但反对者们重视文言"诗性"特征，主张新诗可以掺入古诗文言以提升诗性的观点，在后来新诗的发展道路上也获得了断续的回音。

早期诗人那里发生过关于"写"与"做"的争论，它属于新旧诗创作范式之争。胡适提倡"做诗如做文""有什么话说什么话"，强调"做"诗要自然而然。相对于旧诗严格的格律套用，这是一种基于白话诗性的写作美学。这种观点在许多诗人那里得到了相似的回应，比如宗白华与郭沫若围绕"做诗"的讨论。宗白华在给郭沫若的信中表达，"我向来主张我们心中不可无诗意诗境，却不必一定要做诗"，他希望郭氏多研究诗中的自然音节、自然形式，以完满"诗的构造"。② 郭沫若提出貌似不同的看法："诗不是'做'出来的，只是'写'出来的。"③ 他认为："我们的诗只要是我们心中的诗意诗境底纯真的表现，命泉中流出来的 Strain，心琴上弹出来的 Melody，生底颤动，灵底喊叫，那便是真诗，好诗……我想诗这样东西似乎不是可以'做'得出来的。"④ 康白情也同样认为"诗要写，不要做，因为做足以伤自然的美"⑤。虽然这里"做"与"写"似乎产生了矛盾，但实质上诗人们都是针对旧诗的形式美学，强调创作诗歌要以"自然"为原则触发诗的灵感，让情绪与情感自然流动与散发，利用这种天然的诗性思维，打破旧形式、创建个人主体性自由自主的新形式。郑振铎、王平陵、应修人、潘漠华、冯雪峰等人都作了类似性的回应。不同的是，学衡派吴芳吉认为胡适强调"自然"，是以为"西洋诗

---

① 吴芳吉：《谈诗人》，贺远明等选编《吴芳吉集》，巴蜀书社，1994，第422页。
② 宗白华：《1920年1月3日致郭沫若信》，田寿昌、宗白华、郭沫若《三叶集》，亚东图书馆，1923，第3页。
③ 郭沫若：《1920年1月18日致宗白华信》，田寿昌、宗白华、郭沫若《三叶集》，亚东图书馆，1923，第7页。
④ 郭沫若：《1920年1月18日致宗白华信》，田寿昌、宗白华、郭沫若《三叶集》，亚东图书馆，1923，第6页。
⑤ 康白情：《新诗底我见》，赵家璧主编、胡适编选《中国新文学大系》第1集，上海良友图书公司，1935，第328页。

体,是随便写出的,不是做出的。"① 他提出"自然的文学,是任人自家去做的"②,新诗的"自然"需要"做诗"的"工夫"③。虽然他与胡适一样用"做"字,但显然他不是立足于"白话",而是立足于书面语,更倾向于以旧的格律诗的写作惯例来谈新诗创作。后来在《谈诗人》中,他批评新文学运动发起后,许多并没有理解"诗味"的人,"都滥于做起诗来。又误解诗是写出,不是做出的话,于是开口也是诗,闭口也是诗,吃饭睡觉都有的是诗,诗的品格,可是堕落极了!"④ 其反对白话口语诗歌写作美学的立场更见分明了。俞平伯在《做诗的一点经验》和《诗底方便》对"写"与"做"进行了总结与分类。他认为,"写"与"做"不是对立,"一个是天分,一个是工夫",应该两者兼备。⑤ 在肯定自然的美学的同时,也肯定了创作新诗的人工技巧。这种眼界开启了新诗书面语化向度的写作空间。

二

随着20年代初《尝试集》的正式出版,并且被广泛接受,语言的新旧之争具体化为对白话诗音韵问题的探讨。胡适在理论上倡导"诗体大解放""不拘格律""诗当废律"。他设想的新诗音节应该是"自然的音节",包含两个基本要素:一是平仄要自然,二是韵要自然。他主张诗歌用韵应该有三种自由:第一,用现代的韵,不拘古韵,更不拘平仄韵。第二,平仄可以互相押韵,这是词曲通用的例,不单是新诗如此。第三,有韵固然好,没有韵也不妨。新诗的声调既在骨子里——在自然的轻重高下及语气的自然区分——故有无韵脚都不成问题。⑥ 这种自然音节论,虽然对韵的要求比较宽泛,

---

① 吴芳吉:《提倡诗的自然文学》,贺远明等选编《吴芳吉集》,巴蜀书社,1994,第383页。
② 吴芳吉:《提倡诗的自然文学》,贺远明等选编《吴芳吉集》,巴蜀书社,1994,第382页。
③ 吴芳吉:《提倡诗的自然文学》,贺远明等选编《吴芳吉集》,巴蜀书社,1994,第383页。
④ 吴芳吉:《谈诗人》,贺远明等选编《吴芳吉集》,巴蜀书社,1994,第412页。
⑤ 俞平伯:《诗底方便》,《俞平伯全集》第3卷,花山文艺出版社,1997,第580页。
⑥ 胡适《谈新诗——八年来一件大事》,《胡适全集》第1卷,安徽教育出版社,2003,第172页。

并未将之完全废除，但以音节为根本，已经与旧诗文体学完全不同了。

这一新诗文体学的内涵显然是习惯于旧诗声韵者所不能接受的，因此，音节的新旧之争首先来自旧文学阵营。旧文学阵营坚守韵是区分诗与非诗的界限。章太炎讲授国文课时，将诗与文用有韵无韵来区分："凡称之为诗，都要有韵，有韵方能传达情感，现在白话诗不用韵，即使也有美感，只应归入散文。"① 他以韵为标准判定白话诗非诗。学生曹聚仁写信反驳其观点，认为韵"纯任自然，不拘拘于韵之地位，句之长短"②。呼应胡适的新诗音韵观。梁启超将《尝试集》分成"小令"和"纯白话体"。他认为"小令"有音节，"格外好些"；而白话诗"满纸的'的么了哩'，试问从那里得好音节来？"③ 也是用韵作衡量诗好坏的标准。

另一种论争所指向的不是用有韵无韵来区分诗与非诗，而是承认胡适对新诗的勾勒里韵的存在，但不认同其押韵的方法。这种观点实质上仍然是带着旧诗的趣味审视新诗，具有代表性的是以胡怀琛为中心的诗学论争。胡怀琛于1920年先后在《神州日报》和《时事新报·学灯》上发表《读〈尝试集〉》及《〈尝试集〉正谬》，对《尝试集》中诗作的具体字词进行修改和批评，引起一场论争。这场论争从1920年4月延续到1921年1月终，先后有刘大白、朱执信、朱侨、刘伯棠、胡涣、王崇植、吴天放、井湄、伯子等在《神州日报》《时事新报》《星期评论》等报刊发表论辩文章。胡怀琛申明"我所讨论的，是诗的好不好的问题，并不是文言和白话的问题，也不是新体和旧体的问题"④。但这种好与不好的评判标准在他这里仍然是旧诗韵律规范。比如，他对胡适双声叠韵和押韵方法的批评就是以旧诗韵律规范为标准，而胡适已经跳出了旧诗的文体逻辑，虽然也强调字词的押韵，但其押韵方式却是现代的、宽泛的，不拘于旧诗的规范与标准。胡适在回复的信中提到："诗人的'烟士披里纯'是独一的，是个人的，是别人很难参预的。"⑤ 这种诗性思维表达出个人化与主

---

① 章太炎演讲、曹聚仁编：《国学概论》，泰东图书局，1923，第30页。
② 章太炎演讲、曹聚仁编《国学概论》附录，泰东图书局，1923，第6页。
③ 梁启超：《〈晚清两大家诗钞〉题辞》，夏晓虹编《梁启超文选》，中国广播电视出版社，1992，第15页。
④ 胡怀琛：《尝试集批评》，《尝试集批评与讨论》，泰东图书局，1923，第1页。
⑤ 《胡适致张东荪的信》，《尝试集批评与讨论》，泰东书局，1923，第13~14页。

体性的诉求，具有现代意义。关于这场争论中押韵的讨论，朱执信对胡适的"自然音节"论，即"白话诗里只有轻重高下，没有严格的平仄"①的回应颇为可贵。朱执信并未像其他人那样纠结于新诗用韵的问题。他一针见血指出胡适对"音节"的含混之处："似乎诗的音节，就是双声叠韵"，而且对"平仄自然""自然的轻重高下"，"说得太抽象，领会的人，恐怕不多"。②他敏锐地看到新诗如果仅仅只是寻求在双声叠韵上如何和谐，并没有真正抓住新诗音律的要领。他提出"声随意转"，"要使所用字的高下长短，跟着意思的转折，来变换"，③将诗歌的声韵从外在声韵转向了内在声韵。传统诗论主张"无韵者为文，有韵者为诗"，固定的语音结构框架是中国古典诗歌的基本生存点，所以旧诗讲求外在音节的和谐，外在声韵成为其独立自足的"诗语"系统的中心。而内在声韵论使语义成为诗歌声韵的中心，这也正合于胡适所谓"丰富的材料，精密的观察，高深的理想，复杂的感情，方才能跑到诗里去"④。胡适没有明确地将不同于古代诗歌语音节奏模式的白话音韵与"语义"的逻辑明确地阐释出来，而胡适白话诗学的接受者帮其完成了。对此，胡适非常认可，他在《尝试集》再版自序中写道：

> 我极赞成朱执信先生说的"诗的音节是不能独立的"。这话的意思是说：诗的音节是不能离开诗的意思而独立的……
> 所以朱君的话可换过来说："诗的音节必须顺着诗意的自然曲折，自然轻重，自然高下。"再换一句话说："凡能充分表现诗意的自然曲折，自然轻重，自然高下的，便是诗的最好音节。"古人叫做"天籁"的，译成白话，便是"自然音节"。⑤

---

① 胡适:《谈新诗——八年来一件大事》,《胡适全集》第 1 卷, 安徽教育出版社, 2003, 第 171 页。
② 朱执信:《诗的音节》,《尝试集批评与讨论》, 泰东书局, 1923, 第 31 页。
③ 朱执信:《诗的音节》,《尝试集批评与讨论》, 泰东书局, 1923, 第 34 页。
④ 出处: 胡适:《谈新诗——八年来一件大事》,《胡适文存》第 1 卷, 华文出版社, 2013, 第 133 页。
⑤ 胡适:《尝试集》再版自序,《胡适全集》第 1 卷, 安徽教育出版社, 2003, 第 202 页。

由胡怀琛挑起的这场胡适诗学论争发生在新文化运动的中心场域,而远在边缘之地的东北,以《盛京时报》为中心,也发生过一场几乎没有引起后人关注的关于新诗押韵的讨论,它属于胡适诗学接受过程中的一种扩散性的回应。1923年8月至10月间,《盛京时报》登载了羽丰(吴伯裔的化名)《论新诗》、孙百吉《论新诗》、羽丰《论新诗兼孙百吉君》、吴老雅(吴伯裔的化名)《对于论新诗诸公的几句闲话》、王莲友《读羽丰先生的〈论新诗〉》、王大冷《读吴裔伯先生的〈论新诗兼致孙百吉君〉》、赵虽语《读王莲友先生论新诗》等文章。

论争由羽丰对新诗形式的散漫发难开始。他认为新诗缺乏诗歌本体内在的音乐感和节奏感,主张新诗押韵,"方有诗的真精神,真风味"。① 他从诗与乐的关系出发,认为诗歌是可唱的。诗的"自然之音响节奏是给耳听的,意义是给内部听的"②,所以有韵才会在感观上给人以美感。如果新诗"既有诗的意境,又可以唱出来",则是上乘的诗作。③ 孙百吉、王莲友、王大冷等人分别予以反驳。王莲友从新诗的本质出发,认为用韵与否与诗的本质无涉。他以胡适对于新诗有韵"亦有不满意的表示"为证据,并列举胡适所认可的白话新诗,来证明新诗初生之时,多半讲求叶韵,而现在诗人们共同的趋向是用自然的音节,不拘泥于叶韵。因为"新诗的本质,与叶韵没有密切的关系","诗的优劣,是在乎包含诗的要素充足与否,而不在乎有韵无韵"。④ 王大冷认为"唱起来好听与否,是在诗的情感与声调,而不是在有韵与否。情感丰富,声调自然,就是无韵,也是很好听的。如情感不浓,声调不好,就是叶韵,也不能好听"⑤。"有韵的诗,是快于官觉,故以为美。但是久于研究的,自觉那无韵的

---

① 吴伯裔:《论新诗兼致孙百吉君》,张毓茂主编《东北现代文学大系:1919~1949》第1集,沈阳出版社,1996,第76页。
② 吴伯裔:《对于论新诗诸公的几句闲话》,张毓茂主编《东北现代文学大系:1919~1949》第1集,沈阳出版社,1996,第82页。
③ 吴伯裔:《论新诗兼致孙百吉君》,张毓茂主编《东北现代文学大系:1919~1949》第1集,沈阳出版社,1996,第77页。
④ 王莲友:《读羽丰先生的〈论新诗〉》,张毓茂主编《东北现代文学大系:1919~1949》第1集,沈阳出版社,1996,第38页。
⑤ 王大冷:《读吴裔伯先生的〈论新诗兼致孙百吉君〉》,张毓茂主编《东北现代文学大系:1919~1949》第1集,沈阳出版社,1996,第32页。

韵，比有韵的韵，更动人了。"① 赵虽语对王莲友提出反驳。王莲友以胡适认为《鸽子》为白话旧词，说明其不满意新诗有韵，赵虽语认为这是误解，指出胡适的不满意不一定与韵与关："如果说他是追悔作得字太深，或文法不熟，所以不是真的新诗，有什么不可呢？"② 这里双方都存在对胡适的误读。胡适在《尝试集·再版自序》中列举自己所认可的白话新诗，正是从音节的现代性上考虑的，认为其余的诗只是"可读的词"，"不是真正白话的新诗"。胡适表示不满，并不像王莲友所理解的那样，是对"新诗有韵"有所不满，而是在考量如何押现代的韵；而赵虽语所理解的更是相差甚远，胡适何尝有过"追悔作得字太深，或文法不熟"？这场论争情绪色彩颇为浓厚，也不乏误读与骂辞，但争论促进了对胡适白话诗学的理解，并从新诗意境、美感与押韵之间的关系加深了对新诗的理论认知。

三

在上述论争之外，胡适的自然音节论还引起许多积极的回应。早期对其作出积极回应的有白话诗人康白情、俞平伯等。康白情主张新诗要从形式解放，首先要打破格律。他认为新诗"自由成章而没有一定的格律，切自然的音节而不必拘音韵，贵质朴而不讲雕琢，以白话入行而不尚典雅"③。虽未明言，但作为胡适的弟子，康白情明显受到胡适诗学观的影响。宗白华主张新诗的创作，是要"用自然的形式，自然的音节，表写天真的诗意与天真的诗境"④。俞平伯认为新诗"不限定句末用韵"，但"句中音节"要"力求和谐"。⑤ 这些都是以胡适"诗体大解放"和"自然的音节"为核心所阐发的言论。

---

① 王大冷：《读吴裔伯先生的〈论新诗兼致孙百吉君〉》，张毓茂主编《东北现代文学大系：1919～1949》第1集，沈阳出版社，1996，第33页。
② 赵虽语：《读王莲友先生论新诗》，张毓茂主编《东北现代文学大系：1919～1949》第1集，沈阳出版社，1996，第116页。
③ 康白情：《新诗底我见》，赵家璧主编、胡适编选《中国新文学大系》第1集，上海良友图书公司，1935，第324页。
④ 宗白华：《新诗略谈》，林同华编《宗白华全集》第1卷，安徽教育出版社，1994，第170页。
⑤ 俞平伯：《白话诗的三大条件》，赵家璧主编、郑振铎编选《中国新文学大系》第2集，上海良友图书公司，1935，第264页。

1940年代朱自清对抗战初期诗歌发展趋向作概括时说："抗战以来的诗，注重明白晓畅，暂时偏向自由的形式。这是为了诉诸大众，为了诗的普及。"他将这种"自由的形式"追溯到胡适"自然的音节"上。[1] 高兰在《诗的朗诵与朗诵的诗》中强调诗的吟诵性韵律的特点为"字音的轻重徐疾的节拍"、"内在的韵律"及"感情的起伏"，指出"诗的韵律决不在脚韵上。不是诗，有脚韵也不是诗，是诗，没有脚韵也是诗。所以也并没有什么有韵诗与无韵诗之别"。[2] 这与胡适"有韵固然好，没有韵也不妨""有无韵脚都不成问题"的主张具有一致性。主张"诗是自由的使者"的艾青是"宁愿裸体"，也不愿"让不合身材的衣服来窒息""呼吸"，[3] 他对诗的自由的渴望继承着胡适要打破一切镣铐的传统。这些基于自由诗的特征而提出的审美原则，是胡适白话化语言、自由化诗体的诗学观念的深化。

与这种积极的回应相对，还存在着连绵不绝的反对的声浪。随着时间的推移，这反对的声浪已经不再出于旧诗的立场，而是出于诗美诉求中对传统价值的重新审视。随着现代汉语从初期的"白话"向着更为精致的文人书面语发展，新诗也像书面的文言一样走向文人书面语的精致化，这时，韵律与音乐性成为新诗在新的发展层面上提升诗性的追求。由这种追求引发的反省与探索，往往将批判的矛头指向胡适。

比如，陆志苇在押韵方面进行过积极的探索，他认为自由诗"节奏千万不可少，押韵不是可怕的罪恶"[4]。象征派诗人穆木天批评胡适的"作诗须得如作文""给中国造成一种"Prose in Verse（象诗一样分行写的散文）"。[5] 他主张在古典诗词中寻找诗性资源："我们得知因为有了自由句，五言的、七言的诗调就不中用了不成？七绝至少有七绝的形式的价值，有为诗之形式之一而永久存在的生命。因为确有七绝能表的，而词不

---

[1] 朱自清：《抗战与诗》，《新诗杂话》，广西师范大学出版社，2004，第26页。
[2] 高兰：《诗的朗诵与朗诵的诗》，《诗的朗诵与朗诵的诗》，山东大学出版社，1987，第23页。
[3] 艾青：《诗论》，人民文学出版社，1980，第192页。
[4] 陆志苇：《我的诗的躯壳》，王永生主编《中国现代文论选》，贵州人民出版社，1982，第70页。
[5] 穆木天：《谭诗——寄沫若的一封信》，蔡清富、穆立立编《穆木天诗文集》，时代文艺出版社，1985，第263页。

能表的，而自由诗不能表的。"所以应该"保存旧形式，让它为形式之一"①。梁实秋提出新诗的音韵问题，指出旧诗不管内容如何浅薄陈腐，但"声调自是铿锵悦耳"，而新诗缺乏一种"音乐的美"。他认为像胡适这样的"主张自由诗者"将音韵看作"诗的外加的质素"，以为"诗可以离开音韵而存在"，并未了解诗的音韵的作用。要弥补新诗音韵方面的缺憾，要么走回到旧诗路上去，要么便创造出新诗的"新音韵"，并从韵脚、平仄、双声叠韵、行的长短四个方面来阐释理想的"新音韵"。②

到新月派那里，格律则成为其纲领性主张。饶孟侃认为新诗是"音节上的冒险"，他将胡适所重视的"双声、叠韵"视为"小巧的尝试"，"在诗里面并不是一定必须的"。③ 通过《新诗的音节》《再论新诗的音节》两文，他系统探讨了新诗的音节问题，并指出，"诗根本就没有新旧的分别"，新诗的音节"没有被平仄的范围所限制"，"还有用旧诗和词曲里的音节同时不为平仄的范围所限制的可能"。④ 闻一多进一步强调格律的重要性。他反对"纯粹的'自由诗'的音节"，认为"词曲的音节"属于"人工"，"自然的音节"属于"天然"，应该"参以人工"来"修饰自然的粗率"。⑤ 在闻一多看来，胡适那种"偶然在言语里发现一点类似诗的节奏，便说言语就是诗，便要打破诗的音节，要它变得和言语一样"的主张，无异于"诗的自杀政策"。他认为白话"须要一番锻炼选择的工作然后才能成诗"，所以要将格律作为诗的"利器"。⑥

在反对的声浪中，新诗的音乐性问题是韵律问题的深化。胡适在评论

---

① 穆木天：《谭诗——寄沫若的一封信》，蔡清富、穆立立编《穆木天诗文集》，时代文艺出版社，1985，第262页。
② 参见梁实秋：《诗的音韵》，杨迅文编《梁实秋文集》第6卷，鹭江出版社，2002，第199~202页。
③ 饶孟侃：《新诗的音节》，王锦厚、陈丽莉编《饶孟侃诗文集》，四川大学出版社，1997，第173页。
④ 饶孟侃：《再论新诗的音节》，王锦厚、陈丽莉编《饶孟侃诗文集》，四川大学出版社，1997，第175~176页。
⑤ 闻一多：《〈冬夜〉评论》，武汉大学闻一多研究室编《闻一多论新诗》，武汉大学出版社，1985，第25页。
⑥ 闻一多：《诗的格律》，武汉大学闻一多研究室编《闻一多论新诗》，武汉大学出版社，1985，第82~83页。

新诗时，持有"读来爽口，听来爽耳"的口语化节奏标准[①]，他认为白话"既可读，又听得懂"[②]，"今日所需，乃是一种可读，可听，可歌，可讲，可记的言语"，使"诵之村姬妇孺皆可懂"[③]。但胡适新诗实践中的"爽"之感，与古典诗歌的优美韵律还是形成了较大反差，因此自《尝试集》以来的新诗的音乐性问题不断遭到质疑。梁实秋在《新诗的格调及其他》中表示，"现在的新诗之最令人不满者即是读起来不顺口"，即使排列整齐，"读时仍无相当的抑扬顿挫"[④]。鲁迅在1934年《致窦隐夫》的信中，将诗分为"眼看的"和"嘴唱的"两种，主张后一种好。他感叹道："可惜中国的新诗大概是前一种。没有节调，没有韵，它唱不出来；唱不来，就记不住，记不住，就不能在人们的脑子里将旧诗挤出，占了它的地位。"所以他认为"新诗直到现在，还是在交倒楣运"。鲁迅主张"新诗先要有节调，押大致相近的韵，给大家容易记，又顺口，唱得出来。"但他觉得"白话要押韵而又自然，是颇不容易的"[⑤]。1935年，他在《致辞蔡斐君》的信中仍然表示："诗须有形式，要易记，易懂，易唱，动听，但格式不要太严。要有韵，但不必依旧诗韵，只要顺口就好。"[⑥] 叶公超在《论新诗》里对新旧之争的格律问题进行了全面而深入的阐释。他认为"新诗是从旧诗的镣铐里解放出来的""是一个隐喻的说法"[⑦]，大多数诗人"以格律为桎梏，以旧诗坏在有格律，以新诗新在无格律，这都是因为对于格律的意义根本没有认识"[⑧]。叶公超在这里显示出一种折中的立场，认为"新诗和旧诗并无争端，实际上很可以并行不悖"。但他对新旧作出区分："新诗的节奏是从各种说话的语调里产生的，旧诗的节奏是根据一种乐谱式的文字的排比作成的。新诗是为说的，读的，旧诗乃是为吟的，哼的。"[⑨]

[①] 胡适：《评新诗集》，《胡适全集》第2卷，安徽教育出版社，2003，第806页。
[②] 胡适：《逼上梁山》，《胡适全集》第18卷，安徽教育出版社，2003，第113页。
[③] 胡适：《逼上梁山》，《胡适全集》第18卷，安徽教育出版社，2003，第114页。
[④] 梁实秋：《新诗的格调及其他》，杨迅文编《梁实秋文集》第6卷，鹭江出版社，2002，第530页。
[⑤] 鲁迅：《致窦隐夫》，《鲁迅书信集》下，人民文学出版社，1976，第655页。
[⑥] 鲁迅：《致蔡斐君》，《鲁迅书信集》下，人民文学出版社，1976，第883页。
[⑦] 叶公超：《论新诗》，陈子善编《叶公超批评文集》，珠海出版社，1998，第50页。
[⑧] 叶公超：《论新诗》，陈子善编《叶公超批评文集》，珠海出版社，1998，第52页。
[⑨] 叶公超：《论新诗》，陈子善编《叶公超批评文集》，珠海出版社，1998，第53页。

他主张新诗格律一方面要根据"说话的节奏",一方面要切近"情绪的性质"。①梁实秋、鲁迅与叶公超都意识到新诗从旧向新的过渡,是从诵读走向默读,从声音走向文字,从听觉走向视觉。这不仅是阅读与审美方式的改变,也是诗歌运思方式上发生的改变。这种现代性转变与诗歌传统审美习性中的音乐性有所背离,所以胡适虽然也强调"读来爽口听来爽耳",但其诗学观从根本上改变了传统诗歌的语音节奏,导致了新诗在音乐性上的不足,所以新诗读起来不如旧诗那样具有音韵的美感。因此,如何重建新诗的音乐性问题一直延续至今。到新世纪,郑敏在反思"五四"时,还指出新诗应该从旧诗词里吸收音乐性,要让白话诗的语言音乐性成为诗学语言探讨的课题。②这时,胡适的白话诗学观又成为批判的焦点。

对于胡适的白话诗学观,反对多于赞同。但无论是反对者,抑或赞同者,都不约而同将其视为抗衡传统、割裂旧诗养分脐带的开始。这其中不乏误解的成分。事实上,胡适是颇重视传承创新的,他不仅积极整理国故、梳理白话文学史,为白话文学的正宗地位寻找历史依据,而且在诗学上倡导的自然音节论,将旧诗声韵转化为不拘平仄的"现代的韵",其目标是实现"传统诗体"的"大解放"。在1930年代,他仍然尝试用"好事近"词调创作《飞行小赞》,试图利用旧诗资源寻求新诗出路,却引发诗坛对"胡适之体"的论争,遭来"旧路""老路"的批评。胡适白话诗学的接受者不约而同走向了二元对立的路向。早在1920年代初,周作人在论述"文艺上的宽容"时曾说:"文艺上的激变不是破坏(文艺的)法律,乃是增加条文;譬如无韵诗的提倡,似乎是破坏了'诗必须有韵'的法令,其实他只是改定了旧时狭隘的范围,将他放大,以为'诗可以无韵'罢了。"③这种宽容的态度也许有利于我们重新客观而全面地接受胡适的白话诗学。

本文发表于《云南师范大学学报》(哲学社会科学版)2012年第3期,部分地方有改动

---

① 叶公超:《论新诗》,陈子善编《叶公超批评文集》,珠海出版社,1998,第51页。
② 郑敏:《语言观念必须革新——重新认识汉语的审美与诗意价值》,《文学评论》1996年第4期。
③ 周作人:《文艺上的宽容》,杨扬编《周作人批评文集》,珠海出版社,1998,第51页。

胡适诗学的接受历史考察

——以中西之争为中心

摘　要：胡适的白话诗学基于从古代向现代转型的语言立场，强调中西融合。在新诗发展道路上，不同时期对新诗文化资源的取舍带来人们对传统与西化问题的争论与思考，它总是或明或暗地关联着对胡适白话诗学的回应，构成了胡适诗学在中西之争中或认同或批判或片面理解或曲意误读的接受历史。

关键词：胡适　白话诗学　传统　西化

胡适的白话诗学观形成于汉语由古代向现代转型的根基之上。现代汉语是在有着相当传统的古白话和民间口语的基础上，加入欧化语的改造并吸取文言的成分熔铸而成的民族现代语。这些语言资源在新诗的创作实践与理论建构上相互角力，形成新与旧、中与西、懂与不懂的问题，它们在胡适白话诗学的接受过程中，总是以争论的形式突出地表现出来。新与旧涉及以"白话作诗"取代以"文言作诗"而来的"白话"为诗的合法性和"文言"诗语的生命力的问题，以及由旧诗渊源深厚的审美成规与惯例导致的新旧文体学范式的冲突问题。中与西涉及新诗抗衡传统与传承传统的矛盾关系，以及新诗发展道路的民族化与西化取舍问题。懂与不懂涉及新诗选择大众化的白话口语和走向精致化的文人书面语之间滋生的纠结，以及包含其中的明白与晦涩的不同风格美学问题和读者的接受问题。这些问题所引发的争论所触及的是基于现代汉语的新诗文体学建构的基本问题，所以，在新诗发展的百年道路上，时代文化因素的变化必然引起不同声调此起彼伏的回响。新与旧、懂与不懂的问题，笔者有另外的文章论述，本文意在从接受视野对胡适诗学论争中关于中西之争及其历史回响作一基本的梳理。

一

胡适建构白话诗学的语言资源来自古白话、今日用的白话以及欧化语和文言的补充。基于这样一种语言立场的白话诗学建构，必然是强调中西融合的。所以，胡适的白话诗学，既有挣脱传统、抗衡传统的一面，又有另辟蹊径梳理传统血脉而有所继承的一面，是"反传统与发现传统相结合的产物"①。胡适在"放脚"的白话实践中，的确很重视横向移植外来诗歌的形式，比如句式的分行排列、音律节奏等。1919年，他翻译兼创作了《关不住了!》一诗，自信地称其为"'新诗'成立的纪元"②，这意味着在胡适的理解里，这首译诗代表着中国新诗的"成立"。但胡适白话实践中对乐府、词曲传统的继承比比皆是，他的白话诗审美尺度的建立也非常重视挖掘传统资源的某些方面。后来的整理国故，梳理白话文学史，为白话文学的正宗地位寻找历史依据，也是强调传承而创新。

在新诗草创时期，时代要求诗人挣脱传统，追新求变，所以这个时候，胡适诗学中西化的一面更受关注。它或被质疑，或被批判，或被认同，而成为新诗中西之争的焦点。

1918年，北大学生张厚载致信胡适，对新诗是否应该走西方自由体诗道路提出质疑，这是胡适诗学观所引发的中西之争的先声。张厚载指出《人力车夫》《鸽子》《老鸦》都是"西洋式长短句"，认为"中国旧诗虽有窒碍性灵之处，然亦可以自由变化於一定范围之中，何必定欲作此西洋式的诗，始得为进化耶?"他批评《尝试集》"轻于尝试"，"改革过于偏激"，"弃中国固有之诗体，而一味效法西洋式的诗"，有矫枉过正之嫌。胡适回信反驳其所谓"西洋式"之诗，指出长短句不一定就是西洋式，而是"诗中最近语言自然之体，无论中西皆有之"，他表示自己"稍读西

---

① 董柄月：《中间物：胡适新诗理论的历史特征》，《中国现代文学研究丛刊》1990年第2期。
② 胡适《〈尝试集〉再版自序》，《胡适全集》第10卷，安徽教育出版社，2003，第35页。

洋诗而自信无摹仿西洋诗体之处",再者,如果西洋体真有价值,也"正宜尽量采用"而成"中国体"。① 胡适后来将《老洛伯》《关不住了!》等译诗归入他所认可的白话新诗,也正表明他在中西问题上兼容并蓄,吸收与借鉴西洋诗体,是其诗歌文体学建构的一个方面。

《尝试集》出版后引来学衡派针对中西问题的论争。1922年,胡先骕发表《评〈尝试集〉》,指出《尝试集》多为"旧式之诗词""似诗非诗似词非词之新体诗",批评胡适"复摭拾一般欧美所谓新诗人之唾余,剽窃白香山陆剑南辛稼轩刘改之之外貌,以白话新诗号召于众,自以为得未有之秘"。并以"枯燥无味之教训主义""肤浅之象征主义""纤巧之浪漫主义""肉体之印象主义"等标签批评其具体作品。② 在胡先骕看来,胡适的"新"并无创造,只是摹仿欧美,剽窃传统。针对其批评,周作人与郎损（沈雁冰）马上著文反驳。周作人从"晚近之堕落派"、不同时期英德意文比较、日本文学、"陀司妥夫士忌戈尔忌之小说"四个方面揭露其文"几个背谬的处所",批评胡先骕不合于"学者之精神"。③ 郎损在《驳反对白话诗者》中指出,白话诗采用自由诗的形式,是为了"破弃一切格律规式","并非拾取唾余,乃是见善而从",并反驳道,"如谓此便是拾取唾余,然则效西人之重视文学而研究小说稗官野史荐绅先生羞道的东西,也是拾取唾余了"。④ 胡先骕站在文化整体主义的立场上,以西方理论视角反省中国传统文学,试图融合中西,对当时新文学运动包括新诗进行纠偏与质疑。相较于反驳者的激进,胡先骕似乎更客观地看到了胡适诗学所暗含的中西融合的因素,其见解显示出文化重构时更为中和稳健的一面。但出于对文学转型与革命突变形式的否定立场,他对胡适进行的批判,也不免落入偏激。

---

① 《新文学及中国旧戏:张厚载——致记者,附胡适、钱玄同、刘半农、陈独秀信》,《新青年》1918年第4卷第6期。
② 胡先骕:《评《〈尝试集〉》,赵家璧、郑振铎《中国新文学大系》第2集,良友图书公司,1935,第268页。
③ 周作人:《评〈尝试集〉匡谬》,杨扬《周作人批评文集》,珠海出版社,1998,第155~157页。
④ 郎损:《驳反对白话诗者》,赵家璧、郑振铎《中国新文学大系》第2集,良友图书公司,1935,第312页。

除了与胡适的直接论争，早期诗人的诗论里也表达了不同的回应。1919 年，俞平伯就新诗的中西问题指出："大凡文学的变迁，一方有世界的关系，一方有历史的影响。换言之，就是受空间和时间的支配。中国诗的改造，可以把西洋近代文学的新精神做旁证，可以把历史上变迁的痕迹做直证，现在的新诗，虽不是新文艺的'中坚'，总是个'急先锋'。将来诗的发展，一定要跟这条路慢慢的向前去，这些缺憾，当然会逐渐弥缝的。"① 俞平伯的这一看法，可以说是对胡适诗学观在中西问题上的一种比较深入的阐释。但同时代人大多看到的是胡适西化的一面。愚庵在评论胡适的诗时指出其"形式上已自成一格，而意境大带美国风"②。1926 年，梁实秋在《现代中国文学之浪漫的趋势》中提出白话文运动的导火线乃外国的影响。他列举印象派对胡适诗学的影响："影像主义者的宣言，列有六条戒条，主要的如不用典，不用陈腐的套语，几乎条条都与我们中国倡导白话文的主旨吻合。"③ 康白情则从审美的角度积极肯定了胡适对西方资源的借鉴，认为"输入中国"的"自由诗"具有一种"陌生化"的艺术美感："看惯了满头珠翠，忽然遇着一身缟素的衣裳，吃惯了浓甜肥腻，忽然得到几片清苦的菜根，这是怎样的惊喜！由惊喜而摹仿，由摹仿而创造。"④ 朱自清在对新诗进行总结时提到胡适的《谈新诗》"差不多成为诗的创造和批评的金科玉律"，认为它"切实指出解放后的路子"，"彷徨着的自然都走上去"，这种受外国影响的风气"直到民十五止""才渐渐衰下去"。⑤

与此不同的是，周作人另提出了"融化"论。在《〈扬鞭集〉序》中，他承认"新诗本来也是从模仿来的"，但认为新诗的进化"是在于模仿与独创之消长"。他非常重视传统的力量，认为只要是用汉字写作，传

---

① 俞平伯：《社会上对于新诗的各种心理观》，赵家璧、胡适《中国新文学大系：第 1 集》，良友图书公司，1935，第 353 页。
② 愚庵：《评胡适的诗》，北社《新诗年选》，亚东图书馆，1929，第 130 页。
③ 梁实秋：《现代中国文学之浪漫的趋势》，《浪漫的与古典的》（第 2 版），新月书店，1928，第 6 页。
④ 康白情：《新诗底我见》，赵家璧、胡适《中国新文学大系》第 1 集，良友图书公司，1935，第 326 页。
⑤ 朱自清：《导言》，《中国新文学大系·诗集》，上海文艺出版社 2003 年影印版，第 2 页。

统就是摆脱不掉的。并以象征为例,指出象征虽然是最新的写法,却也是最旧的,因为中国"古已有之"[①];象征主义"是外国的新潮流,同时也是中国的旧手法"[②]。周作人所谓的"融化",是一种宽容的中西文化融合的理想。在这一点上,他与胡适的诗学观在精神上是一致的,但他反对胡适等早期新诗的浅显直白,认为"一切作品都象是一个一玻璃球,晶莹透澈得太厉害了,没有一点儿朦胧,因此也似乎缺少了一种余香与回味"。[③] 梁宗岱也认同融合,但他对西化有更高的要求,批评胡适所"举出的榜样"《关不住了!》是"那么幼稚和粗劣",其"西洋文学智识是那么薄弱",只是"掇拾一个浅薄的外国人底牙慧来大吹大擂"。[④]

二

1930年代,无论是文艺大众化运动对"大众化"诗歌的提倡,还是现代派诗人对现代诗艺的追求,都对西化的自由体进行反拨,呈现出一股向传统回归的倾向。在这个时候,胡适作为早期不成熟的白话诗人的代表,其白话诗学中重视传统的一面常常遭到忽视,而西化的一面常常成为反省与批判的靶子。

在1930年代的大众化浪潮中,中国诗歌会倡导用"俗言俚语"写作通俗的"民谣小调鼓词儿歌",使诗歌脱离"欧化""贵族化",走向民间。对民间传统资源的重视,也是胡适诗学的重要方面。胡适很欣赏自然流利的民歌风格,重视当时大规模的搜集民间歌谣故事,认为它有益于帮助"新文学的开拓"。[⑤] 他还提出:"中国新诗的范本,有两个来源:一个是外国的文学,一个就是我们自己的民间歌唱。二十年来的新诗运动,似乎是太偏重了前者而太忽略了后者。"[⑥] 由于政治立场与文化背景不同,

---

① 周作人:《〈扬鞭集〉序》,杨扬《周作人批评文集》,珠海出版社,1998,第222页。
② 周作人:《〈扬鞭集〉序》,杨扬《周作人批评文集》,珠海出版社,1998,第223页。
③ 周作人:《〈扬鞭集〉序》,杨扬《周作人批评文集》,珠海出版社,1998,第223页。
④ 梁宗岱:《文坛往哪里去——"用什么话"问题》,马海甸《梁宗岱文集》第2卷,中央编译出版社,2003,第52页。
⑤ 胡适:《中国文学过去与来路》,《胡适全集》第12卷,安徽教育出版社,2003,第222页。
⑥ 胡适:《〈歌谣〉复刊词》,《胡适全集》第12卷,安徽教育出版社,2003,第329页。

胡适与"大众化"诗歌运动并没有历史交集,他对民间白话资源的重视也因而未受关注。

随着新诗渐趋成熟,在对新诗诗艺进行反省与探索时,胡适诗学总是被片面理解和接受。1930年代梁实秋与胡适关于中西问题的间接讨论,就是一个方面的典型例子。梁实秋坚持新诗应该在西方寻找资源,在《新诗的格调及其他》中,他甚至指出"新诗,实际就是中文写的外国诗",并肯定《尝试集》"表示了一个新的诗的观念",其"对于新诗的功绩","不仅是提倡以白话为工具,他还很大胆的提示出一个新的作诗的方向"。① 这里的新观念、新方向,就是指横移西方。胡适在《致徐志摩》的信中间接回应了梁实秋。他承认自己"对于诗的基本观念大概是颇受外国文学的影响的",但他更指出:"我当时的希望却不止于'中文写的外国诗'。我当时希望——我至今还继续希望的是用现代中国语言来表现现代中国人的生活、思想、情感的诗。这是我理想中的'新诗'的意义,——不仅是'中文写的外国诗'也不仅是'用中文来创造外国诗的格律来装进外国式的诗意'的诗。"② 可见,胡适并非想一味地横移西方资源。梁实秋一再强调胡适在诗体方面对西方资源的借鉴,乃至对整个新文学运动也持西化的看法,这种简单的二元对立思维无法全面地把握胡适对新诗形象的构建。

胡适这里所谓"理想中的'新诗'的意义",施蛰存后来借用到《现代》杂志中界定"现代派"诗歌:"《现代》中的诗是诗,而且是纯然的现代的诗。它们是现代人在现代生活中所感受的现代的情绪,用现代的词藻排列成的现代的诗形。"③ 这表明,作为具有现代主义意识的后辈作家,施蛰存理解并认同了胡适的新诗理想。胡适所谓"理想"的诗,语言是"现代"的语言,形式是"现代"的形式,内容是"现代"的内容。对"现代性"的追求,既是打破旧传统,借鉴西方资源,又"不止于'中文

---

① 梁实秋:《新诗的格调及其他》,杨迅文《梁实秋文集》第6卷,鹭江出版社,2002,第528页。
② 胡适:《致徐志摩》,《胡适全集》第24卷,安徽教育出版社,2003,第104~105页。
③ 施蛰存:《关于〈现代〉的诗》,王永生《中国现代文论选》,贵州人民出版社,1982,第149页。

写的外国诗'"，而是立足于"现代中国"的"拿来主义"。不过，虽然施蛰存认同胡适的新诗理想，肯定其"打破了中国旧体诗的传统"，但在身处现代派的施蛰存的眼中，胡适仍然是新诗西化问题的"始作俑者"，他批判道："从胡适之先生一直到现在为止的新诗研究者，却不自觉地堕入于西洋旧体诗的传统中。"①

现代派诗人柯可（金克木）进一步对这种"西洋旧体诗的传统"进行批判。在《论中国新诗的新途径》中，他批评以《尝试集》为开端的早期白话诗为了极力摆脱旧影响而导致"大半都是古今中外杂糅而又古今中外都不是的一种诗"。即使有一些"从西洋诗来的较为货真价实的新诗"，但还是"遗神取貌者多，而如法炮制者少"，他认为这是"一种近乎买椟还珠的风气"。② 并指出，新诗已经到了由"破坏"到"建设"的时期，以西洋旧诗来直接承继中国旧诗并不是一种进步，诗人应该"冷静一点承认旧诗词曲的真价"。③ 柯可在肯定词曲的价值时，对胡适诗学这一方面的意见完全是视而不见的。

同为现代派的诗人废名则从反思新诗与传统的关系角度来理解胡适诗学。1933 年，他在给胡适的信中说，"我们今日的新诗是中国诗的一种"，新诗"不应该说是旧诗词的一种进步，而是一种变化"，它与诗词一样，"是中国诗的一种体裁"。他认为"今日的新诗，并不能包罗万象"，旧诗词与新诗各有其表现的意境，他们各自都有自己特别的领域，④ 并强调文言"也还是汉语，是'文学的国语'的一个成分"⑤。与胡适的历史进化论立场不同，废名不把新诗看作旧诗的进步，而把之归为中国诗的一种体裁，将新诗与旧诗并置于同一个框架中。在具有现代主义诗风的诗人中，

---

① 施蛰存：《关于〈现代〉的诗》，王永生《中国现代文论选》，贵州人民出版社，1982，第 149 页。
② 柯可：《论中国新诗的新途径》，金克木《旧学新知集》，生活·读书·新知三联书店，1991，第 10 页。
③ 柯可：《论中国新诗的新途径》，金克木《旧学新知集》，生活·读书·新知三联书店，1991，第 11 页。
④ 冯文炳：《冯文炳信五通》，《胡适遗稿及秘藏书信》第 36 册，黄山书社，1994，第 569~570 页。
⑤ 冯文炳：《冯文炳信五通》，《胡适遗稿及秘藏书信》第 36 册，黄山书社，1994，第 571 页。

废名主要得益于传统诗学。他认识到胡适诗学传承传统的一面，指出胡适在易懂的"元白"一派与难懂的"温李"一派之间，选取前者作资源，而自己所认可的是后者。废名与胡适都致力于融合中西，但在对传统诗学资源进行取舍时，其审美取向有所不同。胡适重视的是传统中的民间审美旨趣，而废名所重视的则是传统中的文人审美旨趣。

新诗发展到这个时候，进入了诗艺的调整与新探索的阶段，现代派诗人采取的策略是通过批判与反省前辈的不足来开拓自己的路径，也就是说，他们是借反拨胡适早期白话诗以及新月派的新格律诗，来试图建立起一套新的现代诗学原则。

三

1940年代，表现时代民族精神的、具有战斗性、写实性的诗歌风靡诗坛。这时的新诗作为宣传的工具，要求便于忠实地记录大敌当前、处于国破家亡边缘的人们如何团结一致抵抗外敌的时代情绪。新诗此时的对象主要转向民众，所以它既需要摆脱西化，又不适宜于传统中精致的古典诗词趣味，而是偏向易懂易记的民间口语，以实现诗歌向大众的普及。按说，胡适不仅是中国新诗的西化之祖，更是早期新诗人中不遗余力地梳理新诗的白话传统资源（主要是民间资源），而力求为之建立起深厚历史渊源的第一人，但是，这个时候的胡适，在诗坛上已经完全边缘化，其白话诗学的这一方面的资源并没有赢得直接的关注。

1950年代以后，诗歌仍然回归传统，但这个时期要求诗歌在普及的基础上有所提高，受毛泽东诗学观念的影响，提高被规限于从古典诗词中吸取养料。1958年，毛泽东在"成都会议"上，发表了著名的关于中国新诗出路的讲话：

> 我看中国诗的出路恐怕是两条：第一条是民歌，第二条是古典，这两面都提倡学习，结果要产生一个新诗。现在的新诗不成型，不引人注意，谁去读那个新诗。将来我看是古典同民歌这两个东西结婚，产生第三个东西。形式是民族的形式，内容应该是现实主义与浪漫主

义的对立统一。[①]

毛泽东从民间与古典寻求新诗发展出路，走的完全是一条中化的道路。1950年代分别以《文艺报》、中国作家协会创作委员会诗歌组、《光明日报》、《文学评论》为中心的几次关于诗歌形式的诗学讨论，便是为了响应这种号召。1958年由"大跃进民歌"运动引发的"新诗发展道路"的论争，是对新诗传统的"历史清理"，是20世纪三四十年代新诗"大众化""民族化"问题在新的历史时期的某种意义的极端戏剧性的重现。这个时期，新诗明朗、口语化、大体整齐、易诵易记，这些始终与民间文学有着一脉相承联系的特点被大力强化。这种对口语和民间资源的重视，本是胡适诗学观的重要组成部分。从这一点上可以这样说，胡适诗学的影子一直漂浮在中国新诗的发展进程中，虽然这个时候，胡适已经成为资产阶级反动文人的代表而一再遭到否定与批判，他的诗人形象在追求民族风格中国气派的诗学氛围中也常常被曲解为全盘西化的祖师爷。

1980年代，国家加快了现代化进程，开始出现又一轮西化热潮。朦胧诗派便是在对历史的反思与对西方现代主义诗歌表现技巧的借鉴这样的背景下产生的。1990年代，商品经济大潮使文化价值观念受到了强烈冲击，加之全球化时代文化身份问题凸显，导致了"国学热"与文化保守主义思潮的出现。1993年开始，以郑敏《世纪末的回顾：汉语语言变革与中国新诗创作》为起点的学术争论，是对"五四"与传统文化的历史反省与现实思考，其中涉及新诗的发展与民族母语之间的血缘关系问题。新诗在语言上的转变、文言文对现代汉语的影响、胡适对现代口语的重视等问题，成为新一轮的拥护与反对之争的焦点。郑敏指出：我们已经"久久遗忘了自己的古典文史哲传统"，如今只有一个"模仿西方的、脆弱单薄的、现代诗歌传统"。[②] 她对以胡适为代表的早期白话诗运动进行清算，认为胡适"用纯的白话口语代替整个语言系统，只是一种幼稚的空想，在胡适和其同时代的白话文先驱们的所谓白话诗文上游戏着无数古

[①] 毛泽东：《在成都会议上的讲话提纲》，《建国以来毛泽东文稿》第7册，中央文献出版社，1992，第124页。

[②] 郑敏：《中国诗歌的古典与现代》，《文学评论》1995年第6期。

典文学、古典诗词的'踪迹'"。① 郑敏重视从传统诗学中发掘精髓,将新诗与传统重新衔接,实现艺术创新。她认为,新诗的窘迫正来自一方面"无法汲取母语文化的诗歌传统艺术",另一方面"又不可能以外语文化的诗歌艺术传统取代之"。② 她激烈地批判"新诗已走出传统,它已完全背叛自己的汉诗大家庭的诗歌语言与精神的约束,它奔向西方,接受西方的诗歌标准",断言"21世纪中国新诗的能否存活就看我们能否意识到自身传统的复活与进入现代,与吸收外来因素之间的本末关系"。③ 这场围绕"五四"白话文运动展开的论争,涉及胡适的文化观、思维方法论等众多问题,但最直接、也是最根本的是对胡适所开创的新诗进行的反省与论争。郑敏站在文化守成的立场上,以古典主义的优越批判胡适诗学观的偏激,有振聋发聩的作用,有对胡适白话诗学的重要纠偏,但也存在某种程度的误读。

站在当下综观整个新诗成长史,我们发现,现代与传统已经不像"五四"那时势不两立、相互排斥,而是相互吸纳与转化。胡适诗学观之所以在不同时期总是以不同的姿态被解读,正是因为其诗学主张具有开阔的眼界,其对新诗形象的建构背后所涵盖的知识结构,既是西方的,也是传统的,所以无论是对文化保守者还是文化激进者而言,胡适诗学都已成为饶不开的文化遗产。

本文发表于《海南师范大学学报》(社会科学版)2012年第4期,部分地方有改动

---

① 郑敏:《世界末的回顾:汉语语言变革与中国新诗创作》,《文学评论》1993年第3期。
② 郑敏:《试论汉诗的传统艺术特点——新诗能向古典诗歌学些什么?》,《文艺研究》1998年第4期。
③ 郑敏:《新诗百年探索与后新诗潮》,《文学评论》1998年第4期。

胡适诗学的接受史考察

——以懂与不懂之争为中心

摘　要：作为中国现代诗学的开拓者，明白易懂是胡适白话诗学的核心。在近一个世纪里，这一诗学原则在得到认同的同时也不断遭受质疑，引起了一波又一波关于新诗懂与不懂的论争。在新诗发展精致化诉求中，面对现代派"不懂"的诗学，胡适有时在论争中进行自我阐发与完善，有时又不作分辨地接受来自不同诗学观念、风格美学的挑战与质疑。在大众化浪潮中，它开启了诗歌如何向大众普及的讨论；在新中国新的历史语境中，又作为潜在的诗学依据，参与社会主义诗学话语的建构，呈现出新的接受特点。

关键词：胡适　现代诗学　懂与不懂　接受史

胡适的白话诗学是百年中国新诗发展的理论起点。其建构白话诗学的语言资源来自古白话、今日用的白话以及欧化语和文言的补充[①]。建立在这些资源基础上的白话新诗，在不同文化资源的相互角力中形成新与旧、中与西、懂与不懂等问题。这些问题在胡适白话诗学的接受过程中，总是以争论的形式突出地表现出来。新与旧涉及以"白话作诗"取代以"文言作诗"而来的"白话"为诗的合法性和"文言"诗语的生命力问题，以及由旧诗渊源深厚的审美成规与惯例导致的新旧文体学范式的冲突。中与西涉及新诗抗衡传统或传承传统的矛盾关系，以及新诗发展道路的民族

---

① 参见胡适：《中国新文学大系·建设理论集·导言》，良友图书印刷公司，1935。

化与西化取舍问题。懂与不懂则涉及新诗从选择大众化的白话口语到走向精致化的现代文人书面语之间常常滋生的纠结,明白与晦涩的风格美学问题及其读者的接受问题都包含在这纠结之中。这些问题所引发的争论触及的是基于现代汉语的新诗文体学建构的基本问题,所以,在新诗发展的百年道路上,时代文化因素的变化必然会引起不同声调此起彼伏的回响。新与旧、中与西的问题,笔者有另外的文章论述,本文意在从接受视野对胡适诗学论争中关于懂与不懂之争及其历史回响作一基本的梳理与研究。

一 胡适面对"不懂"诗学的自我阐发与完善

用白话入诗,"有什么话,说什么话;话怎么说,就怎么说"[①],既是胡适白话诗论的文体学基础,也鲜明表达了他在诗歌语言上对明白易懂的追求。将白话作为诗语的主要资源,在当时意味着,在新诗的语言选取上,弃繁趋简,弃雅趋俗。1920年,在《什么是文学》一文中,胡适强调了"明白清楚"对文学的重要性。1922年,胡适在《评新诗集》中说,论诗的深度有三个阶级:"浅入而浅出者为下,深入而深出者胜之,深入而浅出者为上。"[②] 他认为康白情的好诗"读来爽口,听来爽耳"[③];而俞平伯所谓有"平民风格"的诗,"差不多没有一首容易懂得的"[④]。1924年,胡适在《胡思永的遗诗·序》中详细提出关于"明白清楚"的"胡适之派"。可见,"明白易懂"是胡适基于白话的诗歌观念中极为重要的诗学标准。

这种明白易懂的诗学观念,带有平民诗学的性质,在早期曾引发俞平伯、周作人、康白情、梁实秋等对诗是平民的抑或贵族的进行争论。主张平民化者,立足于诗歌的社会功能层面,反映的是"五四"精英向民众进行启蒙的理想;主张贵族化者,立足于诗歌的审美功能层面,反映的是诗人对汉语"诗性"的深度开掘。但随着现代汉语十年的沉淀与探索,随着追求现代汉语的书面精致化的现代派诗歌的崛起,新诗已逐步走向成

---

① 胡适:《尝试集·自序》,《胡适文集》第3卷,人民文学出版社,1998,第127页。
② 胡适:《评新诗集》,《胡适全集》第2卷,安徽教育出版社,2003,第821页。
③ 胡适:《评新诗集》,《胡适全集》第2卷,安徽教育出版社,2003,第806页。
④ 胡适:《评新诗集》,《胡适全集》第2卷,安徽教育出版社,2003,第807页。

熟，胡适明白易懂的诗学观念，受到来自现代派"不懂"诗学的挑战。在这种挑战中，胡适给予各方回应，在论争中不断自我阐发与完善。

1935年10月至1936年2月，围绕《申报·文艺周刊》《自由评论》《立报·言林》等报刊发生的关于"胡适之体"的讨论，其中心问题是"胡适之体"是"新路"还是"老路"，以及"明白清楚"和"胡适之体"之间的关系。陈子展针对当时诗坛的不振，提出新诗人应该走以胡适新作《飞行小赞》为标本的"胡适之体"的道路。任钧、伯韩、子模等从时代语境、思想内容等方面否定"胡适之体"，认为"放脚似的'胡适之体'的时代早已经过去了"①，让当时的新诗人再去走胡适的老路，"不但一笔勾销了十几年惨淡经营的新诗运动所得的成果"，还有"故意劝人开倒车之嫌"②。

对此，胡适在1936年2月21日的《自由评论》上发表《谈谈"胡适之体"的诗》，指出《飞行小赞》是用"好事近"词调所写，但他换了韵脚。这首诗仍然是其一贯的"老路"：说话明白清楚，用材料有剪裁，意境平实。胡适还强调：看不懂而必须注解的诗，都不是好诗，只是笨谜而已。我们今日用活的语言作诗，若还叫人看不懂，岂不应该责备我们自己的技术太笨吗？③梁实秋认同"明白清楚"的"胡适之体"，主张"明白清楚"应该是"今后所应依照进行的一个方向"。他认为胡适十余年来没有改变其明白清楚的作风，"'白话'的'白'，其一意义即是'明白'之'白'。所以'白话诗'亦可释为'明白清楚的诗'。所以'明白清楚'应为一切白话诗的共有的特点，不应为'胡适之体'独有的特点"。他还借此批评1930年代前期新诗的晦涩之风会使新诗"走向一条窘迫的路上去"。④

这场论争消停后不久，为强调明白清楚的诗学观念，胡适与梁实秋在

---

① 子模：《新诗的出路与"胡适之体"》，洪球《现代诗歌论文选》上册，仿古书店，1935，第233页。
② 任钧：《关于新诗的路》，《新诗话》，上海两间书屋，1948，第207页。
③ 胡适：《谈谈"胡适之体"的诗》，《胡适全集》第12卷，安徽教育出版社，2003，第339~341页。
④ 梁实秋：《我也谈谈"胡适之体"的诗》，载杨迅文《梁实秋文集》第7卷，鹭江出版社，2002，第386页。

1937年6月《独立评论》上发表"双簧"信，批评诗坛上的晦涩之风。梁实秋署名"絮如"，以中学国文教员的身份给胡适写信——《看不懂的新文艺》，批评卞之琳、何其芳的作品，认为这些年轻作家"步入魔道"，指出晦涩的"象征派"给中学生带来了恶劣影响。胡适在"编辑后记"中回应："'絮如'先生来信指摘现在最时髦的'看不懂的新文艺'。这个问题确是今日最值得大家注意的一个问题。……我们觉得，现在做这种叫人看不懂的诗文的人，都只是因为表现的能力太差，他们根本就没有叫人看得懂的本领。"①

此事引来轩然大波，卞之琳、废名等人纷纷表示不满。② 胡适在《独立评论》第241号以《关于看不懂》为题，同时发表周作人、沈从文的来信以及编辑后记，以作为回应。周作人对"看不懂"作出两种解释，即思想的晦涩与文章的晦涩："有些诗文读下去时字都认得，方法也都对，意思大抵讲得通，然而还可以一点不懂……有些诗文其内容不怎么艰深，就只是写的不好懂。"③ 就"象征派"对中学生的影响，周作人的基本主张是不可将文艺与教育扯在一起，"中学生虽不合写看不懂的文章，而批评家亦未能即据此以定那种新文艺之无价值"。④ 沈从文则扬言要做"走入魔道的义务辩护人"，从历史发展、作者与读者关系等方面驳斥"看不懂"的问题。他指出胡适的"明白易懂"是文学革命初期的口号，文学革命"在一个较长时间中，受到外来影响和事实影响，它会'变'。因为变，'明白易懂'的理论，到某一时就限制不住作家"⑤。言外之意是时代已经进步，不能保守原有的观念。他强调写出晦涩文字的人并不是"缺少表现能力"，而是"有他自己表现的方法"，"他们不是对文

---

① 胡适：《二三八号编辑后记》，《胡适全集》第22卷，安徽教育出版社，2003，第568页。
② 此争论的来龙去脉及人事纠纷，参见卞之琳：《追忆邵洵美和一场文学小论争》，《卞之琳文集》中册，安徽教育出版社，2002，第222~239页。
③ 周作人：《关于看不懂》，钟叔河主编《周作人散文全集》第7卷，广西师范大学出版社，2009，第747页。
④ 周作人：《关于看不懂》，钟叔河主编《周作人散文全集》第7卷，广西师范大学出版社，2009，第749页。
⑤ 沈从文：《关于看不懂》，张兆和主编《沈从文全集》第17卷，北岳文艺出版社，2002，第143页。

字的'疏忽',实在是对文字'过于注意'"。① 最后他表示:"如今对当前一部分散文作品倾向表示怀疑的,是一个中学国文教员,表示怜悯的,是一个文学革命的老前辈,这正可说明一件事,中国新文学二十年来的活动,它发展得太快了一点,老前辈对它已渐渐疏忽隔膜。"② 胡适在《编辑后记》中强调作家要尊重读者:"'有他自己'可不要忘了他人,文字的表现究竟是为自己以外的'他人'的事业,如果作者只顾'有他自己'而不顾读者,又何必笔之于书,公布于世呢?"针对沈从文"嘲笑明白易懂为平凡",胡适指出:"'明白易懂'是文字表现的最基本的条件。作家必须做到了这个'平凡'的基本条件,才配做'不平凡'的努力。"③

文学史中的事件,总是在互动的情况下激发出新颖的、变动的成果。④ 从1930年代的这些争论以及胡适的自我阐发可以看到,在现代汉语必然地从初期的"白话"向着更为精致的文人书面语的发展路程中,新诗的语言美学也必然开启新的探索路向,这就使胡适基于新文化运动初期的"白话"而建立的白话诗的语言美学,在能否成为超历史的普遍诗学上成了问题。维护者试图在这个问题上给予肯定性的回答,质疑者则从发展论的立场将其历史化,宣判维护者已经成为"发展得太快了一点"的历史车轮下的落伍者。

二 "不懂"诗学对胡适"懂"诗学的质疑

除了胡适直接参与懂与不懂之争并在论争中不断进行自我阐发与完善外,还有其他诗人基于诗学观念与风格美学不同而对胡适诗学产生的质疑之声。早在1920年代,周作人就批评胡适等早期新诗的浅显直白,认为"一切作品都象是一个一玻璃球,晶莹透澈得太厉害了,没有一点儿朦

---

① 沈从文:《关于看不懂》,张兆和主编《沈从文全集》第17卷,北岳文艺出版社,2002,第144页。
② 沈从文:《关于看不懂》,张兆和主编《沈从文全集》第17卷,北岳文艺出版社,2002,第145页。
③ 胡适:《二四一号编辑后记》,《胡适全集》第22卷,安徽教育出版社,2003,第579页。
④ 参见王德威:《现代中国文学理念的多重缘起》,《长江学术》2012年第4期,第8页。

胧，因此也似乎缺少了一种余香与回味"。① 如果这还只是诗味差异上的对话，那么，象征派诗人穆木天则立足于现代主义美学观念提倡"诗越不明白越好"，而将胡适归为新诗运动"最大的罪人"。② 这时，占据诗坛主流的是现代派"不懂"的诗学，胡适清楚明白的"懂"的诗学，自然成为现代派诗人检点新诗得失、思考新诗发展方向时攻击的靶子。1930年代，邵洵美站在唯美主义立场坚持"要谈新诗，最好先把胡适之来冷淡"。他认为"文学的根本条件是'文字的技巧'"③，而胡适既没有"新技巧"，也没有"新意象"，"只是新文化的领袖而不是新诗的元首"。他认为，"新诗已不再是分行写的散文"。④ 对于胡适与梁实秋批评晦涩之风，他的质疑是：

  我以为诗是根本不会明白清楚的。英国现代批评家谛里雅在他的《诗的明显与曲折》一书里也说过："所有的诗多少总有些曲折的；我们从没有明显的诗。"⑤

邵洵美认为"让人见到了底"，让人看"明白"了，其"意义便确定"，"有了限止了，它便死了"。由此，他提出了与胡适、梁实秋所谓读不懂的"笨谜""故意求其模糊与艰难"所不同的"伟大的晦涩"之说。⑥ 柯可（金克木）在《论中国新诗的新途径》中基于现代派的诗学观念论述了以智、情、感觉为主的三种类型的新诗，然后认为"新诗不仅是难懂，竟是不能懂，而且几乎所有情绪微妙思想深刻的诗都不可懂"。⑦ 他把"不可懂"规定为诗之为诗而非散文的品质。也就是说，在这样的现代派的诗学视野中，胡适清楚明白的白话诗学主张已经在新诗中

---

① 周作人：《〈扬鞭集〉序》，杨扬编《周作人批评文集》，珠海出版社，1998，第223页。
② 穆木天：《谭诗——寄沫若的一封信》，蔡清富、穆立立编《穆木天诗文集》，时代文艺出版社，1985，第263页。
③ 邵洵美：《诗二十五首·自序》，上海时代图书公司，1936，第3页。
④ 邵洵美：《诗二十五首·自序》，上海时代图书公司，1936，第4页。
⑤ 邵洵美：《诗二十五首·自序》，上海时代图书公司，1936，第11页。
⑥ 邵洵美：《一个人的谈话》，上海书店出版社，2008，第149~151页。
⑦ 金克木：《旧学新知集》，生活·读书·新知三联书店，1991，第13页。

失去了合法性。

懂与不懂也是一种风格美学问题。梁宗岱就从风格美学的视角对胡适提倡的"明白易懂"展开批判。他指出,"文艺的微妙全在于说不出所以然的弦外之音"①,"一件文艺作品登峰造极的时候,它底文字愈浅易,外形愈朴素"。他认为这里的"浅易""朴素"不是"简陋""窘乏",而是"从极端的致密""从过量的丰富与浓郁来的"。② 在《新诗底纷歧路口》《论平淡》两文中,他批评胡适"有什么话说什么话"的诗学主张"不仅是反旧诗的,简直是反诗的;不仅是对于旧诗和旧诗体底流弊之洗刷和革除,简直是把一切纯粹永久的诗底真元全盘误解与抹煞了"③。他认为"愈伟大的作品有时愈不容易被人理解,因而'艰深'和'平易'在文艺底评价上是完全无意义的字眼"④。

对于胡适所说的"平淡的境界是最禁得起咀嚼欣赏的",梁宗岱援引了梵乐希的言论:"在一首明白简洁的诗面前,我们应当问:这诗究竟是朴素抑窘乏,简易抑浅陋,平淡抑庸俗?"⑤ 批评胡适所理解的平淡与朴素流于"浅陋"与"庸俗"。他还指出:"一个诗人能否达到真正的平淡境界,不仅是年龄和训练问题,还得看他底本质或禀赋:只有丰饶的禀赋才能够有平淡的艺术。枯瘠的沙漠既谈不到浓郁,更谈不到平淡!"⑥ 虽然梁宗岱对平淡的理解颇有见识,但他与许多人一样对胡适存在着误读。胡适在《谈谈"胡适之体"》里确实谈到年龄、学问和经验会影响诗人对于事物的看法,并且以杜甫中年与晚年诗风的不同为例,来说明年龄与经验对其诗意境的影响,他旨在以个人经验证明其所谓

---

① 梁宗岱:《文坛往哪里去——"用什么话"问题》,马海甸主编《梁宗岱文集》第2卷,中央编译出版社,2003,第56页。
② 梁宗岱:《文坛往哪里去——"用什么话"问题》,马海甸主编《梁宗岱文集》第2卷,中央编译出版社,2003,第58页。
③ 梁宗岱:《新诗底纷歧路口》,马海甸主编《梁宗岱文集》第2卷,中央编译出版社,2003,第156页。
④ 梁宗岱:《新诗底纷歧路口》,马海甸主编《梁宗岱文集》第2卷,中央编译出版社,2003,第157页。
⑤ 梁宗岱:《论平淡》,马海甸主编《梁宗岱文集》第2卷,中央编译出版社,2003,第166页。
⑥ 梁宗岱:《论平淡》,马海甸主编《梁宗岱文集》第2卷,中央编译出版社,2003,第167页。

"总觉得'平实'、'含蓄'、'淡远'的境界是最禁得起咀嚼欣赏的"①，并指出"这几种境界都不是多数少年人能赏识的"，表示"我只做我自己的诗，不会迎合别人的脾胃"②。胡适虽然有"戏台里喝采"的老毛病，但他以自得的诗为例反复阐释其观点，也是要坚持"用他们表示我自己努力的方向"③。胡适自知其主张不能得到文艺批评家的赏识，但他强调"我自己并不因此放弃我在这一个方向的尝试"④。这些看法表明，在"发展得太快了一点"的历史面前，胡适最终采取了一种退守的姿态，将他在懂与不懂问题上的诗学主张退守为一种个人化的风格美学与审美理想。

懂与不懂的问题，既关涉文本的层面，也是一种作者的风格，而它说到底，却最终落在读者的接受上。朱光潜就从读者接受上作出了他的分析。他认为"'明白清楚'不仅是诗的本身问题，同时也是读者了解程度的问题"，"离开读者的了解程度而言，'明白清楚'不是批评诗的一个绝对的标准"⑤。"一首诗不能叫人懂得，不能叫人觉得'明白清楚'，往往不仅在语言，而在语言后面的意境。语言尽管做得很'明白清楚'，而诗的要旨并不必就因而也'明白清楚'。"⑥废名在给胡适的信中提到："我自己所做的一百多首诗，自以为合乎这个新诗的资格。我用了我的形式表达出了我的意思……若说他不好懂，我觉得这本是人类一件没法子的事情，艺术在原创上是可通於人，而事实并不一定是人尽可解。"⑦他认为

---

① 胡适：《谈谈"胡适之体"的诗》，《胡适全集》第12卷，安徽教育出版社，2003，第341页。
② 胡适：《谈谈"胡适之体"的诗》，《胡适全集》第12卷，安徽教育出版社，2003，第342页。
③ 胡适：《谈谈"胡适之体"的诗》，《胡适全集》第12卷，安徽教育出版社，2003，第343页。
④ 胡适：《谈谈"胡适之体"的诗》，《胡适全集》第12卷，安徽教育出版社，2003，第344页。
⑤ 朱光潜：《心理上个别的差异与诗的欣赏》，罗尉宣主编《朱光潜集》，花城出版社，2009，第208页。
⑥ 朱光潜：《心理上个别的差异与诗的欣赏》，罗尉宣主编《朱光潜集》，花城出版社，2009，第209页。
⑦ 冯文炳：《冯文炳信五通》，《胡适遗稿及秘藏书信》第36册，黄山书社，1994，第571页。

诗"并不一定人人可解,而所解亦有见仁见智之不同"①,写诗如果像"做那样一个明明白白的梦反而没有什么意思"②。

新诗发展到1930年代,已经进入内部诗艺的调整与新探索的阶段,无论是意境、语言还是美学个性,均表现出"以'纯粹'精致为特征"③。发生在京沪两地的新文化精英中围绕懂与不懂的争论,正是当时对新诗诗艺多元反省与探索的一个见证。

三 胡适诗学与大众化浪潮

新诗的发展是与现代汉语的发展相呼应的。1930年代,现代汉语并不是单向度地向文人精致的书面语挺进,它还受着当时社会政治潮流的激荡,延伸出积极的大众语向度的探索。这在诗坛上兴起了另一元的持续的大众化浪潮,在这种浪潮中,胡适明白易懂的诗学再度与历史产生契合。

远处边缘的东北文坛在1930年代,以《盛京时报》为中心,就在大众化向度发生过一场关于新诗懂与不懂的论争。论争起于1930年4月15日至17日郭濂薰发表的《批评胡适之博士〈尝试集〉的谬点》,参与论争的文章有:赤颜阿生的《看郭濂薰君〈批评胡适之博士〈尝试集〉的谬点〉辩驳》、郭濂薰的《答赤颜阿生》、高光玉的《胡诗孟浪乎》、花禅的《我的一个见解》、李季的《读高君光玉〈胡诗孟浪乎〉有感》。郭濂薰在文中批评胡适的《蝴蝶》《赠朱经农》《病中得冬秀书》等诗不合逻辑,用词不妥,《寄怡荪经农》《应该》等诗词意隐晦,一般民众难以理解。颇有意味的是,在新文化中心场域,坚持新诗要"明白清楚"的胡适,在新文化边缘地带,居然遭遇了被人指责难以为民众看懂的批评。花禅著文反驳,指出民众是否具备应有的知识,是否识字,都会影响到对诗歌的阅读:

---

① 冯文炳:《冯文炳信五通》,《胡适遗稿及秘藏书信》第36册,黄山书社,1994,第572页。
② 冯文炳:《冯文炳信五通》,《胡适遗稿及秘藏书信》第36册,黄山书社,1994,第575页。
③ 程国君:《纯粹·知性·非崇高——1930年代现代派诗歌的诗美建构与诗美形态》,《长江学术》2013年第1期,第6页。

字尚不识，更说不到知识了。像这样的民众，即使胡适之所做的东西再白俗到无可白俗的地步，我以为他们仍然看不懂，不但看不懂，恐怕他们还要认作是白纸画黑道呢。那末，这能怪胡适之所做的东西深奥么？①

他认为胡诗并不深奥难懂，"凡有民众知识的民众，决不致看不懂"②。高光玉认为"提倡白话、民众文学"，是希望"文学更易于和民众接近"，对于文学的领会应该有"相当的训练修养"，否则就"不能领会文学的美妙"。所以，他提出"我们只能想提高民众的知识使他们能有领会文学的美妙的机会，却不能去使文学人人都懂"。③

如果说，新文学中心场域的精英知识分子们关于懂与不懂的论争，是与现代主义诗学观念的崛起和现代汉语精致化的诗性诉求联系在一起的，那么，东北文学场域的论争，则针对的是如何将诗歌普及到识字不多（甚至不识字）的工农大众中去，演绎的是大众化运动的细流。

1930年代作为大众化运动的通俗易懂的"大众化"诗歌，洗去了新诗的精细与深邃，从"不懂"转变为浅白，一定程度地回应了胡适明白清楚的主张。中国诗歌会宣称："我们要用俗言俚语，/把这种矛盾写成民谣小调鼓词儿歌，/我们要使我们的诗歌成为大众歌调，/我们自己也成为大众的一个。"④ 此时的诗歌要真正脱离"贵族化"，走向民间成为多数人运用的手段，人民大众就不再是知识分子的启蒙对象，而成为服务的对象，文化结构发生了根本性转变。从当时的大众语讨论可以看出，随着时

---

① 花禅：《我的一个见解——关于郭君濂薰〈批评胡适之博士〈尝试集〉的谬点〉的辩驳》，张毓茂主编《东北现代文学大系：1919~1949》第1集，沈阳出版社，1996，第95页。

② 花禅：《我的一个见解——关于郭君濂薰〈批评胡适之博士〈尝试集〉的谬点〉的辩驳》，张毓茂主编《东北现代文学大系：1919~1949》第1集，沈阳出版社，1996，第95页。

③ 高光玉：《胡诗孟浪乎——看完郭濂薰君〈批评胡适之博士〈尝试集〉的谬点〉以后的话》，张毓茂主编《东北现代文学大系：1919~1949》第1集，沈阳出版社，1996，第148页。

④ 穆木天：《〈新诗歌〉发刊诗》，陈寿立编《中国现代文学运动史料摘编》上册，北京出版社，1985，第408页。

代语境的转变，诗歌走向民间的需求越来越迫切。比如，1931年，寒生（阳翰生）在参与大众语讨论时说：

> 现在的白话文，已经欧化，日化，文言化，以至形成一种四不象的新式文言"中国洋话"去了。用这种新式文言写作出来的东西，除去少数新式的绅商买办和欧化青年而外，一般的工农大众，对于这种"白话聊斋"不仅念不出看不懂，就是听起来也就象外国人在说洋话，结果是：家不能喻户也不能晓了。因此，五四以来的白话文学革命运动也是失败了的，由这一运动所产生出来的一些欧化文艺，结果仍为少数的绅商和买办和欧化青年所独占所专有，广大的工农大众简直没有享受到半分儿实惠。①

他对新文化运动的评价未免过于偏激，但他指出"五四"文艺倾向欧化、"贵族化"，而导致与大众产生隔膜，致使文艺无法很好地为大众服务，却是"五四"白话文运动后，语言与文学再度大众化的一个新趋向，即大众化与回归民族化紧密结合。陈子展认为大众语文学在诗歌方面，"尤其要注重听，叫人听得懂"，"因为诗歌朗读也好，听得懂就是深入大众的一个必要条件"。② 这也是回归民间歌谣传统的路数。懂与不懂在精英知识分子之间形成了经久不息的诗学论辩，而在民间，却无疑自始至终需要明白易懂的文学。从这一点上看，胡适的新诗理想在被新诗发展的一种趋向所抛弃的时候，又在另一种方向上获得了呼应。而这种呼应由于胡适在诗坛的边缘化以及所属政治文化阵营的不同，逐渐被遮蔽与忽视，在后来的社会主义语境中，演变成一种诗学基因而被人们潜在地、不自觉地接受。

四 作为潜在的诗学依据

无论是胡适置身于其中的种种关于懂与不懂的论争，还是现代派

---

① 寒生：《文艺大众化与大众文艺》，文振庭编《文艺大众化问题讨论资料》，上海文艺出版社，1987，第82页。
② 陈子展：《文言—白话—大众语》，文振庭编《文艺大众化问题讨论资料》，上海文艺出版社，1987，第209页。

"不懂"诗学对胡适"懂"诗学的质疑，抑或大众化浪潮对胡适清楚明白诗学的接受，新诗史始终呈现出对胡适诗学或认同或排拒的立场与倾向，这使得胡适的白话诗学一直伴随中国新诗的成长，并在1949年以后的历史语境中，潜在地参与中国社会主义诗学话语的建构。

早在1940年代，艾青在论及诗美时强调"朴素是对于词藻的奢侈的摈弃，是脱去了华服的健康的祖露；是挣脱了形式的束缚的无羁的步伐；是掷给空虚的技巧的宽阔的笑"①，并且要求"不要把诗写成谜语"，"不要使读者因你的表现的不充分与不明确而误解是艰深"，"把诗写得容易使人家看懂，是诗人的义务"。② 他在语言上也认为"最富于自然性的语言是口语"，要"尽可能地用口语写，尽可能地做到'深入浅出'"。③ 在新诗走向民族化、民间化的过程中，新诗人们的主张与胡适对新诗语言、美学风格的设想都具有内在的呼应性，而这种内在呼应性正是以不自觉的方式承续胡适明白易懂诗学的内在灵魂。

新中国成立以后，在中西方冷战语境中，胡适因美国背景、资产阶级身份而成为社会主义话语建构中被批判的靶子。但是，其明白易懂的诗学观与社会主义工农兵诗学话语之间实际上是契合的，所以，从1950年代开始，对胡适的诗学接受就由显在转为潜在，这是新中国意识形态所导致的胡适诗学接受的特点。这个特点成为一种惯性，在后半个世纪一直延续下来，人们有意无意回避着胡适名字的同时，却还是在讨论着其白话诗学所触发的懂与不懂的诗学问题。这种隐去胡适名字的、非外在话语层面上的接受，意味着胡适的白话诗学已经成为主张诗歌通俗易懂者潜在的诗学依据。

1950年代末的新民歌运动是在意识形态主导下演绎出的新诗大众化、民间化的极度夸张的喜剧。在这场喜剧的表演和讨论中，对"五四"新诗传统发表看法且形成重大影响的周扬，在轻描淡写地正面肯定了"五四"以来的新诗打碎了旧诗格律的镣铐、实现了诗体的大解放后，着重批评了新诗的一重大缺陷，就是脱离群众——"群众不满意诗读起来不

---

① 艾青：《诗论》，人民文学出版社，1980，第177页。
② 艾青：《诗论》，人民文学出版社，1980，第193页。
③ 艾青：《诗论》，人民文学出版社，1980，第205页。

上口，特别不满意那些故意雕琢、晦涩难懂、读起来头痛的诗句。"① 这一观点在周扬之后，被许多论者加以"放大"，成为对"五四"以来新诗发展传统的主流看法；与此同时，清楚明白、口语化、大体整齐、易诵易记，这些与民间文学有着一脉相承联系的特点被大力强化。这种对口语与民间资源的重视，原本是胡适明白易懂的白话诗学观的重要组成部分。大跃进之后的"三年自然灾害"带来的挫败感，促使1960年代初在诗体上一度从主体极度膨胀的新民歌向收敛型的宋元小令有限度地回归，这种回归在诗语上仍然标举"清楚明白"的诗歌美学，类似于胡适《飞行小赞》"好事近"的词调，可谓"胡适之体"的当代回响，比如当时严阵的诗集《江南曲》（1961）、陆棨的诗集《灯的河》（1961）、沙白的《水乡行》（1962）、张志民的诗集《西行剪影》（1963）以及郭小川的一些诗作。在1959年一篇评价郭小川的文章中，有这样一段："在继承古典诗歌一些形式上的优点时，我们不应当忽略了宋以后在词的基础上发展起来的散曲，小令。这种形式在格律上并没有严格的限制。虽然有词牌，但那词牌的样式多到你信手写来也容易合拍的地步。散曲，小令都起源于民间，接近口语，它有明快、简练、纤细、音乐性强等优点。这种形式在宋以后流行了五、六百年，在元代并成为诗歌的主要形式，并不是偶然的。它是古典诗词发展趋于冲破格律限制，向自然的口语的方向前进的结果。"② 这种见识看起来是对毛泽东在民歌与古典诗词中寻求诗歌发展出路的阐释，但就其源始来讲，实乃胡适《白话文学史》之观点的翻版，是对胡适白话诗学之明白清楚美学诉求的积极接受与传承。虽然这种接受与传承对于胡适诗学而言是匿名化的，但已然化为一种"新时代"的诗学依据而深入人心。以至于从那个时候到"文革"结束，在中国大陆，"不懂""晦涩"之诗被视为资产阶级或反革命鬼鬼祟祟的阴暗勾当。

1980年代发生的关于"朦胧"诗"看不懂"的争论，从黑格尔的历史螺旋发展论来看，朦胧诗派就像20世纪二三十年代新兴的现代派诗人一样，吸收了西方现代主义诗歌的表现方式，注重语言的暗示性、模糊性

---

① 周扬：《新民歌开拓了诗歌的新道路》，《红旗》1958年6月创刊号。
② 宋遂良：《创造性的探索——从郭小川同志三首长诗谈诗歌的民族形式问题》，《诗刊》1959年第5期，第93页。

和多义性，再一次发起了一场向"伟大的晦涩"的进军；而从解放区走过来的老一代诗人章明甚至新诗前辈大家艾青，则像当年的胡适等人那样，满怀道义地以明白易懂诗学质疑这种"不懂"诗学的合法性。如果说，无论章明颇具攻击性地指责朦胧诗——"晦涩、怪僻"，"似懂非懂，半懂不懂，甚至完全不懂，百思不得一解"①，还是艾青貌似公允地批评朦胧诗的倡导者"好像离开了月亮就不能生活，离开了雾就不能存在，离开了雨就不能呼吸，离开朦胧就不能写诗"②，其所反映的乃是"明白易懂"诗学一统天下时期造成的审美期待的贫困与偏狭，那么，当朦胧诗派将"伟大的晦涩"进军到寻根文化诗派那里从而再次把诗歌变成了谜语，纠偏的"第三代诗"就来了。

"第三代"诗人以反传统和艺术创新的名义近乎重新举起了胡适"有什么话，说什么话；话怎么说，就怎么说"的白话诗学的义旗，但这个时候已经不叫"白话诗"而叫"口语诗"了。他们追求平淡陈述的语调，提倡清晰直白的口语，在反精英的姿态下，其实是再度实践胡适白话诗学的文体学主张。

世纪之交"知识分子写作"与"民间立场写作"之间无休止的混战，仍然在一定程度上回应了胡适诗学引起的懂与不懂的争论。胡适"有什么话，说什么话；话怎么说，就怎么说"的白话诗学主张，将诗人从精英殿堂拉回日常生活中，它成为新的时代里诗歌从神坛走入民间的隐性丰碑，铸成了一个时代的集体无意识：既然话怎么说诗就怎么写，这样人人都能写诗，人人都能用口语写诗。这就是胡适诗学作为潜在的诗学依据在起作用。正因此，"薛蟠体""口水诗""梨花体"借助新的、平等化的互联网轮番上演，已经把胡适白话诗学演绎成了"大话文学"和"无厘头"的闹剧了。但无论如何，如今已经不可能再回到"明白易懂"诗学一统天下的时代，而是鲜明地呈现为两种极端走向——粗鄙与晦涩。以至有学者认为"'懂'与'不懂'，成了新诗存亡的关键"，或认为新诗当前的"主流体裁""病句诗"，是新诗"真正的癌症"，主张再发起一场

---

① 章明：《令人气闷的"朦胧"》，《诗刊》1980 年第 8 期，第 53 页。
② 艾青：《从"朦胧诗"谈起》，《文汇报》1981 年 5 月 12 日。

"新白话文运动"来解决问题。①

  综观百年新诗源自胡适白话诗学接受而来的有关"懂"与"不懂"之争，笔者认为，从语言的层面看，新诗在白话口语基础上起步，却并不是口语诗，而是现代汉语诗。现代汉语既有口语性，也有书面性，其书面性必然像文言一样有走向精致化的冲动。当新诗在文人对诗艺的求索中走向精致的书面诗歌时，它会重新变得"难懂"起来；当它为配合时代而走向大众时，又会重回白话层面，偏向"懂"的一端。新诗就在这懂与不懂的两极轮回间螺旋发展。而从话语视角看，这种轮回螺旋运动反映的则是新诗界话语权争夺的历史。

  本文发表于《武汉大学学报》（人文科学版）2014年第4期，部分地方有改动

---

① 邓程：《困境与出路：对当前新诗的思考》，《文学评论》2007年第3期，第124页。

参考文献

一　著作类

胡适：《尝试集》，亚东图书馆，1920。

胡适：《五十年来之中国文学》，申报馆，1924。

胡适：《胡适文存》，亚东图书馆，1935。

胡适：《胡适论学近著》，商务印书馆，1935。

胡适：《胡适之先生诗歌手迹》，台湾商务印书馆，1964。

胡适：《白话文学史》（上），岳麓书社，1986。

中国社会科学院近代史研究所中华民国史组编《胡适来往书信选》（上、中、下），中华书局，1979。

胡颂平编《胡适之先生年谱长编初稿》，联经出版事业公司，1984。

胡颂平编《胡适之先生晚年谈话录》，联经出版事业公司，1984。

耿云志编《胡适年谱：1891~1962》，中华书局香港分局，1986。

胡明编注《胡适诗存》，人民文学出版社，1989。

姜义华主编《胡适学术文集》，中华书局，1993。

耿云志主编《胡适遗稿及秘藏书信》（全42册），黄山书社，1994。

欧阳哲生主编《胡适文集》（全12册），北京大学出版社，1998。

胡适：《胡适留学日记》（上、下），安徽教育出版社，1999。

《尝试集·尝试后集》，陈平原导读，贵州教育出版社，2001。

季羡林编《胡适全集》（全44卷），安徽教育出版社，2003。

北京大学图书馆编《北京大学图书馆藏胡适未刊书信日记》，清华大学出版社，2003。

胡怀琛：《大江集》，崇文书局，1921。

胡怀琛：《白话文谈及白话诗谈》，广益书局，1921。

胡怀琛：《新文学浅说》，泰东图书局，1921。

胡怀琛：《尝试集批评与讨论》，泰东图书局，1923。

胡怀琛：《新诗概说》，商务印书馆，1923。

胡怀琛：《小诗研究》，商务印书馆，1924。

胡怀琛：《文学短论》，梁溪图书馆，1926。

胡怀琛：《中国文学史略》，梁溪图书馆，1926。

胡怀琛：《胡怀琛诗歌丛稿》，商务印书馆，1926。

胡怀琛：《作文研究》，商务印书馆，1927。

胡怀琛：《中国八大诗人》，商务印书馆，1927。

胡怀琛：《中国文学辩证》，商务印书馆，1927。

胡怀琛：《简易字说》，商务印书馆，1928。

胡怀琛：《诗歌学ABC》，世界书局，1929。

胡怀琛：《陆放翁生活》，世界书局，1930。

胡怀琛：《中国文学评价》，华通书局，1930。

胡怀琛：《抒情文作法》，世界书局，1931。

胡怀琛：《中国文的过去与未来》，世界书局，1931。

胡怀琛：《诗人生活》，世界书局，1932。

胡怀琛：《诗的作法》，世界书局，1932。

胡怀琛：《中国先贤学说》，正中书局，1935。

胡怀琛：《中国民歌研究》，商务印书馆，1935。

胡怀琛：《萨坡赛路杂记》，广益书局，1937。

胡怀琛：《民歌选》，商务印书馆，1938。

胡怀琛：《公园诗话》，上海书店影印版，1984。

胡朴安：《朴学斋丛书》，铅印本，1940。

田寿昌、宗白华、郭沫若：《三叶集》，亚东图书馆，1923。

吴兴、沈熔：《近世文选》，大东书局，1933。

赵家璧主编《中国新文学大系》，良友图书公司，1935。

谭正璧：《中国文学史大纲》，泰东图书局，1925。

谭正璧：《中国文学进化史》，光明书局，1929。

谭正璧：《新编中国文学史》，光明书局，1935。

谭正璧：《中国文学史大纲》，光明书局，1940。

王哲甫：《中国新文学运动史》，杰成印书局，1933。

张振镛：《中国文学史分论》（1），商务印书馆，1934。

洪球：《现代诗歌论文选》（上），仿古书店，1935。

梁启超：《饮冰室诗话》，人民文学出版社，1959。

鲁迅：《鲁迅书信集》，人民文学出版社，1976。

夏晓虹编《梁启超文选》，中国广播电视出版社，1992。

贺远明等选编《吴芳吉集》，巴蜀书社，1994。

朱湘：《朱湘作品集》（1），河南大学出版社，2004。

卞之琳：《卞之琳文集》（中），安徽教育出版社，2002。

陈子善编《叶公超批评文集》，珠海出版社，1998。

茅盾：《我走过的道路》（上），人民文学出版社，1997。

俞平伯：《俞平伯全集》（3），花山文艺出版社，1997。

陈子善编《叶公超批评文集》，珠海出版社，1998。

杨扬编《周作人批评文集》，珠海出版社，1998。

钟叔河编《周作人散文全集》（7），广西师范大学出版社，2009。

钱玄同：《钱玄同文集》（1），中国人民大学出版社，1999。

马海甸编《梁宗岱文集》，中央编译出版社，2003。

罗尉宣编《朱光潜集》，花城出版社，2009。

赵景深：《我与文坛》，上海古籍出版社，1999。

吴泰瑛：《白屋诗人吴芳吉》，巴蜀书社，2006。

柳亚子：《柳亚子文集·南社纪略》，上海人民出版社，1983。

柳亚子：《柳亚子自述·续编（1887~1958）》，人民日报出版社，2012。

郑逸梅：《南社丛谈》，上海人民出版社，1981。

郑逸梅：《清末民初文坛轶事》，中华书局，2005。

杨天石：《南社史长编》，中国人民大学出版社，1995。

参考文献

马以君:《南社研究》(第1辑~第6辑),中山大学出版社,1991~1994。

孙之梅:《南社研究》,人民文学出版社,2003。

邵迎武:《南社人物吟评》,社会科学文献出版社,1994。

卢文芸:《中国近代文化变革与南社》,社会科学文献出版社,2008。

朱自清:《新诗杂话》,广西师范大学出版社,2004。

艾青:《诗论》,人民文学出版社,1980。

闻一多:《闻一多论新诗》,武汉大学出版社,1985。

冯文炳:《谈新诗》,人民文学出版社,1984。

朱光潜:《诗论》,安徽教育出版社,2006。

梁宗岱:《诗与真》,中央编译出版社,2006。

梁宗岱:《诗与真续编》,中央编译出版社,2006。

刘匡汉、刘福春:《中国现代诗论》(上、下),花城出版社,1985、1986。

〔美〕乔纳森·卡勒:《结构主义诗学》,盛宁译,中国社会科学出版社,1991。

〔瑞士〕皮亚杰:《发生认识论原理》,商务印书馆,1996。

〔法〕布迪厄:《实践与反思:反思社会学导引》,李猛、李康译,中央编译出版社,1998。

〔法〕米歇尔·福柯:《知识考古学》(第3版),生活·读书·新知三联书店,2007。

〔美〕林毓生:《中国意识的危机——"五四"时期激烈的反传统主义》,穆善培译,贵州人民出版社,1988。

〔美〕格里德:《胡适与中国的文艺复兴:中国革命中的自由主义:1917~1937》,鲁奇译,江苏人民出版社,1996。

〔美〕贾祖麟:《胡适之评传》,张振玉译,南海出版公司,1992。

〔美〕周明之:《胡适与中国现代知识分子的选择》,雷颐译,广西师范大学出版社,2005。

王汎森:《执拗的低音:一些历史思考方式的反思》,生活·读书·新知三联书店,2014。

余英时等：《胡适与中西文化》，水牛图书出版事业有限公司，1984。

余英时：《中国近代思想史上的胡适》，联经出版事业公司，1984。

余英时：《重寻胡适历程：胡适生平与思想再认识》，联经出版公司，2004。

耿云志：《胡适研究论稿》，四川人民出版社，1985。

耿云志：《胡适年谱》，四川人民出版社，1989。

耿云志：《现代学术史上的胡适》，生活·读书·新知三联书店，1993。

耿云志：《胡适新论》，湖南出版社，1996。

耿云志：《胡适论争集》，中国社会科学出版社，1998。

石原皋：《闲话胡适》，安徽人民出版社，1985。

张忠栋：《胡适五论》，允晨文化实业股份有限公司，1987。

周质平：《胡适与鲁迅》，时报文化出版企业有限公司，1988。

周质平：《胡适丛论》，三民书局股份有限公司，1992。

周质平：《胡适与中国现代思潮》，南京大学出版社，2002。

易竹贤：《胡适传》，湖北人民出版社，1987。

易竹贤：《胡适与现代中国文化》，武汉大学出版社，1993。

易竹贤：《新文学天穹两巨星：鲁迅与胡适》，武汉大学出版社，2005。

唐德刚：《胡适杂忆》，华文出版社，1990。

唐德刚：《胡适口述自传》，华东师范大学出版社，1993。

欧阳哲生：《自由主义之累：胡适思想的现代阐释》，上海人民出版社，1993。

沈卫威：《胡适传》，河南大学出版社，1990。

周策纵：《胡适与近代中国》，时报文化出版企业公司，1991。

朱文华：《胡适——开风气的尝试者》，复旦大学出版社，1992。

刘青峰：《胡适与现代中国文化转型》，香港中文大学出版社，1994。

沈卫威：《传统与现代之间：寻找胡适》，河南大学出版社，1994。

沈卫威：《自由守望：胡适派文人引论》，上海文艺出版社，1997。

谭宇权：《胡适思想评论》，文津出版社，1996。

李敖：《胡适评传》，中国友谊出版公司，2000。

李敖：《胡适研究》，中国友谊出版公司，2006。

子通：《胡适评说八十年》，中国华侨出版社，2003。

谢泳：《胡适还是鲁迅》，中国工人出版社，2003。

胡明：《胡适传论》，人民文学出版社，1996。

胡明：《胡适思想与中国文化》，广西师范大学出版社，2005。

廖七一：《胡适诗歌翻译研究》，清华大学出版社，2006。

施议对点评：《胡适词点评》（增订本），中华书局，2006。

罗志田：《再造文明的尝试：胡适传（1891～1929）》，中华书局，2006。

刘东方：《"五四"时期胡适的文体理论》，齐鲁书社，2007。

白吉庵：《胡适传》，红旗出版社，2009。

汤景泰：《宁鸣而生，不默而死：胡适的言论写作研究》，巴蜀书社，2010。

陈金淦：《胡适研究资料》，知识产权出版社，2010。

钟军红：《胡适新诗理论批评》，人民文学出版社，2004。

李泽厚：《中国现代思想史论》，东方出版社，1987。

王永生编《中国现代文论选》，贵州人民出版社，1982。

文振庭编《文艺大众问题讨论资料》，上海文艺出版社，1987。

袁可嘉：《论新诗现代化》，生活·读书·新知三联书店，1988。

周晓明：《多源与多元：从中国留学族到新月派》，华中师范大学出版社，2001。

《建国以来毛泽东文稿》（7），中央文献出版社，1992。

於可训：《新诗体艺术论》，武汉大学出版社，1995。

於可训：《当代诗学》，湖南人民出版社，2000。

王泽龙：《中国现代主义诗潮论》，华中师范大学出版社，1995。

陈平原：《中国现代学术之建立——以章太炎、胡适为中心》，北京大学出版社，1998。

黄修己：《中国新文学史编纂史》，北京大学出版社，2007。

陆耀东：《中国新诗史1916～1949》，长江文艺出版社，2005。

叶维廉：《中国诗学》，人民文学出版社，2006。

林庚：《新诗格律与语言的诗化》，经济日报出版社，2000。

钱理群等：《中国现代文学三十年》（修订本），北京大学出版社，1998。

洪子诚、刘登翰：《中国当代新诗史》（修订版），北京大学出版社，2005。

龙泉明：《中国新诗流变论 1917~1949》，人民文学出版社，1999。

龙泉明、邹建军：《现代诗学》，湖南人民出版社，2000。

龙泉明：《中国新诗的现代性》，武汉大学出版社，2005。

孙玉石：《中国现代主义诗潮史论》，北京大学出版社，1999。

李怡：《中国现代新诗与古典诗歌传统》，北京大学出版社，2008。

蓝棣之：《现代诗的情感与形式》，人民文学出版社，2002。

王光明：《现代汉诗的百年演变》，河北人民出版社，2003。

周昌龙：《超越西潮：胡适与中国传统》，台湾学生书局，2001。

罗振亚：《中国现代主义诗歌史论》，社会科学文献出版社，2002。

罗振亚：《朦胧诗后先锋诗歌研究》，中国社会科学出版社，2005。

郑敏：《思维·文化·诗学》，河南人民出版社，2004。

韩立群：《中国语文革命——现代语文观及其实践》，中央编译出版社，2003。

邓程：《论新诗的出路》，中国社会科学出版社，2004。

夏晓虹、王风：《文学语言与文章体式——从晚清到"五四"》，安徽教育出版社，2005。

张桃洲：《现代汉语的诗性空间——新诗话语研究》，北京大学出版社，2005。

姜涛：《"新诗集"与中国新诗的发生》，北京大学出版社，2005。

刘现强：《现代汉语节奏研究》，北京大学出版社，2007。

刘保昌：《汹涌的潜流——传统文化与现代文学》，湖北人民出版社，2010。

方长安：《新诗传播与构建》，中国社会科学出版社，2012。

王桂妹：《五四文化激进主义与中国文学现代转型》，北岳文艺出版社，2007。

任淑坤：《五四时期外国文学翻译研究》，人民出版社，2009。

钱理群、袁本良：《二十世纪诗词注评》，广西师范大学出版社，2005。

高玉：《现代汉语与中国现代文学》，中国社会科学出版社，2003。

潘颂德：《中国现代诗论40家》，重庆出版社，1991。

潘颂德：《中国现代新诗理论批评史》，学林出版社，2002。

赵金钟：《中国新诗的现代性与民间性》，宁夏人民出版社，2007。

戴燕：《文学史的权力》，北京大学出版社，2002。

李泽厚：《中国现代思想史论》，生活·读书·新知三联出版社，2009。

二　论文类

隋树桂：《读胡怀琛小诗的成绩》，《学生文艺丛刊》1925年第8期。

蕙若：《记胡怀琛》，《十日谈》1934年第32期。

葆玄：《记胡怀琛先生》，《中国学生》1935年第1卷第10期。

戈予：《记胡怀琛》，《文友》1944年第3卷第9期。

徐重庆：《胡怀琛与新诗》，《文教科学》1986年第3~4期。

胡道静：《我的父亲胡怀琛与商务印书馆》，《出版史料》1991年第1期。

胡安定：《跨越新旧的"第三文学空间"——论新文学发生初期的"蝙蝠派"》，《中国现代文学研究丛刊》2012年第6期。

陈福康：《胡怀琛论译诗》，《中国翻译》1991年第5期。

黄德生：《给胡适改诗的笔墨官司》，《读书》2001年第2期。

姜涛：《"为胡适改诗"与新诗发生的内在张力——胡怀琛对〈尝试集〉的批评研究》，《北京大学学报》（哲学社会科学版）2003年第6期。

刘东方：《胡怀琛、周作人现代小诗研究之比较》，《齐鲁学刊》2008年第5期。

周兴陆：《胡怀琛的"新派诗"理论》，《汉语言文学研究》2013年第4卷第2期。

赵黎明、朱晓梅：《"诗辨"意识与古典主义"新诗"观念的建立——胡怀琛关于新诗文体理念的另一种探索》，《上海交通大学学报》（哲学社会科学版）2013年第1期。

赵黎明：《胡怀琛与民国之初的新文学教育》，《中国文学研究》2011年第4期。

卢永和：《胡怀琛与新旧融合的新诗文体观》，《中国文学研究》2014年第3期。

卢永和：《现代"小诗"文化身份的鉴识——论胡怀琛的〈小诗研究〉》，《肇庆学院学报》2012年第6期。

卢永和：《胡怀琛与吴芳吉：超越新旧诗之争的第三种声音》，《社会科学辑刊》2014年第5期。

陈平原：《经典是怎样形成的——周氏兄弟等为胡适删诗考》（一、二），《鲁迅研究月刊》2001年第4、5期。

葛兆光：《汉字与汉诗——一种天然的诗歌质料》，《汉字的魔方——中国古典诗歌语言学的札记》，香港中华书局，1989。

钱理群：《论现代新诗与现代旧体诗的关系》，《诗探索》1999年第2期。

唐晓渡：《时间神话的终结》，《文艺争鸣》1995年第2期。

唐晓渡：《五四新诗的"现代性"问题》，《文艺争鸣》1997年第2期。

陈友康：《二十世纪中国旧体诗词的合法性和现代性》，《中国社会科学》2002年第6期。

秦弓：《"五四"时期文坛上的新与旧》，《文艺争鸣》2007年第5期。

周扬：《新文学运动史讲义提纲》，《文学评论》1986年第2期。

宋遂良：《创造性的探索——从郭小川同志三首长诗谈诗歌的民族形式问题》，《诗刊》1959年第5期。

蓝棣之：《中国新诗的开步——重评胡适的〈尝试集〉和他的诗论》，《四川大学学报》（社会科学版）1979年第2期。

易竹贤：《评"五四"文学革命中的胡适》，《新文学论丛》1979年第 2 期。

易竹贤：《胡适其人及胡适研究述评》，《江汉论坛》2005 年第 3 期。

秦家琪：《重评胡适〈尝试集〉》，《南京师范大学学报》（社会科学版）1979 年第 3 期。

龚济民：《评胡适的〈尝试集〉》，《辽宁大学学报》（哲学社会科学版）1979 年第 3 期。

亦坚：《从鲁迅为胡适删诗说起》，《上海师范大学学报》（哲学社会科学版）1979 年第 2 期。

文振庭：《胡适〈尝试集〉重议》，《江汉论坛》1979 年第 3 期。

耿云志：《胡适与"五四"时期的新文化运动》，《历史研究》1979 年第 5 期。

朱德发：《论胡适早期的白话诗主张与创作》，《山东师院学报》（哲学社会科学版）1979 年第 5 期。

朱德发：《胡适白话诗学的现代阐释》，《西南师范大学学报》（人文社会科学版）2005 年第 6 期。

周晓明：《重新评价胡适〈尝试集〉》，《破与立》1979 年第 6 期。

朱文华：《试论胡适在"五四"新文化运动中的作用和地位》，《复旦学报》1979 年第 3 期。

朱文华：《开风气的尝试——评〈尝试集〉》，《"再造文明"的奠基石——"五四"新文化运动三大思想家散论》，上海教育出版社，2000。

章明：《令人气闷的"朦胧"》，《诗刊》1980 年第 8 期。

秦亢宗、蒋成禹：《"五四"时期写实派白话诗述评》，《杭州大学学报》1982 年第 3 期。

林植汉：《〈尝试集〉不是第一部新诗集》，《黄石师院学报》（哲学社会科学版）1983 年第 2 期。

韦学贤：《胡适早期的新诗理论和实践》，《广西民族学院学报》（哲学社会科学版）1983 年第 3 期。

唐祈：《论中国新诗的发展及其传统》，《河北师院学报》1984 年第 3 期。

文万荃：《中国现代文学史上第一部新诗集辩白》，《四川学院学报》

（社会科学版）1984 年第 1 期。

吴奔星：《〈尝试集〉新论》，《社会科学战线》1985 年第 3 期。

吴奔星：《论初期白话诗派——纪念文学革命七十周年》，《中国文学研究》1987 年第 2 期。

陈金淦：《胡适诗歌评价的历史回顾》，《徐州师范学院学报》1985 年第 1 期。

周质平：《胡适文学理论探源》，《中国现代文学研究丛刊》1986 年第 4 期。

吴定宇：《论〈女神〉与〈尝试集〉的历史地位》，《阜阳师范学院学报》（社会科学版）1986 年第 3 期。

吴定宇：《中西文化交融的最初硕果——〈女神〉与〈尝试集〉文化价值比较》，《郭沫若学刊》1990 年第 3 期。

阎焕东：《新诗的基石与丰碑——〈尝试集〉与〈女神〉比较研究》，《北京社会科学》1987 年第 2 期。

黄维樑：《五四新诗所受的英美影响》，《北京大学学报》（哲学社会科学版）1988 年第 5 期。

胡明：《关于胡适中西文化观的评价》，《文学评论》1988 年第 6 期。

胡明：《胡适与中国文学的现代转型》，《学术月刊》1994 年第 3 期。

胡明：《论胡适的中西文化观》，《中国文化研究》1996 年春之卷。

宋剑华：《论胡适新诗创作的艺术追求》，《阜阳师范学院学报》1989 年第 1 期。

许霆：《闻一多、胡适诗论的艺术思维比较——新诗发展第一、二阶段的基本特征论》，《南京师大学报》（社会科学版）1989 年第 3 期。

许霆：《胡适"诗体解放"论的文学史意义》，《文艺理论研究》1996 年第 3 期。

高逾：《胡适谈新诗论析——新诗的自然音节是什么》，《福建论坛》1989 年第 4 期。

康林：《〈尝试集〉的艺术史价值》，《文学评论》1990 年第 4 期。

董炳月：《中间物：胡适新诗理论的历史特征》，《中国现代文学研究丛刊》1990 年第 2 期。

李怡：《中国现代新诗的进程》，《文学评论》1990 年第 1 期。

李怡：《重审中国新诗发展的启端——初期白话诗研究综述》，《中国现代文学研究丛刊》1996 年第 2 期。

李怡：《20 世纪 50 年代与"二元对立思维"——中国新诗世纪回顾的一个重要问题》，《中国现代文学研究丛刊》2005 年第 5 期。

张新：《五四时期新诗与宋诗的文化氛围》，《中州学刊》1990 年第 6 期。

朱晓进：《从语言角度谈新诗的评价问题》，《文学评论》1992 年第 3 期。

杨国荣：《中国近代文化史上的胡适》，《学术界》1992 年第 5 期。

郑敏：《世界末的回顾：汉语语言变革与中国新诗创作》，《文学评论》1993 年第 3 期。

郑敏：《中国诗歌的古典与现代》，《文学评论》1995 年第 6 期。

郑敏：《语言观念必须革新——重新认识汉语的审美与诗意价值》，《文学评论》1996 年第 4 期。

郑敏：《试论汉诗的传统艺术特点——新诗能向古典诗歌学些什么？》，《文艺研究》1998 年第 4 期。

郑敏：《新诗百年探索与后新诗潮》，《文学评论》1998 年第 4 期。

范钦林：《如何评价"五四"白话文运动——与郑敏先生商榷》，《文学评论》1994 年第 2 期。

张目：《"前空千古，下开百世"的"尝试"——胡适的诗学及其艺术实验》，《社会科学战线》1994 年第 6 期。

龙泉明：《"五四"白话新诗的"非诗化"倾向与历史局限》，《文学评论》1995 年第 1 期。

龙泉明：《中国新诗流变略论》，《江汉论坛》1995 年第 2 期。

龙泉明：《传统文学、西方文学与中国文学的现代化转换》，《学术月刊》1998 年第 8 期。

龙泉明：《传统与现代的历史联结点——论"五四"白话新诗的艰难突围》，《学术月刊》2000 年第 7 期。

谢昭新：《胡适〈尝试集〉对新诗的贡献》，《安徽师大学报》（哲学社会科学版）1996 年第 1 期。

马以鑫：《"白话文运动"历史轨迹的重新考察》，《华东师范大学学报》1996 年第 2 期。

步大唐：《论胡适诗派》，《四川大学学报》（哲学社会科学版）1996 年第 4 期。

步大唐：《评胡适的〈尝试后集〉》，《西南师范大学学报》（哲学社会科学版）1998 年第 3 期。

张全之：《平行与互补：中国新诗两大源头——重评〈女神〉与〈尝试集〉在文学史上的地位》，《郭沫若学刊》1997 年第 1 期。

铃木义昭：《闻一多与胡适"八不主义"——以意象主义为中介》，《徐州师范大学学报》1997 年第 2 期。

童炜钢：《收敛和放纵——论胡适与"意象诗派"之关系》，《上海师范大学学报》（哲学社会科学版）1997 年第 4 期。

周晓风：《早期白话诗与"胡适之体"》，《重庆师院学报》（哲学社会科学版）1997 年第 4 期。

王光明：《中国新诗的本体反思》，《中国社会科学》1998 年第 4 期。

王光明：《自由诗与中国新诗》，《中国社会科学》2004 年第 4 期。

王珂：《文体自发与文体自觉的对抗与和解——20 世纪汉语诗歌的文体演变透析》，《社会科学辑刊》1998 年第 5 期。

王珂：《论白话诗运动对新诗的文体生成与文体形态的影响》，《理论与创作》2006 年第 3 期。

王珂：《胡适没有受到意象派的真正影响——兼谈胡适提出"作诗如作文"的原因》，《中州学刊》2007 年第 2 期。

韩立群：《论胡适对中国新文学文体建设的贡献》，《齐鲁学刊》1998 年第 5 期。

刘保昌：《既舍弃也难归依——中国新诗与传统文化》，《学术交流》1999 年第 4 期。

旷新年：《文学革命：进化文学史观》，《涪陵师专学报》1999 年第 4 期。

旷新年：《论胡适的白话文学观》，《娄底师专学报》1999 年第 2 期。

旷新年：《中国现代思想史上的胡适》，《读书》2002年第9期。

旷新年：《"五四"白话文运动：一种话语的考察》，《文艺理论与批评》2009年第3期。

旷新年：《胡适与新文化运动》，《杭州师范学院学报》（人文社会科学版）2001年第5期。

旷新年：《胡适与意象派》，《中国文化研究》1999年秋之卷。

温儒敏：《文学史观的建构与对话——围绕初期新文学的评价》，《北京大学学报》2000年第4期。

高玉：《胡适白话文学理论检讨》，《湖北大学学报》（哲学社会科学版）2000年第2期。

高玉：《语言运动与思想革命——五四新文学的理论与现实》，《文学评论》2002年第5期。

章永林：《尝试期的新诗与"胡适之体"》，《通化师范学院学报》2001年第1期。

陈学祖：《透明的限度：胡适派诗学对中西美学、诗学的偏取及其得失》，《思想战线》2002年第6期。

杨四平：《春天的火焰：胡适作为中国新诗先驱者的诗学意义》，《黄山学院学报》2003年第1期。

姜涛：《"起点"的驳议：新诗史上的〈尝试集〉与〈女神〉》，《文学评论》2003年第6期。

黄德生：《给胡适改诗的笔墨官司》，《读书》2001年第2期。

徐改平：《圣人的事业，凡人的情怀——〈尝试后集〉与胡适的情感世界》，《齐鲁学刊》2001年第6期。

罗志田：《文学史上白话的地位和新文学中白话的走向——后五四时期提倡新文学者的内部论争》，《近代史研究》2002年第2期。

夏志清：《文学革命》，《文学的前途》，三联书店，2002。

逄增玉、胡玉伟：《进化论的理论预设与胡适的文学史重述》，《东北师大学报》2002年第1期。

吴思敬：《二十世纪新诗理论的几个焦点问题》，《文学评论》2002年第6期。

廖七一：《论胡适诗歌翻译的转型》，《中国翻译》2003 年第 5 期。

廖七一：《庞德与胡适：诗歌翻译的文化思考》，《外国语》（上海外国语学院学报）2003 年第 6 期。

廖七一：《胡适的白话译诗与中国文艺复兴》，《四川外语学院学报》2005 年第 5 期。

廖七一：《胡适译诗与新诗体的建构》，《四川外语学院学报》2005 年第 6 期。

曹而云：《胡适白话诗论的意义及盲点》，《福建师范大学学报》2004 年第 5 期。

曹而云：《翻译实践与现代白话文运动》，《福建论坛》2004 年第 8 期。

曹而云：《论胡适的白话文理论与语言问题》，《广西社会科学》2005 年第 2 期。

文雁、莫海斌：《胡适与美国意象派：被叙述出来的影响》，《暨南学报》（人文科学与社会科学版）2004 年第 2 期。

马萧：《胡适的文学翻译与文学创作》，《江汉论坛》2005 年第 12 期。

方长安：《传播与新诗现代性的发生》，《学术月刊》2006 年第 2 期。

方长安：《译诗与中国诗歌转型》，《学习与探索》2007 年第 5 期。

谢泳：《胡适思想批判与〈胡适思想批判参考资料〉》，《开放时代》2006 年第 6 期。

李丹：《胡适：汉英诗互译、英语诗与白话诗的写作》，《文学评论》2006 年第 4 期。

王泽龙：《"新诗散文化"的诗学内蕴与意义》，《中国社会科学》2007 年第 5 期。

王泽龙：《现代汉语虚词与新诗形式变革》，《中国社会科学》2014 年第 9 期。

邓程：《困境与出路：对当前新诗的思考》，《文学评论》2007 年第 3 期。

钱晓宇：《文言与白话之争的当代反思——以五四白话文运动为中心探讨语言革新的复杂性》，《江西社会科学》2007 年第 5 期。

〔加〕米列娜：《文化记忆的建构——早期文学史的编纂与胡适的〈白话文学史〉》，《当代作家评论》2009年第4期。

陈子善：《新发现的胡适〈尝试集〉第二编自序》，《东方早报》2011年12月18日。

刘纳：《新文学何以为"新"——兼谈新文学的开端》，《中国现代文学研究丛刊》2012年第5期。

贺莹：《南社文学活动与新文学发生研究》，河北大学博士学位论文，2010。

潘建伟：《对立与互通：新旧诗坛关系之研究（1912~1937）》，浙江大学博士学位论文，2012。

旷新年：《胡适文学思想研究》，北京大学博士学位论文，1996。

徐改平：《胡适——新文学的开拓者》，北京师范大学博士学位论文，2005。

刘东方：《"五四"时期胡适的文体理论》，山东师范大学博士学位论文，2006。

王光和：《西方文化影响下的胡适文学思想》，首都师范大学博士学位论文，2009。

重要期刊：《南社》《新民丛报》《申报》《神州日报》《新青年》《新潮》《星期评论》《时事新报·学灯》《晨报·副刊》《文学旬刊》《学衡》《小说月报》《新月》《诗刊》《文学》《现代》《文学杂志》《文艺报》《诗刊》《文学评论》等。

后　记

　　自 2010 年攻读博士开始，我便对中国新诗传播接受文献的研究产生浓厚兴趣。从考察《尝试集》的编、选、评以研究现代诗艺探索，到比较分析胡适与胡怀琛的诗学建构，这些都与这种兴趣不无关联。出于对历史"低音"的发掘乐趣，我从胡适《尝试集》出版后的首次争论开始研究，一路扩展到发掘当年著述甚多的胡怀琛。胡怀琛在日后的文学史中寂寂无名，学界对其所知不多，每每提起，也多持不屑的态度。拙著考察胡怀琛的诗学主张，并将其与胡适相提并论，颇有些初生牛犊的大胆。但我坚持认为，历史留有太多值得重新发掘、审视与编织的碎片。一方面，现代文学领域存在大量过度阐释现象；另一方面，"重返"历史现场的努力仍然不够。尽管我们无法从真正意义上"重返"历史，但却可以借助这种努力，打破既有的主流叙述对历史的垄断。按照新历史主义的观点，历史文本都是按照某个目的来叙述的。这是一切历史叙述在思想格局与关注点，在材料的选择与编排上的宿命。因此，我们有理由也有必要质疑过往主流文学史常识，通过尽量"重返"历史现场，重新发现、聆听与反思被既有历史叙述所遮蔽的"低音"。这大约也是谨记并努力践行胡适所谓对学问当"无疑处存疑"吧。

　　2013 年我博士毕业后留在武汉大学文学院任教，同时在历史学院中国史博士后流动站从事研究工作。拙著是中国博士后科学基金特别资助项目"现代诗学探索之二脉——胡适、胡怀琛比较研究"的成果，也是在我的博士后出站报告基础上形成的，得到了合作导师张建民教授的悉心指导。先生治学严谨，在成书过程中，对我的写作曾多次指点迷津。

后 记

拙著得到了武汉大学文学院"双一流"学科建设经费资助，深表感谢！

感谢我的博士导师方长安教授。先生引领我进入学术殿堂，师恩难忘。犹记八年前初入师门，先生委以"《尝试集》的接受史"重任，作为其当时课题的重要部分，后来该课题结项成果入选全国哲学社会科学成果文库。研究期间，我们就选本、文学史、批评等几个维度的问题讨论多次，先生有宽厚的胸怀能容纳我的异端思想与不慎言论。拙著有幸收入先生所主编的"中国新诗传播接受文献研究丛书"，甚感荣幸！

感谢华中师范大学文学院的王泽龙教授，王先生是我的硕士导师，曾给我指路与教诲；感谢身边的师长、同事、同门、朋友；感谢我的家人，因为他们的支持，我才有足够的时间和空间安心学术。

在这里，还要感谢社会科学文献出版社的刘娟女士，她为拙著的出版付出了辛勤的劳动。

2018 年 11 月 11 日于珞珈山

图书在版编目(CIP)数据

胡适、胡怀琛诗学比较研究 / 余蔷薇著. -- 北京：社会科学文献出版社，2018.11
（中国新诗传播接受文献研究丛书）
ISBN 978 - 7 - 5201 - 3795 - 9

Ⅰ.①胡… Ⅱ.①余… Ⅲ.①胡适（1891 - 1962）- 诗学 - 研究②胡怀琛（1886 - 1938）- 诗学 - 研究③比较诗学 - 中国 - 现代 Ⅳ.①I207.22

中国版本图书馆 CIP 数据核字（2018）第 247708 号

·中国新诗传播接受文献研究丛书·
胡适、胡怀琛诗学比较研究

著　　者 / 余蔷薇

出 版 人 / 谢寿光
项目统筹 / 刘　娟
责任编辑 / 刘　娟　王文娟

出　　版 / 社会科学文献出版社·（010）59366551
　　　　　　地址：北京市北三环中路甲29号院华龙大厦　邮编：100029
　　　　　　网址：www.ssap.com.cn
发　　行 / 市场营销中心（010）59367081　59367083
印　　装 / 三河市龙林印务有限公司

规　　格 / 开　本：787mm × 1092mm　1/16
　　　　　　印　张：18.75　字　数：297千字

版　　次 / 2018年11月第1版　2018年11月第1次印刷
书　　号 / ISBN 978 - 7 - 5201 - 3795 - 9
定　　价 / 89.00元

本书如有印装质量问题，请与读者服务中心（010 - 59367028）联系

▲ 版权所有 翻印必究